Gus

Gus

KIM HOLDEN

Tradução
Regiane Winarski

OUTRO Planeta

Título original: *Gus*

Preparação: Marianna Muzzi
Revisão: Ricardo Liberal e Tamiris Sene
Diagramação e projeto gráfico: Vivian Valli
Imagem de capa: donatas1205/ Shutterstock
Capa: Renata Vidal

Dados Internacionais de Catalogação na Publicação (CIP)
Angélica Ilacqua CRB-8/7057

Holden, Kim
Gus / Kim Holden; tradução de Regiane Winarski. - São Paulo: Planeta do Brasil, 2023.
336 p.

ISBN 978-85-422-2027-8

1. Ficção norte-americana I. Título II. Winarski, Regiane

22-6690 CDD 813

Índice para catálogo sistemático:
1. Ficção norte-americana

MISTO
Papel produzido a partir de fontes responsáveis
FSC® C019498

Ao escolher este livro, você está apoiando o manejo responsável das florestas do mundo

Editora Planeta Brasil | 20 ANOS

Acreditamos nos livros

Este livro foi composto em Adobe Garamond Pro e Impresso pela Geográfica para a Editora Planeta do Brasil em fevereiro de 2022.

2023

Editora Planeta do Brasil Ltda.
Rua Bela Cintra, 986 – 4º andar
01415-002 – Consolação
São Paulo-SP
www.planetadelivros.com.br
faleconosco@editoraplaneta.com.br

Dedicatória

Fãs de *Raio de Sol*,
este livro é para vocês.
Vocês fazem meu coração transbordar.

Dr. John Okerbloom, MD
1952-2014

Kate Sedgwick
Minha heroína

Domingo, 22 de janeiro

(Gus)

Cada passo que dou é mais pesado do que o anterior. Não sei para onde estou indo, só sei que meu destino é uma quantidade entorpecedora de álcool.

Quando saio do gramado do cemitério para a calçada de concreto, sinto uma coisa se mexer no meu peito. A suavidade da dor endurece e vira raiva de novo. Está assim há dias. Dor. Raiva. Dor. Raiva. Dor... Raiva...

Não quero mais sentir. Estou cansado pra cacete.

Passei os últimos dias tentando afogar o luto em um quarto de motel barato no lado inquestionavelmente barra-pesada da cidade. Tem uma loja de bebidas ao lado que vende Jack e cigarros. É só disso que eu preciso.

Falando em cigarros, estou quase sem. Estou fumando o último agora. Ao pensar nisso, ouço a voz dela na minha cabeça dizendo: "Você devia parar".

Eu respondo:

— Não começa a pegar no meu pé, Raio de Sol.

A mulher por quem passei na calçada desviou de mim de longe, o que me leva a acreditar que falei em voz alta. Passo a mão no rosto com esperança de apagar o delírio. Não adianta.

— Preciso dormir. — É, estou falando sozinho de novo. Não importa. Preciso de uma bebida.

Tem um bar na esquina. Parece escuro e sujo... perfeito.

Quando abro a porta, o fedor de cerveja velha, suor e fumaça de cigarro me atinge. Estou em casa. Pelo menos por algumas horas.

Enquanto ando na direção do balcão do bar, reparo que algumas pessoas de meia-idade estão me avaliando. A energia do lugar diz que aqueles são clientes regulares. É ali que eles bebem o dinheiro do aluguel e do supermercado diariamente. E estou invadindo. Olho para baixo e percebo que o terno e a gravata não ajudam. Afrouxo o nó da gravata e a puxo e enfio no bolso, tiro o paletó e abro alguns botões da camisa, enquanto me sento em um banco na ponta do bar.

O barman me cumprimenta com um aceno de cabeça e coloca um guardanapo na minha frente enquanto enrolo as mangas.

Pego meu maço de cigarros enquanto peço.

— Jack. Pode fazer um duplo. — É hábito, o maço está vazio. Eu já sabia. — E um maço de Camel.

Ele não pede minha identidade e aponta para uma máquina de vendas no canto antes de pegar um copo e a garrafa de uísque. Desço do banco e compro dois maços de cigarro na máquina. Quando volto, minha bebida está me esperando.

Tem também uma mulher, que deve ter a idade da minha mãe. Aposto que ela era atraente vinte anos atrás, mas a brutalidade da vida difícil e das poucas escolhas estão evidentes nas rugas do seu rosto. Estico o braço ao redor dela para pegar minha bebida. Ela tem cheiro de perfume barato e de sexo mais barato ainda. Antes que eu consiga fugir, ela está falando.

Eu não quero conversar.

— O que uma coisinha bonita como você está fazendo em um lugar como este?

Por que não perguntar direto se estou a fim de uma trepada de cinquenta dólares ou um boquete de vinte, e pular a conversinha? Eu não respondo e me sento a três bancos de distância.

Ela chega um banco mais perto.

— Posso ajudar com alguma coisa, bonitão?

Suas mãos estão tremendo. Ela está atrás de dinheiro para a próxima dose. Eu não tocaria nela nem com uma vara de três metros, mas até fico com vontade de dar dinheiro para ela, porque consigo me identificar com a sua necessidade de fugir da realidade agora.

Apesar de sentir pena dela, não sou de manifestar nenhuma compaixão genuína. Eu abaixo e balanço a cabeça. Normalmente, não sou um babaca, mas hoje é diferente. Eu inclino a cabeça e a encaro.

— Você pode trazer os mortos de volta? Até que preciso de ajuda com isso.

Garanto que ela nunca ouviu isso antes. Ela está me olhando e piscando rápido, uma sucessão de piscadelas confusas.

Baixo o olhar para o copo com líquido âmbar que estou girando na minha mão direita e respondo minha própria pergunta.

— Foi o que pensei.

Viro o copo e bebo em dois goles. Coloco-o no bar de cabeça para baixo e faço sinal para o barman trazer outro antes de olhar para ela de novo.

— Me deixa em paz. — É uma ordem. O sorriso tenso me diz que ela já ouviu isso antes; provavelmente mais vezes do que o vício dela gostaria.

A solidão é minha companheira e nos damos muito bem, até o momento em que ficar sentado no banco se torna difícil. Não sei quanto tempo passou, mas sei que não é suficiente para abalar a dor no meu coração. Já tinha tomado dez ou doze doses duplas quando o barman se recusou a me servir mais. Quero gritar e dar um ataque de birra fenomenal, mas a verdade é que estou cansado demais para o drama. Minha visão está borrada, meus membros passaram do ponto de estarem dormentes e passei a um estado mecanicamente não cooperativo. Qualquer movimento é uma luta. Só preciso dormir, então deixo o cara chamar um táxi para mim.

O táxi me leva de volta ao hotel de beira de estrada. A subida da escada é lenta, trabalhosa e desajeitada. Não sei nem se fecho a porta antes de cambalear até a cama e cair de cara na colcha imunda. O cheiro é úmido e mofado: uma mistura nojenta de velhice, sujeira e só Deus sabe mais o quê. O quarto está girando, me sugando para um turbilhão de alívio vertiginoso, uma fuga do aqui e do agora. Não sei se o sono chega ou se meu corpo toma a decisão inconsciente de apagar. De qualquer maneira, fico agradecido.

Terça-feira, 24 de janeiro

(Gus)

Você já dormiu um dia inteiro? No sentido de adormecer e acordar e descobrir que um dia inteiro passou sem você testemunhar nem um minuto dele?

É lindo pra caralho... medicinal... sedativo. Eu não sonho. Bom, provavelmente sonho, mas nunca me lembro dos sonhos quando acordo. Eu nunca apreciei tanto esse dom quanto hoje de manhã. Foram mais de vinte e quatro horas de nada. Como falei... lindo pra caralho.

Lembro que a mãe da Raio de Sol, Janice, se enfurnava no quarto durante dias e dormia. Eu sempre achei que era triste… uma oportunidade desperdiçada. Agora, acho que entendo. Porque a última coisa que eu quero é levantar da cama, sair do quarto e enfrentar o que a vida preparou do outro lado daquela porta. Não tenho vergonha de admitir que estou me escondendo. Estou me escondendo pra cacete.

Depois de mijar, procuro meu paletó, que encontro em uma pilha ao lado da porta. Por dois segundos, penso no quanto odeio esta merda de terno. Tem menos de um ano e eu só o usei duas vezes, para os dois funerais das Sedgwicks. Vou queimar esta merda assim que o tirar. Reviro os bolsos atrás dos meus cigarros, do isqueiro e do celular.

Hesito com um olhar rápido ao redor antes de acender o cigarro. Não costumo fumar em ambientes fechados, mas o estado de degradação do quarto praticamente me implora para fazer isso.

Eu ligo o celular. Estava desligado havia dias, quando saí de casa, porque eu não queria falar com as pessoas… com ninguém. Falei com a minha mãe sobre o funeral por mensagem de texto e só. Já estou fazendo uma careta antes de ver o número de ligações perdidas, mensagens de texto e e-mails, porque sei que serão muitos.

Oitenta e sete ligações perdidas

Setenta e duas mensagens de texto

Trinta e sete e-mails

— Cara — eu digo, expirando em exasperação ou negação ou indiferença. Não consigo decidir qual no momento, então jogo o celular na cama e termino o cigarro, depois fumo outro… e outro. São quinze minutos de nada mais do que respirar meu vício. Não consigo parar de pensar nela. Nada específico, nada que eu consiga visualizar ou lembrar. É só dor e vazio. Escuridão. A luz, "a luz brilhante", se apagou. Estou lutando para sugar a calma do cigarro a cada tragada; para afastar a escuridão.

A calma não vem.

Assim, eu pego a vida, o meu celular, de volta e vejo primeiro as ligações perdidas: minha mãe; meus colegas de banda: Franco, Robbie e Jamie; nosso produtor, o RSC (o Realizador de Sonhos do Caralho, seu nome real é Tom, mas ele adora quando o chamo de RSC); e o gerente da nossa turnê, Hitler (não é o nome dele de verdade, obviamente, mas combina com a tendência de insensibilidade dele. Nossa próxima turnê está suspensa. Aparentemente, na mente dele, a tal turnê e o poderoso dólar têm prioridade sobre nós ao lidarmos com doenças terminais e a morte de um ser humano.). O único nome que quero ver, tanto por instinto quanto por egoísmo, não aparece. E nunca mais vai aparecer.

Pulo as mensagens de texto e os e-mails e ligo para a minha mãe. Ela atende no segundo toque.

— Gus, querido, onde você está? Você está bem?

Odeio ouvi-la preocupada assim, mas saber que minha fuga está piorando sua angústia torna tudo pior.

— Oi, mãe.

Ela repete:

— Onde você está? Sua picape ainda está na igreja.

— É, eu sei. Estou em um motel. — Minha garganta está seca e arranha enquanto eu falo.

— Gus, você devia vir para casa. — Minha mãe nunca foi de me dizer o que fazer. Dar sugestões. Com certeza. Mas me dizer o que fazer? Raramente acontece.

Eu não respondo.

Ela suspira.

— Querido, sei que é difícil...

Eu a interrompo.

— Difícil? Me diz que você não falou que isso é difícil, mãe, porque seria a piada do século. — Ela funga, e sei que está começando a chorar, o que me faz me sentir um merda, porque sei que estou catalisando isso. — Desculpa, mãe.

— Eu sei. — A dor que surge dessas duas palavras me lembra que estamos nisso juntos. Ela também sente falta dela.

Visto meu paletó e pego o isqueiro e os cigarros e os enfio no bolso.

— Estarei em casa em meia hora. Eu te amo.

— Eu te...

Eu encerro a ligação antes que ela consiga terminar.

Perco uma hora entre pagar a conta do motel, tomar um táxi até a igreja para pegar minha picape e chegar em casa. É hora do almoço.

Quando abro a porta da frente, o cheiro de alho e cebolas caramelizadas chega a mim. Tacos vegetarianos. Meu estômago ronca na hora. Não consigo lembrar quando foi a última vez que comi.

Beijo a testa da minha mãe quando passo pela cozinha.

— Preciso tirar este terno horrível. Já volto.

Quando volto, nós comemos em silêncio. Minha mãe é muito parecida com a Raio de Sol. Ou talvez a Raio de Sol fosse muito parecida com a minha mãe.

As duas entendiam o poder do silêncio. Algumas pessoas se sentem ameaçadas pelo silêncio e tentam evitá-lo ou preenchê-lo com baboseira desnecessária. O silêncio não é o inimigo. Ele pode trazer consolo, clareza e validação. É um lembrete do tempo pelo que é... presença. O que, infelizmente, não significa tanto quanto significava há uma semana.

Depois de comer oito tacos, meu estômago começa a pedir misericórdia.

— Obrigado pelos tacos, mãe.

Ela sorri, mas o sorriso não chega aos seus olhos.

— De nada. — Ela parece cansada. — A propósito, Franco passou aqui todos os dias para ver você.

É o jeito dela de me dizer para ligar para ele.

— Pode deixar, vou ligar para ele quando sair do chuveiro.

Depois de duas ligações (Franco e a porra do Hitler), estou pronto para jogar o telefone pela janela na porra do mar, subir na cama, puxar as cobertas por cima da minha cabeça e esquecer tudo. Vamos para a Europa na quinta de manhã para começar a turnê adiada. Nosso álbum de estreia, com o título da banda, Rook, vendeu bem nos Estados Unidos desde o lançamento no ano passado, mas não chega nem perto do sucesso que fez na Europa. Hitler mal pode esperar para nos levar para lá. Sei que sou um babaca ingrato e egoísta por não querer voltar para a turnê, mas a verdade mais sincera é que eu não sei nem mais como viver. Raio de Sol não era só a minha melhor amiga; ela era como minha outra metade... a outra metade do meu cérebro, a outra metade da minha consciência, a outra metade do meu senso de humor, a outra metade da minha criatividade, a outra metade do meu coração. Como é possível voltar a fazer o que se fazia antes quando metade de você se foi para sempre?

Quarta-feira, 25 de janeiro

(Gus)

É meu aniversário hoje. Estou fazendo vinte e dois anos. Mas me sinto como se tivesse oitenta e dois.

Minha mãe fez cupcakes para mim. Vinte e dois cupcakes de chocolate. Cada um com uma vela. Preciso soprar duas vezes para apagar todas.

Acho que meu pedido não vai se realizar.

Eu já sabia.

É o meu primeiro aniversário que eu quero pular. Quero voltar no tempo para o meu último aniversário. Raio de Sol e Gracie estavam aqui. E não quero dizer de forma metafórica. Elas estavam aqui fisicamente, nesta sala com a gente. Sorrindo, rindo e comendo cupcakes até passarem mal.

Estou sorrindo agora que estou pensando nelas, mas meu estômago está doendo.

Não quero comer cupcakes sem elas.

Não quero mais aniversários.

Não quero mais lembrar.

Odeio pra caralho lembrar.

Quinta-feira, 26 de janeiro

(Gus)

Sei que não botei roupas suficientes na mala, mas é tarde demais agora. Franco está me esperando na cozinha, conversando com a minha mãe. A gravadora mandou um carro, que está esperando na porta de casa para nos levar ao aeroporto. Nosso avião parte para a Alemanha em duas horas. Pego mais algumas cuecas e meias e as coloco na mala, onde passam a conviver com duas calças jeans, três camisetas, o desodorante, a pasta e a escova de dentes, o laptop, a minha carteira, o passaporte e o celular.

Penduro a alça da bolsa no ombro e procuro os cigarros e o isqueiro no bolso da calça jeans. Não posso sair do quarto sem olhar para o laptop da Raio de Sol, que está intocado na minha cômoda há uma semana. Ela o deixou para mim. Está com todas as músicas que ela já escreveu. Sinto-me honrado de ficar com ele. Minha mente está gritando para eu voltar e pegá-lo, mas meu coração está alegando autoridade e me ordenando a ir embora sem ele. Não estou pronto. O CD que ela deixou para mim está em cima dele. Ela sabia que estava morrendo. Sei que é uma despedida e tenho certeza de que não estou pronto para isso. Apago a luz e sigo pelo corredor na direção da voz de Franco.

Franco levanta o queixo quando me vê.

— E aí, babaca?

Eu balanço a cabeça.

— Tudo normal, cuzão.

Minha mãe nem reage. É assim que Franco e eu sempre nos falamos. São expressões carinhosas. A verdade é que Franco é a única pessoa que sobrou na minha vida que vai me dizer as coisas exatamente como são, agora que Raio de Sol se foi. Sem meias-palavras, sem cortina de fumaça, só com sinceridade. Eu o amo por isso. Apesar da fachada de durão, com a cabeça raspada e as tatuagens, ele é uma manteiga derretida... com um sentimento forte de lealdade.

Ele aponta para a minha bolsa.

— Isso é tudo que você vai levar, cara? A gente vai passar dois meses fora.

Eu dou de ombros.

— E as minhas guitarras. Posso comprar mais durante a viagem quando eu precisar. Vamos nessa, cara.

Ele assente, e fico feliz de ele não tentar me psicanalisar. Ele abraça a minha mãe.

— Obrigado pelo café da manhã, sra. H. — Ele está pegando dois bolinhos grandes de mirtilo e enrolando em uma folha de papel-toalha.

Ela o abraça com força.

— Imagina. Se divirta lá, Franco.

— Pode deixar.

Quando ela me abraça, tenho vontade de desmoronar nos braços dela. De chorar como chorei quando tinha oito anos e quebrei o tornozelo. Mas não faço isso. Nós dois nos abraçamos por mais tempo do que o habitual e hesitamos em soltar um ao outro.

— Não deixe de ligar o sistema de segurança todas as noites que eu estiver fora — eu digo para ela.

O canto da boca da minha mãe sobe e sei que ela está fazendo cara de coragem por mim.

— Eu sempre ligo. Não se preocupe comigo. Vá ver o mundo, Gus. Estou muito orgulhosa de você.

Eu aceno com a cabeça. Elogios sempre me constrangeram, como se eu não fosse digno deles. Nas últimas semanas, me senti completamente indigno.

— Obrigado, mãe. Eu te amo.

Ela me beija na bochecha e me entrega bolinhos de mirtilo enrolados em papel-toalha.

— Eu também te amo, querido. Fique bem.

Normalmente, eu responderia com "Sempre", mas não consigo dizer agora. Tenho a sensação de que seria uma traição prematura dos próximos dois meses do desconhecido. Não estou com vontade de ser cauteloso. Nem um pouco.

— Tchau, mãe.

— Tchau, Gus.

Sexta-feira, 27 de janeiro

(Gus)

É oficialmente sexta-feira quando pousamos em Berlim. Eu nunca viajei para fora dos Estados Unidos e logo entendo todo o rebuliço: a adaptação ao fuso horário é uma merda.

Saio me arrastando do avião, passamos pela alfândega e vamos para o hotel. O tempo não está do meu lado hoje. Temos reuniões ininterruptas antes do teste de som esta tarde e duas entrevistas antes do show da noite.

É difícil fazer cara de paisagem. Eu simplesmente odeio fingir. Sou péssimo nisso. Por isso, fico agradecido quando Hitler nos acompanha para todo lado. O sujeito ama o som da própria voz, e fico mais do que feliz de deixá-lo falar por nós durante as reuniões. A maioria é sobre coisas que ele mesmo deveria resolver. E eu praticamente quero abraçar o sujeito quando ele instrui os dois entrevistadores a não fazerem perguntas pessoais. Não vou ter que enrolar quando perguntarem por que a turnê foi adiada, nem por que sumimos por um mês. Graças a Deus, porque eu provavelmente arrancaria a cabeça de alguém se o nome dela fosse mencionado. Digo o nome da Raio de Sol em pensamento um milhão de vezes por dia. Mas ouvir o nome dela de verdade, Kate Sedgwick, falado por um estranho que não a conheceu? Um jornalista fingindo preocupação ou solidariedade? Eu ficaria tentado a silenciá-lo com um soco.

O jantar é precedido e concluído com várias canecas de cerveja forte alemã.

Tem álcool suficiente no meu organismo para minha guitarra estar confortável nas minhas mãos quando subimos no palco e a plateia ser só uma mancha borrada de cor e movimento. Minha memória está próxima o suficiente de se perder para eu precisar me concentrar com tudo nos acordes que vou tocar e nas letras que vou cantar. Isso não deixa espaço para mais nada na minha mente por uma hora inteira. Parece que descobri a fórmula para aguentar: a combinação de quantidade excessivas de álcool e uma apresentação ao vivo. Magia.

Sexta-feira, 3 de fevereiro

(Gus)

Uma semana da turnê já se passou, e a distração da bebedeira e das apresentações não está funcionando mais. Acho que não fico sóbrio desde o dia em que chegamos deste lado da poça. Durante os primeiros dias, não pude dormir o suficiente. Nos últimos, eu não quis. Parece que nunca me canso de ficar sentado pensando nela: na gargalhada sempre presente, rouca e feminina; nas sardas leves no nariz e nas bochechas e nos ombros; no quanto ela amava ver o pôr do sol; no som da voz dela quando ela dizia "Eu te amo"; em como ela tocava o violino lindamente. Sei que estou obcecado de uma forma nada saudável, mas tenho medo de que, se eu não continuar revirando-a na minha cabeça, vou esquecê-la. E esquecer me assusta pra caralho.

Franco acha que eu deveria ir ao médico. Talvez arranjar alguns comprimidos para dormir ou antidepressivos.

Acho que é uma solução covarde. Não vou começar a me encher de comprimidos para fugir da dor. A bebida é minha única estratégia. Algumas pessoas poderiam alegar que medicamentos seriam uma alternativa melhor, mas não gosto da ideia de dar carta branca a algum médico para me manipular com receitas. Se alguém vai me manipular... tem de ser eu mesmo.

Tento não pensar naquela noite com Raio de Sol. Tento não pensar nisso porque todo o resto perde a cor em comparação. Foi a melhor noite da minha vida. Eu não sabia que ia acontecer. Ela não sabia que ia acontecer. Mas, caramba, aconteceu. Então, já que estou deitado nesta cama no ônibus da turnê no meio da noite, atravessando o interior europeu, vou ceder ao acontecimento e revivê-lo em pensamento. Eu fecho os olhos e permito que as lembranças voltem.

Eu entro no quarto de hóspedes do corredor na mesma hora que Raio de Sol sai do banheiro próximo. Ela está escovando os dentes. Ela sempre faz outras coisas enquanto escova os dentes. No momento, ela está revirando a bolsa de viagem no chão.

— O que você está procurando? — eu pergunto. A imagem dela remexendo na bolsa me deixa triste. Ela fez a mala e está pronta para ir para Minnesota amanhã de manhã cedo. Não sei quando vou voltar a vê-la. Nunca passamos mais de um ou dois dias sem nos vermos, e mesmo isso é raro.

Ela muda a escova de dentes para o canto da boca e tenta falar apesar da quantidade de espuma da pasta de dentes.

— Pijama — ela diz. Pelo menos, é o que eu acho que ela diz. Ela se vira, corre para o banheiro, cospe a pasta e volta sorrindo. — Pijama — repete ela. — Acho que está na minha outra bolsa. A que já está no carro.

— Me dá a sua chave. Vou buscar — eu ofereço.

Ela balança a cabeça.

— Não precisa. Tudo bem. Fico sem. Você pode apagar a luz? — ela pergunta.

Vou sentir falta disso. Da nossa amizade. Da familiaridade. Ela sempre esteve aqui. Comigo. Nós fazemos tudo juntos. Desde que éramos crianças, todas as noites que passamos sob o mesmo teto, tivemos que dormir no mesmo quarto. Ou no meu quarto ou na sala, no sofá ou, mais recentemente, aqui no quarto de hóspedes nas últimas duas semanas. Sempre juntos. Porra, não sei como vou adormecer sem ela nos meus braços depois desta noite.

Eu apago a luz e tiro o short e a camiseta. Eu sempre durmo de cueca, mas sempre espero as luzes estarem apagadas para tirar a roupa, o que é estranho porque de manhã eu vou sair da cama e ela vai me ver. Mas a noite é sempre um momento mais íntimo. A escuridão traz um certo desejo, e, caramba, eu amo essa garota desde sempre. Mas ela não sabe disso.

Eu me deito do lado esquerdo da cama porque ela sempre dorme no direito. Com o luar entrando pela persiana, consigo identificar a silhueta dela quando ela tira o short. É um movimento rápido, mas está acontecendo em câmera lenta para mim. Quando chega nos tornozelos, sinto o movimento familiar da excitação chegando. Meu olhar está grudado nela quando as mãos desaparecem nas costas e ela tira as alças do sutiã pelos braços por baixo da regata. Sem as tiras, ela enfia a mão embaixo da regata e o sutiã aparece magicamente. Ela larga o sutiã em cima da mala com o short e vai para a cama. Com a luz do luar sobre ela, vejo a calcinha rosa de algodão pequenininha. Quem disse que calcinhas de algodão não são sexy não viu Raio de Sol usando uma. Merda. Acho que estou encrencado. Uma ereção caprichada está surgindo e não tenho como esconder. Eu espio a regata dela. É amarelo-clara e fina de tantas lavagens. Ela já a tem há anos. Os mamilos, escuros e lindos, forçam o tecido gasto. Fecho os olhos e respiro fundo algumas vezes para me acalmar. Estou falando comigo mesmo em pensamento: "Se controla, cara. É a Raio de Sol. Você já a viu de biquíni um milhão de vezes". Mas isso é diferente, e eu acrescento: "Ela não sabe que você está vendo ela, pervertido. Para de olhar". E então, porque meu pau está pensando por mim naquele momento, eu acrescento: "Para de olhar para o seu corpo lindo".

Assim que entra embaixo da coberta, ela chega para perto e se encosta em mim, procurando calor. O lençol fresco a faz tremer, como sempre, e ela passa um braço pelo meu peito e apoia a cabeça no meu ombro. Eu passo o braço que está embaixo dela pelas costas e apoio a mão no seu quadril, e, quando faço isso, tudo no mundo parece certo.

A voz dela é só um sussurro quando ela fala. Soa baixa, mas corta a noite.

— Vou sentir sua falta, cara. Muito.

Eu beijo a testa dela e respondo em um sussurro:

— Eu também. Você nem faz ideia.

— Você vai ter que comprar um daqueles travesseiros enormes ou uma boneca inflável para dormir quando eu estiver longe.

Dou uma gargalhada, porque é claro que ela faria uma piada agora.

— Será que consigo encontrar uma que fale e peide dormindo, só para ser uma substituta realista?

Ela bate na minha barriga, mas está rindo.

— Cala a boca. Eu não faço isso. Gracie teria me contado.

A lógica por trás da negação dela me faz rir ainda mais, e eu confesso:

— Você não faz nada disso. Eu estava brincando.

Com um sorriso satisfeito nos lábios, ela rola para o outro lado, e eu também. A fera na minha cueca se acalmou, então eu a puxo para perto de mim e deito de conchinha. É assim que sempre pegamos no sono. A sensação dela nos meus braços é tão boa que eu poderia jurar que Deus a fez só para mim. Encosto a testa na nuca dela e não consigo deixar de sentir melancolia. De repente, a ficha cai de novo. Ela vai embora. Raio de Sol vai embora. Quando beijo a nuca dela, a sensação é sinistramente definitiva. É uma intuição que meu coração afasta rapidamente.

— Eu te amo, Raio de Sol.

Ela passa a mão nas costas da minha que está sobre a barriga dela. É um gesto carinhoso. Como tudo que ela faz.

— Eu também te amo, Gus. — Raio de Sol sempre soube fazer as pessoas se sentirem amadas. Ela é muito boa nisso.

Quando a mão dela para, percebo que a regata se deslocou de leve e meu dedo mindinho e meu anelar estão apoiados na pele exposta dela, logo acima do elástico de cima da sua calcinha. Já toquei na pele dela um milhão de vezes. Mas não assim.

E, droga, o puxão na minha virilha recomeça. É uma dor rápida e está aumentando rápido. Para evitar constrangimentos e mais estímulos, eu chego os quadris para trás para não ficar encostado nela. Mas não consigo me segurar e minhas mãos começam a se mover. É um gesto ousado, mas sutil, egoísta, mas generoso, com a intenção de acalmar nós dois. Toda concentração que tenho está dedicada naquele pedacinho de dois centímetros da Raio de Sol. As pontas dos meus dedos flutuam sobre a pele dela, saboreando-a. Ela é tão macia. Depois que a acaricio de um lado para o outro algumas vezes, percebo que ela está tensa nos meus braços e paro.

— Desculpa — eu sussurro.

Mas quando levanto a mão, ela a pega e a guia de volta, oferecendo permissão. Sem pensar por um momento, eu aceito. Desta vez, entro embaixo da barra da camiseta, e minha mão inteira, os dedos e as palmas, estão tocando nela. Leve como um fantasma, deslizando sobre a pele, mas aumentando aos poucos, motivado por propósitos espontâneos, até meus dedos estarem abertos em um ato de adoração e satisfação tátil. Nós dois estamos respirando mais pesadamente agora. E, apesar de ela estar um tanto relaxada nos meus braços, consigo sentir cada inspiração na barriga dela. Cada respiração é lenta e comedida. Raio de Sol só é lenta e comedida quando está concentrada em alguma coisa.

Quando passo a mão pela barriga dela de novo meu polegar roça na parte de baixo do seu seio. A respiração dela treme e meu pau fica duro na mesma hora. Sei que ela sente, a ponta chegou ao elástico e está empurrando dolorosamente. Ao mesmo tempo que puxo minha virilha para trás, ela estica a mão para o meu quadril e me puxa para perto dela.

Não consigo segurar o gemido que sai pela minha boca quando encosto na bunda dela. É um alívio comparado ao estímulo físico, uma necessidade ao mesmo tempo sendo satisfeita e intensificada. Sinto o suspiro dela embaixo da minha mão. Ela está comigo. Como a sensação é muito boa, eu giro os quadris algumas vezes. Meu Deus, devo ter morrido e ido para o céu.

Não quero ir embora nunca.

A mão dela desliza até ela a apoiar na minha bunda. Meus quadris estão trabalhando de forma lenta e cheios de desejo, roçando nela. Quando ela levanta a regata por cima dos seios e guia minha mão, eu não hesito. Seguro-a pela mão e a acaricio delicadamente antes de apertar os mamilos com o polegar e o indicador, que ficam duros sob o meu toque e ela geme.

Ah, porra. Aquele gemido me destruiu. Ela é a mulher mais sexy da face da Terra. O gemido foi prova disso.

Não aguento mais. Eu sussurro:

— Preciso tocar você.

Ela assente, e é mais do que permissão, é um acordo.

Enfio a mão pela frente da calcinha e a provoco com os dedos, o que coloca a parte inferior do corpo dela em movimento. Atendo à sua súplica física e deixo meus dedos deslizarem mais. Ela abre as pernas e me recebe. Ela está tão molhada. Faço alguns círculos antes de mergulhar, e ela reage a cada movimento com os quadris.

— Gus?

— O quê? — Minha voz soa rouca e distante, perdida nessa atração mútua.

— Preciso que você me beije. — Eu nunca ouvi aquela voz saindo pelos lábios dela; é desejo. E me faz invejar cada cara que a escutou antes de mim.

Eu nunca quis tanto uma coisa assim na vida. Tiro os dedos dela e me mexo para ela poder se virar. Estou apoiado em um cotovelo, olhando para ela.

— Você é tão linda. — Falo tão baixo que acho que ela nem vai me ouvir.

O sorrisinho no rosto dela me diz que ouviu.

Droga, sempre sonhei com esse momento. Beijar Raio de Sol. Se eu for fazer isso, preciso fazer direito. Enquanto ela está deitada de costas, eu me levanto e subo de quatro em cima dela. Seguro o rosto dela nas mãos e agradeço a Deus pelo o que está prestes a acontecer. Em seguida, fecho os olhos e levo os lábios aos dela. Beijo-a suavemente e separo seus lábios com a língua. Quando a língua dela toca na minha, sei que ela está me acompanhando. Beijar nunca, nunca, foi assim para mim. Consigo ver fogos de artifício através das minhas pálpebras fechadas. Amo essa garota, amo tudo nela. E o que mais amo agora é beijá-la. O fato de ela acompanhar cada movimento que faço. Quando aumento o ritmo e a intensidade, ela vai junto.

Depois de alguns minutos nos beijando, estou com tanto tesão que não consigo enxergar direito. Meu corpo todo está vibrando. Pego a barra da regata dela e puxo, pedindo entre beijos febris:

— Posso tirar?

Ela responde sem fôlego:

— Pode.

Com a regata longe, só quero sentir a pele dela na minha. Rolo para o lado, puxo-a para cima, e ela coloca todo o peso em mim, um joelho de cada lado do meu quadril. E, se é que é possível, fico mais excitado ainda com a posição dominadora dela. Os seus mamilos encostam no meu peito, o lembrete evidente da excitação dela roçando deliciosamente na minha pele, apurando todos os nervos do meu corpo. Eles estão gritando de prazer desesperado. Puxo-a para um beijo e aperto a boca na minha. O beijo é profundo e exigente. Ela também quer isso. O seu corpo está se balançando no meu. Estico a mão entre nós e empurro a cintura da minha cueca, e meu pau fica exposto. Menos uma barreira, e a sensação é tão boa. Levo as mãos às costas dela e passo os dedos para cima e para baixo, tentando me acalmar mentalmente e voltar ao jogo. Fiquei fora de mim nos últimos minutos e quero fazer isso durar e lembrar cada segundo. Cada detalhe. Só tenho uma chance aqui. Sei disso. Quero que seja perfeito para ela. Ela está dando beijos no meu pescoço até o meu peito, indo de uma pressão delicada e adoradora dos lábios a mordidas ardidas e brincalhonas; à provocação sexy e tortuosa com a língua. Apreciando a euforia que ela está provocando com a boca, passo a mão pelas costas dela, por cima da calcinha, e empurro o tecido fino para o lado entre as pernas. Quando começo a acariciá-la com meu dedo do meio, não aguento mais. Preciso tirar essa porcaria. Levo as duas mãos ao elástico ao mesmo tempo que ela leva as mãos dela ao elástico da minha cueca. Parece que grandes mentes pensam igual. Sem hesitar, ela se levanta para tirar a calcinha, e pretendo me livrar da minha cueca ao mesmo tempo… isso até eu ver os polegares dela entrarem nas laterais do seu quadril e puxarem a calcinha pelas pernas. Agora, estou completamente hipnotizado pela mulher nua de pé à minha frente.

Quando ela a tira, eu digo:

— Não se mexa.

— O quê? — ela pergunta baixinho.

— Só quero olhar para você por um minuto.

Estou olhando fixamente para ela. E ela está olhando fixamente para mim. Não tirei a cueca, mas estou completamente exposto.

Olho o corpo dela uma última vez e, quando encontro os olhos dela, há uma necessidade neles que consigo sentir. Tiro a minha cueca, e ela fica de quatro acima de mim, e quando me beija, sei que nós dois estamos mais do que prontos.

— Preciso pegar um preservativo se vamos fazer isso, Raio de Sol. — Ela quer. Vejo no rosto dela, mas ainda sinto a necessidade de lhe dar a chance de pular fora.

Ela me segura com a sua mão. É a primeira vez que ela me toca lá.

— Ah, merda, Raio de Sol. Não para o que está fazendo nunca mais.

— Nunca? — ela pergunta com malícia.

— Nunca, nunca — eu respondo.

— Eu não posso engravidar, Gus. Não tenho o que precisa, lembra?

— Mas... — Caramba, se ela estiver sugerindo o que acho que está...

Ela me interrompe.

— Você já fez com alguém sem camisinha?

É exatamente isso que ela está sugerindo. Eu balanço a cabeça.

— Não. Nunca.

— Nem eu. Se você quiser usar uma... — Ela para de falar e só fica me olhando por alguns segundos antes de continuar. — Mas, se não quiser...

Eu termino o pensamento dela.

— Não quero. — Não quero mesmo.

Ela está me olhando esperando a autorização.

Eu faço que sim e suplico com o olhar.

Ainda estou na mão dela quando ela me guia para a sua umidade e desce em mim.

E eu perco a cabeça quando deslizo para dentro. Ela é apertada. Nunca senti nada igual. Nenhuma barreira, só pele na pele quente e molhada. Isso é intimidade. Entendo agora.

Seguro os quadris dela com as mãos e ajudo a movê-la para cima e para baixo, para a frente e para trás. Nós nos movemos juntos, e não consigo tirar os olhos do corpo dela sentado no meu. Montando em mim. Ela é sexy demais.

Seguro-a com força, rolo para o lado. Quando estou posicionado entre as pernas dela, encosto a ponta da língua entre os seus seios e a passo lentamente para cima, sugando delicadamente a base do pescoço enquanto meus quadris começam a se mexer. Ela chega para trás quando eu chego e retribui cada estocada com um movimento para a frente. Eu sabia que Raio de Sol era graciosa. Já a vi surfar.

Já a vi dançar. Já a vi tocar violino. Mas nada disso se compara ao que eu estou vendo-a fazer embaixo de mim agora. O que ela está fazendo comigo? É hipnotizante; não consigo afastar os olhos dela.

Mas decido que preciso de mais dela. Seguro o joelho dela com a mão e o empurro em sua direção para poder ir mais fundo. Ela ofega quando faço isso.

— Tudo bem? — eu pergunto.

— Tudo — responde ela, suspirando com satisfação com a voz cheia de luxúria.

Porra. Aumento o ritmo porque está crescendo. Sinto em nós dois. Ela está gemendo agora, me apertando mais. Arrancando cada último desejo, cada última vontade e cada última gota de paixão de mim; dou tudo para ela com satisfação e avidez.

Meus lábios encontram os dela mais uma vez, e ela reage como se o mundo estivesse acabando. O beijo é o precursor de uma detonação eufórica.

Ela se desfaz completamente abaixo de mim e é a coisa mais linda que já vi na vida. Eu explodo junto com ela.

— Eu te amo — eu digo, ofegante.

Ela está ofegando abaixo de mim e sorrindo, mas de repente parece acanhada ao morder o lábio inferior. E ela parece cansada.

Beijo a ponta do seu nariz e saio de dentro dela. E só olhamos um para o outro por muito tempo. Mesmo quando a timidez passa, nós não dizemos nada. Acho que nós dois estamos tentando entender o que acabou de acontecer. E eu? Eu estou tentando guardar cada segundo na memória porque sei no fundo do coração que isso nunca mais vai acontecer. Eu acabei de ganhar um presente. E vou guardá-lo pelo resto da minha vida.

Meus olhos se abrem quando ouço Franco tossir na cama de baixo. O ruído me traz de volta para o presente de merda. Odeio o presente de merda. Quero voltar o tempo. Quero voltar. É por isso que não penso naquela noite. Só amplifica a porra de desastre que é minha vida atual.

Domingo, 5 de fevereiro

(Gus)

Na noite anterior, parece que tomei duas ou três cervejas além da conta. Sinceramente, não me lembro de nada. Acho que cancelaram o show devido à minha "doença" repentina. Ele vai ser remarcado para o final da turnê. Todos estão putos comigo e sei que eu deveria me importar, mas não me importo. Não é triste? Robbie gritou comigo na noite passada. Ele me mandou "tirar a minha cabeça egoísta de merda de dentro do meu cu". Nos cinco anos em que conheço Robbie, eu nunca o ouvi gritar. Deveria ter tido um impacto maior em mim, mas não teve.

A parte lógica de mim sabe que estou decepcionando todo mundo.

Todas as outras partes não ligam.

Terça-feira, 7 de fevereiro

(Gus)

Está de tarde e estou dormindo depois de outra noite longa. Acordo com o som da voz do Franco vinda da frente do ônibus… e ele está falando com uma mulher. Isso me intriga porque o ônibus está em movimento, o que quer dizer que ainda não chegamos ao nosso destino, o que quer dizer que não deveria haver mulheres no ônibus. Quando escuto, descubro que Hitler saiu para resolver uma questão pessoal em casa. É uma merda para ele, mas é fantástico para mim, porque a sua condescendência do caralho o tempo todo estava me irritando. Ele nos deixou com uma substituta, uma nova agente de turnê. Consigo ouvi-la listando as credenciais para o Franco. Com base no que consigo identificar, ela é nova no jogo, mas parece boa. Parece que sabe das coisas, ou pelo menos é ótima em fingir. Qualquer uma das duas coisas está bom para mim. E ela parece ambiciosa quando diz algo sobre como está "comprometida em nos ajudar a fazer sucesso" e "manter esse trem louco nos trilhos". Quase gargalho; boa sorte com isso.

Saio da cama e cambaleio na direção do som das vozes deles. A substituta está sentada à mesa atrás do motorista. A saia dela é tão curta que parece que não existe. As pernas finas de um quilômetro estão cruzadas nos joelhos e parecem uma exposição no corredor. São a primeira coisa que vejo. A segunda coisa em que reparo é a sua blusa. Está estrategicamente desabotoada para exibir o decote impressionante. A terceira coisa em que reparo é... nada, porque ainda estou fixado nas suas pernas e nos seus seios. É fevereiro, estamos na Suécia (eu acho) e está nevando e frio pra caramba lá fora; ela não está vestida para esse tempo.

Sexo. Não vou mentir, é nisso que estou pensando no momento. Sexo com aquele corpo. Em algum lugar no fundo da minha mente, me sinto um babaca por pensar imediatamente nisso.

Sexo para mim era a exploração do corpo de uma mulher, uma apreciação do ato em si, um domínio da minha arte e, bem, intimidade. Ver uma mulher perder o controle de prazer e paixão como resultado direto do meu toque, do meu corpo, é fascinante e excitante pra caralho. Eu nunca tive um relacionamento, mas já estive com muitas mulheres. Perdi a virgindade com quatorze anos, com uma garota de dezessete, claro, e o trem está em movimento desde então. Eu não diria que sou bonito, mas tenho uma aparência razoável e as moças parecem gostar do meu corpo. Tenho um metro e noventa e surfava muito, o que me mantinha em forma. Sou um cara grande. Musculoso. As garotas gostam de caras fortes.

Mas tudo que eu sabia sobre sexo mudou quando aconteceu com uma pessoa que eu amava. No último mês de agosto; Raio de Sol. Nós nos conhecíamos a vida toda. Ela era minha vizinha e minha melhor amiga. Eu estava muito apaixonado por ela, mas ela nunca soube. Ela era engraçada, inteligente, talentosa e linda pra caralho. A criatura mais perfeita que Deus já criou. E aquela noite foi pura exploração, apreciação e intimidade. Ela foi a amante mais sensível que eu já tive, mas foi muito mais do que isso. Foi emocional; a melhor noite da minha vida. Ponto final.

Como se continua depois disso? A resposta é: não continua. Pelo menos não com qualquer tipo de esforço sincero. Todas as mulheres com quem estive depois foram só uma foda. Uma pura e simples foda. Eu entro para gozar e pronto, rápido e sujo. Egoísmo? Sem dúvida. Isso faz com que eu me sinta um merda? Sem dúvida. Mesmo assim, é impressionante a quantidade de participantes dispostas que eu encontro. É triste o quanto elas são ansiosas e indiscretas... sem vergonha e sem orgulho. Mas, quer saber? Não é o meu papel ser pai de uma mulher de vinte e cinco anos só porque outra pessoa fracassou nesse departamento. Então, sim, eu deixo que elas me agradem. Volto a atenção para a substituta e levo o olhar até o rosto dela. É comercialmente bonito: olhos grandes e escuros; maçãs do rosto altas e proeminentes; e lábios carnudos – tudo auxiliado por uma camada pesada de maquiagem. Sou fã da beleza natural, mas atualmente sou capaz de deixar esse tipo de coisa passar. Ela deve ter trinta e poucos anos pelas linhas de sorriso em volta da boca. Está me olhando com seus olhos fortemente pintados. Ela parou de falar com Franco agora que estou aqui, e a expressão dela parece um livro aberto, fácil de ler.

Ela pede licença da conversa e se levanta para me encontrar no corredor, esticando a mão.

— Você deve ser Gustov.

Ela está falando com meu peito nu.

Eu aperto a mão dela.

— Devo ser — eu digo, nem um pouco constrangido pelo fato de estar parado ali de cueca, à beira de uma ereção.

Pela visão periférica, vejo Franco do canto do meu olho atrás dela. Ele está balançando a cabeça lentamente e está com uma expressão séria. Ele raramente faz uma expressão séria. Tudo se resume em uma mensagem: "Não faça isso". Ele é meu companheiro há anos e tem o dom misterioso de identificar loucura a um quilômetro de distância.

Ela ainda está segurando a minha mão e o seu olhar desceu para o meu tronco.

Eu a acompanho e desço o olhar para o peito dela. Não quero olhar no seu rosto. Isso não vai ser pessoal. O contato visual torna tudo mais pessoal.

Agora ela está me fazendo andar para trás. Obedeço e, quando chego à porta do banheiro, a abro. É um convite que ela aceita sem hesitação quando me segue para dentro.

Estou desabotoando o resto da blusa dela antes de a porta se fechar. E, quando ela consegue trancar a porta do ambiente apertado, seus ombros estão à mostra e as tiras do sutiã estão abaixadas até os cotovelos, libertando seus peitos enormes, obviamente de silicone. Mais uma vez, prefiro o natural, mas quando estão nas minhas mãos, na minha boca, não reclamo. Ela está gemendo de forma teatral. Eu me desligo.

Quando ela começa a tirar a microssaia e a calcinha, eu a impeço.

— Pode parar. Não tenho camisinha aqui.

Ela sussurra no meu ouvido:

— Tudo bem, eu tomo pílula. — A voz dela soa rouca. Não é sexy. É carente. Odeio carência.

Agora, ela está tentando me beijar.

Isso também não vai rolar. É íntimo demais. Não beijo ninguém desde Raio de Sol. Eu viro a cabeça.

— Não vai rolar. Pelo que vejo, só temos uma opção aqui...

Nem preciso terminar meu ultimato e ela já cai de joelhos e puxa minha cueca.

Quando ela me toma na boca, não consigo me segurar.

— Ah, merda, que coisa boa.

Ela é agressiva. Obviamente, essa não é a sua primeira vez. Ela não fica brincando só com a ponta, ela me engole todo. E eu sou grande; isso é material caprichado de pornografia, garganta profunda.

Ela está com a minha bunda nas mãos e está me segurando com força contra ela. Estou com medo de a estar machucando e me afasto. Ela implora para eu continuar. Porra, não precisa pedir duas vezes. Não demora para o cabelo dela estar em um nó nas minhas mãos e eu estar metendo.

O gozo não é mais como era. É uma satisfação momentânea que me cega e vem seguida rápido demais de volta à realidade sem graça.

Abaixo a mão e puxo a cueca quando ela está se levantando, secando os lábios e o queixo com as costas da mão. Os seus olhos estão dilatados e me dizem que, apesar de eu ter terminado... ela não.

— Sou Clare, aliás.

Eu faço que sim distraidamente.

— Você tem talento para as apresentações.

Ela passa o dedo pelo meu peito.

— Você também. Estou ansiosa para trabalhar com você. — A expressão nos olhos dela me diz que "trabalhar" naquela frase significa "trepar".

Abro a tranca na porta atrás dela.

— A gente se vê. — Eu a deixo sozinha no banheiro, para cuidar da vida.

Quando saio do banheiro, Jamie está sentado com Franco à mesa jogando pôquer. Jamie levanta o queixo em cumprimento. Não temos conversado muito ultimamente. Franco balança a cabeça. Sei que ele está decepcionado comigo. Ele tentou me avisar. É estranho, porque era eu quem cuidava da banda. Eu era o líder. Agora, é o Franco. Talvez faça sentido; ele é o mais velho, com vinte e cinco anos. Ou talvez seja só a certeza inevitável de que estou fracassando horrivelmente na vida.

Quinta-feira, 9 de fevereiro

(Gus)

Nosso produtor, RSC, me ligou hoje. Ele disse que andou conversando com a gravadora e que querem relançar nosso disco em poucas semanas incluindo uma faixa bônus. A faixa bônus é uma canção chamada "Finish Me", que a Rook gravou em dezembro com a Raio de Sol. Eu escrevi a música nos dias depois da bomba – a descoberta do diagnóstico de câncer terminal da Raio de Sol. A banda voou para Minneapolis e gravou em um estúdio lá cerca de um mês antes de ela morrer. Raio de Sol escreveu e tocou o arranjo de violino e cantou comigo. Essa música é a nossa melhor até hoje, mas é íntima. Íntima demais. Não há nenhuma chance de eu conseguir tocá-la ao vivo, que é o que se esperaria depois de um lançamento de um disco. Droga, só voltamos a tocar "Missing You" ao vivo esta semana, e só depois que escrevi um novo arranjo de guitarra e aumentamos o ritmo. Passou de uma balada triste para uma gritaria furiosa. Porque ando incrivelmente furioso ultimamente.

Sei que a gravadora vai conseguir o que quer. Está na hora de lançarmos um *single* novo. Que coincidência.

Sábado, 11 de fevereiro

(Gus)

Clare virou uma distração bem-vinda. Entre reuniões pelo telefone, nos ajudar com entrevistas, interagir com a equipe dos locais dos shows, resolver as merdas diárias que crio e o que mais ela faça, doses frequentes de sexo – sempre que possível e onde possível – se tornaram rotina. Eu talvez tenha que começar a comprar preservativos por atacado. Ela parece feliz em fazer a parte dela nos nossos arranjos unilaterais. Sei que sou um babaca e vou ficando mais a cada dia, mas não tem ninguém a obrigando.

Fora pausas para fumar juntos, nós não passamos nenhuma quantidade de tempo significativa na companhia um do outro, o que é ideal. Quando conversamos, é só sobre trabalho, o que é bem pouco, pois é Franco que cuida disso ultimamente.

Domingo, 12 de fevereiro

(Gus)

— Gus, posso ser direto? — Franco me olha com rigor e sei que estou encrencado. Eu odiava ficar encrencado com Franco. Ainda odeio um pouco, eu acho, mas não o suficiente para mudar a minha maneira de agir.

— Claro. — Mas não quero realmente ouvir.

— Cara, a gente está na estrada há duas semanas agora. Apesar de eu adorar o coque e a barba desgrenhada... — Eu tento não rir, mas sai com um som de deboche. — Falando sério, você está arrasando no modelo hipster, eremita, mendigo — continua Franco. — Mas você precisa tomar banho. Tipo, todos os dias. Este ônibus é pequeno, cara. A higiene é prioridade. Você está com cheiro de carniça.

Eu assinto.

— Entendido, cara.

Nada é prioridade.

Sábado, 18 de fevereiro

(Gus)

Hoje vai ser o nosso maior show. Vai ser em Londres, em uma arena chamada O2. Vinte mil pessoas. Vinte mil, porra. É muito mais do que tocar no Joe's Bar, em San Diego, na frente de duzentas pessoas dois anos atrás.

Às vezes eu queria que ainda estivéssemos tocando no Joe's.

Estou nervoso. Eu nunca fico nervoso, mas minhas mãos estavam tremendo durante toda a passagem de som. Talvez eu precise de uma bebida. O que estou pensando? *Claro que preciso beber*. Não tomo nada desde ontem. Não havia cerveja no ônibus. Acho que Franco começou uma tentativa de intervenção passiva.

Já me ressinto da passividade.

E da intervenção.

Faltando duas horas para o show começar, preciso comer. Estou indo até o ônibus pegar um maço de cigarro quando Clare aparece correndo atrás de mim. Não sei como ela corre com saltos de doze centímetros, mas é o que ela faz. Ela está ofegante. Ela vive sem fôlego, talvez por ser a única pessoa que conheci que fuma mais do que eu.

— Gustov — diz ela, ofegante. Até meu nome é um ofego.

Vou mais devagar, mas não paro para esperá-la. Viro a cabeça para falar com ela, mas não o suficiente para encará-la. Tenho dificuldade em olhar em seus olhos. Todas as vezes que faço isso, vejo uma Raio de Sol decepcionada me olhando, como um fantasma me assombrando. Não consigo encará-la. Raio de Sol teria odiado Clare; elas são opostas.

— Clare. — É assim que a cumprimento.

— Percebi que você estava meio distraído na passagem de som — diz ela diretamente.

Não me sinto insultado. É verdade.

— Preciso de uma bebida — respondo.

Ela está ao meu lado agora, inclinada com a boca perto do meu ouvido.

— Tenho uma coisa melhor do que álcool.

Ao ouvir isso, eu me viro e a encaro porque essa mulher é insaciável.

— Meu Deus, a gente trepou uma hora atrás, Clare — eu digo, exasperado. — Estou bem por algumas horas. Mas valeu. — Ela me irrita e não tento esconder isso dela.

Ela dá um sorriso sedutor. Flertando. Também é a dica para eu afastar o olhar. Ela dá uma risadinha. Sua risadinha é irritante de várias formas: é aguda, um contraste enorme com sua voz grave e rouca; é oferecida com generosidade demais sem ser conquistada, talvez seja um tique nervoso; além disso, é alta pra caralho.

— Não, amor. Apesar de parecer uma ideia fabulosa, estou pensando em outra coisa.

Agora, já chegamos no ônibus. Eu a sigo pelos degraus antes de continuar a conversa.

— E o que é?

Ela enfia a mão no bolso do sobretudo e tira um frasco pequeno de vidro de pó branco, segurando com o indicador e o polegar, e o balança na minha cara.

Minha reação inicial é "Porra, não". Mas não digo nada.

Ela segurou meu pulso e está me puxando para os fundos do ônibus, para o quartinho que ela ocupou no dia que se juntou a nós.

— Vem. Cheira só uma carreira comigo. Vai ajudar no show.

Era agora que eu tinha que parar e articular as palavras "Porra, não", mas eu só a sigo como um imbecil.

Enquanto ela coloca o pó sobre uma revista Vogue que está em cima da cama e forma com eficiência duas carreiras pequenas, eu olho para o rosto dela com atenção pela primeira vez. Há sombras embaixo dos olhos que ainda consigo ver mesmo com a maquiagem pesada. Linhas finas se espalham dos cantos dos dois olhos. Ela é mais acabada do que eu tinha percebido. Eu digo de repente:

— Quantos anos você tem?

Ela cheira como se o nariz já estivesse dois passos à frente dela na necessidade e olha para mim com olhos loucos.

— Vinte e cinco.

Foi o que pensei. A cocaína a envelheceu. Eu achava que ela era dez anos mais velha. Eu avalio o pó na nossa frente.

— Não é sua primeira vez, é?

Ela está esfregando o nariz com as costas da mão. Sua mão está tremendo. Lembro-me de uma prostituta que me abordou no bar lá na minha cidade no dia do enterro.

— Não. Você vai adorar. Vai fazer você se sentir o Super-homem.

Apesar de tudo que estou vendo, que é no mínimo uma campanha forte antidrogas e uma cena muito triste, minha boca toma a decisão por mim.

— Tudo bem.

Ela cheira primeiro. É rápida. Profissional. Fico pensando há quanto tempo ela faz isso.

Eu cheiro em seguida. Sou lento e preciso repetir várias vezes. Amador. Meu nariz arde e meus olhos lacrimejam.

Quando a droga penetra na minha mente e no meu corpo, peço desculpa em silêncio: *Desculpa, Raio de Sol. Vai ser só desta vez. Não vou me transformar na Janice.* A mãe de Raio de Sol era viciada em cocaína.

Estou procurando justificativas. Eu fumo maconha às vezes e já tomei comprimidos em algumas ocasiões. Digo para mim mesmo que não vai ser diferente.

Mas é.

Clare vai comigo, sem ser convidada, até um bar na esquina. Eu como, apesar de não estar mais com muita fome. Ela fuma. Ela nunca come. Acho estranho demais.

Quando o show começa, ainda estou voando alto. Não estou só seguindo a rotina de forma letárgica hoje. Não posso dizer que me sinto totalmente no controle porque não me sinto mesmo, mas há uma força me movendo de dentro para fora. Amplia minha raiva e a canaliza para uma apresentação intensa. Surpreendentemente, a plateia adora. É a experiência mais estranha da minha vida. É como ver tudo acontecer de algum lugar de fora do meu corpo enquanto, ao mesmo tempo, sinto tudo tão profundamente que juro que nunca senti nada igual antes. É completamente surreal.

O tempo não importa, é irrelevante. Antes que eu perceba, a banda está me dizendo que aquilo foi tudo, o show acabou, é hora de ir embora.

Franco fica para trás comigo enquanto fumo um cigarro antes de subir no ônibus.

— Não sei bem o que houve hoje — diz ele —, mas a plateia amou.

Amou mesmo. Eu também.

— Foi o novo Gus.

Ele aperta os olhos como se estivesse tentando resolver um enigma.

— Você está bem, seu merda?

Eu sorrio para ele. Isso mesmo, eu sorrio. Não faço isso há muito tempo.

— Fantástico pra caralho, cara.

Terça-feira, 28 de fevereiro

(Gus)

Os últimos oito shows aconteceram perfeitamente. Clare apareceu todas as noites e alimentou o Super-homem. Uma vantagem inesperada de ser o Super-homem é que já não penso muito em Raio de Sol. Quer dizer, eu penso nela, mas não estou obcecado.

Mas o sono é um ardiloso filho da puta. Clare me deu uns comprimidos ontem à noite, depois do show. Não sei o que eram, mas dormi como um bebê.

Segunda-feira, 6 de março – Terça-feira, 7 de março

(Gus)

Não tem show hoje.

Dia livre.

É um maldito milagre.

Ultimamente tenho ficado cada vez mais cansado. O ioiô do álcool e da cocaína durante as horas acordado e os comprimidos para dormir estão mexendo muito com o meu organismo. Mas estão funcionando. Estou arrasando todas as noites no palco.

Estamos em Amsterdã agora. Isso mesmo, a terra dos bares de maconha e do Distrito da Luz Vermelha. Parece Natal. Convenci os caras a fazermos um passeio de exploração. Eles ficaram surpresos porque não saí com eles nenhuma vez desde que chegamos à Europa. Clare está puta comigo porque eu não a convidei. Não ligo. Não é porque dormi na maior parte do tempo exclusivamente com ela que vou levá-la para sair. Nós não estamos em um relacionamento. Temos um arranjo. São duas situações completamente diferentes.

Depois de caminharmos pelos canais e alimentarmos os pombos na praça Dam, jantamos cedo para sair por aí. Todo mundo que encontramos é tão simpático, e a maioria das pessoas fala inglês, o que me surpreende por algum motivo. Depois do jantar, partimos em busca de todas as coisas únicas de Amsterdã. Quando entramos no primeiro *coffee shop*[1] que encontramos, não preciso convencer Franco, Jamie e Robbie a se juntarem a mim, apesar de eles raramente fumarem maconha comigo.

Trinta minutos depois, estamos todos chapados, lembrando como nossa banda se formou e como nossos primeiros shows foram horríveis. Não rio há muito tempo e a sensação é boa. Estou relaxado, só vivendo no momento. É exatamente o que eu precisava.

Horas se passam antes de irmos embora e seguirmos para o Distrito da Luz Vermelha. Estamos maravilhosamente chapados quando passamos e vemos um *peep show* depois do outro. Não consigo convencer os caras a irem a um bordel, então combinamos de ir ver um show de sexo ao vivo. É pornografia de verdade ao vivo, um cara e uma garota transando. Não deveria ser engraçado, mas por algum motivo é. É engraçado pra cacete. E nenhum de nós consegue assistir com uma expressão séria. Estamos gargalhando como se tivéssemos treze anos e nunca tivéssemos visto peitos ou um pau antes.

Somos expulsos antes do clímax do show. Droga.

Já está perto da meia-noite quando voltamos para o ônibus. Tudo está silencioso. Ainda estamos rindo do show de sexo quando Clare sai do quarto. Acho que a acordamos. Ela está com um olhar assassino quando desliza a porta do quarto e nos olha.

— Estou tentando dormir. — Em cima ela está usando uma regata fina como um papel e embaixo está com uma calcinha fio-dental. Está alheia ao fato de haver quatro pares de olhos nela.

— Alguém está de mau humor. — Dou risada porque nem ela é capaz de estragar meu humor hoje.

Ela aperta os olhos para mim e expira com amargura.

— Como estava a maconha?

Dou um sorriso.

1 *Coffee shops* são estabelecimentos (geralmente bares) em Amsterdã onde se pode comprar e consumir maconha. (N.T.)

— Excelente pra caralho. — É a primeira vez que sorrio para ela.

Ela repara. De repente, a raiva dela parece ter desaparecido e os lábios se curvam em um sorriso. É o sorriso sedutor dela. O único que ela tem. É seguro dizer que o sorriso dela é um convite.

— Excelente — ela ronrona enquanto segura minha camiseta e me puxa para o quarto.

Ela fecha a porta atrás de mim e, de repente, já está agindo.

— Você trepou com alguém?

Eu dou risada.

— Como é?

Ela é direta enquanto puxa a camiseta pela minha cabeça.

— Eu perguntei se você trepou com alguém. Alguma prostituta?

Sou meio lento para entender.

— Ah, não. Só assistimos. Conta?

O sorriso dela volta e os olhos escuros estão possessivos.

— Que bom. Está preparado para se divertir?

Diversão sempre inclui drogas e sexo.

— Claro que sim.

Ela começa a remexer na mesa de cabeceira e pega um saco plástico cheio de comprimidos de várias cores diferentes. Remexe neles e tira duas cápsulas idênticas. Coloca uma na boca e me entrega a outra.

— O que é isso? — Eu costumo não perguntar mais.

— Importa? — ela me desafia com um tom brincalhão na voz.

— Provavelmente não — eu respondo, porque não importa mesmo.

Ela já tirou a regata e está tirando a calcinha. Está desabotoando minha calça jeans quando diz:

— Esse comprimido vai fazer com o que vai acontecer nessa cama seja a coisa mais intensa que você já vivenciou.

Eu o jogo na boca e engulo.

— Parece ótimo, cara.

— Você me chamou de cara? Eu não sou um cara. — Ela olha para os próprios seios. — Obviamente. — Ela está ofendida, mas não o suficiente para parar de tirar a minha roupa.

Eu nunca a chamei de cara. Cara costuma ser um termo carinhoso para mim. É uma coisa que costumo guardar para os meus melhores amigos. Ela não é minha amiga e não tem nada de carinhoso nela. Queria poder voltar atrás. Sinto que compartilhei uma parte íntima minha.

— Foi sem querer.

— Assim é melhor. — Ela se sente consolada.

Se ela soubesse que o "foi sem querer" era mais um insulto do que um pedido de desculpas, ela ficaria puta, mas a droga está começando a enevoar minha mente. De repente, não ligo para mais nada além de levá-la para a cama.

O sexo com a Clare é sempre selvagem. É como ela gosta. Ela parece masoquista. Ela quer ser dominada. E gosta de umas coisas meio pervertidas. Às vezes, é legal. Às vezes, não. Mas hoje é diferente. Tudo está acontecendo em câmera lenta. Tudo está mais suave. É sexo baunilha em comparação ao que costumamos fazer, o que deveria ser tedioso para ela, mas não é. Eu gosto. Estou indo devagar. Estou beijando. Estou tocando. Estou dando prazer a ela. E ela está me dando prazer demais.

Quando terminamos, ela não quer que eu saia da cama dela. E eu não saio. Eu não sabia na ocasião, mas foi um erro. O ápice de muitos, muitos erros.

Quando acordo várias horas depois, minha cabeça parece estar ocupada por uma porra de banda marcial tocando em volume máximo dentro do meu crânio. Eu me espreguiço e meu corpo todo dói. Sinto um corpo quente ao meu lado.

Não deveria haver um corpo quente ao meu lado.

Que seja uma estranha na cama comigo, eu penso. Mas sei que não é. E sei que fiz uma merda estupenda. Dou uma espiada, e claro que é a Clare ao meu lado.

— Merda. — Isso eu digo em voz alta.

Os olhos dela estão fechados.

— O quê? — ela diz. A sua voz ainda está sonolenta.

Eu reviro os olhos.

— Nada. — Saio da cama e começo a procurar a minha calça. Encontro-a perto da porta e visto. Vou procurar a cueca depois; tenho de sair daqui.

Ela está me olhando agora e não consigo entender como ela pode estar sorrindo para mim assim se ela tomou a mesma merda que eu ontem à noite. Por que ela não está se sentindo um lixo?

— A noite de ontem foi incrível — ela diz. — Você é carinhoso quando quer. Quando baixa a guarda.

Merda. Merda. As coisas só pioram. Estou revirando as lembranças confusas da noite anterior e não consigo encontrar quase nenhuma dos momentos depois que fomos para a cama. Parece que minhas lembranças não têm relação com nada físico e assumem uma qualidade de sonho. E são completamente desligadas da Clare, completamente separadas. São nebulosas e vagas, mas calorosas e carinhosas. Como se eu estivesse em um lugar seguro. Em um lugar de onde não queria sair. Senti amor e me senti amado.

A voz dela quebra meu transe.

— Nunca ninguém tinha feito amor comigo antes. — Ela está com cara de quem ganhou um prêmio e meu estômago dá um nó porque, por algum motivo que não sei explicar, sei que ela está certa. Eu não transei com ela, eu fiz amor com ela. Estou tão confuso. Preciso sair daqui.

Abro a porta do quarto e estou quase fugindo quando as palavras seguintes dela explicam tudo.

— Você me chamou de Raio de Sol ontem. O que isso quer dizer?

Sinto a bile subir na minha garganta e as lágrimas arderem os meus olhos. Esse nome saindo da boca da Clare é profanação. Não consigo pensar em nada pior agora do que ouvir Clare dizer o nome dela. Eu me viro na mesma hora e paro na frente dela, apontando o dedo a dois centímetros da cara dela.

— Nunca mais diga esse nome de novo! — Eu estou gritando.

O rosto dela passou de triunfo a choque.

Franco desceu do beliche agora. Está segurando meu braço e me puxando para fora do quarto. Ele me bota sentado à mesa perto do motorista e me dá um cigarro e um isqueiro enquanto fala para o motorista:

— Dá uma parada, Ed. Gus precisa sair e espairecer.

Minhas mãos estão tremendo tanto que quase não consigo acender o cigarro.

Ed, nosso motorista, para o ônibus no acostamento e eu calço meus tênis Vans e visto meu casaco, sem me incomodar com camisa e meias. Desço do ônibus no acostamento coberto de neve que eu suponho que seja o interior da Holanda. Estou andando ao lado do ônibus e quase acabando com o primeiro cigarro quando Franco se junta a mim.

— O que houve, babaca? — Ele está com a expressão de preocupação: testa franzida e lábios apertados, inclinados para baixo de leve. É a mesma expressão que ele faz quando uma coisa ruim acontece.

Dou de ombros enquanto inspiro mais nicotina para dentro do meu corpo. Não está me acalmando como costuma fazer. Minha cabeça está latejando, meu coração está disparado e meu corpo todo está tremendo de dentro para fora.

— Você ouviu a conversa toda esta manhã? — As paredes são finas; se ele estava acordado, ele ouviu.

Ele assente com expressão de desculpas:

— E ontem à noite.

Eu me agacho e escondo meu rosto em minhas mãos. Não estou só constrangido, estou perdido. Esfrego os olhos e minhas mãos ficam úmidas. Eu acendo outro cigarro. Preferiria cortar o braço direito a ouvir a resposta a essa pergunta, mas me obrigo a fazê-la.

— O que eu disse para ela ontem à noite?

Ele me olha.

— Você não se lembra?

Não é uma pergunta de verdade; ele sabe que não lembro. Só está ganhando tempo.

Eu balanço a cabeça.

Ele coça a cabeça raspada. Não quer me responder, mas sei que vai porque é isso que os bons amigos fazem. Eles dão as notícias ruins mesmo quando você não quer ouvi-las.

— Não vou entrar em detalhes, mas você ficava chamando ela de Raio de Sol... quando vocês estavam fazendo sexo. Você disse que a amava, cara.

Eu me viro e grito com tudo que tenho em mim. Parece que minha cabeça está se partindo. A dor é excruciante, mas só me faz querer gritar por mais tempo e mais alto. Quando o grito acaba, não consigo recuperar o fôlego, e quando percebo estou inclinado vomitando na neve. Não lembro o que comi na noite anterior, mas está por todo o chão e nos meus sapatos agora. Meu estômago se esvazia rápido, mas meu corpo não cede. Continua com espasmos. Enchem meus olhos de água, que escorre pelo rosto. E, quando os espasmos passam, percebo que estou chorando desesperadamente. Estou no chão agora, os joelhos molhados de vômito e neve. Escondo o rosto nos antebraços e me encolho no chão molhado coberto de neve. Estou chorando como chorei no momento em que ela morreu. Chorando como se a porra do meu mundo estivesse acabando. Franco se ajoelha ao meu lado e coloca as mãos nas minhas costas.

— Meu coração está doendo tanto, cara — eu digo, ofegante. — Sinto saudades dela. Sinto tantas saudades dela.

— Eu sei, grandão. — Sem crítica.

Estou agradecido por Franco estar aqui comigo porque ele sabe falar comigo. Eu não poderia fazer isso com mais ninguém agora. Nem com a minha mãe.

— Não sei ser o Gus sem ela, cara. Estou perdido pra caralho.

— Eu sei.

Eu fico de joelhos e olho para ele.

Ele hesita como se fosse dizer alguma coisa, mas tivesse desistido. Mas acaba falando assim mesmo.

— Escuta, sei que não é da minha conta, cara. Se você gosta da Clare, tudo bem, mas...

Eu o interrompo.

— Não gosto. Não sei que porra estou fazendo com ela.

Ele ergue as sobrancelhas. Está chamando a minha atenção.

— Tudo bem — eu digo, bufando. — Eu sei o que estou fazendo com ela. Estou trepando com ela. Usando ela. Ela é uma distração sem sentido. Só isso.

— Mas ela tem te ajudado com os seus remédios também.

Isso foi casual demais para Franco.

— É assim que você chama? Remédios?

Ele aperta os olhos.

— É — diz ele com cautela. — Conversei com ela algumas semanas atrás sobre você. Não entrei em detalhes pessoais, mas contei que achava que você precisava ir ao médico. Ela me disse alguns dias depois que tinha arrumado um médico para ir no local do show quando nós estávamos jantando e que ele te deu uma receita de remédios para a ansiedade e para dormir.

— Médico? Eu não sabia que Clare era capacitada para medicar alguém. — Não gosto do fato de ela estar escondendo coisas de Franco. Mas a verdade é que também menti para ele.

Há uma mudança nas feições dele, uma veia na testa começa a pulsar e seus olhos ficam escuros e intensos. Já sei o que está vindo.

— O que você anda usando?

— Cocaína, comprimidos, o que ela arruma.

Ele se levanta em um piscar de olhos e voa para a porta do ônibus. Eu surpreendo a mim mesmo correndo atrás dele, e logo o estou segurando pelo braço numa tentativa de impedir que entre no quarto dela. Ele é um sujeito forte quando está com raiva. Ele não fica com raiva assim com frequência; só vi isso uma ou duas vezes em cinco anos. Ele sabe ser apavorante quanto está puto assim. Ele não recua. Clare está parada ao lado da cama, vestindo um robe fino. O rosto dela está pálido, mas firme. Franco está gritando com ela.

— O que você fez com ele? — Como ela não responde e fica parada com uma postura desafiadora, os braços cruzados sobre o seu peito, ele explode de novo. Mais alto desta vez. Ela se encolhe. — Eu perguntei o que você vez com ele, porra?!

Um sorrisinho surge e o olhar dela se desvia para o meu.

— Nada que ele não quisesse, certo, amor?

Estou segurando ambos os seus bíceps por trás agora. Os braços estão tremendo violentamente de fúria.

— Você mentiu para mim, porra! — Não sei como ele consegue falar mais alto, mas ele fala.

Não há resposta.

Ele está apontando para ela.

— Fica longe dele, está ouvindo? Fica longe dele, porra. Não dá nada para ele. Não fala com ele. Nem olha para ele.

Ela me olha e há medo por trás da fachada gelada. Sei que ela não está há muito tempo fazendo esse trabalho e ela sabe que pode botar o emprego em risco.

— Gustov é um homem adulto, Franco. Eu nunca o obriguei a fazer nada. Ele quis.

Não gosto de Clare, nunca gostei, mas tenho que admitir que sinto um pouco de pena dela agora. Ela está no caminho direto do furacão Franco, mas deveria ser eu.

— Ela está certa, cara — eu digo. — Ela nunca me obrigou a fazer nada. Se você quer ficar puto com alguém, deveria ser comigo.

Franco se vira, se solta das minhas mãos e olha para mim. Os seus olhos estão penetrantes e sei que chegou a minha vez.

— Ah, eu estou puto, Gus. — Consigo perceber porque ele raramente me chama de Gus. — Puto pra caralho. O que você tinha na cabeça? Escuta. — Ele faz uma pausa e olha para Clare como se desejasse que ela não estivesse perto. Ele se vira para mim e continua. — Sei que tudo está uma merda agora. Eu sei disso. — Ele baixa a voz. — Nós todos sentimos saudades dela, cara. Mas não é assim que se resolve as coisas. Você sabe como ela ficaria decepcionada se estivesse aqui vendo esta confusão toda acontecer?

Ela odiaria. Eu sei disso.

— Bom, ela não está, não é? — Não posso ter esta conversa. Não preciso do lembrete. Vivo isso a cada segundo. — Ela morreu. — Não estou ouvindo mais. Saio andando na direção do frigobar e pego uma cerveja.

Franco se vira para Clare e aponta para mim, sentado à mesa.

— Fica longe dele. — Não é um lembrete muito sutil. Ele olha para mim e aponta para Clare. — O mesmo vale para você. Fica longe dela. Arruma uma nova parceira de foda.

Clare fecha a porta do quarto. Ela está lá dentro e sinto um certo alívio por ter uma barreira entre nós.

Franco se senta à minha frente. Parece exausto e já está mais calmo.

— Desculpa, seu merda. Eu não deveria ter falado da Kate na frente dela.

Viro metade da lata antes de respirar.

— Eu falo demais, cara. Parece que caprichei nisso ontem à noite. — Passo os dedos pelo cabelo e o prendo em um rabo de cavalo. — Não consigo acreditar no que fiz.

Ele bate com os dedos na mesa.

— Você fingiu que a pessoa com quem você estava era a pessoa com quem você gostaria de estar. Nós todos já fantasiamos isso. Não é vergonha nenhuma.

Eu o encaro.

— Você não fantasia com gente morta.

— Você está mais alto do que uma maldita pipa. — Ele expira e me encara por um tempo, os olhos implorando por sinceridade. — Você a amava, sei disso. Não me venha com o papo de "melhores amigos", cara. Se eu culpo você? Porra, não. Kate era a mulher mais incrível que eu já conheci. Todos nós, pessoas lamentáveis, vamos ter muita sorte se encontrarmos alguém que seja metade do que ela era.

Eu faço que sim, me encosto e termino a minha cerveja.

Franco me deixa.

Fim da discussão.

Segunda-feira, 27 de março

(Gus)

Quando o avião toca no solo no aeroporto internacional de San Diego, eu solto um suspiro de alívio. Parece que estou prendendo a respiração há dois meses. Sei que é irracional achar que a geografia vai mudar o que se passa na minha cabeça, mas estar tão longe de casa e de tudo familiar não ajudou em nada. A etapa europeia da nossa turnê terminou ontem à noite em Paris. Estou exausto e só quero dormir por três semanas antes de a turnê americana recomeçar.

Franco me cutuca quando o corredor fica liberado o suficiente para entrarmos no fluxo. Depois de pegar minha mala no compartimento superior, ando pelo aeroporto até a esteira de bagagem. Estou atrás do Franco. Ele não está falando. Sei que ele está tão exausto quanto eu da confusão toda dos últimos dois meses.

Apesar de eu não ter usado drogas desde aquela noite de merda com a Clare, não estou sóbrio há sessenta e poucos dias. Meu sangue manteve o teor alcoólico altíssimo. Estou exausto, se você quer saber a verdade. Fiz isso para me esconder da vida, mas agora só me sinto enterrado vivo.

Clare ficou pelo resto da turnê e terminou o trabalho. Não falou comigo depois da grande confusão. E eu não falei com ela. Com a distância veio uma nova clareza: talvez ela fosse mais ferrada do que eu. Não sei o que a fez do jeito que ela é, mas há definitivamente alguns problemas por trás daquela instabilidade emocional. Meu palpite é que ela vai cair. Com força.

Terça-feira, 28 de março

(Gus)

RSC mandou que adiassem o relançamento do disco para hoje.

Ele sabia que eu não conseguiria lidar com "Finish Me" e que tocá-la na turnê estava fora de questão.

Eu amo o sujeito por lutar por nós.

Quarta-feira, 19 de abril

(Gus)

Passei as últimas três semanas evitando tudo. Dormindo o máximo possível. Janto com a minha mãe todas as noites, mas esse é o meu máximo de contato com o mundo real. É a única parte do dia que espero com ansiedade:

o tempo com a minha mãe, mesmo que não conversemos muito. É reconfortante para nós dois.

Quinta-feira, 20 de abril

(Gus)

Estou segurando o celular na mão olhando para ele como se não tivesse ideia de por onde começar. Ou talvez eu esteja em dúvida se deveria realmente fazer a ligação. Não vejo nem falo com o namorado da Raio de Sol, Keller, desde o enterro. Mas nos últimos dias não consegui parar de pensar nele e na filha dele, Stella. Querendo saber como estão. Ele é um bom sujeito e Raio de Sol o amava demais, então espero que ele esteja segurando as pontas melhor do que eu.

Ligo para o número dele. Antes de começar a tocar, meu coração está batendo com tanta força que tenho a sensação de que vou ter uma parada cardíaca. Eu desligo.

Acho que não estou pronto para isso.

Sexta-feira, 21 de abril

(Gus)

A turnê começa esta noite em Vegas. É cedo, são oito horas da manhã e Franco está na cozinha conversando com a minha mãe. Precisamos sair logo, mas ainda não fiz a mala. Pego a bolsa de viagem no armário e a jogo aberta na cama. Dentro, coloco algumas camisetas, calças jeans, meias e cuecas, junto com meu laptop, escova e pasta de dentes e desodorante. Verifico os bolsos para ver se estou com a carteira, o celular, os cigarros e o isqueiro. Jogo a alça da bolsa no ombro e olho para o laptop da Raio de Sol. Ainda está intocado sobre a minha cômoda. Caramba, quero tanto levá-lo, abri-lo e investigar o que tem nele. Revirar tudo que ela deixou. Tê-la de volta na minha vida. Mas não é tão fácil e é tão íntimo que quase choro só de pensar.

Pego então as caixas das guitarras no canto e fecho a porta ao passar. Fecho a porta na cara da Raio de Sol. De novo.

Minha mãe e Franco estão conversando. Escuto do corredor. Mas, quando entro na sala, o silêncio é imediato. Coincidência? Não.

— Não tem problema, não permitam que a minha presença impeça vocês de falarem de mim.

Grosseria? Sim.

Eu me importo? Sim, com a minha mãe e com o Franco, sim.

Consigo parar de agir como um babaca? Não.

Minha mãe franze a testa e me abraça.

Eu a abraço também. É um pedido de desculpas.

— Bom dia, mãe.

— Bom dia, Gus. — Ela está me perdoando.

Eu morro de amores por ela por isso, porque ela não deveria me perdoar.

O voo é curto e pousamos rapidamente. Um táxi nos deixa na frente de um hotel monstruoso na avenida. São onze horas. Já estou pronto para beber algo forte e cochilar, mas Hitler nos recebeu na porta e não perde tempo em nos levar pela multidão até um elevador.

Só quando estamos dentro de um elevador brilhante é que ele começa a falar conosco.

— Jamie e Robbie chegaram meia hora atrás. Vocês dois têm… — ele puxa a manga da camisa para olhar a imitação de Rolex — … vinte minutos até a sessão de fotos começar.

Jamie e Robbie ficaram alguns dias em Vegas. Foram miniférias. Que bom para eles.

Eu me olho na parede espelhada à frente. Minhas roupas parecem ter sido usadas como pijama. Pensando bem, talvez tenham sido mesmo. Meu cabelo não é lavado há uns dois dias e está preso em um rabo de cavalo. Está ficando comprido de novo. Fico agradecido pelos óculos de sol porque consigo ver meus olhos cansados e vermelhos encarando meu reflexo. Me repreendendo.

Hitler não diz mais nada.

Nem nós.

O elevador para no décimo quinto andar e o seguimos quando as portas se abrem. Tudo em Vegas é opulento e exagerado. Eu sempre odiei isso. É pretensioso e falso, como um monte de fumaça e espelhos. Hitler para um pouco à frente e abre a porta para o que logo descobrimos ser uma suíte, como uma casa dentro de um hotel. A mobília foi empurrada para um lado e tem uma equipe do hotel montando cenários, iluminação e câmeras.

Franco e eu soltamos nossas malas no chão e ele vai se sentar em um dos numerosos sofás de couro com Robbie e Jamie. Eu vou até o bar e me sirvo de um copo de uísque. Três goles e o copo já está vazio. Encho-o de novo e o levo quando vou me sentar com os caras.

Devo ter começado a cochilar porque, quinze minutos depois, sou acordado do quase sono por uma loura bonita de calça jeans apertada e regata preta.

— Vem comigo, Gustov. — A voz dela é hipnótica. Ou talvez seja a sua bunda. Ou os seus seios pequenos e inacreditavelmente perfeitos.

— Com alegria — eu respondo. E é assim que vamos para um lugar fechado e ela começa a tirar a minha roupa.

— Nós não temos muito tempo — ela diz.

Não temos mesmo. Preciso de você agora.

Ela me passa uma calça jeans preta.

— Coloca isso.

Estou confuso.

— Espera. Você quer que eu vista isso?

Ela pisca os olhos grandes e castanhos para mim.

— Foi o que falei. Anda logo, precisamos dar um jeito no seu cabelo antes de chegarem para fazer a sua maquiagem.

Droga. Ela quer mesmo que eu me vista. Achei que ia acontecer uma coisa boa. Agora estou aqui de cueca e pau duro e ela quer ajeitar meu cabelo.

Não passa despercebido o fato de que seus olhos descem até minha masculinidade ereta antes de ela virar as costas para mim para remexer em uma pilha de camisas na cama.

Eu visto a calça jeans. Cabe bem, apesar do volume.

— Sou Lindsey, aliás — diz ela ao se virar para mim de novo. Ela aperta minha mão antes de me entregar uma camisa.

Agora me sinto um idiota porque ela parece bem legal.

— E eu sou um babaca, aliás.

Ela ri da minha confissão.

— Desculpe. — Eu normalmente não pediria desculpas por uma coisa assim, porque ela não pareceu ofendida e eu ainda tenho a sensação de que a gente pode ficar junto depois, mas ela parece tão... legal.

— Não foi nada. Faço esse trabalho há dez anos. Já ouvi e vi de tudo. — Ela parece mais velha do que eu, mas eu jamais adivinharia que está fazendo esse trabalho a uma década inteira.

É minha vez de rir e sentir que um peso foi retirado do meu peito. Eu visto a camisa.

— Senta aqui, por favor — diz ela, indicando uma cadeira.

Depois de tirar o elástico do meu cabelo. Ela passa os dedos pelos fios algumas vezes. Está embaraçado.

— Humm. — Ela está pensando.

Olho para ela por cima do ombro.

— Está um ninho de ratos. Eu não sabia que tinha sessão de fotos nos planos de hoje. Foi mal. — Estou pedindo desculpas de novo. Sinto-me mal, como se estivesse dificultando o trabalho dela.

Ela dá um sorriso simpático. Faz com que eu tenha vontade de ficar naquele quarto para sempre.

— Nunca duvide de mim — ela diz. — Existe produto para tudo. — Ela começa a desembaraçar meu cabelo com os dedos de novo. — Até para isso.

Cinco minutos depois, meu cabelo está melhor do que tem estado há meses. Acho que eu não deveria ter duvidado dela.

Lindsey pendura as camisas e dobra as calças que não foram usadas enquanto alguém passa maquiagem no meu rosto. Normalmente, odeio quando passam alguma merda em mim, mas não estou prestando atenção porque não consigo tirar os olhos de Lindsey.

Quando o maquiador (não olhei para verificar se era homem ou mulher) sai do quarto, eu digo:

— Você vai ao nosso show hoje?

Ela ri de novo e o som é música para os meus ouvidos.

— Não. Mas já ouvi algumas músicas no rádio. São boas.

— Você devia ir. Posso botar você para dentro. — Minhas palavras são ridículas. E desesperadas. Claro que consigo botá-la para dentro, eu sou da porra da banda.

— Não posso. Tenho que pegar um voo de volta para Seattle esta noite. Mas obrigada, Gustov.

— Que tal um jantar? Antes de você viajar? — Caramba, é quase constrangedor o esforço que eu estou fazendo aqui. E não é nem pelo sexo em potencial com ela que estou tão empolgado. É só por... ela.

Ela pisca algumas vezes e já sei que vai recusar.

— Gustov, fico lisonjeada. De verdade. — Ela dá um sorriso para aliviar a rejeição, eu acho. — E você não é um babaca — acrescenta ela rapidamente. — Mas eu tenho namorado.

Eu faço que sim. Eu entendo. E, se é que é possível, tenho mais respeito por ela. Não entro no meio do relacionamento dos outros. Fim da história.

Alguém limpa a garganta atrás de nós. Eu me viro, e tem uma mulher parada na porta. A postura dela me diz que ela preferiria estar em qualquer outro lugar. A atenção dela está voltada mais para a moldura da porta à frente. Só vejo o lado esquerdo do rosto dela, que parece tenso e não simpático. Fico pensando há quanto tempo ela está parada ali. A julgar pela postura, já faz um tempo. Ela muda a posição para se apoiar no lado direito do corpo e está segurando um bloco de papel com força nas mãos. Ela parece impaciente. Impaciente é o sobrenome dela. Como se ela comesse, dormisse e respirasse impaciência. Já não gosto dela.

— Gustov, se você acabou aqui... — A voz dela é baixa e os olhos se desviam para a nossa direção sem ela virar o rosto. O contato visual apressado me diz que ela ouviu tudo. Ela está me julgando. — Estão prontos para você. — O tom da voz dela é de total irritação.

Sem tirar os olhos de Lindsey, levanto o dedo na direção da impaciente, pedindo que ela nos dê um minuto. Ela se vira e some rapidamente.

Diminuo a distância entre mim e Lindsey, e ofereço a mão de novo. Estou nervoso. Odeio ficar nervoso.

Ela a aperta. Ela está calma. A calma penetra no contato e agradeço por ela.

Ela me encara, e eu digo:

— Ele é um homem de sorte, Lindsey. — Estou falando sério.

Sorrindo, ela assente e pisca.

— Obrigada, Gustov. E só para você saber, se eu não estivesse totalmente apaixonada pelo cara, eu teria dito sim para o jantar.

Sorrio como um menino, solto a mão dela e vou até a porta.

A sessão de fotos, um evento que costumo detestar, não é tão horrível quanto eu esperava. E eu nem estou bêbado. O fotógrafo, Jack, não é do tipo dos que trabalharam conosco no passado. Eles costumam se levar a sério demais e usar o título de artista como se os elevasse a um estado incapaz de se comunicar com o "talento" inferior. Jack tem senso de humor e humildade.

É uma boa combinação, uma das minhas favoritas. Ele nos deixa relaxados e faz com que ajamos com naturalidade. Porra, eu não sei mais o que é natural, mas estou sendo.

Quando saio do chuveiro e visto roupas limpas da minha bolsa depois da sessão de fotos, Lindsey já foi embora. Eu queria vê-la de novo, mas sei que é sinistro demais para o meu estilo. Foi bom me sentir atraído por alguém tão normal, mas ela é comprometida e isso quer dizer que está na hora de tirá-la da minha cabeça.

Sou trazido de volta ao presente pelo som do Hitler gritando comigo da sala.

— Gustov, junte-se a nós. Temos umas coisas para resolver antes da passagem de som.

Ele fala como se estivesse envolvido na passagem de som. Eu ficaria surpreso se ele já tivesse tocado em algum instrumento antes na vida. Vou até o bar e encho um copo de uísque antes de me sentar no sofá ao lado de Franco. Minha bunda mal encostou na almofada quando me dou conta de que não consigo ouvir Hitler estando sóbrio. Levanto-me na mesma hora, pego a garrafa no bar e a coloco na mesa de centro à minha frente antes de me acomodar.

Ele lança um daqueles olhares dele para mim. É o olhar degradante de "Não ganho o suficiente para tolerar suas merdas".

— Precisa de mais alguma coisa antes de começarmos? — Sarcasmo puro.

O que, claro, respondi na mesma moeda, porque não sei ficar de boca calada.

— Almoço e uma puta? Estamos em Vegas, sabe.

Ele balança a cabeça com repulsa. Ele está tão de saco cheio de mim que não é engraçado.

Dou de ombros e tomo um gole do meu copo.

— Eu tinha que tentar.

Franco me lança um olhar de aviso me mandando calar a boca, mas o sorriso dele está aparecendo. O sorriso está vencendo.

Hitler ignora meu comentário e limpa a garganta.

— Como vocês sabem, vou ficar com vocês ao longo da turnê. E, apesar de a Europa ter sido um sucesso apesar de alguns shows remarcados — ele diz, me olhando de cara feia —, muita coisa está em jogo com a volta de vocês aos Estados Unidos. A turnê americana do ano passado foi boa, mas o álbum está decolando aqui agora. "Finish Me" está entre as dez músicas mais tocadas nas listas alternativas desta semana. Vocês não podem cometer erros agora. — Ele está me encarando como se estivesse esperando a resposta de uma pergunta que não fez. Como não respondo, ele continua. — A direção tem alguns pedidos.

"Pedidos" quer dizer "exigências'. Tomo o resto da bebida.

— Primeiro, vocês vão começar a tocar "Finish Me" em todos os shows.

Franco, Robbie e Jamie estão olhando para mim. A expressão deles me diz que é a primeira vez que eles estão ouvindo isso também. Balanço a cabeça e bufo.

— Não vai rolar.

Mais pigarros. Hitler sabe que vai ser uma briga.

— Gustov, isso não é negociável.

Pego a garrafa e tomo um gole longo. Que se foda o copo.

— Para com isso, estamos nos Estados Unidos. Tudo é negociável — eu digo. Vou tentar fazer graça porque estou perto de perder a cabeça e jogar a garrafa de uísque do outro lado da sala.

Ele dá um sorriso agressivo.

— Como falei, vocês vão tocar "Finish Me" em todos os shows.

— Vamos ver, filho da puta — eu digo baixinho antes de roubar outro gole da garrafa.

Franco me ouviu. Ele tira a garrafa da minha mão e bebe um pouco antes de entregá-la para Robbie e Jamie, que fazem o mesmo antes de me devolverem. Ando tão absorto na minha própria merda que esqueci o que é solidariedade. Amo esses caras por ficarem comigo nisso. É por isso que somos uma banda.

Hitler fica em silêncio. Encaro isso como uma dica e me levanto.

— Preciso de um cigarro.

Mas parece que ele ainda não acabou com os ultimatos.

— Nós ainda não terminamos aqui.

Dou um suspiro e me sento. Não estou derrotado. Estou irritado. E ele sabe.

— Essa turnê vai exigir mais do que vocês estão acostumados. Vão ser shows seguidos quase todas as noites, de uma ponta do país à outra. Por esse motivo, entre outros, Gustov, achamos que é melhor para o sucesso da turnê e do disco que você tenha um assistente pessoal durante todo o período.

Eu aperto os olhos e observo meus amigos. Eles parecem confusos, então me viro para Hitler.

— É melhor que o assistente pessoal não seja quem penso que é. — A essas alturas, o humor não vai ajudar.

— Scout MacKenzie vai se juntar a nós no ônibus. Ela vai trabalhar como sua assistente pessoal em todas as questões relacionadas a essa turnê, mas as tarefas principais dela vão ser agenda, comunicação e relações públicas. Ela tem de ser tratada com dignidade e "respeito". — A ênfase que ele põe em respeito e seu jeito de me olhar me dizem que ele vai me castrar se eu tocar nessa mulher. E agora, apesar de eu estar puto, estou curioso.

— Scout — chama ele com voz alta e o rosto virado para trás.

A impaciente de antes entra na sala. Meus olhos nem chegam ao rosto dela e já estou de pé.

— Ah, não mesmo — eu digo, andando para a varanda. O cigarro já está entre meus lábios.

Hitler está com raiva e a voz dele explode atrás de mim.

— Isso não é negociável, Gustov.

Acendo o cigarro, inspiro e, com o cigarro entre os dedos, aponto para ele.

— Não preciso de porra de babá nenhuma.

A gargalhada pomposa dele ressoa atrás de mim quando abro a porta de correr da varanda. Ele está praticamente gritando agora.

— Depois do seu comportamento na Europa, precisa, sim.

Fecho a porta com o consentimento dele e me sento em uma cadeira.

Estou acendendo um segundo cigarro quando Franco se junta a mim. Ele abre a boca para falar, mas eu falo primeiro. Estou irado.

— Eles não podem fazer isso, caralho — eu digo com amargura. E olho para Franco. — Podem?

Ele dá de ombros.

— Não sei, cara.

Apago o cigarro e bufo.

— Os próximos meses vão ser um pesadelo. Qual é a utilidade de uma assistente pessoal se não for para me dedurar para o escroto do Hitler?

Ele ergue as sobrancelhas, concordando.

— Também não sei bem o que pensar disso. — Ele ri um pouco, aparentemente achando graça. — Ela não vai ser uma nova parceira de foda. Ele cuidou para que fosse assim. Ela é puro trabalho, cara.

Estou olhando para o chão, perdido na minha fúria, mas a gargalhada dele me tira do meu estado. Eu balanço a cabeça.

— Você falou com a garota, cara? Ela é rígida pra caralho.

Ele ri mais.

— É, eu percebi. Nós fomos apresentados depois que você saiu. Mas pega leve com ela. Acho que ela só é tímida. E talvez um pouco tensa — acrescenta ele.

— Um pouco? Ela ficou completamente revoltada comigo mais cedo, quando me ouviu dando em cima da estilista. — Eu o encaro e não consigo evitar uma gargalhada junto com ele. — Isso é um pesadelo.

Ele me dá um tapa no ombro antes de sair andando.

— Bem-vindo ao inferno do Hitler, cuzão.

Nove semanas de inferno.

Nove semanas e estarei em casa.

Mais nove semanas.

Em casa.

Sábado, 22 de abril

(Gus)

Acho que o show de ontem foi o melhor desse último ano. Eu estava mais para sóbrio e incomodado com isso na hora do show, mas deu certo. A multidão estava barulhenta e a energia dela era contagiante.

Nós não tocamos "Finish Me". Hitler ficou furioso. Estou começando a sentir prazer de ver a veia pulsando na testa dele.

Fui dormir assim que entramos no ônibus depois do show e só acordei ao meio-dia do dia seguinte. Eu nunca dormi tanto na estrada. Sinto-me quase humano.

Antes de abrir a cortina da minha cama, visto uma camiseta. Existe uma linha de decência que sei que não devo violar de novo. A última coisa de que preciso é da Impaciente me acusando de assédio sexual.

Só depois que uso o banheiro é que percebo que o ônibus está parado. E que sou o único dentro dele. Depois de vestir uma calça jeans, meias e sapatos, pego o essencial e saio para o sol forte. Estamos em Phoenix e está quente. Não me incomodo com o calor; é bem melhor do que o frio. Já aguentei frio suficiente no inverno para uma vida inteira.

Enquanto acendo o primeiro dos muitos cigarros do dia, observo os arredores. Estamos estacionados nos fundos do local do show. Tem um restaurante mexicano do outro lado da rua e meu estômago começa a roncar quando o vejo. Este garoto precisa comer tacos.

O lugar é pequeno por dentro e a limpeza não parece estar no topo da lista de prioridades, mas está bom para mim. E, quando vejo tacos vegetarianos no cardápio, sei que ali é o meu lugar. Peço um combo de seis tacos e uma garrafa de água e me sento numa cabine da vitrine. Os tacos não são iguais aos da minha mãe, mas estão deliciosos.

Quando termino, percebo que não quero sair dali. A calçada lá fora não está cheia, mas há movimentação regular de pessoas. Adoro observar as pessoas. Eu poderia ficar o dia todo sentado tentando adivinhar as vidas das pessoas. Ou inventando as histórias delas. Sei ser criativo, e é muito divertido. Então, me sento e observo. A persiana está fechada, exceto por uma que está torta e aberta. Sinto-me um espião observando através dela.

Uns cinco minutos depois, vejo uma morena alta e magra usando um moletom vermelho largo e short. O short não é obscenamente curto, mas mostra as pernas espetaculares, compridas e delineadas. Ela parece corredora. Está falando no celular. Algumas pessoas andam por aí, principalmente quando estão distraídas por uma coisa como um telefone, e não prestam atenção ao que está acontecendo ao redor, mas, mesmo com o capuz erguido, percebo que ela está olhando para tudo ao seu redor. Ela seria uma testemunha brilhante de um crime; aposto que nada escapa dela. É fascinante. Em determinado momento, ela para de se mover e se encosta na parede. Ela parece intensa e concentrada. Não fala com as mãos. A mão que não está segurando o celular está enfiada no bolso da frente. E, apesar de ela estar parada, ela não consegue ficar parada, como se houvesse um nervosismo do qual ela não consegue se livrar. O talvez seja a impaciência agindo. Sinto pena dela. A calma é elusiva na maior parte do tempo; sinto falta dela.

Ela ainda está no celular quando se afasta da parede e atravessa a rua. Ela está vindo na minha direção. Quanto mais perto ela chega, menos consigo afastar o olhar dela. Não sei se são aquelas malditas pernas ou a graça natural do seu movimento. Ela parece o equivalente humano de uma gazela.

Estou hipnotizado por ela até perceber quem ela é. É a Impaciente. E meus olhos se afastam instintivamente, mas só por um momento, depois voltam com tudo. Ela deve estar a uns seis metros quando percebo que estou olhando fixamente para ela.

Eu não devia estar olhando fixamente para ela. Principalmente porque ela não consegue me ver pela persiana.

Mas estou. Não estou tentando ser grosseiro. Só estou curioso.

Tem uma cicatriz na bochecha direita dela. Parece que ela sofreu uma queimadura séria. O cabelo cai em volta do rosto, mas ainda assim consigo ver o tecido cicatrizado. Parece que começa embaixo do olho, quase toca o nariz e a boca e continua pela bochecha e pelo pescoço, desaparecendo na blusa. Fico me perguntando o quanto do tronco foi afetado, pois as pernas estão ilesas. Como não reparei nisso antes? Já convivo com ela há dois dias. Costumo ser um pouco mais observador. Agora está óbvio que eu realmente a estava ignorando, além do trabalho que ela deveria estar fazendo.

Ela está entrando no restaurante agora. Por sorte, meu assento me deixa escondido atrás de uma planta. Não consigo vê-la, mas consigo ouvi-la. A voz dela, apesar de baixa, é tudo menos delicada. É o tipo de voz que carrega autoridade, mas se apresenta com tons baixos e tranquilizadores. E há um leve sotaque que eu não tinha notado ontem, talvez da Costa Leste. Decido prestar atenção.

— É, são só nove semanas. Eu preciso muito desse dinheiro. Posso fazer qualquer coisa por nove semanas, né? Ainda não falei com o Gustov, mas ele parece o clichê do astro de rock... — Ela parece meio amarga. — O ego parece se projetar na frente dele. Você sabe como é, você dá de cara com o ego antes mesmo de se encontrar com ele. Sinceramente, ele parece um babaca... Escuta, Jane, preciso comer alguma coisa antes de entrar no segundo dia. Me faça um favor e vá para algum lugar ao ar livre hoje. Faça uma caminhada. Respire ar puro... Tudo bem. Nos falamos depois. Tchau.

Bom, que pena. Eu estava torcendo para fazermos amizade ou pelo menos seguirmos com essa história de assistente pessoal. Sabe a frase: se não pode vencê-los, junte-se a eles? Pois é, isso. Eu a julguei com rigor inicialmente. É que eu não gosto muito da ideia dela como minha assistente pessoal. Minha primeira impressão dela me irritou, mas pode ser que eu não lute contra isso. Não preciso de outro obstáculo. Mas acho que ela não está aberta para amizade. Ela está certa sobre uma coisa: estou sendo um babaca ultimamente. Na minha opinião, ela errou feio na avaliação de "clichê do astro do rock". Eu sempre tive orgulho de não ser um clichê.

Depois de ouvir a caracterização nada espetacular que ela fez de mim, decido que é melhor sair do restaurante enquanto ela está pedindo, para não nos esbarrarmos um no outro.

Não vejo a Impaciente até o fim da tarde. Estou sentado no meu beliche no ônibus quando ela se aproxima. E sei que é imaturidade, mas estou meio magoado pelo que a ouvi falando sobre mim mais cedo e fiquei pensando nisso. E talvez com um pouco de raiva de mim mesmo porque estou começando a questionar em quem me transformei. Não quero ser um clichê. Seja lá qual for o motivo, eu nem olho para ela quando ela começa a falar. É grosseria, mas não consigo evitar. Ela recebe meu jeito evasivo espelhando minha reação e fica virada para longe de mim enquanto fala. *Touché*. Com a cabeça virada de leve, ela me olha de lado, mas é direta e objetiva. A conversa é mais ou menos assim:

Scout: Você precisa bláblábla. E, quando terminar isso, temos que falar sobre bláblábla.

Eu: Ignoro, mas mexo a cabeça como quem está ouvindo.

Scout: Silêncio. Minha grosseria foi recebida com irritação. Ela está puta e nem tenta disfarçar. Pelo menos, ela não paga mico e puxa meu saco. Ela não gosta de mim abertamente e não tem problema com isso.

Estou descobrindo mais e mais que as pessoas dessa área não têm orgulho. Elas sacrificam a moral, a ética, porra, até a própria mãe se for preciso para subir. Todo mundo quer ser seu amigo. Todo mundo quer um pouco de você. Isso me enoja e distorce meu sentimento de realidade. Fico quase feliz de essa garota não gostar de mim tão abertamente. Isso restaura minha fé na humanidade.

Domingo, 23 de abril

(Scout)

Posso não ter muitos amigos, mas tento dar chance a todo mundo. Tento dar o benefício da dúvida. Provavelmente porque as pessoas na verdade nunca fizeram o mesmo por mim. Mas ultimamente, nos últimos meses, minha paciência está esgotada. Faço julgamentos de fração de segundos sobre as pessoas e raramente repenso. E costumam ser negativos. Estou convivendo com Gustov Hawthorne há pouco mais de quarenta e oito horas agora. Ele é um escroto. Minha primeira impressão foi na mosca. Eu dei de cara com ele tentando dar em cima da estilista. O charme falso e tranquilo que emanava dele como uma armadilha tóxica brincalhona preparado para a conquista seguinte. Os homens são porcos. Gustov talvez seja um dos seus líderes. Sem mencionar que sobriedade não parece estar nos planos dele para os próximos dois meses. Ele vai incorporar o título de "astro do rock" mesmo que isso o mate. E talvez mate mesmo. Que desperdício.

Estou aqui pelo dinheiro. Só isso. Tenho um trabalho a fazer. E vou fazê-lo, mesmo que acabe comigo, porque não posso voltar para casa. Não posso. Bom, para ser justa, estou aqui por dois motivos: pelo dinheiro e pela fuga. Talvez mais pela fuga, da variedade oportuna, mas temporária. Estou terminando minhas duas últimas matérias on-line para me formar e pegar o meu diploma no mês que vem. O diploma e o dinheiro que vou ganhar vão me permitir, quem sabe, uma fuga permanente quando esse emprego acabar. Sei que estou fugindo dos meus problemas. Sei disso. E odeio essa situação. Mas estar em casa me faz pensar nele. Faz com que eu me sinta feia por dentro. Faz com que eu me sinta usada. Faz com que eu me sinta um fracasso. E eu odeio fracassar em qualquer coisa.

Então, quando me ofereceram esse emprego no último minuto, eu o agarrei com tudo, apesar de não ser o ideal. Acaba sendo o menos pior de dois males. E esse mal oferece uma saída para o outro mal.

Até agora, Gustov não deu muito trabalho, ao menos para mim. Não preciso da opinião dele na maioria das minhas tarefas diárias e, quando preciso me comunicar, uso uma abordagem passiva. A direta não parece funcionar com ele. Sou ótima na passiva e a prefiro; é como vivi a maior parte da minha vida. As pessoas reagem melhor a mim quando sou passiva. De qualquer modo, acho que Gustov também não gosta de mim. Tudo bem. É melhor assim. Ele é só um emprego. Estou aqui como amortecimento entre ele e a organização da turnê, porque não querem lidar com ele. Sinceramente, não os culpo. Quero que esse trabalho termine, mas estou no controle. Essa é a minha frase motivacional: "Estou no controle".

Nove semanas, caramba.

Que.

Deus.

Me.

Ajude.

Caramba.

Quarta-feira, 26 de abril

(Gus)

Scout adora *post-its*.

E ela é meio espertinha.

Acabei de voltar para o ônibus para pegar meu celular, que eu tinha esquecido. Estou sentado no beliche com um *post-it* grudado nele que diz: "Você esqueceu o seu celular. De novo. Estava sem bateria. Está carregado agora. De nada".

Não consigo decidir se a amo ou a odeio.

Tenho quase certeza de que a odeio, e é por isso que recorri à mesma tortura dos *post-its*. É um jogo que ambos podem jogar.

Eu viro o *post-it* e escrevo atrás: "Não o esqueci. Ele é um filho da mãe mal-humorado quando não tem tempo de descansar na minha cama. Estava cochilando, não estava sem bateria". Largo o bilhete na cama antes de sair.

Quinta-feira, 27 de abril

(Scout)

Uma semana se passou.

Descobri que Gustov bebe muito.

Ele bebe o dia inteiro.

Achei que era parte da atuação do astro do rock, mas tenho a sensação agora de que é assim que ele aguenta o dia, como se precisasse de uma ajuda para lidar com a realidade. No começo, não gostei dele. Agora também sinto um pouco de pena dele. Na maior parte do tempo, tento evitá-lo. Quando não posso, eu o tolero. Mas tenho que admitir que as respostas dele nos *post-its* são espirituosas. Ele é meio espertinho, o que não tem problema porque ser espertinha é tipo minha segunda língua.

O resto dos caras, Franco, Jamie e Robbie, parecem legais. Eu não converso muito com ninguém. Isso não é nenhuma novidade. Eu sempre fui solitária. Tento ficar na minha, mas são todos educados. E sóbrios na maior parte do tempo, o que é um bônus para que haja conversas inteligentes. Não assisti a nenhuma das apresentações deles. E nem planejo. Fico no ônibus lendo enquanto eles tocam e, quando o caos pós-show começa, volto para lá e faço o controle dos danos se for necessário. Normalmente, não é. A única coisa que pareço encontrar é Gustov sendo apalpado por alguma groupie entusiasmada demais. Ele desaparece em ambientes escuros com elas todas as noites.

Mais oito semanas pela frente.

Estou no controle.

Sexta-feira, 29 de abril

(Scout)

Agora estamos em Kansas City, Missouri. Nunca estive no Meio-Oeste. É reconfortante e estável de um jeito que não sei explicar, como se as pessoas daqui estivessem no controle da vida. Ninguém tem pressa e isso é ótimo. Eu queria poder viver assim. Meu cérebro não desliga nunca. Talvez seja isso que acontece quando você cresce em Nova York, uma cidade que nunca desliga nem reinicia. Às vezes, eu queria poder desligar completamente a cabeça, mas não consigo. É burrice e irreal. A vida é uma luta. E sou uma lutadora. E sou boa demais em lutar. Sou boa em me proteger quando preciso.

Estou parada do lado de fora do ônibus quando meu celular toca.

— Oi, Jane — eu atendo com alívio. Tem alguns dias que conversamos pela última vez e eu estava preocupada. Preciso saber se ela está bem.

— Oi, Scout. — Ela parece feliz. Fico feliz também, porque é raro ouvir felicidade genuína na voz dela.

— Como estão as coisas hoje? Alguma novidade interessante? — eu pergunto. É assim que sempre começo nossas conversas. Apesar de eu não querer estar em casa, ainda quero saber o que está acontecendo. E se Jane está bem. Por isso, nos falamos em intervalos curtos. Não sinto falta de casa, mas sinto falta da sensação de casa. Sinto falta da segurança ou da ilusão de segurança. Sou uma criatura de hábitos. Sinto falta de ter rotina.

— Paxton está em casa este fim de semana. Vamos sair para almoçar em uma hora. Vou encontrá-lo no Pasqual's Deli. — Agora ela parece nervosa. Talvez até com medo. Paxton é filho dela e eles têm um relacionamento muito tenso. Ele tem dezessete anos. É meu primo e ele e eu crescemos juntos. Apesar de haver uma diferença de seis anos entre nós, somos próximos. Ele é meu melhor amigo. Ele estuda em um colégio interno em Boston que ele odeia, ele odeia tudo lá: o colégio, os garotos mimados que o cercam, o isolamento. Não o culpo. Ele se sente sufocado. Isso fez com que ele mudasse e o inibisse socialmente, e isso parte o meu coração. Basicamente, o colégio é uma estratégia alternativa de paternidade. A escola cria as crianças para os pais não precisarem ser, sabe como é, pais. Porque, sinceramente, Jane não pode ser mãe nesse momento. E Paxton não a quer. Odeio estar no meio deles. Tento sempre promover a paz. Normalmente, fracasso terrivelmente.

Enquanto seguro o celular no ouvido, não sei o que dizer. Não quero oferecer falsas esperanças e conheço Paxton; acho que ele não vai aparecer para o almoço, mas não consigo dizer isso, então eu digo:

— Diz que mandei um oi. E que é para ele me ligar.

Em geral, tenho notícias dele diariamente, mas não quero que ela saiba disso.

Ela suspira e escuto a dúvida pelo telefone, praticamente consigo senti-la. Ela não quer sentir dúvida. Quer ser otimista. Ela sonha com otimismo como garotinhas sonham com princesas e finais felizes. Mas, no fundo do coração, ela é uma fatalista relutante. A doença guia o seu destino. É o motivo de Paxton se recusar a estar perto dela.

— Pode deixar — diz ela por fim. Ela está tentando sorrir, mas fracassando. Escuto nas flutuações da voz dela.

Em uma tentativa de animá-la, eu acrescento:

— Ah, e pare na Sweet Treats quando estiver indo para casa depois do Pasqual's e coma um pedaço de cheesecake de bolo de cenoura por mim. — Jane ama cheesecake de bolo de cenoura e sempre fica animada quando o come. Eu também. Pelo menos uma vez por mês nós íamos ao Sweet Treats e afogávamos nossas mágoas no cheesecake. É a cura para praticamente tudo, ao menos por um tempo.

A voz dela se anima.

— Pode deixar. Não vou lá desde que você foi embora, sabe. Acho que está na hora.

Ofereço confirmação com um movimento de cabeça que ela não consegue ver.

— Sem dúvida que está na hora.

Ela muda de assunto.

— Como estão as coisas com você?

Dou de ombros.

— Iguais. Mais oito semanas. Eu estou no controle. — Estou. Preciso estar.

— Você pode fazer qualquer coisa, Scout. Qualquer coisa que você coloque na sua cabeça. — Ela sempre me encoraja… e só a mim. Quase como se ela estivesse vivendo por mim, compensando todas as escolhas ruins e as coisas que ela odeia em si mesma. Isso faz com que eu sinta pena dela. Eu sempre achei que ela era uma daquelas pessoas que nunca percebeu que tinha potencial ou o poder de criar potencial. A vida só acontece com ela, mas ela não a vive. Ela não participa.

— Obrigada, Jane. Bom, é melhor você se arrumar para o almoço. — Não quero dizer o que vem em seguida porque ela vai ficar arrasada se ele não aparecer. — Me mande uma mensagem ou me ligue mais tarde para contar como o Paxton está.

— Tudo bem. — Já tem dúvida e decepção na voz dela. Queria poder tirar isso de Jane.

Recebo uma mensagem de texto de Jane quatro horas depois. "Paxton não apareceu."

Meu coração despenca e não quero responder. Não quero reconhecer a dor que ela está sentindo porque assim ela vai se tornar real. Mas respondo com a única coisa genuína em que consigo pensar: "Sinto muito".

Ela não responde. O que ela poderia dizer?

Sábado, 29 de abril

(Scout)

Não tive notícia de Paxton ontem. Sei que ele está com os amigos, já que foi passar o fim de semana prolongado em casa. Ele não vai para lá com muita frequência e sei que está ocupado, mas tenho que mandar uma mensagem de texto para saber como ele está. "NY no próximo fim de semana?"

A resposta é quase imediata: "Volto para a prisão amanhã à noite".

"Se divertindo?" Deus, espero que esteja.

"Estou com Cisco hoje." Então, sim. Cisco é um dos seus melhores amigos. Eles se conhecem desde os cinco anos.

"Que bom. Me avisa quando chegar na escola amanhã à noite." Gosto de saber onde ele está e que está bem.

"Pode deixar."

Quinta-feira, 4 de maio

(Scout)

Odeio dar crédito a Gustov por qualquer coisa, mas se tem uma coisa fofa nele é o quanto ele ama a sua mãe. Ele fala com ela no telefone todos os dias. Só percebi ontem que é para ela que ele liga todas as tardes.

Todas.

As.

Tardes.

Não consigo evitar xeretar agora. Que astro do rock liga para a mãe todos os dias? Isso só o torna mais humano.

Não me entenda mal, eu continuo não gostando dele. Ele só parece mais real, só isso.

Mais cinco semanas e acabou.
Mais.
Cinco.
Semanas.

Sexta-feira, 5 de maio

(Gus)

Quando volto para o ônibus depois da passagem de som, tem uma pilha de roupas limpas e dobradas na minha cama. Meus lençóis. E as minhas roupas. Todas. Limpas. Tipo, tão limpas que sinto vontade de enfiar a cara nelas e inspirar por algumas horas porque o cheiro é de um dia de sol. Não lavo as roupas desde que começamos a turnê. E tenho poucas combinações. Estavam podres.

Impaciente sai do banheiro e me pega cheirando um par de meias. É nessa hora que eu somo dois mais dois.

— Você lavou minhas roupas, cara?

Ela dá de ombros, mas não me encara. Ela nunca faz contato visual.

— Estava com cheiro de coisa morta aqui dentro. Estava na hora. Tipo, duas semanas atrás já estava na hora.

Enquanto ela fala, vejo um dos *post-its* sobre a minha cama, ao lado das roupas. Diz: "Quando sua calça jeans consegue ficar de pé sozinha está na hora de lavá-la. De nada".

Eu assinto e volto a cheirar as meias. O cheiro está tão gostoso.

— Sei que não é o seu trabalho, mas obrigado. — Estou fazendo um inventário visual da minha pilha de roupas e reparo que há o dobro de cuecas e meias do que eu costumava ter. — Ei, ou minhas meias e cuecas estão trepando como coelhos na lavanderia e se multiplicando ou alguém comprou mais. — Eu me viro para ela e olho com uma interrogação no rosto.

Ela pega a sua bolsa na cama e vai rapidamente para a porta.

— Você não pode ficar usando a mesma cueca um dia atrás do outro sem lavar. É nojento — diz ela, desajeitada.

Quando ela fala, ela vai direto ao ponto, mas aquela maldita voz suaviza o golpe. Não é só por ser suave e feminina, mas a sua voz é sedutora e até mesmo serena. Não consigo dizer exatamente o que é, mas gosto de ouvi-la.

Ela comprou meias e cuecas para mim?

Ela comprou meias e cuecas para mim.

— Quem disse que eu estava usando cueca? Não aceito cueca suja. Ficar sem nada foi a escolha da semana.

Uma expressão de repulsa surge no rosto dela e ela balança a cabeça.

E sei que ultrapassei o limite.

— Desculpa. Informação demais. Mas obrigado, cara.

— Não foi nada. De verdade. Eu tinha que lavar as minhas roupas. E são meias e cuecas do Walmart, nada chique. Usei o cartão de crédito da empresa. — Então ela desaparece pela porta.

Talvez não tenha sido nada para ela. Talvez ela tenha feito isso porque não aguentava mais o fedor. *Ela provavelmente deve ter feito porque não aguentava mais o fedor*. Seja qual for o motivo, foi desprovido de motivo ou de expectativa de reciprocidade. Ela só foi legal.

Eu amo gente legal.

Dois pontos para Scout.

Quarta-feira, 10 de maio

(Scout)

Não tem show hoje. Estamos atravessando o Texas e, apesar de eu estar presa no ônibus com a banda, é uma mudança bem-vinda ao nosso planejamento normal. Os rapazes estão cuidando cada um da sua vida: lendo, ouvindo música ou usando os laptops. Todo mundo está conectado com o seu mundo. O silêncio é bom.

Estou trocando mensagens de texto com Paxton há uma hora. Por algum motivo, começamos a citar filmes: nossas falas favoritas, a maioria engraçada. Começou com trivialidades aleatórias de filmes que viraram uma conversa bizarra só com citações de filmes. Nós fazemos coisas bizarras muito bem. Ele é tão inteligente e a sua memória é muito rápida, o que quer dizer que ele me deixa tensa pensando intensamente, procurando a próxima resposta. É divertido. Em pouco tempo ele tem que ir para uma sessão de estudos, então começo a ler um livro novo que comprei em uma parada hoje de manhã. É um mistério de assassinato intitulado *O chamado do Cuco*, o tipo que eu não leria normalmente, mas a escrita é espetacular. Talvez eu precise variar os gêneros com mais frequência.

Gustov desce do beliche, volta alguns minutos depois e sobe novamente. Não é uma distração suficiente para eu parar de ler, mas estou ciente dos seus movimentos.

O silêncio é interrompido pelo barulho de plástico sendo rasgado, seguido do que só pode ser um pote sendo aberto. De repente, o aroma de creme de amendoim chega a mim. É como um soco no nariz. Eu amo creme de amendoim. E, agora que está invadindo meus sentidos, estou faminta. Eu mataria por um sanduíche de creme de amendoim.

Aparentemente, não sou a única atraída pelo cheiro do lanche do Gus, pois Franco grita:

— Ei, passa um pouco disso aí, seu merda.

Minha visão periférica capta movimento, uma troca de comida. Qualquer coisa que envolva creme de amendoim deixa meu olfato enlouquecido. Eu pagaria por uma colherada.

Como se pudesse ler meu pensamento, vejo a mão grande do Gustov esticada na minha direção por cima do corredor.

— Quer um?

Tem dois crackers salgados na palma da mão dele, um sanduichinho com recheio de creme de amendoim. Eu me estico da minha cama para olhar melhor.

— Quer um? — oferece ele de novo.

É uma visão que dá água na boca. Não sei por que estou hesitando, mas estou hesitando. Ele está tentando ser legal e só consigo sentir desconfiança. É uma reação treinada. Eu queria poder ser legal com quem é legal comigo. Então, faço um esforço.

— O que é? — Eu sei o que é, mas nunca vi ninguém comer cream cracker com creme de amendoim.

— É só o petisco mais gostoso que o homem conhece. Você precisa de um. Falando sério. Pega.

Eu pego e afasto a desconfiança por um momento.

— Obrigada.

Dou uma mordida, e é mesmo o petisco mais gostoso que o homem conhece. Ou a mulher. Antes de terminar, já quero outro, apesar das migalhas que caíram na minha cama.

— Não dá para parar só em um — diz ele. Sua mão reaparece e há dois sanduichinhos paradisíacos na palma da mão dele desta vez.

Dou um sorriso, apesar de ele não conseguir ver meu rosto, e os pego.

— Obrigada.

— De nada. Tenho um pacote inteiro aqui. Avise quando quiser mais. Ah, é — ele faz uma pausa e estica a mão com uma garrafa de suco de uva —, tenho suco de uva também se você precisar molhar a garganta. Nada acompanha melhor crackers com creme de amendoim do que suco de uva.

Eu balanço a cabeça de novo, mas estou sorrindo.

— Você tem quantos anos, cinco?

Franco ri da cama dele.

— Basicamente. O coração, pelo menos. — Gustov não parece ofendido. Há uma concordância total na voz dele.

Meu comentário irritante virou elogio com a admissão dele. Isso faz com que eu fique menos na defensiva.

— Não, obrigada. Tenho água.

— Você quem sabe.

Ele me dá mais dois sanduíches.

Eu os como. Enquanto mastigo, penso: esse petisco é como um sinal de paz que ele deu sem se dar conta disso.

Sábado, 13 de maio

(Scout)

Acordo cedo. Estamos no Tennessee. Já fui correr e tomei banho e vou procurar uma lavanderia enquanto todos ainda estão dormindo. Quando estou tirando o lençol da minha cama e os colocando junto com as minhas roupas em uma bolsa de viagem, dou um pulo na hora que alguém bate no meu ombro.

Quando me viro, Gustov está inclinado para fora do beliche. Eu vejo os lábios dele se movendo, mas ele deve estar sussurrando, pois não estou ouvindo. Levanto o dedo para fazê-lo parar antes que ele termine.

— Espere. — Abro a bolsa e tiro o estojo que guarda meu aparelho auditivo. Depois de colocá-lo na orelha esquerda, eu digo: — Desculpe, o quê?

Ele me olha por um minuto, como se tivesse sido pego de surpresa.

— Você não usa na orelha direita? — ele pergunta.

Foi uma pergunta completamente inocente, mas deixa as minhas bochechas rosadas. Eu aponto para a orelha direita.

— Essa aqui não funciona.

Acho que ele vai fazer mais perguntas ou parecer chocado, mas ele nem hesita.

— Você vai lavar roupas? — Ele não está mais sussurrando, apesar de todo mundo estar ouvindo.

Eu faço que sim e volto a guardar coisas na bolsa.

— Posso ir com você? Preciso começar a transformar a limpeza em um hábito semanal.

Dou de ombros porque sei que ele vem independentemente do que eu disser.

— Posso levar suas coisas. Não é nada de mais. Você não precisa vir junto.

A verdade é que não quero que ele vá. Prefiro ficar sozinha. E estou meio constrangida agora que ele sabe sobre o meu aparelho auditivo. E se ele for reconhecido quando estivermos na rua? Odeio chamar atenção. Odeio. Faz com que eu me sinta incomodada. Falar com ele no ônibus é uma coisa, mas falar com ele no mundo real é outra.

Ele vai mesmo assim. A boa notícia é que ele está sóbrio, o que talvez seja uma novidade.

A lavanderia não é longe, e decidimos ir a pé. No caminho, entramos em uma padaria com tema holandês para comprar café, e Gustov começa a conversar com a mulher simpática atrás do balcão. Sinto inveja de como é fácil para ele falar com uma estranha como se eles fossem velhos amigos. Nunca consegui fazer isso. Gustov paga os dois cafés e dá dez dólares de gorjeta. Ela dá para cada um de nós um doce farelento chamado *boterletter* e nos deseja um bom-dia.

Depois que saímos, o doce de Gustov some em três mordidas. Ele está com os olhos arregalados de uma criança quando engole o último pedaço.

— Puta merda, essa *boterletter* é boa pra caralho. Vamos parar na volta para comprar mais. Todas que a Debbie tiver.

Reparei na plaquinha com o nome da mulher porque tenho obsessão com detalhes, mas não achava que Gustov teria reparado. Estou surpresa. E tenho que concordar com ele sobre o doce. É delicioso.

— É, acho que seria bom comprar para todo mundo.

— Quem disse que é para todo mundo? Vou sobreviver somente desse pedacinho de céu recheado de amêndoas nos próximos dias.

Ele pisca para eu saber que ele está brincando. Mais ou menos. Não tenho dúvida de que ele seria capaz de comer dezenas.

Quando chegamos à lavanderia automática, Gustov joga tudo que tem na bolsa dentro de uma máquina. Fica cheia além da capacidade. Estou ao lado dele, separando minhas roupas e lençóis em uma mesa. Paro o que estou fazendo e olho repetidamente para a máquina e para a cara dele e de volta para a máquina.

Ele sente minha decepção evidente.

Olho de novo do rosto dele para a máquina sobrecarregada e para ele mais uma vez. Meus olhos param na sua barba porque não consigo encarar os seus olhos. O contato visual de perto é desconfortável com a maioria das pessoas. E não sei como explicar, mas não quero encará-lo e ver escrutínio. Não quero vê-lo observando minhas cicatrizes. A maioria das pessoas fala com as minhas cicatrizes, não com os meus olhos. Estou tão acostumada como suponho que uma pessoa possa estar. Não quero ser as minhas cicatrizes para ele… nem para ninguém.

Ele levanta as suas mãos com as palmas para cima, como quem faz uma pergunta.

— O que foi, cara?

Eu balanço a cabeça e pergunto:

— Você já lavou a sua própria roupa?

Ele balança a cabeça para cima e para baixo enquanto responde:

— Claro.

Duvido.

— Já ouviu falar de separar a roupa?

Não sei por que acho tão irritante. Deve ser porque estou analisando tudo em exagero e isso está fazendo mal à minha cabeça. Por que não podemos ter uma conversa normal?

— Leva tempo demais. E tudo vai ficar limpo de qualquer jeito — diz ele, se defendendo.

Começo a tirar as roupas dele da máquina.

— Bom, você também vai matar esta máquina se botar tantas roupas dentro dela.

Depois que são retiradas, eu as separo em pilhas. Gustov recua com os braços cruzados e não faz nenhum esforço para me deter. Também reparo no seu sorrisinho.

Depois que nossas roupas estão em três máquinas separadas, eu me sento e abro o livro de mistério enquanto ele vai até a padaria. O silêncio é inusitado para uma lavanderia. Normalmente, são movimentadas, sujas e barulhentas. Esta não é nenhuma dessas coisas. Quando as roupas terminam de serem enxaguadas, ele volta com três caixas de doces.

Depois que encontramos três secadoras abertas, Gustov tira uma caixinha de papelão da bolsa.

— Quer jogar um jogo? — ele pergunta quando tira uma caixa de madeira da de papelão.

Minha curiosidade foi atiçada.

— Você quer jogar um jogo?

Ele dá de ombros.

— Claro. Nós temos tempo. — Ele olha para a secadora atrás da gente. — Quarenta e sete minutos, para ser mais preciso. Mais do que suficiente para algumas rodadas de Mancala.

— Mancala?

— É, Mancala — ele diz. Ele me olha com dúvida. — Não me diga que você nunca jogou Mancala. Temos que consertar isso agora se for o caso.

— Nunca ouvi falar.

Ele abre a caixa de madeira, que acaba sendo um tabuleiro dobrável com dobradiça no meio. Começa a distribuir peças achatadas em números iguais por vãos circulares dos dois lados da caixa.

— Eu jogava com os meus amigos o tempo todo — explica ele. — Vi na parada de ontem e tive que comprar. Tem alguns anos que não jogo e estou doido para jogar Mancala de novo.

Paxton e eu gostávamos muito de jogos de tabuleiro quando éramos mais novos, mas isso faz muito tempo. Meu primeiro instinto é dizer sim. Antes que eu possa me convencer de não fazer isso, já concordo. O que deu em mim?

Ele explica as regras e jogamos. É um jogo bem simples de mover as peças pelo tabuleiro e tentar capturar mais peças do que seu oponente, mas há uma certa estratégia envolvida. Ele me vence. Então, jogamos novamente. Ele vence de novo. E me provoca desta vez. Nós jogamos uma última rodada e desta vez a vitória é minha. Não tenho vergonha de jogar na cara dele. Tenho a sensação de que estou jogando com Paxton. E chega a ser relaxante. Sorrio para mim mesma porque, apesar de eu preferir ficar sozinha, esta manhã está sendo meio perfeita de um jeito estranho e inesperado. Costumo ser muito organizada, mas isso foi espontâneo e, bem… legal.

E adorei o Mancala. Quem poderia imaginar?

Também sei que isso não pode mais acontecer. Foi um momento de fraqueza. Não posso entrar no modo confiança com esse cara. O último homem em quem confiei com amizade me destruiu.

(Gus)

Tive uma manhã ótima, de uma forma completamente inesperada. Foi quase normal. Não achei que isso fosse permitido na estrada. Normal. Droga, eu não sabia que isso era permitido mais na minha vida. E resolvi o mistério de por que a Impaciente não me responde às vezes quando sussurro para ela tarde da noite ou de manhã cedo, quando todos estão dormindo. Eu sempre achei que ela estava me ignorando. Eu não sabia que ela tinha um problema auditivo. Me faz sentir um pouco menos como o inimigo. Não me entenda mal, ela ainda é distante e calada. Mas agora eu acho que pode ter mais a ver com ela do que comigo.

Sábado, 20 de maio

(Gus)

Aparentemente, me enganei. A distância e o silêncio têm tudo a ver comigo.

Convidei a Impaciente para ir comigo na lavanderia hoje, mas parece que ela lavou as roupas ontem. E tudo bem, mas ela recusou todas as minhas tentativas de ser legal com ela esta semana. Ela está me evitando de forma intencional e óbvia. Não sei o que eu fiz, mas tenho certeza de que fiz alguma coisa. Achei que tínhamos avançado semana passada nessa coisa de amizade, mas parece que me enganei.

Rabisca a parte em que achei que poderíamos ser amigos.

Voltamos aos *post-its*.

Que se foda.

Eu tentei.

Não ligo.

Quarta-feira, 24 de maio

(Scout)

Voltei a ficar na minha. É melhor assim. Fico mais à vontade. Falo com Paxton todos os dias; ele é minha ligação com o mundo real fora do mundo estranho de astros do rock em que estou presa no momento. Ele faz muitas perguntas sobre a banda porque adora as músicas. Não tenho muitas respostas para ele porque, bom, não conheço as músicas e definitivamente não vou falar nada pessoal deles; é um limite que não atravesso.

Além do mais, eles são só pessoas.

Paxton os idolatra.

Eu vivo com eles... e preferia não viver.

Duas visões totalmente diferentes que não consigo juntar na minha cabeça.

Sexta-feira, 26 de maio

(Gus)

Estamos na estrada há pouco mais de um mês. Apesar de estarmos em uma cidade diferente por noite, a repetição é o que reina: dormir, comer, beber, ligar para minha mãe, beber, comer, tocar enquanto bebo, dormir. Repetir tudo. Mais uma vez, o álcool é um companheiro gentil. Porque as pessoas são difíceis demais para mim agora.

É monótono, mas não tenho que pensar muito no meu ritmo atual. É rotineiro e fácil. E cortei fora as mulheres. Não há falta de propostas, mas nem o sexo está sendo bom como era. Vê-las tão ansiosas para me satisfazerem me faz sentir como uma fraude. Elas querem estar com Gustov. Não com o Gus. Não é que eu aja como duas pessoas diferentes; eu sou apenas eu. Mas elas não sabem o que isso é realmente. Eu sei. Essa é a diferença. Não quero mais.

Prefiro ficar no ônibus. Não é triste pra caralho? Mas é a verdade.

Mais quatro semanas e vou para casa.

Quatro semanas.

Merda de vida. Quatro semanas.

E a Impaciente? Ela é outro jogo mental do qual não consigo me livrar. Ela não gosta de mim. As duas últimas semanas evitando qualquer interação verbal é a ordem do dia dela. Parece que os dias em que conversamos e agimos com simpatia nunca existiram. Como se fossem um drama estranho que inventei. Queria que não tivesse acontecido, porque aí eu não sentiria falta. Queria que não me incomodasse tanto, mas incomoda. É como ter gente se jogando sobre mim, querendo um pouco de mim o dia todo, todos os dias. Amo o fato de que ela não faz isso. Também quer dizer que ela não quer saber de mim. Merda, estou bebendo demais atualmente para analisar assim.

Ela voltou a usar *post-its* para todos os lembretes e instruções; é a única forma de comunicação dela novamente. Não sei o que aconteceu entre nós, mas estou meio puto. Ou talvez esteja solitário. Droga, não sei. Mas normalmente não respondo mais. Só quero falar, não escrever bilhetes. Mas ela ainda faz as coisas apesar da minha falta de participação e cooperação. Não é nada de vida ou morte, mas ela leva o seu trabalho a sério. E, por mais que eu me ressentisse da ideia da assistente pessoal no começo, tem sido para o melhor. Ela é eficiente e detalhista e, se eu tiver que admitir, mesmo que ela não goste de mim, ela cuida de mim no que diz respeito ao trabalho. Ela se esforça para cumprir as suas obrigações.

Estou começando a me ressentir de ser uma obrigação. Principalmente se é isso que eu sou para ela.

São cinco e meia e acabamos de encerrar a passagem de som. O local vende pizza, então compro algumas fatias e umas cervejas e vou para o ônibus comer enquanto o pessoal vai para uma churrascaria na rua. Vegetarianos não se misturam com churrasco, então prefiro ficar com três fatias de pizza vegetariana e três fatias de muçarela.

O ônibus está em silêncio quando entro e me sento à mesa. Silêncio é coisa rara quando se divide um ônibus com tanta gente; não desvalorizo o que tenho. Sinto como se fosse a única vez em que posso relaxar. Quando termino a pizza, enfio a mão no bolso para pegar o celular. Ele não está lá. Tento o outro bolso. Também não está lá. O maldito terror é imediato. Sinto aquela pontada de pânico de quando você se dá conta de que perdeu uma coisa importante. Quando passa, decido olhar na minha cama. Espero não o ter perdido de novo. Já tive quatro celulares em quatro meses e é sempre um saco trocá-lo.

Puxo o lençol e o cobertor, levanto o travesseiro, olho embaixo do meu laptop e remexo em uma papelada que a Impaciente deixou para que eu assinasse. Nada.

— Merda. Onde diabos ele está? — Estou falando em voz alta, como se a porcaria fosse sair do esconderijo.

— Está carregando.

Dou um pulo no teto quando ouço as palavras e me viro. A Impaciente está sentada na sua cama, do outro lado do corredor da minha.

São as primeiras palavras que ela fala para mim a semana toda. Ela está sentada na cama lendo um livro e está rindo de mim. Está sufocando a risada, mas está rindo mesmo assim.

A gargalhada dela alivia o clima na mesma hora.

— Puta que pariu, meu Deus do céu — eu digo. — Você me deu um susto enorme. Achei que estivesse sozinho o tempo todo. Você poderia ser uma assassina de aluguel, sabia?

Ela voltou para o livro agora. Qualquer sinal de que aquela pessoa tenha senso de humor sumiu. Sem me olhar, ela diz:

— Na bancada, perto da torradeira.

Vou até onde ela falou e realmente lá está o meu celular, ligado no carregador coletivo. Exatamente onde eu o deixei mais cedo.

Eu o desligo e o levo para a cama, empurrando para o lado a bagunça que fiz durante a busca louca, e subo nela. Fico desviando o olhar para a cama dela enquanto olho as mensagens de texto e os e-mails não lidos. Desse ângulo alto, não consigo ver nada do peito para cima, mas consigo ver o livro apoiado no colo e as pernas compridas esticadas. Aquelas malditas pernas. Estão cruzadas no tornozelo. Eu estava certo sobre ela ser corredora. Ela corre todos os dias. É a primeira coisa que faz quando o ônibus para.

Não sei por que, mas tenho que falar com ela. Não quero deixar essa oportunidade passar.

— Como você sabia que eu estava procurando o celular?

Ela nem hesita.

— Você sempre liga para sua mãe nesse horário.

Ligo mesmo. Ela presta atenção, viu? Nada passa por ela despercebido.

— O que você está lendo?

Ela continua virada de lado, mas responde.

— É uma biografia de uma mulher afegã. Ela está liderando uma luta por direitos iguais para as mulheres no Oriente Médio.

Ela sempre fica virada. Mesmo quando está falando com alguém cara a cara, ela fica virada. Ela se posiciona de um jeito que evita o contato visual. No começo, achei que era da personalidade dela, a impaciência e a irritação. Mas foi só quando a vi, quando a vi de verdade, e quando a vi perto de outras pessoas que entendi que ela está se escondendo. Escondendo o lado direito do rosto. Não sou especialista, mas eu diria que ela vive com as cicatrizes há muito tempo. E as compensa como se as estivesse protegendo, se protegendo. Ela consegue ser eficiente se escondendo. Eu gostaria que ela não se escondesse, mas não estou em posição de julgar. Estou me escondendo de mim mesmo há meses.

— Parece divertido. — Só estou brincando, em parte porque estou um pouco nervoso, mas a frase sai insensível e grosseira.

E é exatamente assim que ela a interpreta.

— Existe um mundo enorme por aí em que as mulheres são mais valorizadas pelas vaginas — diz ela secamente. Ela é uma mulher de poucas palavras, mas, quando fala alguma coisa, ela fala sério.

Eu fico sem ar. Ela é ríspida. Era de se imaginar que eu já estivesse acostumado.

— É isso mesmo que você pensa de mim?

— Não aja como se estivesse tão chocado. É o seu jeito de agir. Eu vejo todas as noites depois dos shows.

Sem saber como responder, tento brincar com ela, apesar de ter fracassado numa tentativa similar segundos antes.

— Ciúmes? — Não sei por que falei isso. Tomei algumas cervejas hoje, mas não é desculpa. Eu tenho que calar a minha maldita boca.

— Se toca, Gustov. — Ela parece irritada agora, nem a voz suave está segurando a raiva. — Nem se você fosse o último homem na Terra. — Tem repulsa na voz dela. Ela volta ao insulto, se inclina da cama e me encara com irritação. — Você é mesmo tão convencido que não consegue imaginar o fato de que há mulheres por aí sem interesse nenhum em dormir com você?

Eu dou de ombros porque me sinto um merda. Quando eu virei esse cara? Eu não sou esse cara.

Ela balança a cabeça, joga o livro no pé da cama, desce do beliche e desaparece pela porta do ônibus.

Fico olhando com expressão vazia para a cama dela. Quero poder refazer os últimos cinco minutos. Em vez disso, ligo para a minha mãe, porque ela sempre me tira do mundo maluco em que estou vivendo e me leva de volta à sanidade. Baixinho, eu repito enquanto ouço o telefone tocar:

— Mais um mês e vou para casa. Mais um mês e vou para casa.

— Oi, querido. — Acolhimento, é esse o som da voz dela.

— Oi, mãe. O que a minha pessoa favorita anda fazendo?

— Só estou almoçando aqui no escritório com a Mikayla.

Estamos na costa leste e ela está com três horas a menos.

— Como está a Mikayla?

Minha mãe suspira, um suspiro feliz com tristeza por baixo.

— Ela vendeu a casa. Vai fechar mês que vem. A aposentadoria vai finalmente levá-la para longe de mim. — Mikayla é a assistente da minha mãe desde o dia em que ela abriu a empresa de publicidade vinte anos atrás. Elas são muito amigas e sei que a minha mãe acha que vai ficar perdida sem ela.

— Que bom para Mikayla. Uma merda para você.

— Bom para Mikayla, isso mesmo. Ela merece aproveitar a aposentadoria. Eu só estou sendo egoísta.

— Sei que você sabia que esse dia estava chegando, não que fique mais fácil por causa disso, mas o que você vai fazer? Mikayla é super-humana.

E ela é mesmo. Minha mãe é muito boa no que faz. É uma empresária incrível. Mas Mikayla sempre foi o apoio dela. Um segundo par de olhos e ouvidos que estava sempre no controle de tudo. Elas trabalham juntas há tanto tempo que são capazes de concluir as frases uma da outra. Juro que elas conversam telepaticamente na metade do tempo.

Minha mãe ri.

— Mikayla é super-humana. E eu não sei o que vou fazer. Não quero nem pensar em entrevistar e contratar uma pessoa nova. A atitude enérgica e a capacidade da Mikayla de fazer as coisas acontecerem do nada são insubstituíveis.

Assim que ela fala, meus olhos vão para a cama da Impaciente. Atitude enérgica. Capacidade de fazer as coisas acontecerem. As engrenagens estão girando na minha cabeça e, antes que eu perceba, minha boca está se adiantando ao meu pensamento.

— Eu talvez conheça alguém.

— Você talvez conheça alguém? — Não sei por que ela parece tão surpresa.

— É, ela está viajando com a gente. O nome dela é Scout, mas eu a chamo de Impaciente. Ela é a minha babá.

Minha mãe ri quando eu falo babá, mas sei que fica aliviada de ter alguém cuidando de mim além do Franco.

— Acho que ela não tem emprego para quando a turnê terminar. Eu a ouvi conversando com alguém no telefone uns dias atrás. — A Impaciente estava falando com Jane (ainda não sei se Jane é alguém da família ou se é sua amiga) no começo da semana e disse que tinha começado a enviar currículos. Ela pareceu meio desesperada.

Minha mãe me interrompe.

— Gus, você não devia escutar as conversas dos outros.

— Mãe, ela mora a noventa centímetros de mim no ônibus. É difícil não ouvir. Posso pedir para ela ligar ou mandar um e-mail para você?

— Claro. Não faria mal nenhum falar com ela.

— Obrigado. E me faz um favor: não fala que a gente se conhece.

— Por quê?

— Ela me odeia. — É simples assim.

— Tenho certeza de que ela não te odeia. — Minha mãe nunca acredita em coisas assim. Que alguém poderia não gostar do filho dela.

— Tenho quase certeza que ela me odeia — eu confirmo.

— Como você vai convencê-la de me ligar se essa garota não gosta de você?

— Vou pedir para o Franco falar com ela.

— Tudo bem. — Ela parece hesitante.

— Obrigado, mãe. Vou deixar você voltar ao seu almoço com a Mikayla. Manda um oi para ela e dá um abraço nela por mim.

— Pode deixar, querido. Boa sorte hoje. — Ela fala isso antes de todos os shows. Sempre falou.

Eu respondo do mesmo jeito de sempre.

— Não preciso de sorte. Tenho Franco, Jamie e Robbie.

— Eu te amo.

— Eu também te amo, mãe.

— Tchau, querido.

— Tchau.

Quando Franco volta do jantar, conto a situação e peço a ele que fale com a Impaciente de manhã. No começo, acho que ele não está ouvindo nada do que eu estou dizendo, porque ele fica olhando para mim como se eu tivesse ficado maluco, mas, quando termino, ele já embarcou na ideia. Se conheço Franco, ele vai tratar isso como um jogo. Não é que Franco goste de enganar ninguém, mas ele gosta de um desafio. Acho que ele quer ver até onde essa coisa toda pode ir. E ele é um bom sujeito e sabe que, se vencer, ela também vence.

O jogo está valendo.

Sábado, 27 de maio

(Gus)

É cedo. O ônibus está percorrendo quilômetros pelo estado de Nova York. Estou acordado há um tempo, mas não ouvi mais ninguém se mexer ainda, então estou sentado na minha cama lendo um livro que baixei no laptop. Não leio muito por diversão. Minha mente vagueia com facilidade demais e tenho dificuldade de me concentrar. É um trabalho duro, se você quer saber a verdade. Raio de Sol lia o tempo todo. Ela lia tudo: livros, jornais, revistas. Era um dos motivos para ela ser tão inteligente.

Quando minha mente se desvia para a Raio de Sol, ouço uma cortina sendo aberta e o movimento de pés de alguém indo pelo corredor na direção do banheiro. Todos os sons são abafados e baixos, de forma deliberada. Apesar de a minha cortina estar fechada, sei que é a Impaciente. Ela anda pelo ônibus como um fantasma. Com toda a atitude silenciosa dela, a não ser quando é uma interação direta, ela desaparece no fundo, como se não quisesse ser notada. Como se quisesse que fingíssemos que ela não está presente.

Ouço Franco se movendo agora. A cama dele fica embaixo da minha, em frente da cama da Impaciente. O movimento da cortina dele sendo aberta é acompanhado pela dobradiça barulhenta da porta do banheiro se abrindo e fechando, seguido de sons de uma colisão sonolenta no corredor.

— Merda. Desculpa, Scout. Não te vi aí. Você está bem?

A voz dela soa rouca, como todas as manhãs durante a primeira hora em que ela está acordada.

— Estou. E você não me viu porque seus olhos estão fechados, Franco. — Quase consigo ouvir o sorriso na voz dela. Franco costuma atrair isso nas pessoas. É um dos seus dons.

Ele ri.

— Eu tento não abrir os olhos antes das dez da manhã. Aprendi a sair da cama, usar o banheiro e voltar para a cama sem abrir os meus olhos. Eu só finjo que ainda estou dormindo.

— Por favor, não me diga isso. Nós dividimos o mesmo banheiro. — Ela não está mais sorrindo, mas não fala com grosseria.

— Eu preciso mijar, mas tenho que falar com você antes de você voltar para a cama. Prometo que vou usar o vaso de olhos abertos desta vez.

— Tudo bem.

Depois que Franco termina no banheiro, ouço-o falando rapidamente sobre a perspectiva de emprego. Ainda estou com a cortina fechada, mas eu o ouço entregar o pedaço de papel para ela, o que tem o celular da minha mãe e o seu endereço de e-mail. Não escrevi o sobrenome dela porque Hawthorne poderia disparar um alarme.

Ela parece animada, e pela primeira vez em muito tempo meu coração parece mais leve. Como se eu tivesse me redimido um pouquinho e talvez possa me livrar do papel de babaca atrás (ou dentro) do qual venho me escondendo há meses.

Sábado, 3 de junho

(Scout)

Estou oficialmente diplomada na faculdade. Bom, não estou com o diploma na mão porque não fui à cerimônia de graduação hoje. Mas tudo bem. Ainda sinto orgulho, de qualquer modo. Estou sorrindo por dentro o dia todo. Paxton e Jane ligaram para me dar os parabéns. As palavras deles foram como um abraço físico que consegui sentir pelo telefone. Normalmente não preciso desse tipo de coisa, mas hoje não posso negar que foi ótimo. Eles estavam aqui comigo em espírito. Ao meu lado. Minha comemoração está completa.

Segunda-feira, 5 de junho

(Gus)

Esta tarde, liguei para a minha mãe de um pequeno café na rua, a um quarteirão do local onde vamos tocar hoje. Eu queria pescar informações sobre a Impaciente sem ninguém no ônibus ouvir. Minha mãe ficou estranhamente calada sobre a história toda, o que não é a cara dela. Normalmente, ela fala de tudo comigo. Não sei se é porque ela acha que existe algum problema entre mim e a Impaciente e está sendo a mãe ursa superprotetora ou se ela está tentando manter isso em segredo porque Scout e eu temos um relacionamento profissional no momento e ela não quer se arriscar como uma potencial empregadora. Só consegui arrancar dela que a Impaciente ligou hoje de manhã e mandou o currículo por e-mail.

Só isso.

Mais nada.

Terça-feira, 6 de junho

(Gus)

Tive uma epifania hoje de manhã.

Estou ficando gordo.

E flácido.

Como se meus membros estivessem cheios de cream cheese.

Este meu corpo preguiçoso deve ter ganhado uns dez quilos em um mês. Eu sempre fui ativo e ficar em forma nunca foi um problema, era a consequência natural de surfar quase todos os dias. Mas é impossível ser ativo quando se está em turnê. Tudo bem, não impossível. A Impaciente corre todos os dias e pelo que consigo ver ela está em ótima forma física. Mas ser ativo exige esforço. E nos últimos meses fazer esforço não é algo que me interesse. Eu faço um esforço para sobreviver à minha própria autodestruição. O que é meio louco. Sobreviver e se autodestruir não deviam coexistir no contexto do mesmo pensamento. Mas para mim tem sido a norma. A turnê europeia foi alimentada por bebidas, drogas e pouca comida, o que provavelmente explica por que meu peso não era um problema. Esta turnê americana está alimentada por bebida e comida tipo fast-food desde que, aparentemente, meu apetite voltou. E é por isso que eu decidi que preciso fazer algumas mudanças e acrescentar algum tipo de exercício ao meu dia.

Tentei correr hoje à tarde. Foi um fracasso horrível. Meus pulmões de fumante riram de mim uns quatrocentos metros depois que comecei. Deu para ouvir. Uma gargalhada emanou de dentro do meu peito, seguida de "Gus, que porra você acha que está fazendo?" Tenho quase certeza de que a provocação vocal veio dos meus pulmões e das minhas pernas trabalhando juntos contra mim. A tentativa breve virou uma longa caminhada pelas ruas de Madison, Wisconsin. Não me entenda mal, Madison é legal, mas esse corpo funcionando como o de um homem de meia-idade gorducho não vai dar. Acabei de levar uns tapas das minhas escolhas ruins e não gostei. Adivinha quem vai voltar a entrar em forma? Este gordo aqui, ele mesmo.

Mais três semanas e estou em casa. Vou poder surfar de novo.

Todo.

Santo.

Dia.

Agora, vou continuar com as longas caminhadas.

Sábado, 10 de junho

(Scout)

Falei com Audrey novamente hoje de manhã. Eu estaria mentindo se dissesse que não estou com vontade de conseguir esse emprego. Eu o quero mais do que já quis qualquer outra coisa na minha vida. É um emprego dos sonhos. Além de ser um emprego dos sonhos, é também do outro lado do país, longe da minha casa. Preciso disso.

Também sei que não devo querer tanto alguma coisa, então não fico pensando no assunto. Mas Audrey é tão pessoal e acolhedora. Sinto que vamos nos dar bem. E não sinto isso com muita gente.

Também sei que Audrey é a mãe do Gustov. Fiz umas pesquisas on-line depois que falei com ela pela primeira vez. Quando vi a foto dela no site da empresa, não dava para negar que o sobrenome não era uma coincidência.

Isso quer dizer que o Gustov teve alguma coisa a ver com o surgimento dessa oportunidade para mim. Um favor anônimo. Incidentalmente, meu tipo favorito. Quando alguém faz uma gentileza de forma anônima, você sabe que vem da parte mais pura e gentil da pessoa porque ela provavelmente nunca vai ser identificada e receber um agradecimento. Isso fala sobre a personalidade dele.

Ainda sinto que preciso ficar longe dele. Não pertenço a esse mundo. Não que ele seja o clichê de astro do rock que achei que fosse. Ele fica na dele na maior parte do tempo no ônibus, mas o seu estilo de vida é uma coisa que não consigo entender, apesar de estar nesse ônibus com ele há algumas semanas. Enquanto as pessoas parecem se sentir atraídas por ele, elas mantêm distância de mim. Nós somos opostos. Se esse emprego com Audrey não der certo, sei que nunca mais vamos nos ver. Qual é o sentido de tentar desenvolver algum tipo de amizade a esta altura?

Assim, Gustov e eu não nos falamos, mas, além dos *post-its*, eu me vejo me comunicando com ele de outras formas. São como enigmas sutis e ele é bom nisso. Os olhos dele são mais expressivos do que os olhos de qualquer outra pessoa que eu já tenha visto. Apenas um olhar já conta uma história. E ela nunca é benigna. Cada piscadela, apertar de olhos, encarada, olhos arregalados, olhares de lado, careta e sobrancelha erguida quer dizer uma coisa diferente e sempre gera uma reação em mim; uma reação interna que costumo esconder, mas que também não posso negar. É uma ligação estranha que nunca tive com mais ninguém.

Terça-feira, 27 de junho

(Gus)

Sinto uma dor repentina nas costelas. Dos dois lados. Franco está me socando no lado esquerdo e Jamie está me cutucando no direito.

— Acorda, babaca — diz Franco, praticamente gritando no meu ouvido.

— Estamos no chão, Gus. — É Jamie agora.

Meus olhos estão grudentos e pesados de sono. E meu nariz, minha cabeça inteira, na verdade, está dolorido e congestionado. Minha garganta está ardendo, como se eu tivesse engolido navalhas. Estou resfriado. Os sintomas começaram ontem à noite, antes do nosso último show da turnê, mas, depois de algumas horas de sono no voo para casa, parece que os germes fizeram um ataque generalizado ao meu sistema imunológico. Os resfriados de verão são uma merda. Quando limpo a garganta e abro os olhos, Franco me dá outro soco. Com força.

Eu levanto a mão para me proteger de mais ataques físicos.

— Para. Eu acordei, caramba. Eu acordei. — Minha voz parece uma lixa, seca e áspera.

Enquanto esperamos que as fileiras da frente saiam do avião, Jamie pula no corredor e pega nossas malas de mão. Robbie se junta a ele do outro lado do corredor.

Quando a saída razoavelmente ordenada chega na nossa fileira, meu corpo protesta com veemência a se levantar e andar. Todas as juntas do meu corpo doem. Esquece a ideia idiota de que é um resfriado; só pode ser gripe. Vou atrás de Franco, Robbie e Jamie e ouço as reclamações de como sou lerdo durante todo o caminho até as esteiras de bagagem. Mas não posso dizer que me incomoda. Nas últimas semanas, as coisas com os caras voltaram ao normal. A tensão e o nervosismo sumiram.

Depois que pegamos nossas malas na esteira, seguimos para o ponto de táxi. Franco, Robbie e Jamie dividem um. Jamie e Robbie moram juntos em Carlsbad com outros caras, mas eles vão passar a noite de hoje na casa do Franco em San Diego. Os três viajam para o Havaí amanhã. Vão tirar umas férias de uma semana. Vão surfar por uma semana. Eu estou feliz de estar voltando para a casa da minha mãe. Não preciso de férias. Preciso da minha casa.

O trajeto de táxi leva uns trinta minutos, e, apesar de eu só querer dormir, não consigo afastar uma sensação irritante da minha cabeça cheia de pressão.

A Impaciente foi embora na tarde de domingo de Dallas. Ouvi uma conversa abafada entre ela e o Hitler no ônibus um pouco antes da passagem de som. Quando chegamos no ônibus depois do jantar, ela tinha ido embora. A cama estava vazia. Ela sumiu no ar. Foi como se ela nunca tivesse estado lá. Foi um choque que senti nas entranhas. Não sei se foi o fato de que o ambiente familiar tinha sido alterado. Não sei se foi o fato de que eu sabia que estava sozinho de novo, ainda que só por dois dias. Mas o que mais me incomodou foi que ela não se despediu de mim, o que é loucura, porque eu sei que ela não gostava de mim. Nós nunca conversamos com exceção daquela manhã na lavanderia no Tennessee. Mas tínhamos estabelecido uma rotina de comunicação silenciosa usando *post-its* para todas as coisas e nas três semanas anteriores acrescentamos gestos com as mãos e expressões faciais. O que começou impessoal transformou-se em *intimamente* impessoal. Quando você não fala com alguém em voz alta, você estuda suas manias e sua linguagem corporal muito mais de perto. Você passa a conhecer a pessoa em um nível diferente. Raio de Sol e eu éramos assim. Nós conseguíamos ter conversas inteiras sem emitir uma única palavra.

Quando paramos na porta da casa da minha mãe e eu pago a corrida, os pensamentos em Impaciente ficam enevoados e cedem espaço à exaustão. Estou com dificuldade de botar um pé na frente do outro e andar até os degraus de entrada, e só consigo pensar em dormir o dia inteiro, enquanto a minha mãe está no trabalho.

Meus olhos estão embaçados e arranhando quando os abro. O sol está se pondo pela minha janela. Pisco algumas vezes para limpar a visão e absorver a vista. O pôr do sol não entra em foco; só se torna uma mancha laranja forte. Sinto uma onda repentina de dor. Pisco e percebo que meus olhos estão cheios de lágrimas. O pôr do sol sempre me faz lembrar da Raio de Sol. Ela e a irmã, Gracie, amavam ver o pôr do sol. Todos os dias. Era um evento planejado, elas chamavam de "hora do espetáculo". Ver o sol se afogar no mar hoje é agridoce porque traz consigo pensamentos sobre ela e o fato de que nunca mais vou ver um pôr do sol com nenhuma das duas. A dor cresce no meu peito até explodir em soluços. Não choro assim há semanas. Quando finalmente recupero o fôlego, estou coberto de suor. Meu corpo parece estranho e minha mente parece flutuar ao longe. É preciso mais esforço do que deveria para levantar meu corpo da cama, tirar a camiseta e a calça de moletom encharcados e vestir um short de surfe de uma pilha de roupas sujas no chão ao lado da minha cama. Não quero fazer o trajeto até a cozinha, mas estou com muita sede e preciso de uma aspirina. Minha cabeça está latejando.

Ouço a voz da minha mãe falando com alguém quando saio do quarto e entro na cozinha. Ela para no meio da frase quando me vê.

— Gus, querido, o que houve? — Ela coloca a mão na minha testa em um segundo. — Você está com febre.

— Gripe — eu confirmo. — É melhor ficar longe de mim, mãe. Oi, aliás. Senti sua falta.

— Oi, Gus. Eu também senti saudades. — Ela me abraça apesar do meu aviso e fico agradecido. Eu a aperto e meus músculos gritam, mas os ignoro. Com os braços ainda em volta da minha mãe, abro os olhos e reparo na outra pessoa na cozinha, cortando cebola, cogumelo e pimentão. Vê-la confirma que passei de febril a delirante.

É a Impaciente.

Como assim?

A postura dela indica o desafio protegido de sempre, mas ela também parece meio tímida. Ou assustada. Não sei dizer qual das duas coisas. Qualquer uma dessas duas emoções parecem erradas nela. Ela assente. No ônibus, isso era "Bom dia" ou "Oi" ou "Boa noite". Estou tão nervoso agora que não sei se quer dizer a mesma coisa de antes.

Solto a minha mãe e olho para ela em dúvida. Ela sabe que eu quero respostas.

Ela limpa a garganta.

— Acho que não preciso apresentar vocês dois. Gus, contratei a Scout para ser a minha nova assistente. — Isso foi hesitante, até para a minha mãe. Ela está tentando agir como se não fosse nada de mais.

Mas agora que a Impaciente está na nossa cozinha, percebo que é uma coisa e tanto.

Eu balanço a cabeça e o latejar percussivo entre os meus ouvidos aumenta. Horas atrás, minha mente tinha transformado a Impaciente em um arrependimento estranho e agora que estou no mesmo aposento que ela de novo, e que consigo sentir o corpo emanando tensão, só tenho vontade de ir embora e voltar para a cama. Não sei se é o fato de eu estar me sentindo péssimo, mas espero que ela não esteja mais aqui quando eu acordar porque essa casa parece toda errada com a Impaciente dentro. Talvez isso tudo seja um sonho.

Quando me viro, as palavras da minha mãe me fazem parar na hora que estou saindo da cozinha.

— É dia de taco, Gus. Não quer comer alguma coisa?

— Não, obrigado, mãe. Não estou com fome.

Volto para o meu quarto e adormeço assim que caio na cama.

Quarta-feira, 28 de junho

(Gus)

É quase meio-dia quando finalmente acordo. Eu me espreguiço involuntariamente e meu corpo não protesta mais com raiva. Mesmo assim, as glândulas do meu pescoço parecem inchadas, dez vezes maiores do que o tamanho normal. Engulo em seco e tenho a sensação de que estou tentando forçar uma porcaria de laranja por um canudo.

Tusso e sinto imediatamente um desejo profundo e incontrolável no corpo todo. Cigarro. Pego o maço e o isqueiro na mesa de cabeceira e vou para o deque.

Cada baforada sacia minha necessidade enquanto ao mesmo tempo agita a besta que pegou minhas glândulas como reféns.

Fumo dois cigarros com dificuldade. A dificuldade não é exagero; na verdade, estou sendo até gentil. Tenho a sensação de que meus pulmões estão se preparando para um motim.

Depois de um longo banho, eu ligo para a minha mãe no trabalho.

Ela atende no segundo toque.

— Bom dia, querido. Como está se sentindo?

— Bom dia, mãe. Estou ótimo. — Minha voz rouca me contradiz. — Desculpe por ontem. Eu não pretendia te abandonar. Mas precisava dormir para me livrar dessa merda.

— Tudo bem. Os tacos que sobraram estão na geladeira caso você esteja com fome.

— Parece ótimo. Obrigado. Tenho umas coisas para fazer. Precisa de alguma coisa da rua? — Estou falando besteiras e esperando que ela fale abertamente sobre a Impaciente. Tipo por que ela não me falou antes. Não entendo por que teve de guardar segredo.

— É gentileza sua, mas não estou precisando de nada. Obrigada. — Ela sabe que estamos contornando o assunto e parece hesitante.

— Tudo bem. Nos vemos quando você chegar.

— Devo estar de volta umas quinze para às seis. E não esqueça da festa de despedida da Mikayla no Delgado's hoje. Começa às sete.

— Eu não perderia — eu respondo. Eu não perderia mesmo. Doente ou não, eu vou.

Minha mãe chega às cinco e quarenta e cinco em ponto. Ela sempre foi absurdamente pontual. Nunca adiantada, nunca atrasada, sempre exatamente na hora. Eu estou sempre atrasado. Obviamente, a pontualidade não é hereditária.

Ela deixa a porta da frente aberta e tenho medo de perguntar o motivo, e a Impaciente entra. E puta merda. Se a noite de ontem foi uma surpresa, a de hoje deixou aquela no chinelo.

Ela está com um vestido preto. O tecido simples cascateia pelo corpo da gola alta até os punhos das mangas compridas e sedosas. É modesto, exceto pelo fato de ir um pouco acima do meio da coxa... e de as pernas dela serem fantásticas, principalmente junto com os saltos que ela está usando. Sou doido por saltos. O cabelo dela está um pouco encaracolado nas pontas, o que alivia as feições duras e apazigua a intensidade estranha abrigada dentro. Estou acostumado com Scout de short e camiseta larga de mangas compridas, o cabelo solto e liso. Ela é normalmente tão comum. Não que o comum seja ruim. Nem um pouco. Ela é natural e há algo de positivo nisso. Eu prefiro. E, agora, ela ainda está natural. Sem maquiagem. Fico feliz de ela não tentar esconder as cicatrizes. Ela não precisa. Os olhos cor de mel são uma combinação estranha de verde e dourado, sem nada de castanho. São impressionantes e contornados por cílios pretos densos e compridos.

Mas seu estado natural é agora dentro daquele vestido. O vestido profissional e de bom gosto, mas... caramba... sexy. Apesar da distração do traje novo, estou curioso sobre o motivo de ela ser a nova sombra da minha mãe. Sei que elas estão trabalhando juntas, mas por que ela estava aqui ontem à noite? Por que está aqui hoje?

— E aí, mãe? — Novamente, estou procurando respostas quando a abraço.

Ela me aperta com força antes de responder.

— Oi, Gus. Como está se sentindo? — A mão dela está na minha testa, verificando se estou com febre.

Eu tusso. Minha garganta inflamada se transformou em uma tosse chata hoje. Que sorte a minha.

— Estou bem, mãe.

Ela balança a cabeça.

— Você não parece muito bem.

Faço que sim para dar a garantia de que ela precisa.

— Estou bem.

O vestido passa por mim sem dizer nada, só com um aceno breve de cabeça, e novamente estou confuso sobre o que quer dizer. O aceno. Aqui, no meu território. É “Oi, como vai?” ou “Foda-se”?

Eu me viro e a vejo andar pelo corredor. Aonde ela está indo? Acabo falando em voz alta:

— Para onde ela está indo?

Minha mãe começa a olhar a correspondência na ponta da mesa. É uma distração para ela não ter que olhar para mim quando me diz uma coisa que não quero ouvir.

— Para o quarto dela.

É nessa hora que eu perco o controle.

— Como é que é?! Quarto dela?!

Minha mãe continua o escrutínio intenso da pilha de correspondência. Não tem nada que valha a pena naquela pilha de distração; eu sei porque já olhei quando ela trouxe da caixa de correspondência mais cedo. Ela está enrolando.

Por isso, eu repito:

— Como assim "quarto dela"?

Minha mãe suspira e empertiga os ombros para me encarar.

— Scout está no quarto de hóspedes até conseguir um lugar onde morar.

Eu balanço a cabeça e sinto a raiva crescendo dentro de mim. Em toda a minha vida, a raiva se manifestou lentamente, isso quando se manifestou. Nos últimos nove meses, ela foi deflagrada na velocidade de um raio, de zero a furioso em dois segundos. Odeio isso. E sei que o que estou sentindo é uma raiva irracional, mas é o princípio da situação que me incomoda. Não é culpa da minha mãe, mas não consigo me segurar. Aponto para o corredor para enfatizar e baixo a voz quando digo:

— Aquele é o quarto da Raio de Sol.

Minha mãe me encara, seus olhos ganham brilho e o queixo se enrijece. Ela nunca foi de esconder as emoções, mas raramente chora. A tristeza afasta minha raiva quando vejo a primeira lágrima cair na bochecha dela. Ela assente; está concordando comigo, aquele é o quarto da Raio de Sol. Sempre foi. E sempre será.

Vou na direção dela e a abraço. Ela me abraça como se meses de dor estivessem acumulados nela e transbordando agora quando chora no meu ombro.

— Ela não tem para onde ir, Gus. Não conhece ninguém aqui. Está tentando começar do zero.

Eu a deixo chorar. E falar. E fico de boca calada e escuto. Odeio ver minha mãe sofrer. Acaba comigo. Ela sempre foi tão forte.

— Eu também sinto falta da Kate. Você sabe disso. Ninguém nunca vai substituir aquela garota no meu coração. Ela era como uma filha para mim, ela e Gracie, mas Scout precisa de ajuda. Ela é inteligente e vejo tanta bondade nela, tanto potencial. Ela precisa de um lugar para ficar por um tempo, mas, mais do que isso, ela precisa de apoio, Gus, e pretendo dar as duas coisas para ela.

Quando ela funga, eu a solto. Ela dá um sorriso fraco e limpa a máscara de cílios escorrendo embaixo dos olhos com os polegares.

— É melhor eu ir me arrumar para podermos ir à festa da Mikayla.

Eu faço que sim e dou um beijo na testa dela.

— Estarei pronto quando você estiver.

Minha mãe vai para o quarto e decido que preciso de um cigarro antes de sairmos, porque não fumo no carro da minha mãe. Estou na entrada de casa, segurando as flores que comprei para Mikayla à tarde, tossindo e fumando o segundo cigarro, quando ouço a porta se abrir e se fechar atrás de mim. É meu sinal para apagá-lo no cinzeiro da garagem.

— Quer que eu dirija, mãe? — Eu sempre pergunto.

Ela sempre recusa. Ela sempre foi radicalmente independente.

— Eu dirijo.

Fico aliviado, porque planejo beber minha cota hoje. Não vou fazer besteira, mas vou ficar sedado.

Olho para Impaciente.

— Quer ir na frente?

Ela faz que não sem me olhar nos olhos. Tudo bem. Só estou tentando ser legal. Não importa.

Minha mãe sorri para mim quando estou prendendo o cinto e pergunta:

— Qual era o seu número?

Dou um sorriso para ela porque essa mulher me conhece. Ela sabe que eu estava pensando, então respondo:

— Nove.

Ela ergue uma sobrancelha.

— Não era cinco? O primeiro palpite é sempre cinco. Nove é arriscado.

Eu concordo.

— Nove é arriscado. O que posso dizer? Sou um rebelde.

Ela ri e o som aquece o meu coração.

— O número era oito. Seu toque rebelde é recompensado hoje.

Raio de Sol e eu brigávamos para ver quem iria na frente. Todas as vezes. Era uma rivalidade que tínhamos desde a infância. O jeito que minha mãe criou de resolver foi pensando em um número de um a dez, e quem chegasse mais perto podia ir na frente. Desconfio que a minha mãe sempre lembrava quem tinha sido o último e alternava igualmente entre nós com uma vitória.

Os olhos da minha mãe estão na rua quando ela fala. Ela sempre foi uma motorista cautelosa.

— As flores são lindas. Lírios. As favoritas da Mikayla.

São mesmo as favoritas da Mikayla. Eu sempre compro lírios no aniversário dela porque Mikayla é da família, minha pseudotia favorita. Levanto o buquê enrolado em celofane que está no meu colo.

— Só o melhor para a Mikayla.

Um pequeno sorriso franze a bochecha da minha mãe.

— Ela vai adorar.

Minha mãe reservou uma sala particular no restaurante de frutos do mar favorito da Mikayla, o Delgado's, para a festa de sua aposentadoria. A sala é grande, com teto alto e toalhas de mesa de linho. Há vinte funcionários no escritório e todos vieram, a maioria com seus cônjuges ou acompanhantes. É uma festa agradável e fico feliz. Mikayla merece uma despedida decente.

Ela tem um surto previsível quando me vê.

— Minha nossa, quem é esse estranho lindo? — Ela levanta a mão e mexe no meu cabelo. Cresceu até as costas, mas ainda está mais curto do que o comprimento até a cintura, quando ela tinha visto pela última vez. Ela me puxa em um abraço.

Dou risada pelo elogio, coloco as flores na mesa atrás de mim, envolvo a pequena mulher em um abraço e a levanto do chão.

— Como está a minha Mikayla favorita? — eu pergunto.

Ela ri como todas as vezes que faço isso. É uma das minhas coisas favoritas em Mikayla, ela tem sessenta e cinco anos, mas ri como uma criança. A gargalhada dela é pura e livre do cinismo que empesteia as gargalhadas da maioria dos adultos. É também uma justaposição curiosa à natureza séria dela. Ela é tão inteligente e motivada na carreira, uma coisa que sempre fez com que ela se desse muito bem com a minha mãe. Elas são farinha do mesmo saco. Mas, quando Mikayla ri, ela deixa isso tudo de lado. Eu sempre amei isso.

Quando a coloco no chão e pego o buquê, ela se derrete com as flores.

— Ah, Gus, elas são lindas. Obrigada, querido.

Eu pisco.

— De nada, Kay.

Depois que conversamos um pouco, eu peço licença e vou até o bar pedir um uísque com gelo. Todo mundo quer um tempinho com Mikayla, então me afasto por um momento.

Quando volto para a sala de jantar, todos estão se sentando para comer. Eu me sento em uma cadeira vazia na cabeceira da mesa ao lado de Ted, o cara que cuida das correspondências, meu substituto quando viajei na turnê do outono passado com a Rook. Ele é um cara caladão, mas muito tranquilo, acho que de tanto fumar maconha.

O jantar é excelente. Minha mãe caprichou. É uma extravagância de ocasião especial, com lagosta inteira no vapor para quem gosta de frutos do mar e um prato de massa que chamo de "maldita fantasia maravilhosa de macarrão" para mim. E vinho. Muito vinho.

Depois do jantar vem a sobremesa e depois vem mais vinho e depois vem… você adivinhou… mais vinho. Apesar de a minha tosse ainda incomodar na garganta e de ser persistente demais, estou me divertindo. Uma garrafa ou duas de tinto fazem isso.

Depois de uma paradinha rápida no banheiro para esvaziar a bexiga, eu saio para fumar um cigarro. Ted já está lá fora fumando também. Ele termina antes de mim e se vira e anuncia:

— Tenho que mijar, mano.

Dou uma tragada final no cigarro antes de jogar o que sobrou na rua. Quando me viro, dou um encontrão com a Impaciente.

— Opa, ei — eu digo. E também: — Me desculpe. — Isso porque eu a desequilibrei. Os sapatos altos dela não ajudam.

Ela assente rapidamente enquanto se endireita.

— Audrey está te procurando. Vão cortar o bolo da Mikayla.

Eu esfrego a barriga porque sempre tem espaço para bolo.

— Beleza. — Bolo cairia bem. Além disso, estou bêbado de um jeito agradável.

Um apito alto de trem sai do meu bolso. É o alerta de mensagem de texto de Franco. Pego o celular e dou uma olhada enquanto voltamos para o restaurante. A mensagem diz: "Estou aqui há cinco minutos e já transei!" Junto tem uma foto do Franco, Jamie e Robbie na entrada do hotel com colares havaianos coloridos no pescoço. Parece que eles chegaram ao Havaí.

Dou risada e respondo a mensagem: "Divirta-se, otário. É a única atividade que esse corpinho lamentável vai conseguir a semana toda".

Depois que envio a mensagem, vejo Impaciente me olhando com atenção. Ela não quer, mas percebo que está curiosa.

Dou de ombros, ainda sorrindo pela mensagem de Franco.

— O quê?

Ela balança a cabeça como se fosse me xingar, mas pergunta:

— É o Franco?

Eu faço que sim.

— Como você soube?

— Você está sorrindo. Ele é a única pessoa que consegue fazer você sorrir assim.

Ela sai andando de volta para o restaurante antes que eu possa perguntar. Então, pondero por um segundo. Ela está certa. Aquele merda é a minha ligação com qualquer fiapo de felicidade ultimamente.

Sábado, 1º de julho

(Gus)

Ainda estou com aquela voz irritante na cabeça me pedindo para ligar para o Keller de novo. É insistente, mas aumentou muito em entusiasmo e autoritarismo esta semana. E hoje de manhã conseguiu superar todos os outros pensamentos da minha cabeça.

Ainda está cedo, então pego os cigarros, o isqueiro e o celular e vou para o deque. Depois que fumo um cigarro, encontro o número dele no celular. Eu ia mandar uma mensagem de texto, mas meus dedos estão tremendo tanto que não consigo digitar, então decido ligar. Estou com medo de ouvir a voz dele porque vai abrir o ferimento da Raio de Sol. Keller era o namorado dela. Ele ficou lá segurando uma das suas mãos, eu segurando a outra, quando ela morreu. Quando o câncer a roubou de nós. Ele é um bom sujeito, mas não consigo dissociá-lo da Raio de Sol na minha cabeça. Não consigo pensar neles de maneira independente. Esse cara a amava tanto. E é por isso que preciso ligar para ele. Ele é a única pessoa que consegue entender a minha dor, o meu sofrimento. Do outro lado, o telefone toca. E toca. Ninguém atende. Quase desligo, mas percebo que tem um nó no meu estômago e que não quero passar por isso de novo mais tarde, então, quando ouço o recado pedindo para deixar uma mensagem de voz, eu começo a falar.

— Keller. Cara, é o Gus. Quanto tempo. — Faço uma pausa e sinto a náusea crescer. — Pois é... então... só liguei para saber como você e a srta. Stella estão. Me liga qualquer hora dessas, para eu saber... que está tudo bem em Minnesota. Você sabe como é... que vocês estão bem. Beleza. Até mais.

Aperto o círculo vermelho na tela para encerrar a ligação. Quero jogar o celular por cima do parapeito do deque o mais longe que conseguir, mas o aperto na mão e bato com ele no tampo da mesa.

Em seguida, acendo outro cigarro. Aquela ligação foi uma má ideia. Meu coração não aguenta.

Quando termino de fumar, decido que é hora de tomar café da manhã.

Impaciente está na cozinha. Ela está usando um short de corrida e uma camiseta larga de mangas compridas. O rosto está vermelho e vejo gotas de suor na sua testa. Ela está tomando um copo de água. Percebo que fico me perguntando quantas cicatrizes tem no braço dela porque nunca a vi usando qualquer roupa que não fosse de mangas compridas. E está quente pra cacete lá fora.

— Oi — eu digo. É o nosso cumprimento-padrão se decidimos não substitui-lo por um aceno de cabeça não verbal. É o que nós fazemos. Acho que é como toleramos um ao outro.

— Oi — responde ela, igualmente desinteressada.

Tiro a caixa de ovos da geladeira, junto com a manteiga e o leite.

— Quantos quilômetros? — eu pergunto.

— Hã? — Ela se vira para mim com expressão surpresa.

Aponto para os tênis de corrida.

— Quantos quilômetros você correu hoje?

Ela olha para os pés como se precisasse de apoio visual para entender a pergunta.

— Ah. Doze.

Estou surpreso.

— Você correu doze quilômetros hoje? — Eu ando correndo um pouco ultimamente, mas uns poucos quilômetros é uma tarefa descomunal para mim. E isso se eu andar metade.

— Estou inscrita na maratona daqui a algumas semanas.

Eu começo a quebrar cinco ovos em uma tigela e acrescento um pouco de leite.

— Já correu uma maratona antes?

Ela balança a cabeça.

— Não. Primeira vez.

Quando coloco a frigideira no fogão, eu pergunto:

— Quer ovos?

Ela começa a balançar a cabeça. Eu não esperaria que ela dissesse sim, pois ela nunca aceita nada que eu ofereço, mas ela para.

— Tem suficiente para nós dois?

Abro a caixa de novo e mostro os quatro ovos que estão lá dentro.

— Claro. Acho que quero. Não como nada desde ontem à noite.

Eu preparo os ovos. Ela continua tomando água. Estamos comendo em silêncio quando meu celular toca no bolso. Pego o aparelho e a primeira coisa em que reparo porque não posso evitar é a tela rachada. Deve ter sido quando bati com o aparelho na mesa.

— Merda — eu murmuro. E, então, reparo no nome da pessoa ligando e fico paralisado. — Merda — eu murmuro de novo.

Impaciente me olha sem entender.

Quero que ela me pergunte se estou bem. *Só pergunta, porra,* porque preciso dizer para alguém que não estou. Não estou bem, nem perto disso. Aperto o botão de ignorar e coloco o aparelho na mesa. O nome de Keller permanece na tela mais alguns segundos, até a ligação cair na caixa postal e ele desaparecer.

Me pergunta quem era!, sinto vontade de gritar para ela. *Me pergunta por que meu coração não aguenta aquela conversa agora. Me pergunta por que não a esqueço. Me pergunta por que minha melhor amiga teve que morrer. Ou, melhor, me diz por que minha melhor amiga teve que morrer. Me diz. Por favor. Me explica. Eu quero saber. Preciso saber por que tenho que passar o resto da vida sem poder falar com ela. Sem poder abraçá-la. Sem ouvi-la rir. Sem ver o pôr do sol com ela. Sem vê-la tocando violino. Sem beijar a testa dela. Sem dizer que a amo. Sem ouvir quando ela diz o mesmo para mim. Por quê? Por quê?!*

Passo as mãos no rosto e tento afastar a histeria crescendo dentro de mim. Afasto a cadeira da mesa e deixo o prato de ovos pela metade.

Saio e fumo um cigarro.

Não ajuda, mas é o que faço mesmo assim.

Domingo, 2 de julho

(Gus)

Tem um *post-it* na porta do meu quarto quando a abro.

"Seu celular novo está na bancada da cozinha."

Perdi o telefone várias vezes quando estávamos em turnê e Impaciente sempre conseguiu um novo. Depois da primeira vez que ela me ajudou, coloquei o nome dela na minha conta, para ela poder resolver as coisas sem eu me envolver.

Acho que ela ainda está cuidando das coisas para mim.

Não sei se fico puto ou aliviado.

Decido que um pouco de cada um.

Quarta-feira, 5 de julho

(Gus)

Minha gripe ou resfriado, seja lá o que fosse, praticamente desapareceu. Minha mãe está me enchendo de vitamina C de tantas formas que a porcaria não teve escolha além de fugir e ir atacar outra pessoa.

Os rapazes voltaram do Havaí. Nós fomos todos surfar hoje de manhã e almoçar depois. As primeiras horas foram ocupadas por histórias de Oahu, e depois passamos a falar de música. Da nossa música, especificamente. Do próximo disco. O que, pelo nosso contrato, precisamos ter gravado até o final de janeiro. Estamos em julho. É daqui a sete meses. O que não seria tanto tempo se tivéssemos material novo. Mas não temos. E isso é horrível porque fica tudo nas minhas costas. Eu escrevo as nossas músicas. Escrevo nossas letras. E não escrevo nada que preste desde "Finish Me" no outono passado.

Eu simplesmente não consigo. Estou com um bloqueio. Não sei se é uma escolha inconsciente que a minha mente está fazendo ou se é uma escolha inconsciente que meu coração está fazendo. De qualquer forma, estou fodido. A música sempre foi parte de mim, uma extensão dos meus sentimentos, da minha vida e das minhas experiências. Desde que Raio de Sol morreu, todas as partes criativas de mim foram sufocadas. Silenciadas. Se ela não estava lá escrevendo comigo, ela era sempre a primeira pessoa para quem eu mostrava a música. Ela tinha um ouvido para a música como ninguém que eu conheça. Eu amava a aprovação dela. Ansiava. Fazia com que eu quisesse compor mais, para que pudesse ver os olhos dela se iluminarem quando eu tocava alguma coisa nova. Eu daria qualquer coisa para ver aquele brilho de novo, porque, sem ele, sem ela, sinto-me vazio. Minha vida perdeu o propósito e a minha criatividade sumiu completamente.

Como conto isso para os meus colegas de banda? Para o RSC? Para a gravadora? Para o nosso gerente de turnê? "Eu adoraria ajudar, sabe, com suas carreiras, seu sustento, mas virei mato sem cachorro. Estou seco." Cairia como um cocô em uma tigela de ponche. Eles contam comigo e eu não tenho nada para eles. Sinto-me péssimo.

Por isso mesmo, desvio do assunto. De novo.

— Estou trabalhando em algumas músicas, mas ainda não estou pronto para mostrar para vocês, caras. Me deem umas semanas.

Pois é, em mais um mês eu ainda vou estar nesse barco furado. Está afundando rápido. Sinto pena deles, porque este filho da puta aqui não tem nem boia salva-vidas.

Franco veio aqui em casa hoje. Ele jantou com a minha mãe, Impaciente e eu. Foi uma boa mudança. Eu estava relaxado e calmo. Eu até ri. Minha mãe riu. Até a Impaciente riu, o que é quase inédito. Gostei de ouvir. Mas esse é o Franco. Todo mundo gosta dele. Ele tem carisma e ninguém é imune aos efeitos dele.

Depois que a louça está lavada, Franco vai para o deque.

— Vem, Scout. Vamos levar a palhaçada lá para fora para o Lagosta Macho poder fumar.

— É sr. Lagosta Macho para você — eu provoco.

É tão bom estar perto dele, mas longe de coisas relacionadas à música. Não tem pressão. A Impaciente para na porta de correr que leva ao deque. Sei que ela não vai conosco lá para fora. Ela nunca fica com a gente conversando.

Sempre tem alguma desculpa. Tudo bem; eu também não ia querer passar tempo comigo.

Quando ela vai para o deque, fico surpreso. Ela vai até o parapeito e se encosta para observar a vista. Sei que Franco e eu não vamos terminar a noite sóbrios, então pego uma garrafa de uísque no meu quarto. Quando volto, ela está sentada à mesa em frente a Franco. Ela está sentada, como sempre, com as costas favorecendo o lado esquerdo da cadeira, enquanto as pernas estão cruzadas no joelho para a direita. Isso a coloca na posição perfeita para nos oferecer o lado esquerdo do rosto enquanto mantém as cicatrizes escondidas. Fico perguntando se é hábito ou se ela faz um esforço consciente em tudo que faz.

Depois de abrir a garrafa e tomar um gole, eu a coloco na frente dela.

Ela balança a cabeça rapidamente. É uma recusa silenciosa, mas não sei se é julgamento ou um gesto sem intenção de ofender. Ela é complicada às vezes.

— Eu não bebo, Gustov.

Eu reviro os olhos, pego a garrafa e viro para tomar outro gole.

Franco pega a garrafa de mim e coloca um pouco no copo de água que levou para fora. Eu sabia que ele toparia. Faz um tempo que nós dois não bebemos juntos. Nós não vamos mais a boates agora que a Rook está ficando mais popular. Sempre somos reconhecidos em lugares assim e acabo ficando pouco à vontade. O conceito de "fãs" ainda me perturba. Entendo que as pessoas gostam da nossa música. Entendo mesmo. Ora, sou fanático por algumas músicas também. Mas essa é a diferença. Eu aprecio o que as pessoas criam. As pessoas são só pessoas. Não que não sejam legais, ao menos algumas delas, mas continuam sendo só pessoas. É bizarro quando as pessoas mudam para o modo idolatria. Quando esquecem que você é uma pessoa e você vira um nome. Você se torna sua fama. Você não é mais você.

— Ah, mas não vai te matar tomar uns drinques com os amigos.

Ela me olha intensamente e não consigo deixar de pensar que o rótulo de "amigos" é forçar a barra. Nós somos? Amigos?

Eu ofereço a garrafa.

— Um brinde, querida.

— Eu não bebo — repete ela. E seus olhos se iluminam. — Quer jogar Mancala? — Ela está quase sorrindo, como se fosse um desafio.

— Ah, quero — eu digo, abrindo um sorriso enorme. — Franco e eu sempre topamos um joguinho boca suja de Mancala. — Não sei por que isso me deixou tão feliz, mas deixou. Deixou.

Sexta-feira, 14 de julho

(Gus)

Estou trabalhando esta semana na sala de correspondência da firma de propaganda da minha mãe. Ted está de férias e a minha mãe ia contratar um temporário para o lugar dele, mas conheço esse trabalho de trás para a frente, pois fiz isso durante alguns anos. E não é nenhum mistério. Por isso, me ofereci para ajudar. Mal sabe a minha mãe que ela está me ajudando. Eu surfo todos os dias de manhã, mas não consigo ficar mais naquela casa durante todo o dia sozinho porque quase fico louco. Já estou sozinho em casa há umas duas semanas. A solidão não gera felicidade, ao menos não para mim. Não neste momento da minha vida.

Não é que eu queira estar com pessoas, mas preciso me ocupar. E não preciso pensar nesse trabalho. Posso só fazer.

O que é bem melhor do que o meu verdadeiro trabalho. A música. Tenho que pensar demais.

Segunda-feira, 17 de julho

(Gus)

Ted não voltou das férias. Falei para a minha mãe que ajudaria enquanto ela precisasse, até ela encontrar outra pessoa. Espero que leve um ou dois meses.

Sexta-feira, 21 de julho

(Gus)

Minha mãe contratou uma pessoa para cuidar da sala de correspondências. Ele começa na segunda.

O que quer dizer que volto à vida real na segunda.

Não quero voltar à vida real na segunda.

Domingo, 23 de julho

(Gus)

Estou no meio da tarde, inquieto pra caralho. A água está cheia demais para surfar. Não tem nada na televisão. Minha mãe foi a um chá de fraldas esta tarde. O deque está silencioso demais. Fiquei duas horas sentado lá, bebendo e fumando um maço de cigarros. Agora, não consigo ficar parado. Não consigo sossegar. Não consigo desligar.

Não quero estar ao ar livre.

Não quero estar dentro de casa.

Estou em um ponto em que simplesmente… não. Não sei se faz algum sentido, mas é como me sinto. Eu não.

Quando volto para o quarto para pegar outro maço de cigarros, ouço a voz da Impaciente. Primeiro, ignoro, mas percebo que parece que ela está com dor. Corro até o quarto dela e a porta está aberta, o que é incomum. Ela está deitada na cama vestida com um short de corrida e uma camiseta de mangas compridas. E ela está dormindo profundamente. De forma assustadora. Como se um meteorito que tivesse caído do céu no meio do quarto dela não fosse acordá-la. Meu primeiro impulso é cutucá-la para acordá-la, porque acho que ela está no meio de um pesadelo, mas, quanto mais tempo fico olhando, mais confusa a cena fica. Ela fica repetindo "Michael" sem parar. Cada vez que ela fala, seu rosto se transforma de dor em prazer, de tristeza arrasadora em êxtase. E ela começa a gemer. Ela ainda está em sono REM profundo e sei que estou em um estado mental fodido e que bebi mais do que deveria hoje, mas... caramba. Isso ficou erótico pra caralho. E agora os gemidos estão misturados com "Michael" de novo. A voz dela está quase sem fôlego agora.

Eu não devia estar aqui. Não há dúvida de que ela está fazendo um sexo maravilhoso mental agora. Sinto-me como um voyeur. Além de a minha mente bêbada estar ficando excitada, meu corpo bêbado está dois passos à frente. Estou mais do que com tesão.

É a minha dica para ir embora. Mas quando me afasto da porta, atravesso o corredor e entro no meu quarto, a rouquidão e o volume da voz dela aumentam. Todas as emoções negativas sumiram e só restou a satisfação da pura necessidade. Da necessidade carnal. Não há espaço para mais nada e isso me invadiu. A necessidade.

Estou dentro do meu quarto agora. Porta aberta. Olhos fechados. Mão dentro do short. Acariciando.

Acariciando.

Puta merda.

Que coisa errada.

Eu preciso tomar um banho frio.

E esquecer que isso aconteceu.

Segunda-feira, 31 de julho

(Gus)

Minha mãe e eu tivemos uma longa conversa ontem. Ela está preocupada comigo. Com a minha vida. Minha saúde. Meu estado emocional. Meu trabalho. Meu futuro.

Ela marcou uma consulta para um check-up com a nossa médica. Estou na sala de espera agora. Odeio consultórios médicos. Só me fazem lembrar de Raio de Sol. Raio de Sol no final.

A dra. Donnelly foi direto ao ponto e cobriu todos os assuntos básicos: tenho que comer melhor, parar de fumar, diminuir a bebida. Fora isso, estou bem. Ela gostou de saber que estou surfando ou correndo quase diariamente.

Não contei nada das merdas emocionais.

Vou lidar com isso sozinho.

Vou me curar.

Um dia.

Domingo, 6 de agosto

(Gus)

Minha mãe foi passar o fim de semana fora. Dirigiu por toda a costa para se divertir em São Francisco. É bom para minha mãe, ela trabalha muito e merece relaxar. Ela sempre volta um pouco mais leve quando tira um fim de semana de folga.

A casa está tranquila. Sei que eu deveria estar compondo, mas o bloqueio ainda pesa. Se é para falar a verdade, está com força total agora. Só consigo pensar nisso, no fato de que eu não consigo pensar. Criativamente, estou em um impasse, com a mente ferrada. Foi irritante no começo. Mas, depois de um mês e com a pressão crescente de todo mundo envolvido com a banda (agentes, gerentes, produtores, a gravadora e o caralho a quatro), parece uma sentença de prisão. A música me enche de ansiedade. Antes, só me preenchia. Acho que essa é a diferença que o dinheiro, os contratos e os prazos fazem. É uma merda.

Por isso, estou bebendo.

Muito.

Na segunda de manhã, vou ficar na dúvida se o sábado e o domingo aconteceram ou se a passagem de tempo foi uma alucinação de tanto que pretendo beber.

Depois de uma ida rápida à loja de bebidas para comprar Jack Daniels e cigarros, me acomodo na espreguiçadeira no deque.

Uma hora depois, já tomei metade da primeira garrafa e preciso de uma pausa para ir ao banheiro. Quando estou voltando, encontro Impaciente na sala.

Ela está de cara feia virada para o alvo que parece ser eu.

Não estou com saco pras merdas dela hoje. Nós costumamos ser corteses, não necessariamente simpáticos, mas corteses. Mas não hoje. Estou ansioso e puto e infelizmente parece que vou descontar nela.

— Sabe qual é seu problema? — eu rosno. — Você precisa trepar.

Sem o álcool eu não diria isso para ela, mas meu filtro está suspenso no momento.

Ela se vira fisicamente, como se eu tivesse dado um tapa nela.

— O quê?

Estou bêbado o suficiente para ter chegado ao nível de diversão e pretendo continuar.

— Foder — eu digo, lentamente, enunciando a palavra e apontando para ela. — Você. Você é tensa demais. Precisa trepar. A situação está feia, cara. — E agora estou pensando nela sonhando duas semanas atrás e no som que ela faz quando está tendo satisfação física.

Ela bufa. Não achou graça e eu nem esperava que achasse. Sinceramente, esse é o motivo para eu estar forçando a barra.

— Nem tudo é sobre sexo — diz ela.

Eu faço que sim. Faz tanto tempo que não durmo com ninguém que ela pode até estar certa, mas então lembro que passei o dia puto e volto a agredi-la.

— Só uma porra de virgem diria uma coisa assim. É esse o problema? Não me admira que você seja tão frígida. — Não sei por que estou falando com ela assim, mas estou. E não consigo parar. Odeio isso. Depois de a conhecer por alguns meses, sei que ela é mais tímida do que qualquer outra coisa. A introversão é o mecanismo dela para lidar com as coisas. E, depois de ouvir aquele sonho, sei que não tem como ela ser virgem.

O rosto dela está vermelho agora. Ela está furiosa, do tipo capaz de pegar um abajur e jogar do outro lado da sala.

— Vai se foder, Gustov. Você não sabe nada sobre mim.

Merda. Ela nunca me xingou antes. Agora, estou olhando para as suas pernas expostas e os meus pensamentos estão confusos, e não consigo me concentrar em mais nada além do fato de que estamos discutindo sobre sexo. Minha raiva está se transformando rapidamente.

— Conte a última vez. Quero saber. — E quero detalhes, porque ao que tudo indica eu sou doente.

Ela está irritada. Os olhos cor de mel estão abrindo um buraco na minha testa.

Sei que eu deveria deixar para lá, mas nunca falamos tanto em várias semanas e, apesar de estarmos brigando, não consigo parar. Em algum nível estranho e irracional, eu preciso disso. Então, eu insisto.

— Quando?

Ela baixa os olhos e o escudo. É só por alguns momentos, mas há arrependimento ou vulnerabilidade, uma coisa que eu não esperava.

— No Ano-Novo — sussurra ela.

Com a mesma rapidez, o escudo sobe novamente e ela me encara. Seu olhar está firme e ela está mordendo o canto do lábio. As pálpebras começam a piscar mais rápido e os olhos ficam brilhosos. O escudo escorrega de novo.

— Ele é um babaca.

— Namorado? — eu pergunto.

Meu coração está batendo um milhão de vezes por minuto. Odeio ver mulheres sofrendo e, apesar de eu ter forçado a barra, agora que ela está desmoronando eu me sinto péssimo. Minhas emoções parecem uma montanha-russa, no alto um segundo e lá embaixo no seguinte. O álcool não ajuda. Preciso mesmo parar de beber.

Uma única lágrima escorre pela bochecha dela e ela a limpa rapidamente com as costas da mão e gruda o olhar furioso em mim de novo. A gargalhada que escapa é de desprezo.

— Vocês são todos iguais mesmo, né? Tudo é sexo, como você disse antes. Talvez seja por isso que você nunca se apaixonou.

Essa frase simples gera uma tempestade de fogo dentro de mim. O rosto de Raio de Sol surge na minha frente. Sorrindo. Olhos verdes cintilando de malícia. Ela morreu há meses e ainda estou apaixonado pra caralho por ela. É a minha vez. Eu cuspo as palavras dela de volta.

— Vai se foder. Você não sabe nada sobre mim.

O ataque não a afeta. Ela balança a cabeça. Está me descartando de novo.

— Ah, eu conheço você. Vi você ficar com uma mulher diferente por noite durante a primeira metade da turnê. Isso não é amor.

Dou um passo na direção dela. Estou tão perto que vejo o anel verde-musgo em volta de cada pupila.

— Talvez eu não esteja procurando amor.

Eu a encaro de cima a baixo. Caramba, aquelas pernas. Estão me distraindo de novo. E de repente estou muito excitado.

Ela levanta o queixo de forma desafiadora e gruda o olhar no meu. Ela raramente faz contato visual.

— Obviamente.

Seu tom é sarcástico e debochado, mas a emoção que ela está exibindo é real. Ela baixou a guarda completamente. Está vulnerável, mas forte ao mesmo tempo. Parece que, quando ela é pressionada, a sua força mostra a cara.

— Obviamente — eu repito. Meus olhos desceram até a sua boca. Os lábios são carnudos e estão repuxados naquela expressão de raiva que ela faz.

Ela muda de posição e o resultado é um desafio determinado. Ela não vai recuar. Estamos quase peito com peito e minha virilha está doendo. Não sei bem quando esse espetáculo passou da raiva à luxúria. Acho que ambos estamos no mesmo espectro, tudo se resume a paixão.

Olho para os olhos dela, grudados na minha boca, as pupilas dilatadas. A respiração dela acelera e as bochechas ficam vermelhas. Conheço essa expressão. Já a vi cem vezes. Sinto a tensão sexual irradiando do corpo dela em ondas.

Normalmente, nessa situação, estou pensando em sexo, apenas em sexo; um ato para satisfazer uma necessidade. Mas ao olhar para ela agora, tão aberta e vulnerável, só tenho vontade de beijá-la.

Inclino a cabeça até a minha testa estar encostada na dela. Ela não se afasta, mas inclina o rosto de leve para a direita. Ela está tentando se esconder, apesar de nossas testas ainda estarem se tocando.

— Ei — eu digo baixinho. Minhas emoções deram uma volta de antagônicas a sexuais a protetoras. É uma porra de montanha-russa.

Ela se encolhe e vira a cabeça um pouco mais, tornando o contato visual impossível.

Com a testa ainda apoiada na têmpora esquerda dela, eu percebo que preciso me afastar antes que perca o controle. Se eu beijá-la, não vou querer parar, e a expressão nos olhos dela alguns segundos atrás me diz que ela não me impediria.

— Você era boa demais para ele — eu digo. — E deveria estar procurando amor, e é por isso que preciso voltar lá para fora. Você é boa demais para mim também.

Ela é. É inteligente e motivada, trabalha arduamente, se cuida e é linda. Mais do que tudo, ela é frágil. Não quero ser só mais um babaca a fazer mal a ela. Beijo a têmpora dela com o máximo de carinho que consigo. É um pedido de desculpas.

— Desculpe por tudo que falei antes — eu digo baixinho, me viro e saio andando de volta para a minha garrafa de uísque.

(Scout)

Puta.

Merda.

Meu coração está tão disparado que estou com medo real de explodir. Não sei de onde veio isso tudo. A discussão. Minha admissão. A atração. Tudo isso veio do nada e, apesar de Gustov ter voltado lá para fora, ainda estou tonta. Ainda sinto o calor do corpo dele no meu. Ainda vejo a paixão nos olhos dele. Ainda sinto o desejo formigando no meu corpo. O calor se espalhando. Nunca vivenciei nada assim antes. Foi luxúria inegável e irracional.

Preciso correr e esfriar a minha cabeça.

Sexta-feira, 11 de agosto

(Gus)

Tem um *post-it* na minha porta quando acordo. "A maratona é amanhã. Audrey e eu vamos sair às 7:00, caso você queira vir."

É um convite inesperado. Sei que deve ter sido difícil para ela escrever o bilhete, principalmente depois do nosso confronto na semana passada.

E, se ela está disposta a me convidar, acho que estou disposto a aceitar. Além do mais, preciso sair de casa.

Sábado, 12 de agosto

(Scout)

Corri minha primeira maratona hoje. Não fui rápida, mas estou com uma sensação de vitória que acho que nunca senti. Eu forcei meus limites me preparando para ela. Correr começou como uma forma de lidar com tudo na primavera passada. Foi uma fuga, uma distração, uma maneira de bloquear a vida. Mas acabou sendo um jeito de provar uma coisa para mim mesma: que eu era forte.

Eu sou forte. Fisicamente, sou forte.

Mentalmente, bom, isso é outra história.

Mas hoje, na corrida, cada vez que eu estava com dificuldade e sentia que estava pronta para desistir, Audrey e Gustov apareciam para me estimular. Ninguém nunca torceu por mim assim. Com tanto entusiasmo. Em troca de nada. Era o encorajamento de que eu precisava para a parte mental desse jogo acompanhar a parte física.

Não sei se vou voltar a correr outra maratona. Tenho a sensação de que ganhei tantas perspectivas hoje. Nunca vou parar de correr, mas esse objetivo foi conquistado. Agora, posso continuar correndo, para mim. Só para mim. Porque me faz lembrar que sou forte. De todas as formas, sou forte e estou ficando mais forte.

Agradeci a Audrey antes de ir dormir.

Tentei agradecer a Gustov, mas a porta do quarto dele estava fechada. Sei que ele estava lá dentro porque ouvi música tocando; era blues, uma coisa triste e emotiva. Não quis bater e só deixei um *post-it*. "Obrigada por ter ido hoje. Acho que eu não teria conseguido terminar sem vocês." Tenho a sensação de que uma barreira está sendo removida lentamente entre nós. Mesmo quando nossa interação não é muito positiva, sempre há algo a ganhar em relação a entender como ele funciona. Há uma luta dentro de nós dois, mas, depois de hoje, tudo parece mais leve. Eu o vi sorrir mais hoje do que eu jamais vi antes. É um pequeno passo, mas foi real.

Sábado, 19 de agosto

(Gus)

A campainha está tocando. Está tocando há alguns minutos. Meu Deus, será que ninguém nesta casa pode atender a porta? Estou cansado e de ressaca. Não quero sair da cama. Dou uma olhada no relógio na mesa de cabeceira. Nove e cinquenta. Acho que tenho que levantar. A campainha toca de novo, como se fosse para apoiar a minha decisão.

Visto um short e vou até a porta. As persianas estão fechadas e a casa está escura. Esfrego a base das mãos nos olhos para acordar e abro a porta. Dou de cara com o sol ofuscante, forte demais para o meu estado atual. Aperto os olhos e levanto a mão para proteger os olhos do brilho que ameaça meu estado de fim de embriaguez. Eu pisco para me ajustar à luz e percebo que a pessoa à minha frente não disse nada. Afasto a mão do rosto e dou de cara com um homem. Aperto os olhos de novo para observá-lo. Ele é arrumado e bem cuidado de uma forma que diz "sou um babaquinha rico": terno caro, gravata combinando, sapato brilhando, cabelo perfeito e dentes brancos cintilantes saídos de um comercial de pasta de dente. Ele ainda não disse nada, mas o ego se antecipa. Ele o projeta como um aviso. Ou uma glorificação. Fico tentado a fechar a porta na cara dele. Mas falo com ele.

— O que posso fazer por você, *cara*? — eu pergunto, cheio de sarcasmo. Para falar a verdade, estou cagando para quem ele é.

Ele limpa a garganta e a voz de quem se acha importante, que sempre acompanha um babaca metido, responde:

— Estou procurando Scout MacKenzie.

Eu o encaro. Não sei quem ele é, mas não estou recebendo uma energia boa dele.

— O que você quer com ela?

Ele dá um sorrisinho debochado e, se é possível, desgosto ainda mais dele pelo seu jeito ousado e pretensioso.

— Scout e eu somos velhos amigos. Eu estava na cidade e queria dizer um oi.

Por dois segundos, penso de novo em fechar a porta na cara dele, mas decido fazer uma pergunta.

— Ela sabia que você viria?

Ele balança a cabeça e o sorrisinho some antes de ser substituído por um sorriso predador.

— Não. Eu pensei em fazer uma surpresa.

Não gostei desse cara e por algum motivo não quero que ele procure a Impaciente. Não quero que ela queira que ele a procure. Preciso voltar para a cama e recomeçar o dia. Eu suspiro.

— Espera um pouco. Não sei se ela está em casa. Vou dar uma olhada. — Eu fecho a porta e termino a frase. — Escroto.

Nessa hora, Impaciente entra na sala. Ela está vestida para a corrida matinal. Faço sinal por cima do ombro.

— A porta é para você.

Ela franze as sobrancelhas.

— Para mim?

Faço que sim e desvio dela, para ela poder atender a porta e eu sair da situação. Mas não saio da sala. Sei que devia lhe dar privacidade, mas, com os alarmes que aquele cara disparou, não vou deixá-la sozinha com ele. Fico fora de vista, mas ainda consigo ouvir.

Quando ela abre a porta, faz um ruído de surpresa. Não é medo. É choque.

— Michael?

O babaca do Michael. O ex-namorado que ela chama quando está quase tendo um orgasmo.

— Oi, anjo. — O cumprimento dele é bajulador e tranquilo demais, como que ensaiado. Ela não vai cair nessa, vai?

— Oi. — Ela não retribui o entusiasmo dele.

Um ponto para Scout. Zero ponto para o babaca do Michael.

— Como você me encontrou?

Instintivamente, dou um passo para mais perto. Não gostei nada do som disso.

— Falei com Jane. Ela me deu o seu endereço novo. Eu precisava te ver de novo. Senti saudades, anjo.

Ele está pegando pesado. Não consigo ver o rosto dele para ver que tipo de show ele está dando para ela, mas ouço a falta de sinceridade na voz dele. Ele sabe exatamente o que dizer para ela, mas esqueceu a parte em que devia sentir o que fala.

Também não consigo ver a Impaciente. Estou atrás da porta, mas consigo sentir o cabo de guerra dentro dela. Ela não está com medo, mas está apreensiva.

— Michael. — A voz dela acaricia o nome dele com hesitação. Como ela já disse, exatamente assim, mil vezes antes. — Acho melhor você ir embora. — As palavras dela dizem uma coisa enquanto a voz diz outra bem diferente.

Não gosto de ouvir a necessidade na voz dela, o amor não tão esquecido que vem de dentro.

— Ah, para com isso, anjo. Me deixa levar você para tomar café da manhã. Nós precisamos conversar. Acabou tudo com a Melissa. Nós precisamos falar sobre nós.

Há movimento do outro lado da porta. Tenho a sensação de que ele está tocando nela e fecho os punhos ao lado do corpo.

— Por favor, vai embora, Michael. — É uma súplica fraca. Nunca a ouvi falar com tanta fraqueza. Acho que ela não quer que ele vá embora.

Não consigo me segurar.

— Você ouviu a moça, camarada. Está na hora de você ir embora.

Dou um passo à frente e abro mais a porta para poder encará-lo. Tenho oito ou dez centímetros a mais do que ele e ele tem uns quinze ou vinte anos a mais do que eu. Normalmente, não tento intimidar, mas estou me esforçando muito agora.

Ele olha para Impaciente e a expressão nos olhos dele é de posse... e raiva.

— Quem é ele?

Ela suspira como se preferisse estar em qualquer outro lugar.

— Michael — diz ela de novo, com a afeição hesitante que acompanha o nome dele —, esse é Gustov Hawthorne. Eu trabalho para a mãe dele. Ela foi gentil a ponto de me deixar morar aqui por alguns meses até eu conseguir juntar dinheiro e encontrar um lugar para mim.

O sorrisinho debochado surge de novo e tenho vontade de esticar o braço e arrancar da cara dele. Quando ele me olha, seu ar de autoridade volta e com ele vejo a determinação dela começar a sumir. Ela fica vulnerável nas mãos dele. Ele sabe como manipular as emoções dela como se ela não passasse de uma marionete. Ele percebe e eu o odeio por isso.

— Pega o seu casaco, Scout. Vou te levar para tomar café da manhã — ordena ele.

Quero que ela diga não e que o mande se foder, mas ela deixa os ombros murcharem e obedece como uma criança.

— Só um minuto. Já volto.

Ela vai para o quarto e volta com um suéter por cima da camiseta de mangas compridas, ainda de short de corrida e tênis.

Ela sai pela porta com ele. E uma coisa que não sei explicar acontece dentro de mim. Meu peito se aperta e sinto um caroço na garganta. É ciúme. E proteção. E desejo. E uma impotência esmagadora do caralho.

(Scout)

Dentro da cabeça, estou gritando comigo mesma. *Que merda, Scout! Não seja burra. Não recue. Você não precisa dele.*

Mas meu corpo me trai. Meu corpo o segue até o carro alugado e entra quando ele abre a porta. Foi fácil assim. Eu caio no buraco do coelho... de novo.

Quando ele senta atrás do volante, seu rosto está triunfante. Ele sabe que venceu... de novo.

Parece que eu sou a otária. E que estou fodida... de novo.

Nós comemos em um pequeno restaurante de burritos na rua de Audrey. Ele conversa sobre trivialidades. Conta que está viajando muito. Conta quantas contas novas a firma conseguiu nos últimos meses. Conta sobre o barco novo que ele comprou no mês passado. Nada disso é importante. Ele só está tentando me impressionar. Funcionava. Deve ter sido o que me atraiu três anos atrás. Quando eu era uma caloura na NYU, jovem e impressionável. Nós nos conhecemos em um café na esquina da minha estação de metrô. Ele morava em Miami, mas ia a Nova York uma vez por mês a trabalho. Ele era mais velho e bonito e encantador e me olhava como se eu fosse a coisa mais linda que ele já tivesse visto. Ninguém nunca tinha me olhado daquele jeito. E, quando eu falava, ele me ouvia. Ele queria passar tempo comigo. Eu me apaixonei por isso. Meu primeiro e único amor. Ao olhar para trás, percebo que não durou. Mas não vi. Não o vi olhando para outras mulheres quando ele estava comigo. Não vi a mente dele divagando quando conversávamos. Não percebi que nosso tempo junto estava mais e mais confinado ao sexo, rápido e brutal, e ao prazer dele, não mais ao meu. Mas não consegui me desligar dele. Ele se tornou o meu vício. Aparentemente, ainda é, porque estou sentada aqui com ele, na companhia dele, quando deveria estar em outro lugar. Sinto-me suja. Sinto-me usada. Sinto-me inferior. Mas não consigo ir embora. Odeio isso mais do que tudo. Odeio precisar ir embora, mas não conseguir.

Então, quando terminamos e ele confirma que tudo terminou com Melissa e sugere que voltemos para o hotel dele, eu concordo. Eu vou com ele.

A luz fica apagada, como sempre, mas, assim que ouço o trinco sendo fechado, ele me prende na porta do quarto de hotel com o corpo. A boca dele está na minha, quente e exigente. Eu a aceito e meu corpo começa a acender. Não quero que meu corpo reaja a ele, à ausência dele, mas é isso que acontece. Ele é o único homem com quem estive. O latejar entre as minhas pernas está aumentando, o que me faz sentir fraca. Um fracasso. Uma traidora. Uma pessoa ruim. Mas não consigo evitar. É familiar.

Ele já está soltando o cinto e abrindo a calça. E estou desabotoando a camisa dele. Ele sempre se despe primeiro. Quando termina, me ordena a tirar a roupa da cintura para baixo. Eu obedeço. Ele me inclina no braço do sofá e me possui por trás. É brutal. Nos primeiros seis meses que ficamos juntos, fazíamos sexo que satisfazia aos dois. Nos dois últimos anos, ele me come. Não gosto dessa parte. Mas estou acostumada. O corpo dele parece estar me punindo. As mãos apertam meus quadris com tanta força que sei que vão ficar marcados. Meu corpo bate no sofá a cada estocada. Sinto o começo de um hematoma em cada osso do quadril, pelo impacto repetido. Ele está grunhindo, como sempre, como um animal satisfazendo uma necessidade primitiva. Eu achava isso sexy, mas não acho mais. Estou em silêncio, como sempre. Ele não gosta quando eu faço barulho. Às vezes, acho que é para ele poder fingir que não estou aqui. Quando fico em silêncio, sou só um corpo sendo usado para satisfazer uma depravação carnal. Sinto a respiração quente dele nas minhas costas pelo tecido da camiseta. Lágrimas ardem nos meus olhos. Os grunhidos dão lugar à voz rouca no meu ouvido.

— Meu pau sentiu a sua falta, anjo — diz ele. E: — Merda. Merda. Merda. Merda. — É como ele sempre diz entre dentes trincados quando termina. E sempre parece que ele está se parabenizando de uma forma desdenhosa por gozar. Elogiando seu ego por um trabalho bem-feito.

Não tenho um orgasmo durante o sexo com ele há mais de um ano.

Quando ele tira, dá um beijo solitário e quase casto nas minhas costas. É meu consolo, o toque final romântico, por fazer a vontade dele. Em seguida, ele vai para o banheiro e ouço o chuveiro ser ligado. Ele sempre toma banho imediatamente após o sexo, mas não sei se consegue lavar a culpa. Acho que não. Acho que ele nem sente culpa. Acho que só quer lavar… a mim.

E eu deixo.

Até a próxima vez.

Eu achava que era mais forte. Achava que tinha mudado. Achava que era melhor do que isso.

Parece que não.

Michael acabou de provar.

Quando sai do banheiro, ele está de terno de novo, parecendo inabalado. Ele vai voltar às trivialidades quando me levar até a porta. Ele nunca me leva em casa. É assim que sempre funciona.

Ele estica a mão com a palma para cima.

— Telefone. — Ele está me mandando dar o meu celular para ele. Ordenando.

Eu não devia, mas entrego o aparelho. É um celular novo que comprei quando me mudei para San Diego. Com número novo. Um número que ele não tinha. Até agora.

Ele programa o número do celular dele e envia uma mensagem de texto para si mesmo. Dá aquele sorriso predador quando abre a porta do quarto de hotel e me devolve o aparelho. O sorriso dele parece dizer "De nada" e "Adeus". É narcisismo no grau máximo. Ele diz:

— Nos vemos em breve.

Finalmente, ele fecha a porta na minha cara, me dispensando. Ele me deixa parada no corredor. E eu me odiando.

Sinto-me tão fraca. Não sou forte.

Mas também sei que não vou vê-lo mais.

Não quero.

Acabou.

Domingo, 20 de agosto

(Scout)

Depois de ontem, sei que preciso me recompor. Preciso começar a fazer mudanças para levar a minha vida para uma direção mais positiva. E, depois de conversar com Audrey de manhã e de ouvir o encorajamento dela e a proposta generosa de ajuda, sei onde preciso começar. Paxton.

Liguei para a minha tia e para o meu tio primeiro. Achei que eles ficariam mais resistentes à minha ideia, mas eles deram um apoio surpreendente e quase pareceram aliviados, o que foi agridoce e me deixou ao mesmo tempo feliz e triste: feliz porque sei o quanto vai ser importante para o Paxton e triste porque, mais uma vez, eles estão se retirando da criação dele, colocando as responsabilidades parentais nas mãos de outra pessoa. Por sorte, é uma responsabilidade que aceito de bom grado.

Ligo para Paxton em seguida.

— Oi, Scout. — Ele parece preocupado.

— Oi, Paxton. O que houve?

— Só estou jogando Xbox. — Isso explica a preocupação.

— Será que você pode desligar por uns minutos para conversar comigo? É meio importante.

Escuto-o mexendo em algumas coisas e a voz dele parece tensa, nervosa.

— O que houve?

Dou um sorriso para que ele sinta a calma na minha voz.

— Não houve nada. A notícia é boa. Eu acho.

— Entendi. — Ele não parece convencido.

— Quero que você venha morar em San Diego. No próximo fim de semana. Que termine o último ano aqui.

Silêncio. Sei que é um silêncio perplexo, mas fico nervosa mesmo assim.

— Paxton?

— É sério? — ele diz, parecendo atordoado. Atordoado não chega nem perto, na verdade.

— O que você acha? Você moraria no porão aqui da casa da minha chefe. Ela ofereceu moradia para ficarmos pelo tempo que precisarmos. Até eu conseguir um carro e um apartamento para nós. Ela é tão legal, você vai adorá-la.

Mais silêncio. Sei que é muita coisa para absorver.

— Paxton?

— O quê? — diz ele. Ele está pensando. Consigo ouvir a mente dele em disparada.

— O que você acha? — eu repito.

— Não estou acreditando — diz ele baixinho, como se estivesse falando sozinho.

— Isso é um sim?

— É sério, Scout? — A esperança na voz dele quase parte meu coração.

— É.

Ele funga. Se não está chorando é porque está se esforçando.

— Sim, eu quero ir, claro. — Ele faz uma pausa. — Tem certeza de que isso é para valer?

E agora, estou sorrindo, porque nunca pude dar a alguém um presente assim, de mudar a vida da pessoa. É a melhor sensação do mundo.

— É para valer. Agora eu vou deixar você desligar e vou comprar a passagem de avião para o próximo fim de semana. Vou enviar o itinerário por e-mail assim que tiver. Começa a fazer as malas, tá?

— Tá — diz ele. — Obrigado. De verdade. — A voz dele projeta pura felicidade. E adoro ouvir isso.

— Tenha uma ótima tarde, Paxton. Nos falamos em breve.

— Obrigado, Scout. Você também.

Domingo, 27 de agosto

(Scout)

O avião de Paxton pousa em quinze minutos e estamos presos no trânsito. Vamos nos atrasar. Odeio me atrasar. Estou com o site da United aberto no celular na tela de chegadas e fico atualizando a cada trinta segundos há meia hora... como se, com o avião perto assim, fosse haver algum tipo de atraso. Obviamente, estou obcecada.

Estou batucando no joelho a batida da música no rádio, não porque eu gosto da música, mas porque não consigo ficar parada. Ficar me mexendo é um hábito nervoso meu que eu odeio. Queria poder gerar calma quando quisesse. Já tentei meditar, mas não consigo fazer a mente sossegar. Ela pode parecer um animal às vezes.

Enquanto olho pela janela do passageiro e mordo o lábio, sinto a mão do Gustov na minha apertando-a na coxa. Eu me viro e olho para a mão dele. Ele nunca me tocou assim e não consigo negar que estou sentindo seu toque no corpo todo, não só na minha mão. Isso envia correntes direto no meu âmago. Com a mesma rapidez, a mão dele some.

— Relaxa. Nós vamos chegar. Eu prometo. — Ele sempre parece tão seguro, mesmo quando sei que ele não está.

— É que eu não gosto de me atrasar — explico, tentando justificar minha preocupação.

Ele dá uma bufada bem-humorada.

— Então você devia ter pedido a outra pessoa para te levar. Atrasado é o meu sobrenome, cara.

Eu olho para ele e suspiro. Sei que ele está certo. É burrice ficar tão tensa. Ele está totalmente relaxado, com aquele sorriso sonolento que vejo cada vez mais atualmente.

— Desculpa — eu digo.

— Não é nada, Impaciente.

Viro-me para ele com olhos apertados e pergunto:

— Você me chamou de Impaciente?

Ele assente e finge tossir.

— Pois é, é tipo o meu apelido para você. Desde a primeira vez que te vi. Odeio te dizer isso — diz ele, baixando um pouco a voz —, mas você é impaciente pra caralho. — Ele arregala os olhos quando fala e está com um sorrisinho, mas não de crueldade.

Eu bufo... respiro fundo... e admito.

— Eu sei que sou. — Arregalo os olhos para ele. — Sou impaciente pra caralho.

— Admitir o problema é o primeiro passo para a recuperação. Será que existe um programa de doze passos?

Abro um sorriso.

— Te incomoda? Você reparou há muito tempo, obviamente. Eu não tinha ideia de que a minha impaciência era merecedora de um apelido.

Ele balança a cabeça.

— No começo, talvez um pouco, mas isso porque a minha vida era tão errada. Mas não mais. Não posso julgar quando não se sabe com que tipo de merda cada um teve que lidar. Aprendi isso nos últimos meses. Tenho a sensação de que seu coração está pesado, e, quando o coração está pesado, tudo fica mais difícil. Lidar com a vida é mais difícil. Acredite, eu sei. O negativo é amplificado e às vezes isso extingue a paz.

— Paz. — Eu bufo de novo. — Acho que não nos conhecemos.

— Você vai encontrar; um dia, vai encontrar. — Ele pisca. — Confie em mim.

— Eu confio — sussurro. Nem sei se ele me ouviu. Mas eu confio. Não sei por que, mas acredito. Ficamos em silêncio pelo resto do trajeto.

Quando paramos junto à porta das esteiras de bagagem, Paxton está esperando com um sorriso enorme no rosto. Acho que ele viu a picape de Gustov antes de eu o ver. A picape de Gustov é difícil de não notar: é velha, enferrujada, batida e tem duas cores diferentes, a cabine de uma cor e a caçamba de outra. Mas eu a adoro. Adoro porque sei que ele tem dinheiro para comprar qualquer carro novo que quisesse. Mas o que ele dirige? Ele dirige esse ferro-velho que ele já tem há anos. E tenho quase certeza de que, se alguém oferecesse a ele um milhão de dólares pelo carro amanhã, ele recusaria. Amo isso.

Meu peito está apertado de empolgação e felicidade quando Paxton abandona as malas e vem correndo na minha direção. Eu não tinha me dado conta da saudade que sentia de estar perto dele... até agora. Ele é a minha família. Meu único e verdadeiro amigo.

Eu o abraço e a sensação é de estar em casa. Não me sinto assim há anos. Paxton sempre foi um símbolo de lar para mim.

— Obrigado, Scout — diz ele, os braços em volta de mim, a voz cheia de alívio. Ele pode ser um garoto adolescente, mas nunca foi de segurar as emoções comigo.

Eu o aperto com mais força.

— De nada. Estou feliz por você estar aqui. — Eu o solto e dou um passo para trás. Ele está sorrindo. Está mais alto do que da última vez que o vi; estamos da mesma altura agora. Ele não deveria parecer tão adulto. Ainda devia ser uma criança, não um homem de dezessete anos.

A porta de Gustov se abre e se fecha, o que chama a atenção de Paxton por cima do meu ombro. Paxton o está observando com admiração inegável nos olhos. Como falei, ele nunca foi de segurar as emoções perto de mim.

— Paxton, suponho? A não ser que sua prima tenha uma quedinha por caroneiros, e tudo bem. Todo mundo precisa de um hobby. — Gustov está ao meu lado agora.

Paxton solta uma gargalhada nervosa. Ele olha para Gustov como se ele fosse um deus. Paxton sempre foi sofrivelmente tímido e retraído perto de estranhos. Não ganha confiança com facilidade. Não que eu o culpe; ele não foi criado em uma casa construída à base de confiança. As promessas nunca eram cumpridas. Consegui me adaptar porque estava acostumada e era mais madura. Paxton nunca se adaptou. Ele era novo e vulnerável, e, quando os pais diziam que iam fazer uma coisa, ele esperava que fossem até o fim. Na maioria das vezes, eles não faziam. Paxton é a única pessoa no mundo para quem eu nunca mentiria, acho que porque todo mundo próximo dele sempre mentiu para ele.

— Paxton, esse é Gustov Hawthorne. Gustov, esse é Paxton.

Gustov estica a mão, que Paxton aperta com relutância.

— Só Gus está bom, Pax. Bem-vindo ao sul da Califórnia, cara. Como foi seu voo no pássaro grandão?

Paxton ainda está segurando a mão de Gustov, mas não está mais balançando. Só está olhando para ele. Cutuco o ombro dele para despertá-lo do seu estado de idolatria.

Ele leva um susto e solta, piscando rapidamente. Está totalmente calado, então faço a pergunta de novo.

— Como foi o voo?

Ele assente.

— Bom. Foi bom. Muito bom. Menos a turbulência no Meio-Oeste. Isso foi ruim. Mas o resto foi bom. Muito bom — tagarela ele. Ele raramente faz isso; é resultado do nervosismo.

Se Gustov repara, ele esconde.

— Bom, Pax, vamos botar essas suas malas na caçamba da picape. — Gustov pega uma e Paxton pega a outra. — Isso é tudo que você trouxe?

Paxton assente, mas parece envergonhado.

— É.

Gustov dá um tapa no ombro dele quando passa para entrar na picape.

— Vida minimalista. Você é meu tipo de sujeito, Pax. A gente vai se dar muito bem.

Com as palavras de Gustov, o rosto de Paxton é tomado de alívio. Sei que é uma coisa pequena, mas fico agradecida. A gentileza dele fez o dia de Paxton. Dou um sorriso. Sinto que tudo vai ficar bem.

Terça-feira, 29 de agosto

(Gus)

As aulas do Pax começam hoje. A Impaciente o levou ontem e fez a matrícula, mas não fazia sentido ela se atrasar para o trabalho hoje. Eu estou aqui. Sem fazer absolutamente nada. Além do mais, gosto do garoto. A gente se entendeu bem ontem. Às vezes, você conhece pessoas e sabe que o encontro não foi casual. Que a pessoa precisa de você ou você dela, às vezes as duas coisas. Aquele garoto precisa de alguém. Precisa de amigos. Tenho a sensação de que ele tem dificuldades nesse departamento.

Enquanto espero Pax, como algumas fatias do bolo de banana que a Impaciente fez ontem à noite. Quando ele entra na cozinha, está parecendo muito nervoso, prestes a vomitar ou desmaiar. Não quero chamar a atenção dele e tornar tudo pior, então finjo não reparar.

— Bom dia, flor do dia. — O olhar dele vai direto para o bolo de banana na minha mão. — Quer combustível? — eu pergunto, indicando os sacos Ziploc na bancada atrás de mim.

— Foi a Scout que fez?

Dou outra mordida e falo de boca cheia.

— Foi. Está bom pra caralho.

Ele sorri, como se o fato de eu ter falado um palavrão fosse a coisa mais radical que ele já ouviu.

— Minha mãe não cozinha. Às vezes eu acho que a Scout aprendeu para eu não passar fome.

É um comentário estranho porque tenho a sensação de que ele estava falando sério. Literalmente. Não sei nada sobre o passado da Impaciente, só que a mãe do Paxton é tia dela, Jane, com quem ela fala no telefone às vezes. E sei sobre o babaca do Michael. Só isso.

Depois que Pax come algumas fatias de bolo, sugiro que a gente saia.

— É melhor a gente ir, cara. Sua prima vai me matar e fazer isca de tubarão com os meus restos se você se atrasar no primeiro dia. Ela é meio chata com pontualidade.

Como se combinado, meu telefone toca no bolso. É uma mensagem de texto da Impaciente. "Já estão indo?"

Eu mostro o telefone para Pax ler a mensagem. Ele aperta um pouco os olhos e boto na cabeça que tenho que perguntar à Impaciente se ele usa lentes de contato ou óculos. Ele está com dificuldade para ler a mensagem. Ele olha para mim com olhos confusos.

— Quem é Impaciente?

Dou uma gargalhada porque eu tinha esquecido que salvei o contato dela assim meses atrás.

— Desculpa, é a Scout.

Ele pensa por um minuto e sorri.

— Ela é meio impaciente às vezes.

— Às vezes? — eu pergunto. — Nossa, como você é generoso.

Ele sabe que eu estou brincando. Mais ou menos. Ele também ri. A gargalhada dele é controlada, meio engasgada. Como se houvesse uma luz dentro desse garoto que quer desesperadamente sair, mas não sabe como. Fico meio incomodado de pensar nisso. Eu costumava tomar o riso como certo. Vivi cercado disso durante anos. Mas aí as risadas morreram com a Raio de Sol. Sinto que tive que aprender a rir de novo. Consigo entender. Nós dois precisamos encontrar nossa luz.

Quando nos aproximamos da escola, eu lhe dou um olhar de lado.

— Cara, você quer que eu te deixe na porta da escola ou na rua? Não quero manchar a sua reputação com meu ferro-velho no seu primeiro dia de aula. — Amo a minha picape, mas sei que as outras pessoas não. E tenho a sensação de que esse garoto tem questões grandes. Não quero que peguem no pé dele porque algum merda pode ver quando ele sair da minha picape e decidir encher o saco dele por isso. Estou tentando fazer controle de danos antecipado.

Ele sorri.

— Pode me deixar na frente. Não ligo para o ferro-velho.

— Maneiro. — Eu estico a mão e ele bate a palma dele na minha.

Quando paro a picape, ele se vira para mim com olhos arregalados e uma camada leve de suor na testa. A expressão é de pânico. Assim, faço a versão Gus de conversa motivacional.

— Pax, você é mais suave do que a parte de baixo do travesseiro, lembre-se disso. Agora vai e arrasa, cara.

Ele sorri.

— Valeu, Gus.

— Isso aí. Nos vemos às três e meia. Vou tentar parar aqui mesmo. Se eu me atrasar, mando uma mensagem de texto. Vou logo avisando, tem noventa e nove por cento de chance de eu me atrasar porque eu me atraso sempre. Eu sou assim.

Adivinha quem chega quinze minutos adiantado para buscar o Pax? Eu mesmo. Estou orgulhoso de mim mesmo. Não quero decepcionar o garoto, porque, se decepcioná-lo não fosse ruim o suficiente, também é como decepcionar a Impaciente. E também não quero isso.

Pax sai de cabeça baixa. Fico pensando se ele andou assim o dia inteiro. Tentando não ser notado. Tentando se misturar. Quando ergue o rosto, ele sorri. Aquele sorrisinho me faz sorrir também.

— Como foi o primeiro dia do resto da sua vida?

— Foi bom. — É uma resposta neutra que pode significar qualquer coisa. Não o conheço o suficiente para entendê-lo.

— Conheceu alguma gata?

Ele me olha como se eu estivesse de provocação.

Eu levanto as sobrancelhas.

— O quê? É uma pergunta legítima. Nós somos garotos, as garotas mandam na gente. É um fato da vida.

Ele curva a boca de leve e as bochechas ficam vermelhas.

— A-há. Já está de olho em alguma. Qual é o nome dela, cara?

— Mason. — As bochechas dele subiram para um nível de vermelho que corresponderia a nove de dez.

Rindo, dou um soco no ombro dele.

— Vou te levar ao Ice Shack para tomar um sorvete para você poder me contar tudo sobre a adorável Mason.

Eu levo.

E ele conta.

Nunca vi o garoto tão feliz.

Sábado, 2 de setembro

(Gus)

— Pax, vou dar um aviso — eu digo enquanto acendo a luz do corredor que leva ao porão. — Se você estiver dormindo pelado, cubra a cobra porque estou descendo.

Está cedo. E é sábado. Nós dois deveríamos estar dormindo. Sinto-me mal por acordá-lo, mas foi o único horário que consegui tão em cima da hora.

Pax se mexe no sofá-cama e joga o antebraço em cima dos olhos para se proteger da agressão da lâmpada do teto.

— Desculpa, cara. Levanta. Temos lugares para onde ir e pessoas para ver.

Ele não mexe o braço, mas fala com voz sonolenta por debaixo.

— Que horas são, Gus?

— São seis e meia. Como já falei, peço desculpas, mas temos de sair logo. Vai lavar a cara e me encontra lá em cima em vinte minutos.

Ele puxa o braço, os olhos apertados.

— Para onde a gente vai?

— É confidencial. — Não é. Nós vamos ao oftalmologista, mas vou contar só quando ele estiver acordado.

Chegamos ao consultório um pouco adiantados.

Pax está confuso quando paramos e eu saio.

— Por que a gente está aqui?

— Seus olhos já foram examinados?

Ele balança a cabeça.

— Bom, tem uma primeira vez para tudo. Vamos, muchacho.

Pax preenche os formulários e em minutos vai com o médico. Fico conversando com a mulher idosa ao meu lado enquanto espero. Ela está esperando o marido, que foi examinar a sua catarata. Ela deve ter uns oitenta anos, uma senhora muito legal de cabelo branco. Quando Pax volta, sei quantos filhos, netos e bisnetos ela tem e já vi fotos da maioria deles. Também sei que ela nasceu no Maine, mas se mudou para San Diego quarenta anos atrás, quando o emprego do marido os transferiu para cá. Ela tem um lulu-da-pomerânia chamado Bitsy. E ela tem cheiro de talco. Gosto dela. Pax está com a cabeça baixa quando anda na minha direção.

— Qual é o veredito?

— Ele disse que preciso usar óculos.

Claro que precisa, eu penso. Já o vi apertar os olhos há dias.

— Legal. Vamos cuidar disso.

Nós nos sentamos a uma mesa com uma oculista adorável e animada chamada Brandy. Quando ela pergunta a Pax se ele quer óculos ou lentes, ele olha para mim.

Eu dou de ombros.

— O que você quer, Pax? A decisão é só sua.

Ele dá de ombros.

— Não gosto de tocar nos olhos. Acho que não conseguiria colocar lentes de contato, mas também não quero parecer um pateta de óculos.

Dou risada.

— Um pateta? Você é um sujeito bonito, cara. Vai arrasar de óculos. — Olho para Brandy e acrescento: — Olha só, ela está de óculos e está arrasando. — Acrescento uma piscadela para garantir. Brandy sorri e fica corada com o elogio.

Pax gagueja quando percebe que talvez a tenha insultado.

— Desculpa, não quis te ofender. O seu é bonito.

Ela dá um sorriso doce.

— Por que você não experimenta algumas armações para decidir qual você gosta?

Pax passa trinta minutos experimentando tudo que damos para ele. No final, escolhe um par de óculos de armação preta. Ficam bem com o cabelo escuro e a pele clara.

Depois que Brandy nos instrui a voltarmos depois das duas horas para buscar os óculos de Pax, pago tudo e vamos a algumas lojas. O garoto precisa de umas roupas novas. Ele usava uniforme na escola anterior e não tem muita coisa além de camisas polo azul-marinho, camisas brancas de botão e calças cáqui. Não conheço Pax, mas sei que ele não é do tipo que anda de polo e calça cáqui. Ele fica indeciso quando falo para ele escolher algumas camisas e uma calça jeans. Ou não sabe do que gosta ou não quer que eu gaste dinheiro com ele. Acho que as duas coisas.

Quando finalmente começa a escolher peças para experimentar, ele sempre pergunta:

— O que você acha, Gus? É legal?

Nas primeiras vezes, respondo com:

— Não sou eu que tenho que usar. Você gostou?

Não quero que ele escolha roupas só porque acha que gostei delas. Quando percebo que ele parece meio perdido, também me dou conta de que ele provavelmente nunca fez isso antes. Aposto que a mãe dele comprava as roupas dele.

— Fecha os olhos?

— Por quê? — ele questiona.

— Só fecha, jovem Jedi.

Ele faz o que eu peço.

— Agora, quando eu mandar você abrir os olhos, quero que você vá pegar a primeira coisa que parecer estar dizendo: "Ei, Pax, sou irada. Você precisa de mim". Está bem?

Ele sorri e assente.

— Está bem.

— Abre os olhos.

Ele os abre e depois de dois segundos de hesitação vai até uma camiseta em uma arara nos fundos que diz "Épico é um estado mental". É uma camiseta preta com tinta branca meio apagada.

— Boa escolha. Não quero roubar sua cena, mas acho que preciso de uma igual.

Ele me ajuda a encontrar uma do meu tamanho.

Depois disso, não demora muito para que ele tenha várias camisetas, moletons e calças jeans na mão e vá para o provador experimentar. Cuido para que ele tenha uma roupa para cada dia da semana, para só precisar lavar roupas nos fins de semana.

Depois do almoço, vamos à loja de skate comprar um tênis. Ele está usando um par de tênis de corrida que estão desgastados e provavelmente pequenos demais para ele. E o único outro par é de sapatos sociais de couro marrom que tenho certeza de que eram parte do uniforme da escola com base no fato de que parecem ter pertencido a um homem de meia-idade. Ele escolhe um par de cano alto azul-marinho e já sai usando, e nem leva os tênis velhos para casa.

Pegamos os óculos novos quando estamos indo para casa. Não falo nada, mas o observo com o canto do olho por todo o caminho de volta para casa. O garoto está olhando para todos os lados como se fosse cego e tivesse acabado de ganhar o dom da visão. Ele está quieto, só olhando, observando tudo que tem perto e longe. Eu fico feliz.

— Pax, você está *o cara* com esses óculos. Só estou dizendo. Espere até Mason ver você.

Ele dá um sorriso tímido e as bochechas ficam vermelhas, como em todas as vezes que falo o nome dela, e ele olha pela janela do passageiro. Sei que ele está sorrindo. Consigo sentir.

Quando chegamos em casa, ele leva as roupas novas para o andar de baixo e volta minutos depois usando uma calça jeans nova e uma camiseta do Nirvana.

— Vem comigo — eu digo e faço sinal para ele me seguir até o meu quarto.

É a primeira vez que ele entra no meu quarto e ele fica olhando em volta com olhos arregalados. Meu quarto tem pouca coisa, se você não contar as pilhas de roupas sujas no chão. Só uma cama, uma mesa de cabeceira e uma cômoda pequena. Tenho três instrumentos: duas guitarras elétricas guardadas nas caixas perto da porta do closet e o meu violão antigo que fica em pé no canto.

— Ah, desculpa pelo chiqueiro. Eu precisava lavar roupas duas semanas atrás.

Tiro uma caixa cheia de camisetas da Rook do closet e a coloco no chão.

— Não sei se você já ouviu nossa música, mas, se quiser umas camisetas, pode pegar. Se não quiser, beleza, cara.

Seus olhos se iluminam.

— Sério?

Eu faço que sim.

— Claro.

Ele se ajoelha na frente da caixa e começa a remexer. Depois de escolher duas, ele olha para mim.

— A Rook é minha banda preferida. Obrigado por isso.

Isso me surpreende.

— Sério?

Ele assente com entusiasmo.

— É. Eu escuto vocês desde que o disco saiu no outono passado.

— Uau. Obrigado, cara. — Eu sei que somos reconhecidos na rua às vezes, mas no fundo ainda me choca quando alguém conhece a Rook.

— Na verdade — diz ele —, meu pai é Jim Ridgely, o gerente da sua turnê. — Ele fala como se pedisse desculpas.

— Seu pai é a porra do Hitler? — eu pergunto, mas desejo imediatamente não ter falado aquilo em voz alta.

Ele ri e fico aliviado de não ter sido um insulto. Também estou revirando isso na minha cabeça, tentando entender como todas as peças se encaixam. Se Hitler é o pai de Paxton, isso quer dizer que ele também é o tio da Impaciente. Não é de se admirar que ela lidasse com ele melhor do que todos os outros. Não que o relacionamento deles parecesse familiar, mas ela é a única capaz de lidar com a merda dele e falar com ele francamente sem parecer uma babaca. E agora eu sei por que ele confiava nela.

Pax ignora o comentário sobre Hitler.

— Não consigo acreditar que estou aqui no seu quarto. É aqui que você compõe?

— Normalmente. Tem um tempo que eu não componho nada.

Agora uma expressão de confusão surge no rosto dele.

— E o próximo disco? Vai haver próximo disco, né? Me diz que vai haver próximo disco.

Eu faço que sim, mas sem entusiasmo.

— Vai haver próximo disco.

Ele sorri. Ele não ouviu a dúvida na minha voz.

— Que bom. Eu preciso de outro disco. Não me entenda mal, posso ouvir o primeiro o dia todo, todos os dias, pelo resto da minha vida, mas... — Ele olha para mim com expectativa.

Mas.

Essa é a minha vida.

Mas.

E toda a indecisão e todos as incertezas presentes nela.

Domingo, 10 de setembro

(Gus)

Minha mãe, Impaciente e Pax foram ao cinema. Normalmente eu iria junto, mas fui com Franco ver o mesmo filme uns dias antes. Eu deveria estar fazendo alguma coisa além de ficar deitado no sofá só mudando o canal da TV, mas sou preguiçoso demais para decidir o quê.

Quando uma batida soa na porta, xingo a pessoa que bateu porque não quero levantar. Depois de duas rodadas de batidas, não posso mais ignorar e me levanto do sofá. Já estou com raiva de quem quer que seja antes mesmo de abrir a porta. Mas só piora. É o babaca do Michael. Tenho zero paciência para esse filho da puta.

Eu respiro fundo e solto o ar lentamente antes de olhar para ele e dizer:

— Ela não está.

Ele olha para o relógio caro no pulso e parece irritado.

— Que horas ela volta?

— Ela vai passar a tarde fora. — Dou de ombros. Vai se foder.

Ele percebeu. Levanta as sobrancelhas com irritação e frustração.

— Tem certeza disso?

— Tenho. Absoluta. — Não quero mais saber dessa conversa. Estou pronto para voltar para o sofá e ficar vendo minhas merdas na televisão.

O cara começa a bater o pé enquanto pensa. É um maneirismo nervoso, mas meio dominante. Odiei.

Começo a fechar a porta na cara dele, mas ele estica a mão e me faz parar. É um gesto ousado, considerando que a nossa conversa acabou.

— Diga a ela que eu passei aqui — diz ele. É uma ordem, não um pedido.

Olho para a mão dele, ainda segurando a porta.

— Eu também devo dizer que você se esqueceu de tirar a aliança ou devo deixar essa parte de fora?

Ele puxa a mão rapidamente e a enfia no bolso da calça social. Ele foi empurrado do penhasco no vale da culpa e isso o deixa inquieto. Não é uma inquietação de arrependimento; é a inquietação do filho da puta ardiloso que nunca aceitou responsabilidade por erros na sua vida. A julgar pela expressão no rosto dele, a Impaciente não sabe.

Não espero que ele diga nada.

— Some daqui.

E então eu bato a porta na cara dele.

Terça-feira, 19 de setembro

(Scout)

O dia foi longo. Acabei de chegar do trabalho e já estou ansiosa para ir logo dormir em algumas horas. Penso no meu sono como se nós dois não nos encontrássemos há dias. O sono tem sido cruel comigo nas últimas semanas. A ansiedade é minha inimiga. É só citar alguma coisa que eu me preocupo com ela. Trabalhar com Audrey é um sonho, mas ainda me preocupo: meu desempenho, minha capacidade de aprender o serviço de forma rápida e eficiente, minha interação com os clientes. Ela sempre me garante que está satisfeita com o meu trabalho, mas tenho tantas dúvidas que estão tão entranhadas que tenho dificuldade de desligar a preocupação.

Eu me preocupo com Audrey. Não é meu trabalho como assistente me preocupar com ela, mas eu me preocupo porque passei a gostar muito dela como amiga. Ela é minha mentora e aspiro ser igual a ela. Eu a admiro tanto e só quero o melhor para ela, e de alguma forma isso se traduz em preocupação dentro de mim.

Eu me preocupo com Paxton e como ele está se saindo na escola. Eu me preocupo com Jane e seu bem-estar e seu estado mental. Eu me preocupo com o meu passado com Michael… e, apesar de eu ter deixado isso para trás, a preocupação ainda me incomoda. Eu me preocupo com Gustov, com ele e com a nossa amizade. Às vezes sinto que não sei ser amiga de verdade de alguém que não seja Paxton, mas sei que quero ser amiga dele.

A parte difícil é que nossa amizade é um pouco complicada por causa da atração que às vezes sinto por ele. Acontece nas horas mais estranhas: quando ele está fazendo alguma coisa legal ou quando me olha com uma expressão boba no rosto ou quando ele diz alguma coisa inesperada. Simplesmente acontece e não sei lidar com isso ainda. É novo e estranho.

Assim, eu me preocupo com qualquer coisa e com tudo. Às vezes, é justificável. Às veze, não. Eu só me preocupo. É o que eu faço. E é exaustivo.

Só quando ouço um miado é que abro os olhos e sigo pelo corredor até o meu quarto em estado de alerta. É um gatinho pequeno, cinza e branco. Ele está me rondando, se roçando com amor nas minhas pernas. Quando me abaixo para fazer carinho nele, ele ronrona.

— Oi — eu sussurro. Não consigo deixar de sorrir até a cabecinha se virar na minha direção e eu levar um susto e o pegar no colo. — Ah, pobrezinho.

Os ferimentos não são recentes, mas parecem que cicatrizaram com pouca ou nenhuma intervenção humana. Ele não tem o olho esquerdo e o buraco está deformado. Metade da orelha esquerda se foi também. E a perna dianteira esquerda é grotescamente curvada para fora, como se tivesse quebrado e a cicatrização não tivesse sido correta.

O ronronar aumenta.

— Sua traidorazinha filha da puta. — É o Gustov.

Levo um susto e fico imóvel, ainda segurando o gatinho.

— O quê?

Ele aponta para o gato no meu colo.

— Costelinha.

Agora, estou muito confusa.

— Costelinha?

— É, esse é o nome dela, Costelinha. Eu a encontrei hoje de manhã na rua. Ela tinha entrado na lata de lixo dos Cominskys e estava indo para a cidade em…

Eu o interrompo, sorrindo.

— Costelinha. Entendi.

Ele assente.

Às vezes… quase sempre… a originalidade dele me diverte. É inovador. Quem escolhe o nome de Costelinha para um gato?!

— Não é um nome muito elegante para uma gatinha — eu digo.

— Costelinha é o nome correto. E ela não é dama, Impaciente. Não deixe que ela te engane, ela é uma tremenda vigarista. — Ele levanta os seus braços e me mostra os arranhões no seu antebraço. — Ela lutou bravamente. Somos amigos agora. — Ele olha para ela nos meus braços de novo. — Mais ou menos. Acho que ela gostou mais de você. Não vou mentir, estou um pouco magoado, Costelinha. Ofereço refúgio e você vira a casaca pela primeira garota que aparece. Isso não é legal.

Eu sorrio quando ele fala Costelinha de novo porque é engraçado.

— Você a levou ao veterinário? Isso aqui está feio — eu digo, tocando na cabeça machucada.

— Levei de manhã. São ferimentos antigos. Ela se recuperou bem. É saudável como um cavalo; nem comece a sentir pena dela. É isso que ela quer.

As palavras dele me atingem: ferimentos antigos… se recuperou bem… saudável como um cavalo… pena dela… é isso que ela quer. Eu engulo em seco.

Essa sou eu. Estou recuperada. Estou saudável. Mas não quero que as pessoas sintam pena de mim. Quero que me ignorem. Pelo menos sempre foi o que eu quis até me mudar para San Diego. Não sei mais o que eu quero. E isso não é uma coisa ruim. A incerteza é o começo da mudança. Talvez seja hora de mudar.

Ele levanta a mão para proteger a boca, como se a gata não fosse ouvi-lo.

— Mas ela é incrível. Só não quero que suba à cabeça dela, senão ela vai mandar em mim mais do que já manda e eu vou virar uma louca dos gatos. Já posso estar noventa e sete por cento lá e só a conheço há oito horas. Ela vai me dar trabalho. E muito. Eu sei.

Tenho quase certeza de que Gustov ganhou dez pontos no departamento de ser legal com tudo isso. Fisicamente, ele é um homem enorme. Que também é um astro do rock. Que mora com a mãe e a idolatra. Que fez amizade com Paxton em um instante. E resgatou um gatinho de rua machucado. Ele não é o homem que, alguns meses atrás, eu achava que era. Ele é... bom. E, caramba... isso é atraente.

Segunda-feira, 25 de setembro

(Gus)

Minha mãe disse que, no fim de semana, o cara da correspondência perdeu a avó. O enterro é em Seattle, o que quer dizer que ele vai passar o resto da semana fora. Eu me ofereci para ajudar porque, para ser sincero, prefiro fazer qualquer coisa a ficar sozinho em casa, só eu e esse maldito bloqueio. Há um limite para o quanto consigo olhar para uma folha de papel. Ou para segurar minha guitarra e ouvir o silêncio. Ou ficar sentado ao piano deixando as teclas provocarem minha falta de cooperação musical.

Não consigo compor.

Não quero compor.

Todo mundo precisa que eu componha.

Odeio isso.

Portanto, trabalho com boa-vontade na sala de correspondência novamente.

— Está na hora do almoço. — A voz dela me desperta do serviço monótono de separar e empilhar envelopes. A Impaciente está parada na porta da sala.

Eu faço que sim.

— Está, obrigado. — Eu não trouxe nada de casa hoje e não quero ir à lanchonete da esquina. Na última vez que fui lá, fui reconhecido... e foi horrível. Senti claustrofobia e pânico. Então vou ficar só nos cigarros atrás do prédio, apesar de o meu estômago estar roncando.

Ela mostra um saco.

— Tinha um especial no Antonio's. Comprando duas fatias ganhava duas de graça. Quer metade?

Dou de ombros.

— Claro. Você está se oferecendo para me alimentar, cara?

Ela ri.

— Estou oferecendo lhe dar comida. Você mesmo se alimenta sozinho. — As coisas andam bem mais relaxadas entre nós ultimamente. Posso brincar com ela. Ela não fica mais tensa perto de mim e conseguimos rir juntos.

Nós comemos em silêncio à mesa de piquenique nos fundos. Quando acabamos, em vez de ir embora, ela fica enquanto eu fumo um cigarro.

— Eu sei o que você está fazendo — diz ela secamente.

— Me matando — eu digo, olhando com cinismo para o cigarro na minha mão.

— Você está se escondendo — diz ela. — Por que você está se escondendo aqui? Não me entenda mal, adoro este lugar, adoro trabalhar para Audrey. Mas você... você não deveria estar aqui. — É a Impaciente sendo direta.

— Por que não?

Ela suspira.

— Gustov, você está enrolando. Está desperdiçando tempo. Você não está vivendo. Não está fazendo o que ama.

— E o que eu amo?

— Compor músicas. Você tem uma multidão de fãs; eu os vi em todos os shows. — Ela faz uma pausa. — Eles amam você. — Os olhos dela estão baixos, como se a confissão fosse difícil para ela.

Eu faço que sim, apesar de os olhos dela não estarem em mim. Estou aceitando o elogio sem reconhecimento verbal porque isso mataria o momento e a deixaria constrangida. Ela é tão protegida e sei que foi um grande esforço para ela falar.

— Bom, compor está sendo um... desafio... agora.

Ela me olha de novo.

— Desafio? O que isso quer dizer?

Não quero falar com ela sobre isso. Não quero falar com ninguém sobre isso.

— Não é nada.

Ela não deixa passar.

— Não pode não ser nada. É tudo. É o seu tudo. — Ela se levanta e sai.

Fico no mesmo lugar, ponderando sobre o que acabou de acontecer. Ela está certa. Eu sei que está. Preciso me mexer.

Mas não consigo.

Quarta-feira, 11 de outubro

(Gus)

— Acho que está na hora de nos mudarmos daqui. — A voz dela soa baixa. De uma forma incomum até para ela.

É como um tapa. Um toque de despertar.

— O quê? Se mudar?

Ela está preparando massa de biscoito em uma tigela grande na bancada da cozinha. Ela faz muitas coisas na cozinha. Não come muito; acho que só faz para deixar as outras pessoas felizes. E nos deixa felizes porque ela cozinha muito bem. Se bem que eu acho que mesmo que o gosto fosse uma merda eu comeria, porque é o jeito dela de demonstrar amor. Ela tem dificuldade em dar amor livremente, há um bloqueio. Não que ela não queira, porque sinto nas coisinhas que ela faz, mas acho que ela não sabe direito como fazer. Ela mantém o olhar na tigela.

— Paxton e eu não podemos ficar aqui para sempre, Gustov. Audrey tem sido muito gentil de nos deixar ficar por tanto tempo.

— Minha mãe ama ter vocês aqui. Nem se preocupe com isso.

Ela ama mesmo. Minha mãe e eu conversamos muito e, sempre que ela fala sobre eles, não há nada além de amor na sua voz. Minha mãe é generosa e nada a deixa mais feliz do que ajudar as pessoas, principalmente quando ela se apega a elas. Ela é uma mãe para todo mundo, altruísta e muito amorosa. Ela trata as pessoas que ama como família porque é exatamente o que essas pessoas são para ela.

— Eu me preocupo. Além do mais, Paxton foi uma surpresa inesperada para ela. Não era o combinado recebê-lo quando ela me contratou e me ofereceu um lugar para ficar.

— O Pax é irado. É um ótimo garoto.

Ela finalmente sorri e me olha. É a primeira vez que ela olha para mim hoje.

— Ele é mesmo.

— É a Costelinha que ela não suporta — eu acrescento. Estou tentando fazê-la rir. Minha mãe ama a Costelinha. Até demais. Aquela maldita gata tem todos os humanos da casa na palma de sua patinha linda.

Ela ignora a piada e continua.

— E Paxton idolatra você. Sei que você já reparou, ele adora ficar perto de você. E acho bom para ele ter uma figura masculina positiva.

Dou uma risada.

— Mentira. Não sou uma figura masculina para ninguém.

Ela não está rindo comigo.

— Gustov, posso ser sincera por um minuto?

— Por favor. E agradeço sinceridade o tempo todo, não só agora, só para você saber. — Ela esconde muita coisa, eu sei. Não que ela seja mentirosa, ela só se segura. Informações, emoções... ela é fechada ao ponto de eu me questionar se ela está se sufocando.

Ela baixa o olhar para a tigela. Começa a pegar massa de biscoito da tigela e botar na assadeira. Ela está pensando no que acabei de falar. Pensando bem mais do que eu pretendia, mas provavelmente não tanto quanto precisa realmente para acreditar. Depois de vários segundos, ela assente.

— Tudo bem.

Quando olha para mim de novo, eu assinto para mostrar que entendi.

Ela continua.

— Quando te conheci, eu achei que você era um babaca.

Eu assinto de novo.

— Você devia estar certa. Principalmente naquela época.

Ela balança a cabeça para ignorar o meu comentário.

— Para. Me deixa terminar. — Ela respira fundo. — Eu estava enganada. Estava tão absorta nos meus problemas que deixei que enevoasse minha avaliação sobre você. Todos os caras que eu via, todos os caras que eu conhecia eram automaticamente babacas. Não só você. Mas, como você foi o que eu tive que encarar no trabalho, a animosidade aumentou. Eu tenho coisas no passado — ela pausa como se estivesse pensando em parar, mas suspira. — Eu fiz escolhas ruins. Fiz coisas das quais não me orgulho. Por muito tempo, tentei culpar outras pessoas. Agora, estou tentando assumir a responsabilidade. — Ela pausa de novo e tenta se recompor. — Desculpe, a questão aqui não sou eu. O que estou tentando dizer é que me enganei sobre você. Você é uma figura exemplar. Você é gentil. E tem um carisma que atrai as pessoas. Você não tenta, só acontece. Porque as pessoas ficam felizes de estarem perto de você. Sei que você está enfrentando alguma coisa agora, alguma coisa sombria, mas no fundo do seu coração você é só... feliz. E bom. Eu não sei fazer isso. Mas é quem você é. Admiro isso. E quero Paxton perto disso. Acho que ele também é assim, mas nunca foi cercado disso. Eu me esforço com ele, mas não sou como você e Audrey.

Fico triste de ouvi-la duvidar de si mesma; ela é bem mais do que percebe. Fico pensando se alguém já disse isso para ela.

— Você não se vê, Impaciente. Não vê a pessoa que o resto de nós vê.

Ela balança a cabeça em descrença enquanto anda até o forno para colocar os biscoitos dentro. Ela não está só sentindo pena dela mesma; é um desprezo entranhado.

Quando ela fecha a porta do forno, eu seguro o braço dela e a viro delicadamente para mim. Ela fecha os olhos quando estamos de frente um para o outro.

— Olha para mim, por favor. — Ela olha. — Ninguém é perfeito. Acredite, eu sei disso. Mas você se vende muito barato. Você é inteligente pra caramba. Minha mãe ama trabalhar com você. E isso não é pouco porque a minha mãe precisa de alguém que consiga acompanhá-la intelectualmente. O fato de você ter entrado na posição de Mikayla sem nem hesitar é praticamente um milagre. E você presta atenção em tudo que acontece ao redor. Mesmo que não esteja envolvida com o que está acontecendo, você presta atenção. E não de um jeito xereta e invasivo, você é hiperconsciente, e isso mostra que você se preocupa. E nem vamos começar a falar do Pax. O garoto ama você. Ele ficaria perdido sem você. E tenho a sensação de que sempre foi assim. E sei instintivamente que você nunca o decepcionou. Você já decepcionou a si mesma? Provavelmente. Mas ele não. Nunca. E isso diz muito sobre a pessoa que você é. Ora, ele está aqui com você agora. Não sei as circunstâncias em torno da dinâmica familiar de vocês, mas o fato de você estar cuidando dele porque o Jim não cuida... Isso fala muito.

— Você sabe sobre o Jim? — Ela parece surpresa, acho que é porque nunca tocamos no assunto.

Eu faço que sim.

Ela ainda está tentando segurar as lágrimas.

— Eu só quero que Paxton se saia melhor do que eu.

Eu a puxo para um abraço e digo:

— Vocês dois vão ficar bem.

— Vamos?

— Com certeza absoluta. E vocês não vão a lugar nenhum. Minha mãe fica brava quando o ninho dela é ameaçado. Não quero isso. Acredite em mim.

Quinta-feira, 19 de outubro

(Gus)

Meu celular está tocando. Não reconheço o número e o código de área não é familiar. Normalmente, eu deixaria cair na caixa postal, mas estou entediado. Então, atendo.

— *Hola.*

— Alô. — É uma mulher confusa na linha.

— Alô — eu ecoo. Tenho a sensação de que é engano, mas não quero ser grosseiro e desligar na cara dela.

— Gustov? — A mesma mulher confusa.

— É.

— Gustov, é a Clare. — Uma longa pausa. — Como você está? — Inquietação nem começa a descrever o que está escondido na voz dela.

Clare? Demoro alguns segundos para minha mente alcançar a informação. Clare da turnê europeia.

— Ah, oi, Clare. Tudo bem aqui. Como você está? — Não a vejo nem falo com ela desde a turnê. Não sei bem qual é o assunto, mas estou curioso.

— Que bom. Melhor. — Ela parece nervosa e suspira. — Muita coisa aconteceu desde a última vez que nos vimos. Ando me dedicando a mim mesma. Ficando limpa.

Ela faz outra pausa e sinto a necessidade de dizer alguma coisa, porque ela está com dificuldade, tropeçando nas palavras. Apesar de não gostar muito da Clare, não posso abandoná-la agora que ela está tentando falar comigo.

— Que bom.

Ouço a expiração de alívio.

— Me desculpe, Gustov. Me desculpe por meter você no desastre que era a minha vida na primavera passada.

— Não foi sua culpa, Clare. Eu fiz as minhas escolhas. Estava no meio do meu próprio desastre.

— O motivo da minha ligação, bom, é para saber se você quer jantar comigo hoje. Estou em San Diego visitando minha tia e vou embora amanhã de manhã. Eu gostaria de te ver e me desculpar direito com você.

Nada disso parece a Clare que eu conheci. Ela está falando claramente, como uma pessoa normal. Percebo que ela está sendo sincera. Ela parece vulnerável. Parece... legal. Sou doido por gente legal e não consigo guardar ressentimento, então eu digo:

— Tudo bem. Quer que eu vá te buscar?

— Não, eu busco você. Faz parte do meu pedido de desculpas. — Ela ri, e reparo que não é a gargalhada aguda e rouca da qual eu me lembro. Parece uma risada mais suave e relaxada.

— Sim, senhora. — Dou meu endereço a ela e combinamos às sete horas.

Estou vestindo minha camiseta do Catfish and the Bottlemen quando uma batida soa na porta do meu quarto.

— Gus, está aí?

Eu abro a porta e Pax está parado ali com um sorriso na cara que é metade admiração e metade terror. Eu seguro um sorriso.

— E aí, amigo?

Ele faz sinal com o polegar por cima do ombro e sussurra:

— Tem uma garota aqui te procurando.

Olho para o relógio na mesa de cabeceira, seis e quarenta e cinco.

— Hã, ela chegou cedo.

A expressão mista ainda está no rosto de Paxton, mas a admiração está vencendo agora.

— Você tem um encontro?

Eu balanço a cabeça.

— Não, não é um encontro. Só... — Por algum motivo, tropeço na palavra, porque não sei o que a Clare é. — Só uma amiga. Não a vejo há um tempo. Só vamos rangar juntos, só isso.

Ele balança a cabeça lentamente.

— Ela é gata, Gus. Tipo nota quinze de zero a dez.

Dou risada porque o garoto nunca teria dito nada assim algumas semanas atrás quando chegou aqui.

— Ela é gata, é? Eu podia juntar vocês dois se você não fosse menor. — Eu pisco.

— Vou fazer dezoito anos em algumas semanas — argumenta ele.

— Cara, você não aguenta uma gata daquelas. É melhor ficar de olho no prêmio com a Mason.

Ele sorri e as bochechas ficam vermelhas ao ouvir o nome da *crush* da escola.

Eu calço as meias e os tênis Vans e vou para a sala com Pax logo atrás. Clare está parada ao lado da porta de correr, olhando a vista para o mar. Não digo nada por um minuto, deixo que ela aprecie a vista. Perder-se na calma e beleza é um presente.

Se eu não soubesse que era a Clare de antes, eu não acreditaria agora. O corpo extremamente magro está com mais curvas, mais macio e, em vez de estar exibido para o sexo, está vestido de forma discreta, com uma calça jeans e uma camiseta branca simples. O cabelo escuro brilha em um corte simples que vai até acima dos ombros. Eu limpo a garganta para chamar a atenção dela.

— E aí, Clare?

Ela se vira ao ouvir minha voz e o rosto que me cumprimenta parece anos mais jovem e mais feliz do que o que vi meses antes. A pele está clara, quase cintilando. Ela parece nova, como se camadas de tudo de ruim e negativo tivessem sido tiradas muito tempo atrás com a maquiagem pesada e as roupas sedutoras para revelar essa nova pessoa escondida por baixo.

— Oi, Gustov.

— Gustov? As pessoas te chamam mesmo assim? Eu achava que só a Scout te chamava assim. — É Pax. Ele ainda é uma sombra atrás de mim.

Dou uma gargalhada.

— É meu nome, Pax.

Ele fica constrangido.

— Eu sei. Só pensei que todo mundo te chamava de Gus.

Eu faço que sim.

— A maioria das pessoas me chama assim. Ou de babacão, que é outro apelido popular. Eu atendo a quase qualquer coisa. Pergunta só pro Franco.

Clare sorri.

— É verdade. Como está o Franco?

— Está bem. Está construindo uma moto velha agora que estamos um tempo em casa. Isso o mantém ocupado. — Ele está obcecado pela moto, que ocupa o tempo todo dele, e isso é bom. Fico feliz de ele estar ocupado com uma coisa que ama.

— Que bom. — Clare olha em volta e sorri. — Sua mãe tem uma casa linda. Que vista maravilhosa. — Ela olha para trás, pela janela.

— É bem linda mesmo. Nós temos sorte.

Ela assente.

— Pax, quer vir junto comer alguma coisa?

Ele fecha a boca e balança a cabeça. Por dentro, consigo ver que ele está tentando parecer tranquilo, mas por fora ele está transmitindo uma mensagem diferente. Ele parece que vai desmaiar.

— Beleza, soldado. Toma conta do forte enquanto eu estiver fora.

Enquanto Clare e eu estamos decidindo onde vamos comer, a Impaciente entra na sala vinda do quarto, na direção da porta de entrada. Ela está vestida para correr, o que é estranho porque ela sempre corre de manhã.

Ela não diz nada. Pax a para na porta.

— Scout, aonde você vai? Achei que a gente ia jantar. Você fez lasanha?

Ela olha para trás, e o olhar para em Clare e em mim antes de pousar em Paxton.

— Não estou com fome. Mas pode comer.

O rosto dela está pálido, os lábios estão apertados em uma careta e tem sofrimento nos olhos dela. A voz soa terrivelmente triste. Triste como se tudo no mundo dela estivesse desmoronando e ela não tivesse controle. Triste como se ela quisesse desesperadamente que a vida seguisse um caminho, mas está indo em outro. Conheço esse tipo de tristeza intimamente. E, quando pisco, ela desaparece pela porta.

Clare e eu acabamos indo a um restaurante italiano a alguns quarteirões da casa da minha mãe. Vamos andando porque é perto e conversamos besteiras até estarmos nele, sentados a uma mesinha para dois. Aí a porra fica séria.

— Me desculpe, Gustov. Do fundo do coração. Eu estava péssima. Por muito, muito tempo fiquei péssima. — Ela sorri, mas é um sorriso de desculpas, como as palavras. Consigo perceber que ela está sendo sincera. Algumas coisas não podem ser fingidas. — Na verdade, saí da reabilitação algumas semanas atrás.

— Quanto tempo você ficou lá? — eu pergunto.

Ela precisava. Eu sabia disso antes, mas, ao vê-la aqui agora e perceber a transformação que aconteceu, está aparente que o benefício foi milagroso.

— Seis meses. Entrei assim que voltei aos Estados Unidos. Inicialmente, foi a pedido do meu empregador, mas, antes mesmo de chegar lá, eu soube que precisava. Precisava havia anos, mas não conseguia aceitar. Eu estava agindo com irresponsabilidade. Às vezes, punir a si mesma é mais fácil do que encarar os seus demônios, sabe?

Eu sei. E faço que sim.

— Estou com você nisso, irmã.

Ela levanta as sobrancelhas para dar reconhecimento à minha admissão.

— Sei que você lamenta e também quero dizer que lamento pela sua perda. Na ocasião eu não sabia o que estava rolando com você, mas eu soube desde o primeiro momento que te vi que você estava sofrendo. Você estava sofrendo como eu. Acho que foi por isso que me senti tão atraída por você. Eu precisava me alimentar daquela dor. Precisava que a minha dor se lastimasse com a de outra pessoa. Eu sentia que tinha um parceiro na dor, sabe. Alguém que me entendia, apesar de eu saber que você não gostava de mim.

Eu faço que sim. Eu entendo. Viciados não escolhem a tragédia. É a tragédia que os escolhe. E o vício é o resultado.

— Como falei, estou com você. Não culpo você por nada do que aconteceu, Clare. Não pense isso. Eu aceitei o que você me deu. Poderia ter recusado. Deveria ter recusado. Mas não recusei. — Eu respiro fundo. — Nós usamos um ao outro. Aquilo preencheu um vazio que nós dois tínhamos. Peço desculpas por isso. Ninguém merece ser usado.

Seus olhos claros estão cheios de lágrimas.

— Obrigada. Obrigada por não me odiar agora. Eu estava com tanto medo de te ligar hoje à tarde. Estava com tanto medo de te enfrentar. Ainda estou fazendo terapia de acompanhamento. Acho que vou continuar por muito tempo. Tenho problemas grandes nos quais ainda estou trabalhando. Já pedi desculpas para todo mundo na minha vida que foi magoado pelo meu vício. Você é a última pessoa a quem eu senti que devia um pedido de desculpas. Mais uma vez, me desculpe, Gustov.

Entrego meu guardanapo para ela e, sorrindo, ela aceita e seca os olhos.

— Desculpas aceitas — eu digo. — E digo o mesmo para você. Me desculpe. Eu sabia que você tinha um problemão com o qual estava lutando e nunca tentei te ajudar porque fui egoísta e estava me afogando na minha própria merda.

Ela seca os olhos de novo e sorri.

— Estou bem agora. Estou limpa. Limpa há seis meses. Não fico limpa desde os dezoito anos, se é que dá para acreditar. É bom. Também estou trabalhando no meu distúrbio alimentar, que é mais difícil do que parecia que seria. Não preciso de cocaína para viver, mas preciso de comida. É uma luta diária, mas no momento estou vencendo. Hoje, estou vencendo. Estou saudável e é assim que quero ficar. Mas ainda não consegui largar os malditos cigarros — diz ela, rindo. — Um dia, eu vou conseguir.

Eu bufo, concordando.

— É uma coisa do capeta. Também não consigo parar. — Penso duas vezes antes de perguntar, mas decido falar de uma vez. — O que aconteceu?

— Como assim? — Ela parece confusa.

— O que aconteceu quando você tinha dezoito anos?

Tenho a sensação de que ela me levou ali para mais do que um pedido de desculpas. De que talvez ela quisesse falar sobre mais coisas, quisesse explicar mais coisas. E sou um ótimo ouvinte.

Ela abaixa o olhar para o prato à sua frente.

— Eu fui estuprada.

Essa palavra deixa meu estômago embrulhado. Sempre deixou. A ideia de alguém se forçando em outra pessoa sem consentimento é doentia. Espero ela me encarar de novo para lhe dizer:

— Não foi culpa sua. E sinto muito. — Deus, como sinto.

O canto dos lábios dela sobe de leve.

— Sei disso agora. Durante anos eu me culpei, mas agora sei que não foi minha culpa.

— Não foi — eu garanto. Não há situação em que estupro seja culpa da vítima. Não é possível. Nunca.

Ela assente.

— Voltando a você... como você está? Melhor? Não quero perguntar se está ficando mais fácil, porque não consigo imaginar que perder alguém que a gente ama fique mais fácil, mas você está lidando com a situação melhor agora?

— Ela era a minha vida. Minha melhor amiga. Era tudo para mim, sabe? — É o mais sincero que posso ser e tenho que engolir o caroço que surge de repente na minha garganta.

Ela assente.

— Franco me contou sobre ela. Eu perguntei no último dia de turnê.

— É. Não sei. Tem dias em que eu só sobrevivo, só faço o que tenho que fazer. Só mecanicamente. E tem dias que me pega com tudo e dói tanto que é debilitante. Não sei se faz sentido. Tem dias que estou bem e tem dias que não.

— Você conversa com alguém sobre isso? — Ela está falando de um jeito que sei que caminho vai seguir. Ela vai sugerir terapia.

Tento responder com humor para desviar a conversa.

— Estou conversando com você. Isso conta, não conta? — Eu dou um sorriso, mas ela não cai.

— Fico feliz que esteja, mas estou falando de gente na sua vida que você veja com mais frequência do que em intervalos de seis meses.

Olho por cima do ombro dela, para um pôster da Torre de Pisa.

— Falar sobre ela dói. Já estou sofrendo. Não quero sofrer mais. Então, não.

— No começo, dói. Pra cacete. Mas e se acabar não doendo mais? E se um dia passasse a ser cura? E se um dia você ficasse feliz de falar sobre ela? Pensar nela? Não valeria a pena?

— Para ser sincero, isso parece um sonho maluco. Não é real.

Ela sorri.

— Mas pode ser. E vai ser um dia. Apesar de tudo que você passou e por pior que tenhamos tratado um ao outro, sei que o seu coração não é feito de pedra. Você é dos bons, Gustov.

Eu sorrio para ela.

— Eu tento, cara.

O sorriso dela aumenta.

— Você é, cara.

Depois que dividimos uma fatia de tiramisu, voltamos andando para a casa da minha mãe. Dividimos um cigarro no caminho de volta e nós dois dizemos que temos que parar de fumar. Passa das nove horas quando chegamos ao carro dela na entrada da casa da minha mãe. Eu a convido para entrar, mas ela diz que precisa voltar para a casa da tia e descansar. O voo sai às seis da manhã seguinte.

Ela está me olhando com alívio no rosto de novo.

— Obrigada por aceitar me ver e por me perdoar. Acho que foi um dos últimos pesos dos quais eu precisava me livrar, essa culpa que eu associava a você. Me sinto mais leve e o seu coração gentil que fez isso. Obrigada, Gustov.

Eu dou um sorriso.

— Fico feliz de você ter ligado. Foi bom. Obrigado por me perdoar e perdoar meu jeito babaca.

Ela ri.

— Estou orgulhoso de você, Clare. Você está uma pessoa diferente. Continue dedicada à boa luta.

Ela assente.

— Pode deixar. Tenho que continuar. — Ela pisca. — Minha vida nova e incrível depende disso.

Eu estico os braços.

— Vem cá.

Ela entra nos meus braços e por um segundo algo parece familiar. Não sexual, mas me lembro da proximidade dela. Ela me aperta e só sinto conforto e amizade. As palavras dela reforçam meus sentimentos.

— Estou aqui se você quiser conversar, Gustov. Sobre qualquer coisa. Aprendi a ser uma boa ouvinte nesses últimos meses.

Eu recuo e sorrio.

— Idem, moça. Boa viagem amanhã de manhã e mantenha contato. Quero saber se você vai parar de fumar. Se conseguir, me conta o segredo mágico.

Ela ri.

— Acho que o segredo é querer fazer a mudança e se dedicar a ela. Ainda não cheguei lá. Acho que você vai parar antes de mim.

— Nós devíamos apostar. Cinquenta pratas para quem parar primeiro.

— Combinado. Boa sorte.

— Boa sorte.

Antes de entrar, espero até ela dar ré para a rua e ir embora. Meu coração está um pouco mais leve do que estava horas atrás. Não houve atração física por Clare, embora ela esteja mais bonita do que quando ficamos juntos meses atrás. A energia dela estava só boa. Fez bem ficar perto dela. Eu me isolei da maioria das pessoas ultimamente e talvez ela esteja certa. Talvez eu só esteja piorando as coisas.

(Scout)

Acordo quando ouço a porta da frente sendo aberta. Espero um minuto para concluir se é Audrey ou Gustov, pois os dois saíram. Quando ouço os passos no piso de madeira, sei que é Gustov. Eu estava dormindo no sofá. Não sei por quê. Deveria ter ido para cama depois que saí do chuveiro. Mas não consegui. Estou com raiva de mim mesma por ficar tão abalada de o ver com outra pessoa. Ela era bonita e ficou óbvio que eles se conhecem há um tempo.

Ela não era alguém que ele acabou de pegar. Não é ciúme que sinto ou ao menos não acho que seja. Droga, não sei o que é, mas não consigo parar de pensar nele e no fato de que eu nunca teria chance com um cara como ele.

Os passos dele ecoam pelo saguão. Estão chegando perto da sala. Fico de olhos fechados e finjo estar dormindo quando ele para atrás do sofá. Ele começa a andar de novo e os passos somem, silenciados pelo tapete embaixo do sofá. Eu o sinto perto de mim. Um cobertor é colocado em cima de mim e sinto o toque leve dos lábios dele na minha testa.

— Boa noite, Impaciente.

Tenho vontade de abrir os olhos.

Tenho vontade de puxá-lo para mim.

Só tenho vontade.

Mas não faço nada.

Ele vai para o quarto.

E eu fico aqui, sozinha.

Terça-feira, 24 de outubro

(Scout)

Recebi uma ligação do meu tio Jim de manhã. Ele me disse que Jane foi para a reabilitação.

A notícia foi passada de forma rápida e eficiente... porque é assim que ele faz tudo. A voz dele soou seca, sem emoção... porque é assim que ele faz tudo.

Ele não é um mau sujeito, só é distante. Mas sei como lidar com ele, e foi por isso que ele ligou para mim e não para Paxton.

Ele quer que eu conte para Paxton.

Não quero contar para Paxton.

Quero esconder isso de Paxton. Ele está mais feliz nessas últimas semanas aqui do que eu já o vi antes. Ele merece um pouco mais de felicidade antes de ser mergulhado no mundo dos pais.

Então, eu não conto. Ao menos, por enquanto.

Sábado, 28 de outubro

(Gus)

Eu gostaria de poder ficar na cama o dia inteiro dormindo. Quero pular este dia. Quero pular da meia-noite de sexta para a meia-noite seguinte.

Odeio lembretes.

E hoje é o pior lembrete de todos.

São cinco e meia da madrugada e não consigo mais dormir. Minha mãe está acordada; estou escutando a cafeteira passando café no final do corredor. Ela sempre acordou cedo, como a Raio de Sol.

Decido me repreender em voz alta.

— Levanta, seu filho da puta. Vamos enfrentar o dia.

Procuro um short no chão. Eu deveria pensar em lavar umas roupas, pois já cheguei a um nível crítico. Encontro uma sunga e cheiro para ver como está a situação. O cheiro está ruim, mas a aparência está limpa, então a visto.

Minha mãe está na cozinha quando eu chego. A caneca de café está a caminho da boca. Ela não parece surpresa de me ver de pé tão cedo. Sem hesitação, ela coloca a caneca na bancada e anda até mim. Essa é a parte em que damos bom-dia e falamos trivialidades. A parte em que agimos como se fosse um dia qualquer.

Só que não é um dia qualquer.

Minha mãe passa os braços pela minha cintura e eu passo os meus pelos ombros dela e a aperto com força. Nós nos abraçamos. Ela está tensa, tentando não chorar. Ela sempre fica tensa quando tenta segurar as emoções. É difícil para ela porque ela é emotiva por natureza. Não que ela seja chorona. Ela não é, mas sempre expressa as suas emoções. Ela é fácil de interpretar porque mostra as emoções para todo mundo que conhece.

Ficamos assim por muito tempo, sem dizer nada.

— Vinte e um. Dá para acreditar, mãe? Raio de Sol faria vinte e um anos hoje.

Minha mãe assente e repete:

— Vinte e um.

Não sei por que, mas estou sorrindo ao pensar nela. Por um momento, fico cheio de luz. A luz da Raio de Sol. Era mesmo contagiante.

— Aposto que ela passaria o dia numa bebedeira louca.

Sinto minha mãe tremendo de raiva junto ao meu corpo e ouço a risadinha baixa. Meu coração fica feliz ao ouvi-la rir.

— Não sei se numa bebedeira, querido, mas sei que ela aproveitaria ao máximo. Era o que a Kate fazia melhor. Ela sempre sabia aproveitar ao máximo todos os dias.

Ainda estou sorrindo.

— É verdade. Tenho certeza de que ela deixaria o dia de hoje orgulhoso. Bebedeira. Estou dizendo, épico.

Minha mãe ri de novo.

— Talvez você esteja certo.

Eu a solto e me sirvo de café com algumas colheres de açúcar. E me viro para a minha mãe.

— Você vai ao cemitério hoje?

Ela sorri e assente.

— Vou. Quer ir comigo?

Eu surpreendo a mim mesmo quando respondo sem nem sequer pensar a respeito.

— Não perderia isso por nada.

Depois que tomamos banho e nos vestimos, minha mãe dirige até a floricultura para comprarmos dois buquês de tulipas amarelas. Em seguida, paramos em uma loja de conveniência para comprar chocolates Twix. Quando paramos no estacionamento do cemitério, minha mãe está apertando o volante com tanta força que juro que vai ficar marcado. Estou tentando durante todo o caminho não pensar no que estamos fazendo. Pensei que o terror tomaria conta de mim. É estranho porque, agora que estamos aqui, estou calmo. Sinto como se Raio de Sol estivesse perto. Não a visito desde o enterro porque achei que acabaria comigo. Achei que aumentaria minha raiva. Achei que me lembraria que a minha vida é uma merda sem ela. Mas agora, neste momento, me sinto mais completo do que há semanas. É bem a cara da Raio de Sol me assombrar do túmulo... e, em vez de ser sinistro, é sol e arco-íris e até malditos unicórnios.

— Você está bem, mãe? — eu pergunto.

Ela assente. Não está conseguindo falar. Bato na mão dela, saio do carro e pego as flores, os chocolates e um cobertor no porta-malas antes de abrir a porta para ela. Ela ainda está segurando o volante como se fosse questão de sobrevivência. Passo tudo que estou carregando para um braço e solto delicadamente seus dedos do volante. Seguro-a pela mão e a puxo do carro, e caminhamos de mãos dadas até Raio de Sol e Grace. Quando chegamos nas lápides iguais, pequenas e simples, solto a mão da minha mãe e abro o cobertor. Minha mãe se senta sem tirar os olhos das lápides. Ela não pisca e seus olhos estão cheios de lágrimas.

Não sei se minha mãe já visitou Raio de Sol aqui, então pergunto.

— É sua primeira vez, mãe?

Raio de Sol faleceu em janeiro. Já tem nove meses.

Ela balança a cabeça lentamente e afasta o olhar para me observar. Só então ela sorri.

— Eu venho toda semana. Não fico muito... só passo rapidinho para ver se as minhas meninas estão bem.

Tenho a melhor mãe do mundo. Ela as amava como me ama. Com intensidade e de coração.

— Bom, parece que eu sou mesmo o babaca, então, sendo minha primeira vez e tal.

Ela sorri da minha piada.

Tiro o celofane dos dois buquês e coloco as flores na grama na frente de cada lápide. Está quente hoje e vão murchar rapidamente no calor, mas estão frescas e lindas agora. Grace amava tulipas amarelas. E Raio de Sol amava tudo que Grace amava, então sei que as duas vão ficar felizes. Em seguida, abro uma barra de chocolate para cada uma e as coloco ao lado das flores, na grama.

— Desculpe por não estar congelada, Raio de Sol. Estou improvisando essa visita e não tive tempo de me preparar adequadamente, cara. Só aceita — eu brinco.

Minha mãe ri atrás de mim.

— Ela gostava de Twix congelado, né? Eu tinha esquecido.

Volto para o cobertor e entrego o chocolate Twix da minha mãe para só depois abrir o meu.

— Isso mesmo. Ela era chata quando o assunto era café e chocolate. O café tinha que ser preto e o chocolate tinha que ser congelado.

Minha mãe ri de novo. E depois, comemos em silêncio. O silêncio é bom.

Depois que terminamos o chocolate, contamos histórias sobre a Grace e a Raio de Sol. Elas eram da família. Nós fazíamos tudo juntos. Há um milhão de histórias para escolhermos.

O sol está ficando alto quando minha mãe e eu decidimos que está na hora de irmos embora. Tivemos o lugar só para nós desde que chegamos. Está tranquilo e quente, e o céu está um mar luminoso de azul. Minha mãe se ajoelha e passa a mão com carinho em cada lápide, os dedos nos nomes. O carinho e a adoração no rosto e no toque dela são lindos. Não há outra forma de descrever. É um lembrete das coisas lindas que o coração humano torna possível. Ela diz para as duas ficarem bem. Diz que ama as duas. Diz para as duas que está as abraçando. E dá adeus. Tenho a sensação de que ela faz isso em todas as visitas semanais. É um ritual. Um ritual sincero de amor.

Espero minha mãe sair andando para o carro antes de dobrar o cobertor e me agachar na frente da lápide de Gracie. Eu me inclino e a beijo. Eu sempre beijava as duas na testa e o gesto parece simbólico.

— Tchau, Gracie. Cuida da sua irmã por mim, tá? Eu te amo.

Eu me viro para a lápide de Raio de Sol. Também a beijo. E olho para o nome dela. Kate Sedgwick. Esse nome tem tanto poder sobre mim. O melhor tipo de poder: inspirador, encorajador e respeitável. É um nome que sempre associei à coragem destemida. É um nome que sempre significou que tudo é possível. É um nome que era amor, bondade e gentileza.

— Feliz aniversário, Raio de Sol. Espero que você esteja encarregada do show de hoje. Espero algo nada menos do que incrível de você no seu grande dia, só para você saber. Sem pressão, mas é melhor você se planejar e fazer algo épico. — Faço uma pausa, não por me sentir estranho de estar falando com ela, mas porque não quero ir embora. — Sinto saudades, cara. Sinto tantas saudades. — Faço carinho na lápide dela uma vez mais e olho para a minha mãe. Ela está esperando pacientemente junto ao carro. Esperaria por horas se eu demorasse isso tudo. — Eu te amo, Raio de Sol. Nunca vou deixar de te amar. Fique em paz.

Quando chegamos em casa, ligo para o Franco. Ele atende no segundo toque.

— Cuzão? — Ele parece preocupado. E curioso. Ele sabe que dia é hoje.

— Namastê, escrotinho. Ei, preciso de um favor.

— Pode falar. — Ele já aceitou. Isso é a melhor coisa sobre os amigos verdadeiros, eles estão lá sempre e onde você precisar deles.

— Preciso ver seu irmão hoje. Você pode dar um jeito?

— Você quer fazer uma tatuagem? — Ele parece surpreso. Ele é coberto de tatuagens da cintura para cima, enquanto meu corpo é uma tela em branco. Sempre achei que ficaria assim, mas depois de hoje de manhã sei que não é possível.

— Quero.

— Vai ser grande? Vou precisar avisar ao Julian quanto tempo vai durar. Ele não costuma trabalhar aos sábados.

— Pequena. Duas palavras — eu digo. Isso é tudo que ele precisa saber.

— Pode deixar. Vou ligar para ele. Ligo para você em uns minutos, cara. — Ele está tão empolgado que desliga sem se despedir.

Meu celular toca menos de cinco minutos depois. Pulamos os xingamentos de sempre e vamos direto ao ponto.

— E aí?

— Pego você em quinze minutos. Julian vai nos encontrar no estúdio.

— Beleza. Vou estar te esperando.

Saio para fumar um cigarro antes de o Franco chegar. Ele não me deixa fumar na sua picape, então tenho que fazer isso logo. Quando ele para em frente à minha casa, seu sorriso é de alegria, empolgação e curiosidade, com talvez um pouco de orgulho. Ele me dá um tapa no ombro quando entro no carro.

— Não acredito. O cuzão cedeu. Achava que você se cagasse de medo de agulhas.

Eu engulo em seco e meu estômago dá um nó. Eu odeio agulhas.

— Não me lembre disso. — E, então, ouço o que está tocando no som dele. — Agora cala a boca para eu poder ouvir. É o disco novo?

Ele aumenta o volume.

— É. A "Sunset Sons" é sinistra, né?

— Foda demais, mano. Eles não erram nunca.

Nós continuamos ouvindo no caminho. O estúdio de tatuagem do irmão dele fica a uns vinte minutos de distância, tempo suficiente para eu pensar na situação e para o meu estômago ficar ainda mais embrulhado.

Quando paramos na frente do estúdio, minha ansiedade bate com tudo. Estou tonto quando entramos, mas engulo a náusea furiosa, determinado a fazer isso acontecer.

Julian, um sujeito legal e um artista supertalentoso, nos cumprimenta. Ele estica a mão para mim e, quando eu a aperto, ele me puxa e bate nas minhas costas duas vezes, num abraço de irmãos.

— Como você está, Gus? Quanto tempo. — Ele está tranquilo e de bom humor.

Eu não estou. Eu assinto.

— Bom te ver, cara. Escuta, não quero ser um babaca, mas podemos terminar logo com isso, antes que eu revisite o meu café da manhã e o espalhe por todo o chão?

Ele e Franco riem enquanto ele se senta e pega um lápis e um pedaço de papel.

— O que vai ser, grandão? — Julian sempre me chamou assim. Ele tem uns vinte centímetros a menos do que eu. E é um puto magrelo. Basicamente, é uma versão menor de Franco, com mais carinha de bebê, o que o faz parecer mais novo, apesar de ele ser alguns anos mais velho que o irmão.

Aponto para a parte de dentro do antebraço direito e descrevo a imagem que tenho em mente.

Vejo o sorriso de Franco com o canto do olho antes de ele me dar um soco no braço.

— Eu sabia.

— Quero que seja simples, mas meio foda, sabe? E só preto, sem cor — eu continuo a falar.

Julian assente. Ele já está desenhando.

Enquanto vejo as letras ganharem vida, abro um sorriso. Ele entendeu. A letra é corrida, mas masculina e forte.

— Isso aí, cara. Isso aí.

Franco vai atrás de mim quando sigo Julian até a sala dele, e quero me virar e mandar que ele caia fora ou dar um soco na cara dele. Ele está fazendo de propósito, eu sei que está. Está tentando me irritar porque sabe que estou nervoso. Nervoso, nada. Estou me cagando de medo.

Aperto os olhos enquanto Julian limpa e prepara meu antebraço, e só os abro quando ele termina de transferir o desenho. Ele me pede que dê uma olhada e autorize que ele continue antes que vire permanente.

Está foda, mas eu só mexo a cabeça que sim. Se abrir a boca, vou vomitar.

Quando a pistola ganha vida, eu fecho os olhos de novo.

— Quer que eu segure a sua mão? — pergunta Franco, a voz aguda e ridícula.

— Vai se foder, cara. Eu sei que você sempre quis se aproveitar de mim, mas não sou pro seu bico no momento.

Ele ri e bate palmas, achando graça. Essa é uma das minhas coisas favoritas sobre o Franco, o senso de humor. Ele sempre sabe quando usá-lo. E sempre acerta. Sempre é o que eu preciso.

Surpreendentemente, a sensação da tatuagem é mais de irritação do que de dor física. Se eu conseguir afastar o meu cérebro do fato de que tem uma agulha cutucando e perfurando minha pele em sucessão rápida, é quase suportável. Quase.

— Você está bem? — pergunta Julian. — Quer dar uma parada? Estamos na metade.

Fico de olhos fechados e balanço a cabeça.

— Só continua. Parar só piora as coisas.

— Bom, isso é uma coisa que eu nunca pensei que fosse ver. — É uma voz nova que se juntou à nossa reunião.

— Que porra é essa? Achei que era só para convidados. — Falo ainda com as pálpebras fechadas.

— Franco mandou uma mensagem de texto. A gente tinha que vir ver isso com os nossos próprios olhos para acreditar — diz Jamie.

Quando espio por um olho, vejo Jamie e Robbie parados na porta com a cabeça para dentro, pois não tem espaço para mais um corpo nesta sala apertada.

— Acredita, filha da puta — eu murmuro.

Estou tentando me concentrar para respirar regularmente, mas minha necessidade de fumar está me irritando a ponto de ser uma distração que não consigo ignorar. Preciso dessa calma. Meu corpo precisa dessa calma. Minha mente precisa dessa calma. Isso e o fato de que o movimento repetitivo da agulha não é mais uma irritação e se transformou em dor agora.

— Eu preciso de um cigarro — digo, minha voz tensa. Não vou me levantar da cadeira enquanto não terminarmos, mas admitir verbalmente a vontade parece fazê-la sossegar. Torna-a suportável.

Julian ri.

— Você está indo muito bem, cara. Só mais dois minutos e vamos poder ir lá fora. Vou fumar um com você.

— Combinado — digo entredentes.

Quando o zumbido da pistola para, sei que ele acabou. Abro os olhos e minha garganta se aperta quando vejo as palavras dela no meu braço.

As palavras dela.

Faça épico.

Caramba, eu amava aquela garota e tudo que ela representava.

— Ficou épico, merdinha. — É Franco. E as palavras são sinceras.

Todos se inclinam para olhar melhor.

Minha pele está irritada, inchada e vermelha, mas a tatuagem tem vinte centímetros por cinco de beleza.

— Você é um Picasso, Julian. Obrigado.

Julian sorri. Ele e Franco têm o mesmo sorriso largo. Ele parece estar orgulhoso.

— Que bom que você gostou, grandão.

Quando me levanto, Jamie se senta no lugar vazio.

— Agora sou eu. Mesma tatuagem. — Ele parece determinado. Ele tem algumas tatuagens nas costas, mas os braços estão vazios.

— Eu também — dizem Franco e Robbie ao mesmo tempo.

Olho para o pequeno grupo, meus confidentes.

— Sério?

Todos estão assentindo. Solenemente. Nossa banda. Uma banda de irmãos.

Jamie fala primeiro.

— Lembra, estava na lista da Kate. Faça épico. Ela estava falando com a Rook. Nós todos deveríamos fazer. E que dia melhor do que o do aniversário dela?

Eu aperto os olhos para ele.

— Você lembrou que hoje era o aniversário dela?

Ele assente.

— Claro. — Jamie é o mais inocente de todos nós. Ele é simplesmente... bom. Claro que ele lembrou.

Eles estão todos assentindo. Todos lembraram. Olho para Julian.

— Você tem planos? Pode fazer isso acontecer? Pago por todas elas. Dobrado, considerando que é o seu dia de folga.

— Vamos fumar um cigarro e depois voltamos para fazer isso.

Julian faz acontecer. Nós todos saímos com tatuagens iguais. Só a do Franco é menor, no pulso, onde a manga termina, porque havia pouco espaço disponível.

Na calçada, eu paro de repente. O sol está se pondo. Parece que tem fogo no céu.

Forte.

Brilhante.

Laranja.

Os quatro param comigo em silêncio reverente. Eles sabem o quanto Raio de Sol gostava de ver o sol se pôr.

Meu sorriso cresce quando o sol faz a descida final e mergulha na escuridão. Raio de Sol estava no comando hoje.

— Essa é a minha menina.

Terça-feira, 31 de outubro

(Scout)

Audrey e eu estávamos no carro dela, indo do escritório para casa. Ela passou os últimos dias meio calada. Não sou de xeretar, mas isso não é a cara dela. Tem uma tristeza inegável nos seus olhos.

Não gosto de ter tristeza por perto porque desperta dentro de mim todos os sentimentos que tento sufocar. Sou boa em reprimir emoções. Consigo empurrar sentimentos ruins para os sapatos e andar por cima deles até virarem poeira debaixo dos meus pés. São os sentimentos bons que parecem elusivos às vezes. Eu vivo em um mundo de terreno intermediário. Estoica e insensível na maior parte do tempo. É mais fácil assim.

Quando chegamos em casa, Gustov está esperando Audrey do lado de fora. Está fumando, mas, assim que ela sai do carro, ele apaga o cigarro e a abraça. Eles não dizem nada. Só se abraçam apertado. O abraço é puro consolo. É amor. Nunca vi uma mãe ou pai e um filho ou filha com o tipo de relacionamento que eles têm. Há um nível de respeito e admiração, lealdade e amor mútuos que achei inquietante de observar no começo. Parecia forçado. Pais e filhos não têm uma amizade tão profunda. Mas esses dois têm. O jeito como eles se entendem, se apoiam, é lindo. Os relacionamentos mais próximos que tenho são com a tia Jane e Paxton. Sei que Jane me ama do jeito dela e eu a amo, mas não é assim. E Paxton? Nós nos amamos como irmãos, mas um garoto de dezessete anos não deveria sofrer a expectativa de me carregar emocionalmente. Eu nem pensaria em colocar um peso assim nas costas dele. Por isso, sigo sozinha na maior parte do tempo.

Eu entro e deixo Audrey e Gustov sozinhos para conversarem.

Quando chego no meu quarto, sinto-me presa. Como se estivesse perdida. E todas as emoções que estou sufocando nos últimos nove meses começam a surgir. E surgir. Até eu estar chorando sem ter ideia do motivo. Não quero chorar. E, de repente, o rosto do Michael surge na minha mente. Não quero que Michael tenha esse controle sobre mim. Só quero esquecê-lo. Mas não consigo. Dei a ele tudo que eu era. Tudo que sou agora é menos do que eu era antes. Há um vazio. Estou incompleta. Minha mente está disparada em um milhão de quilômetros por minuto e minha ansiedade está explodindo. Talvez um banho me ajude a me acalmar. Eu sempre tomo banho de manhã depois de correr, mas sinto que preciso me encharcar de tristeza por um tempo. Deixo a água quente bater na pele. Imagino-a levando o que há de ruim. Levando a perda. Levando o ressentimento e a amargura. Fico parada debaixo do chuveiro por muito tempo, chorando. Eu não choro há meses. Estar com Michael no outro dia trouxe de volta à tona toda a feiura. E todo o amor. Maldito Michael. Eu o amei e o amor foi importante naquela época. Ao menos para mim. No começo, o sexo era mais do que um ato. Era um compromisso. Era uma declaração daquele amor. Mas depois o ato virou uma necessidade pura e inalterada de autodepreciação. Eu dizia para mim mesma que não era a vilã. Mas, agora, a realidade está sumindo e estou começando a me odiar. A me arrepender de coisas que fiz. O limite entre sexo e amor, certo e errado, está borrado. Odeio isso.

— Cala essa boca. — Isso fui eu falando comigo mesma. Em voz alta. Preciso sair do chuveiro e voltar à vida.

Depois de vestir uma calça de moletom e uma camiseta, decido que a melhor coisa que posso fazer para me ocupar é fazer o jantar, para Audrey não precisar se preocupar com isso.

Quando chego à cozinha, Audrey e Gustov não estão lá, o que é estranho, porque é terça-feira e Audrey sempre faz tacos vegetarianos às terças. Gustov ajuda quando está em casa. Ele quase sempre está em casa, a não ser que esteja surfando. Ele passa mais e mais tempo na água agora. Isso é bom. Ele está com uma aparência melhor. Perdeu peso e ganhou músculos. Está com uma cor melhor. Está com uma aparência de que a vida está voltando aos poucos para ele. Acho que estar na estrada faz mal para ele. Ele é uma pessoa diferente em casa. Consigo ver essa diferença agora.

Ouço a televisão ligada na sala. Vozes de crianças. Gargalhadas, inocentes e puras. Gargalhadas tão transparentes que a felicidade guardada nelas é inegável. Quando entro na sala, Audrey e Gustov estão sentados no sofá. Gustov está deitado na espreguiçadeira que tem em uma ponta. Os braços estão dobrados e as mãos estão atrás da cabeça. Ele parece tranquilo e feliz. Nunca vi essa expressão no rosto dele. Ele está sorrindo ligeiramente, parecendo contente. Audrey está sentada na outra ponta do sofá. As pernas dela estão dobradas para um lado. Ela ainda está com a roupa de trabalho, o que é incomum; ela costuma se trocar assim que chega em casa. Ela também está sorrindo. É o mesmo sorriso contente do Gustov. Fico impressionada com o quanto eles são parecidos: o mesmo cabelo louro, os mesmos olhos gentis, a mesma altura, quase intimidante que não chega a assustar porque, embora confiantes, eles são as pessoas mais calorosas que já conheci.

Eles não sabem que estou na sala com eles. O som da voz de uma garotinha leva meus olhos à televisão. Ela é pequenininha e tem a cabeça cheia de ondas douradas que cascateiam pelas costas. Ela está rindo como se não soubesse o que é tristeza.

— Pega ele, Gracie! — ela grita.

Um garoto bem maior do que a garota aparece na cena. O cabelo louro-claro dele é comprido e está preso em um rabo de cavalo e a pele dele é bronzeada do sol. Ele está usando uma sunga e está segurando três balões de água nas mãos. Ele está correndo atrás da garotinha. Ela está gritando e o som é de pura alegria. Ela está tentando fugir dele quando ele grita:

— Você pode correr, mas não pode se esconder, Raio de Sol. Além do mais, Gracie está no meu time. — Ele olha para fora da tela. — Não está, Gracie?

Uma voz soa de fora da imagem. A resposta é cheia de risadinhas.

— Estou no time da Kate. — E, com isso, uma garotinha aparece na tela e acerta um balão de água no peito dele.

Ele parece perplexo, mas responde com uma gargalhada chocada.

— Gracie, eu achava que eu era o seu favorito! O que foi isso?

Uma gargalhada alta soa de quem eu suponho que seja a pessoa filmando, porque soa mais alta do que as outras.

— Isso aí, Gracie! Pega ele!

O garoto se vira para a câmera.

— Que merda é essa, mãe? De que lado você está? — Ele ainda está rindo quando diz isso. Ao ouvi-lo falar e ver o seu rosto, percebo que é Gustov. Ele parece ter treze ou quatorze anos.

A pessoa com a câmera, que agora percebo que é Audrey, ri de novo, mas diz:

— Gus, olha a boca.

Ela está chamando a atenção dele, mas não está ao mesmo tempo. É óbvio que Gus teve a mãe na palma da mão a vida toda.

A segunda garotinha sorri para ele com cara de arrependimento.

— Desculpa, Gus. — A voz dela é jovem e inocente. Ela olha para Audrey, para a câmera, e seu rosto se ilumina. Só agora reparo que ela tem síndrome de Down. — Mas foi divertido — diz ela com malícia.

Nesse momento, a outra garota, a do cabelo desgrenhado, corre até ele e joga três balões de água. Um o acerta na lateral da cabeça e dois nas costas.

— Isso aí, Gracie. É divertido.

Ela grita quando Gustov se vira para ela e corre atrás dela pela escadaria que leva até a praia abaixo. Esse vídeo devia ter sido filmado ali nos fundos da casa deles. Reconheci a escada, a praia.

Ela é rápida e foge dele por um tempo, mas as pernas compridas dele percorrem mais terreno do que as dela. Quando ele a pega, ele a derruba na areia. Ela está se debatendo e lutando de maneira impressionante. Quando ele se levanta, está com ela nos braços. Ela está rindo, mas está batendo com os punhos no peito dele.

— Me bota no chão, Gus! Juro por Deus, se você não me botar no chão, você vai se arrepender. Eu sei onde você mora e vou te pegar quando você estiver dormindo, cara.

Ele ri.

— Duvido, Raio de Sol. Du-vi-do — diz ele antes de a carregar até a água e a mergulhar. Ele a solta rapidamente e corre para fora da água como se estivesse sentindo orgulho.

Ela sai da água correndo atrás dele. Ele não está esperando quando ela pula nas costas dele e o derruba na areia. Apesar de eu estar tentando assistir sem ser percebida, dou risada. Não consigo me segurar. Quero torcer por ela. Bem-feito para ele. Gostei dessa garota.

Audrey e Gustov se viram quando ouvem a minha gargalhada. Audrey dá pausa no aparelho de DVD e sorri para mim.

— Desculpem — eu digo, sentindo de repente que estou me intrometendo em um momento muito particular.

— Besteira — responde Audrey. Ela bate no sofá entre eles. — Senta aqui.

Já vi televisão com Audrey antes, mas nunca com Gustov presente. Eu balanço a cabeça.

— Não quero atrapalhar.

Gustov joga uma almofada no espaço vazio entre ele e Audrey.

— Tarde demais, cara — diz ele. Eu me ofenderia se não fosse seu jeito brincalhão de falar. Ele fala de um jeito parecido ao que ouvi há pouco no vídeo. Ou como quando ele fala com o Franco.

Por algum motivo, vou me sentar no sofá e abraço a almofada. Estou nervosa, mas também mais leve. Talvez seja o fato de Audrey e Gustov estarem sorrindo, de os dois estarem felizes assistindo aos vídeos caseiros antigos.

Audrey aperta o play de novo. A tela escura continua assim por alguns segundos.

A imagem seguinte é da garota que eles chamaram de Gracie sentada à mesa de jantar de Audrey na frente de um prato de cupcakes. A cobertura é rosa. Tem uma vela em cada um dos cupcakes. Ela parece mais velha. Conto os cupcakes e as velas. Dezessete. Parece que há três ou quatro pessoas cantando "Parabéns a você" para ela. Ela está cantando junto. Quando a música termina, ela bate palmas.

A garota loura se aproxima por trás dela, a que Gustov chamou de Raio de Sol, embora Gracie a tenha chamado de Kate. Ela também está mais velha e, apesar de já ser bonita antes, agora ela está lindíssima. O cabelo ainda está comprido e ondulado, e é uma das coisas que a deixa bonita. Ela parece livre. Parece feliz. Parece que nada a segura. Ela coloca as mãos nos ombros de Gracie e se inclina até estar com a boca no ouvido dela.

— Faz um pedido, Gracie — diz ela.

Gracie fecha bem os olhos. Os lábios estão repuxados. Há muita concentração e foco neste desejo.

Quando o rosto dela relaxa um pouco, a garota chamada Kate pergunta:

— Você fez um pedido bom?

Uma voz masculina grave a interrompe.

— Não conta o seu desejo, Gracie. Não vai se realizar se você nos contar.
— Eu apostaria que é o Gustov.

Gracie prende os lábios entre os dentes, como se estivesse segurando fisicamente o desejo secreto, guardando-o dentro de si para que ele não force o seu caminho para fora.

— Está pronta para soprar as velinhas, Gracie? — É a Kate.

Gracie assente com animação. Ela está quicando na cadeira.

Kate ri. Ela tem uma gargalhada ótima. Vem do fundo da barriga. É genuína.

— Você consegue. Um sopro e todas as velas vão se apagar, tá?

Gracie assente de novo. A expressão de concentração tomou conta do rosto dela mais uma vez. Ela está focada e as sobrancelhas estão repuxadas para o centro. Ela fecha os olhos e Kate começa a contar.

— Quando eu disser três, Gracie. Um. Dois. Três!

Gracie se inclina para a frente, os olhos ainda fechados, e sopra as velas. Duas se apagam, mas, antes que ela possa abrir os olhos, Kate e outra cabeça loura que aparece na tela sopram o resto das velas.

Gracie se encosta e abre os olhos, atônita por todas as velas estarem apagadas.

— Eu consegui! — comemora ela.

— Conseguiu! — comemoram Kate e Gustov juntos.

Gracie se vira na cadeira e olha para Kate com esperança nos olhos.

— Meu desejo vai se realizar? — ela pergunta.

Kate passa os braços pelo pescoço de Gracie e a abraça.

— Sempre. Vou me certificar disso.

Quando estou adorando ser sugada pela inocência, a tela fica escura de novo.

— Caramba, a Gracie adorava fazer aniversário, né, mãe? — pergunta Gus ao meu lado. Ele parece estar relembrando.

Audrey assente.

— Adorava mesmo. Não sei do que ela mais gostava: dos cupcakes, das velas ou dos desejos.

A tela se ilumina de novo. Parece um palco em um auditório, talvez em uma escola ou centro recreativo.

Uma voz anuncia:

— Eu gostaria de apresentar Kate Sedgwick.

Kate entra no palco segurando um violino. Ela parece estar com uns dezoito anos, com a mesma graça e beleza de antes. Seus olhos estão baixos, como se ela estivesse tentando ignorar a plateia à sua frente.

— Essa é a minha garota! — É a voz de um homem na plateia. Parece o Gustov.

Um sorriso surge nos lábios dela quando ela levanta o rosto. Ela balança a cabeça, mas está sorrindo. O sorriso parece dizer: "Para, você está me constrangendo" e "Obrigada" ao mesmo tempo.

Ela prende o violino embaixo do queixo e por dez minutos não consigo tirar os olhos da tela. Estou impressionada. Ela é incrivelmente talentosa. Eu já fui à sinfonia em Nova York. Ela é boa assim.

Quando o violino fica silencioso, não consigo segurar um "Uau". É um sussurro só para mim, mas não consigo controlar.

Gustov me olha, sua expressão carregada de orgulho.

— É isso aí — diz ele.

Audrey funga ao meu lado quando a tela fica preta de novo. Ela faz uma pausa.

— Ela era capaz de contar uma história com uma música. Isso era lindo. Eu preciso de um lenço.

Quando Audrey volta e recomeça o vídeo, vemos a Rook tocar uma música no porão daquela casa, os rostos de todos resplandecentes e jovens. Franco não tem tantas tatuagens. Depois de um pouco de persuasão, ainda que com palavras um tanto vulgares, Franco convence Kate a cantar com eles. Fico impressionada com a voz dela. Apesar de a qualidade do som do vídeo não ser ótima, a voz dela é intensa, principalmente para uma mulher tão pequena. Ela é tão boa quanto Gustov e tenho que admitir que ele tem uma ótima voz. Eles cantam bem juntos.

Depois que a tela fica preta, uma música começa a tocar. É um violino solitário. E um *slideshow* começa. São três minutos de uma música de partir o coração, que só pode ser da Rook com a Kate, acompanhada de dezenas de foto do Gustov, da Gracie, da Kate e da Audrey. As fotos devem abranger um período de uns vinte anos. As crianças ainda engatinham em algumas delas, mas outras parecem mais recentes. Não sei se é a música que alimenta minhas mudanças emocionais, mas enquanto assisto sinto euforia em um segundo e fico enjoada no seguinte.

Quando termina, sinto-me exausta. Não sei quem Kate e Gracie são, mas estou com uma sensação péssima. Essas garotas eram consideradas como da família a vida toda, mas eu não ouvi falar delas nem as vi nos meses que convivo com os Hawthornes.

Gustov se levanta do sofá.

— Obrigado por isso, mãe. Vou lá fora.

Ele precisa de um cigarro. Ou quer fugir. Provavelmente as duas coisas pelo som da voz dele. Ele não esconde as emoções. Mesmo quando não fala, suas manias falam de forma alta e clara.

Eu deveria deixar que ele fosse lá para fora. Sei disso. Eles acabaram de permitir que eu acompanhasse uma coisa muito íntima; eu devia aceitar o presente com delicadeza e ficar de boca calada. Mas não consigo. Sinto que isso é a chave de alguma coisa; que é o motivo para haver partes do Gustov que não entendo. Porque ver o Gustov naqueles vídeos... ele era tão livre e tão feliz.

Ele está em uma das espreguiçadeiras no deque, virado para o mar, quando saio. Ele não me olha quando me aproximo, só acende o cigarro. A primeira tragada é longa e concentrada.

Sinto a necessidade de perguntar, de ter permissão para invadir a vida dele completamente.

— Posso me sentar?

Ele não tira os olhos do horizonte, mas a resposta é gentil.

— Claro. Está na hora do show.

Não é o que eu estava esperando, mas não consigo acreditar no quanto fico aliviada de ser aceita.

Eu me sento na cadeira ao lado dele.

— Hora do show? — eu pergunto.

Ele aponta para a água, o cigarro bem preso entre os dedos, e olha para mim como se eu devesse entender. Depois que percebe minha expressão confusa, ele explica.

— O pôr do sol. É hora do show.

De repente, eu entendo.

— Ah — eu digo, sem jeito. Eu me acomodo na cadeira e por dez minutos Gustov e eu vemos a água engolir o globo laranja luminoso. Perfurar a escuridão com palavras é surpreendente considerando a solidão, então falo baixinho. — Acho que nunca assisti ao pôr do sol antes.

Acho que nunca mesmo. Eu passei a infância em Nova York, cercada de prédios e agitação. Sabia que o sol se punha todos os dias, mas nunca parei para olhar isso acontecer. Estou me sentindo um pouco traída agora porque isso foi de tirar o fôlego.

Ele aperta um pouco os olhos.

— Você está de sacanagem?

Eu balanço a cabeça.

— Não. Nunca. — A confissão me faz pensar em quantas outras coisas importantes na vida eu perdi.

— Como uma pessoa chega aos vinte e poucos anos sem nunca ter visto o pôr do sol antes? Você foi criada em uma caverna ou no subterrâneo? É um dos melhores espetáculos que a mãe natureza tem a oferecer e acontece todas as noites. — Ele arregala os olhos provocadores para aumentar o efeito. — Todas as noites.

Tenho vontade de rir, mas só suspiro, mas ainda parece que achei graça porque não consigo esconder.

— Eu sei. Eu cresci em Nova York...

Ele me interrompe com uma risadinha.

— Ah, eu estava certo, caverna. Isso também explica o sotaque.

Eu só o encaro.

Ele me encara.

E nós dois caímos na gargalhada. A sensação é boa e eu aproveito.

— Eu amo Nova York, mas, realmente, não há muitas oportunidades para coisas como o pôr do sol. Tem vários prédios altos e não há muito horizonte.

Ele assente.

— Você sente falta?

— Às vezes. Normalmente não.

— Está gostando daqui? De San Diego?

O jeito como ele está me olhando seria irritante se ele não estivesse ouvindo com atenção. Ele quer saber a resposta. A maioria das pessoas que conheci na vida fala, mas não escuta. Até as próximas de mim. As pessoas têm seus problemas, que as impedem de dedicar atenção total a mim quando estamos juntos.

Tudo bem. Eu entendo. É o que eu faço também. Eu escuto com metade do meu cérebro e me concentro nas outras coisas acontecendo com a outra metade. É assim que consigo ser multitarefas. É assim que encaro as coisas. Gustov não. Ele dedica atenção total ao que está fazendo.

Não consigo afastar o olhar quando respondo.

— Estou. As pessoas são diferentes. Não vivem com pressa. As pessoas conversam bem mais. É um pouco difícil de acostumar, mas estou gostando.

— Isso é porque San Diego é para valer. — Ele pisca para mim antes de acender outro cigarro. Depois da primeira longa tragada, ele olha para o cigarro, pensativo. — Por que você nunca reclama dos meus cigarros? Você não fuma e se cuida muito bem. Sei que você não deve gostar.

Eu dou de ombros.

— Não cabe a mim. Eu fumava. Sei como é difícil parar. — É simples assim.

Ele ainda está olhando para o cigarro na mão como se fosse um fardo.

— Eu preciso parar. — Ele fala mais baixo. — Sei que preciso. Mas não consigo. Já tentei tantas vezes. — Ele me olha como se precisasse que eu o consolasse ou dissesse que está tudo bem.

— Você vai dar um jeito. Quando a hora chegar, vai acontecer. Mas você tem que querer. Ninguém pode fazer isso por você.

Ele assente solenemente e o silêncio surge entre nós.

Encaro como minha oportunidade de perguntar.

— Quem são Gracie e Kate?

Ele sorri de novo. É um sorriso pequeno e amoroso. O mesmo sorriso que ele abriu lá dentro. O mesmo sorriso que eu queria que ele mostrasse o tempo todo agora que o vi, porque ele o transforma.

— Minhas melhores amigas — responde ele.

Isso me faz sorrir.

— Parece que você as conhece desde que nasceu.

Ele assente, mas ainda está sorrindo.

— Onde elas estão? — pergunto com hesitação e a sensação ruim volta.

Ele desvia o olhar para cima, para o céu.

— No céu, acho. Gracie foi primeiro e tenho certeza absoluta que Raio de Sol deve ter esmurrado a porcaria da porta para entrar se soubesse que a irmã estava lá dentro. Elas estão juntas. Não tenho dúvida.

Um arrepio percorre meu corpo.

— Sinto muito.

Ele me olha, e, apesar de o sorriso ainda estar no lugar, a alegria sumiu dos olhos dele.

— É. Está tudo errado. Hoje seria o vigésimo segundo aniversário da Gracie. Três dias atrás seria o vigésimo primeiro da Raio de Sol.

— Elas eram tão jovens — eu digo sem acreditar.

Ele assente de novo.

— Almas velhas. Corpos jovens. Gracie ficou doente e morreu quase um ano e meio atrás. Pegou todo mundo de surpresa. E o câncer levou Raio de Sol de nós em janeiro. — O sorriso sumiu completamente e foi substituído por olhos brilhantes.

Não sei o que dizer, então repito o que já disse.

— Sinto muito.

Ele ainda está assentindo, é o gesto repetitivo de alguém perdido em pensamentos.

— É.

Tenho vontade de abraçá-lo, coisa que nunca tenho vontade de fazer com ninguém além de Paxton e Jane. Tenho vontade de consolá-lo, mas me sinto de fora da situação, uma invasora de repente.

— Sinto muito — eu repito. Espero que ele ouça o consolo nas minhas palavras. Não sou boa em demonstrar sentimentos.

Ele vira o olhar para mim, ainda brilhando de dor.

— Qual é a história com o Michael?

Sou pega de surpresa.

— O quê?

— Você sabe o que eu quero dizer, qual é a sua história? — Ele está falando baixo, mas alto o suficiente para eu ouvir. Não está exigindo informações, só perguntando.

— Antigo namorado — eu respondo e deixo assim.

— Desculpe, não quero remexer no passado… nem no presente — acrescenta ele. Ele está perguntando sem perguntar se ainda estamos juntos.

Eu faço que não.

— Não. Tudo bem. Estou feliz que acabou… — Eu paro de falar.

— Mas você ainda ama ele? — ele pergunta baixinho. Caramba, eu queria que ele não me enxergasse tão bem.

Dou de ombros.

— Amo, mas não amo. É complicado. — Decido que agora é a melhor hora para perguntar. — E a mulher com quem você saiu duas semanas atrás? Namorada?

Ele parece confuso por alguns segundos.

— A Clare? Ah, não. É uma garota legal. Agora. Mas, não. Definitivamente não.

Não sei por que, mas meu coração fica mais leve.

Ele suspira e volta à nossa conversa, mas muda a direção. Eu sinto. A conversa é sobre dor agora.

— O amor é uma merda.

Eu encosto a cabeça na almofada e a viro para olhar para ele. Ele está me encarando de novo. Os olhos estão abertos, um portal. Ele é sincero e gentil, e, mais importante de tudo, não está me julgando. Eu assinto.

— É, com certeza. — Não sei como eu sei, mas sei que o coração dele também está partido. — Você já se apaixonou?

Ele não piscou.

— Uma vez.

— Quanto tempo durou?

Ele olha para o céu e diz:

— Vinte e um anos... e três dias.

A porrada na cara é forte. Kate. Ele está falando da Kate. O Raio de Sol dele. Não me admira ele andar por aí como o fantasma de um homem. Ele perdeu o amor da vida dele. Em vez de lutar contra o desejo, não hesito desta vez. Viro as pernas e as posiciono no deque, entre as nossas espreguiçadeiras, e mudo o peso da minha para a dele. Eu me sento na beirada da espreguiçadeira dele, junto ao seu quadril, e só olho para ele. Acho que estou pedindo permissão. Não costumo fazer coisas assim. Não sou de oferecer consolo. Ele aperta minha blusa logo acima do meu quadril. Seus olhos estão suplicantes agora, implorando por amizade, acalanto e consolo. Ele precisa botar para fora. Eu poderia analisar isso. Poderia pensar até me convencer a não fazer isso. Mas não faço isso. Só me inclino lentamente até a minha cabeça estar apoiada no peito dele e enfio as mãos embaixo das costas dele até eu o estar apertando. Até sentir o calor dele em mim. E, quando os seus braços grandes me envolvem, percebo nesse momento que nunca fui abraçada de verdade. Isso é um abraço. É assim que contato humano deve ser. É para ser... humano. Destilado até não sobrar nada além de um ser humano transferindo apoio para outro ser humano na forma de um toque que é generoso e puro. E sei que ele também sente, porque o peito dele sobe em algumas respirações engasgadas e ele solta as lágrimas. Eu só o abraço até a sua respiração regularizar, quando ele me puxa até minha cabeça estar apoiada na almofada ao lado da dele e a parte da frente do meu corpo estar aninhada na lateral do dele. Nossos braços ainda estão entrelaçados e sinto pressão dos dois lados, o que me diz que nenhum de nós quer soltar.

— A gente pode só ficar um pouco aqui? Assim? — ele pede com um tremor na voz. A vulnerabilidade que escuto faz meu coração doer.

— Claro — eu respondo, porque, com toda sinceridade, também não quero soltar. Esse abraço, ele chorando e se abrindo comigo, a humanidade de tudo é algo que sinto no meu coração. Sinto-me viva e pesada de emoção, pesada como uma maré que ameaça puxar você para o mar, mas você sabe que não vai porque seu coração boia o suficiente para manter você flutuando a qualquer custo. É uma fé cega... esperança, ou pelo menos o mais perto de esperança que já senti. Uma esperança fraca e relutante que sinto em nós dois. Enterrada profundamente.

Quarta-feira, 1º de novembro

(Gus)

— Posso fazer uma pergunta?

Estou um pouco nervosa de iniciar essa conversa porque sei que ela vai ficar na defensiva. E quero que ela se abra comigo como fez ontem à noite; não quero dar passos para trás com ela. Quero que ela confie em mim o suficiente para me contar a história toda. Estou aprendendo a mostrar as cartas e quero que ela faça o mesmo, porque é tão bom. Acho que mais do que tudo eu quero que ela sinta que pode ser a Scout comigo, mesmo que nunca tenha sido a Scout com mais ninguém. Ela se protege tanto. Deve ser exaustivo pra caralho. Quero retirar esse peso dela. Todo mundo merece viver livre.

— Você sempre pode me fazer perguntas. Não quer dizer que vou respondê-las.

Bom, isso foi uma validação do meu medo. Mas entendo que o sentimento de autopreservação é um hábito tão grande para ela que ela nem pensa direito antes de dizer uma coisa assim.

— O que deixou você com essas cicatrizes?

Não estou suavizando o golpe porque não sou esse tipo de cara. E ela não é esse tipo de garota. Além do mais, ir direto ao ponto com ela é o jeito mais fácil de me comunicar.

— Isso é grosseria — diz ela com pouca emoção, embora haja um leve choque em seus olhos. Esse é um assunto que ela evita a todo custo. Um assunto que não sabe abordar abertamente.

— Não é grosseria. É parte de quem você é, como seus olhos cor de mel e sua má educação. — Ela me olha de cara feia de um jeito que parece mais constrangida do que com raiva. Abro um sorriso para ela saber que estou brincando sobre o seu feitio e continuo: — Ou o fato de que você tem pernas maravilhosas.

Ela balança a cabeça. É um gesto brando, não combativo, mas determinado, e ela volta a olhar para a televisão.

Eu espero vários segundos.

— É isso?

— É. É isso.

— Nós não vamos falar sobre isso?

— Não. — Os olhos dela ainda estão grudados em um comercial que sei que ela nem está vendo. O não parece mais um talvez.

— Por quê? — eu insisto.

— Eu não… falo sobre isso. — A pausa me diz que ela está dividida. Como se quisesse me contar, mas não soubesse como ter essa conversa. Então é aí que para. Ela acabou de falar.

Droga, estou quase com medo de ela se levantar e ir embora para evitar isso ainda mais, então paro de falar apesar de ter um milhão de perguntas que quero fazer. Estou sempre cheio de perguntas. Mas quero mesmo saber como? E quando? E por quê? E onde? Não é curiosidade mórbida e não estou tentando a deixar desconfortável. Estou perguntando porque quero que ela fique à vontade. Com ela mesma. De forma literal e figurativa. Quero que ela simplesmente diga: "Que se foda. Eu sou quem eu sou. Ninguém é perfeito". Porque ninguém é perfeito. Algumas pessoas têm cicatrizes do lado de fora. Outras pessoas as têm do lado de dentro. É a mesma coisa. Sua personalidade, seu coração, sua essência, é isso que importa, porque é a sua verdadeira pessoa. Todo o resto, a aparência, as coisas materiais? São só baboseiras sem sentido.

Sábado, 4 de novembro

(Scout)

Meu celular apita quando estou correndo hoje cedo. Olho para a tela. É uma mensagem de texto do Michael que diz: "Te pego às 11:30".

Meu estômago se contrai na mesma hora e tenho que parar de correr. Sinto náusea. Não pretendo voltar a ter um relacionamento com ele. A última visita dele foi um momento de fraqueza, misturado com o encerramento de que eu precisava. Em vez de correr de novo, ando de volta para a casa de Audrey. Uma caminhada lenta. Uma caminhada triste. Uma caminhada envergonhada.

Quando chego em casa, tiro as roupas suadas, o tempo todo dizendo para mim mesma: *eu não vou com ele.*

No chuveiro, continuo dizendo para mim mesma: *eu não vou com ele.*

Enquanto penteio o cabelo: *eu não vou com ele.*

Enquanto passo hidratante nas pernas e nos braços: *eu não vou com ele.*

Enquanto visto o vestido: *eu não vou com ele.*

Enquanto fecho as sandálias: *eu não vou com ele.*

Quando pego a minha bolsa às onze e vinte e cinco: *eu não vou com ele.*

Quando abro a porta da frente às onze e vinte e sete: *eu não vou com ele.*

Quando paro na entrada às onze e meia e vejo o carro alugado parar, como sempre: *eu não vou com ele.*

Quando entro no banco do passageiro: *eu não vou com ele.*

Eu vou com ele.

Mas só porque preciso dizer que acabou. E estou falando sério. De novo.

Porque, no meu coração… acabou, finalmente. Eu o esqueci.

E agora estou tentando não pensar em Gustov.

Ele pula o almoço e vai direto para o hotel. O mesmo hotel, perto o suficiente para ir andando da casa da Audrey.

Ele também pula a atualização de sempre sobre os sucessos da vida dele para me impressionar; são esquecidos na sua pressa. Não consigo deixar de notar o volume na calça dele. Ele costuma ser mais controlado.

Ele estaciona nos fundos do hotel e assim que o carro está parado ele pega a minha mão e leva até a sua virilha. Fecha os seus olhos e sussurra quando faço contato.

— Porra, senti sua falta, anjo. — Ele sentiu falta do meu corpo, não de mim. Ele solta a minha mão e abre freneticamente o botão e o zíper até estar exposto. Ele não está de cueca hoje. Ele não está de brincadeira. Ele fecha os olhos, encosta a cabeça no banco. — Você sabe o que fazer.

Olho ao redor, chocada. Não vou fazer isso. E, mesmo que quisesse, não seria aqui… em plena luz do dia… numa porra de um estacionamento.

Depois de um momento de pausa da minha parte, ele abre os olhos. Estão totalmente dilatados com excitação e raiva.

— Agora, Scout. — Ele segura com grosseria um punhado de cabelo na minha nuca e força meu rosto na direção da virilha dele. — Me chupa, anjo. Me dá o que eu preciso.

Ele está me machucando e de repente estou segurando as lágrimas. Eu me recuso a abrir a boca.

— Não — eu digo com força.

Ele puxa a minha cabeça para o encarar, e no processo sinto uma mecha de cabelo arrancada do couro. Nunca o vi tão enlouquecido. Ele parece psicótico, os olhos apertados com raiva e falando por entre dentes.

— O que você acabou de dizer para mim?

Estou com medo e os mecanismos de aviso do meu cérebro estão gritando: *Foge! Corre!* Há lágrimas nos meus olhos, não sei se de medo, raiva ou dor, porque estou sentindo as três coisas em igual intensidade.

— Me solta, Michael. Acabou. Foi o que vim te dizer hoje, vim dizer que não posso e não quero mais fazer isso.

Ele solta o meu cabelo e antes que eu consiga entender o que está acontecendo ele está do lado de fora e corre para abrir a minha porta. Eu a abro primeiro e tento correr, mas ele já está lá. Ele segura meus dois pulsos com força. Força demais. Dói. Ele sabe provocar dor. No passado, já foi feito para o prazer dele, mas sempre houve limites. Isso é outra coisa. Ele está querendo me machucar e está conseguindo. Ele está girando a pele sobre o osso. Um soluço de dor sobe pela minha garganta.

Sua boca está encostada no meu ouvido agora; o hálito é quente e incômodo.

— Você é minha, anjo. Só minha. Você é uma boa putinha e vai entrar comigo agora e parar de fazer essa cena. Vou te comer até você perder os sentidos. Podemos fazer isso da forma fácil ou da mais difícil, é você quem decide.

Minha pele está arrepiada e não consigo segurar o choro. Sinto a bile subindo pela garganta pelas ameaçadas dele e, antes que perceba, vomitei no asfalto e na camisa dele.

Ele me solta na mesma hora e se encolhe, mas não antes de a mão dele acertar a minha cara. Foi com o punho fechado. A força e a dor me derrubam no chão e me fazem ver estrelas. Ainda estou chorando, as lágrimas escorrendo progressivamente pelas minhas bochechas.

— Pare de fingir, Scout. Chorar não é atraente em você. — É um insulto casual com a intenção de ferir meus sentimentos e meu coração. Quando as palavras são absorvidas, percebo que estou fazendo cara de desprezo. Ele costuma ser arrogante e egoísta, mas nunca vi esse lado dele. E ainda estou com medo, mas agora estou mais com raiva do que qualquer outra coisa.

A ameaça ainda está nos olhos dele e sei que ele vai dizer uma coisa horrível antes que as palavras saiam de sua boca.

— O choro só atrai atenção para o seu rosto. — Ele sorri e seu rosto se contorce em um sorriso cruel. — Lembra quando eu falei que você era linda?

Eu não respondo. Eu lembro. Ele foi a única pessoa que já me disse isso.

— Eu menti. — O sorriso cruel se abre ainda mais e chega aos seus olhos. Ele parece um animal selvagem. — Por que você acha que a gente sempre trepa no escuro? Porque não consigo olhar pra sua cara e sentir tesão. Você é fácil. Fácil — diz ele com desprezo. — E sua boceta é tão doce.

É como se fosse outro soco e meus lábios abandonam a expressão de desprezo e se abrem de leve. É nesse momento que vejo o relacionamento pelo que sempre foi. Sou uma presa. Sempre fui uma presa fácil. Um alvo fácil. A garota destruída por dentro e por fora. Ele deve ter percebido isso desde a primeira vez que nos vimos.

Eu me levanto e saio correndo. Corro o mais rápido possível.

Desta vez ele não vem atrás de mim.

Na metade do caminho, meu celular apita com a chegada de uma mensagem de texto: "Te vejo em algumas semanas". Totalmente casual, como se o que acabou de acontecer não fosse uma total loucura.

Eu não respondo.

Nunca vou responder.

Ele nunca mais vai me tratar assim.

Não tem ninguém em casa quando chego na casa da Audrey. Passa de meio-dia. Eu nunca fiquei tão agradecida de estar sozinha como agora. No banheiro, eu tiro o vestido. Tem vômito nele, então o jogo na lata do lixo. Minha calcinha vai em seguida para a lata de lixo com o vestido e desejo poder botar fogo em tudo e ver queimar. Queimar até as cinzas, como eu gostaria de poder fazer com as lembranças dele. Com a lembrança do que acabou de acontecer. Essa foi a última vez. Hoje foi o último pesadelo. Acabou.

Estou chorando de novo. É mais provável que nem tenha parado hora nenhuma. Debaixo do chuveiro, na água escaldante, deixo que queime a minha pele. A nova dor tira a minha mente da dor não tão antiga. A dor física ainda está recente. Estou toda dolorida. Ele não teve pena de mim.

O lado direito do meu rosto está inchado e sensível.

Meu couro cabeludo está ardendo onde ele arrancou meu cabelo.

Meus pulsos têm hematomas ao redor, resultado do aperto dele. Um lembrete claro do tamanho e da força das suas mãos. Há dor e uma fraqueza que formiga.

Estou com dor.

Estou chorando tanto que estou quase histérica.

Não consigo limpar ele de mim.

Preciso limpar ele de mim.

Preciso me limpar.

Estou enjoada com o que aconteceu. Ele nunca foi tão longe antes. Nem de longe.

Mas não consigo deixar de me sentir responsável. Eu fui com ele sabendo que não deveria ter ido.

A culpa fica pulando de mim para ele. Dele para mim. Sei que é tudo culpa dele. Eu sei disso. Mas minha mente distorcida sempre vira tudo para mim. Sempre sinto culpa pelas pessoas me tratarem mal, é como eu vivo a minha vida. As pessoas que amo não sabem me amar. Elas me machucam. É assim que elas me amam.

É assim que elas me amam.

Quando a água começa a ficar fria, eu saio e fico parada, pingando no piso. Estou me olhando no espelho acima da pia de longe. Minha bochecha esquerda está com um hematoma e meus olhos estão inchados e vermelhos. Toco no rosto com delicadeza. Os hematomas no meu pulso parecem piores agora que os vejo perto da bochecha, um trio roxo horrível. Quando os ferimentos aparecem, ofego e dou alguns passos para mais perto do espelho. Tem um corte novo sangrando no meio das cicatrizes e do hematoma na minha bochecha direita. Ele me deu o soco com a mão esquerda. A porra da sua mão esquerda. Aquele mentiroso filho da puta. Ele estava de aliança e eu nem notei porque tudo se deteriorou rapidamente em um pesadelo. A sua aliança de casamento.

Meus ombros sobem em um soluço, mas não sai nada. Meu choro está esgotado.

Não me visto, entro no quarto e me enfio debaixo das cobertas. Preciso dormir.

Preciso dormir por muitos dias.

Talvez eu acorde e perceba que foi só um pesadelo. E, quando eu acordar, nunca mais vou falar com o Michael. Nunca.

O sono vem rapidamente, a mente com pena do meu corpo desligando tudo.

(Gus)

É cerca de meia-noite quando chego em casa. Franco e eu fomos no Joe's Bar ver uma banda local tocar. A banda era boa. Ficamos em uma mesa em um canto escuro e ninguém nos reconheceu. A noite foi ótima.

Minha mãe está sentada na sala lendo.

— Oi, querido, se divertiu?

— Oi, mãe. Sim, foi ótimo. — A resposta me surpreende. Foi mesmo.

Ela sorri.

— Que bom. Quer comer alguma coisa? Tem sobras na geladeira. Posso esquentar se você estiver com fome.

Eu bocejo.

— Não, obrigado, mãe. — Eu bato na barriga. — Comi três queijos quentes e uma porção de batata frita no Joe's. O tanque está cheio.

Ela ri. Adoro ouvi-la rir. Estou ouvindo cada vez mais ultimamente.

Vou até ela, me inclino por cima do encosto do sofá e beijo a sua cabeça.

— Vou pra cama. Boa noite, mãe. Te amo.

Ela levanta a mão e faz carinho na minha bochecha.

— Vou tomar banho e vou pra cama também. Te amo, Gus. Boa noite.

Quando estou andando pelo corredor, ela diz:

— Gus, você pode dar uma olhada na Scout antes de ir pra cama? Ela não saiu do quarto a noite toda. Bati por volta das sete para ver se ela queria comer comigo, mas ela não respondeu.

— Ela deve estar dormindo, mãe, é meia-noite. Não quero acordá-la.

— Só vê se ela não está doente nem nada — responde ela.

Dou de ombros, mas faço o que ela pediu. Bato de leve na porta. Não quero acordá-la, então não bato com muita força. Sei que ela só ouviria se estivesse acordada e usando o aparelho auditivo. Já aprendi os limites dela no que diz respeito à audição. Não há movimento dentro do quarto e nem resposta. Giro a maçaneta de leve e empurro a porta. Parece que estou invadindo como um ladrão dentro da nossa própria casa. Com a porta aberta e o luar entrando, por um instante vejo Raio de Sol parada ali de regata e calcinha, como na última noite dela aqui antes de ir para Grant. Quando pisco, a aparição some. Droga, só tomei uma cerveja hoje. Eu não devia estar vendo coisas.

Quando olho para a cama, eu a vejo deitada lá, a Raio de Sol, com soro e oxigênio. Lutando para prolongar os seus dias. Eu não dormi durante as últimas semanas dela conosco. Ficava acordado a noite toda olhando para ela, sem querer perder nem um minuto com ela. Eu ficava olhando para o caso de ela precisar de alguma coisa. Fiquei segurando a sua mão para poder senti-la, para saber que ela ainda era real. Ainda era a minha garota. Caramba, não quero ficar neste quarto com a lembrança dela. É pesada, claustrofóbica.

Todos os pensamentos evaporam no ar como um filete de fumaça quando vejo uma coisa, uma coisa que não parece certa. Abro mais a porta e a luz do corredor entra. Chego mais perto da cama e paro quando tenho a confirmação e sinto o estômago embrulhar. Tem um hematoma na bochecha da Impaciente que vai até a beirada do seu olho e um corte no meio da bochecha. As cicatrizes se destacam no fundo roxo. Permito que meus olhos percorram o resto dela e a sensação de embrulho aumenta quando vejo um hematoma sólido de uns sete centímetros de largura em volta de cada pulso.

— Que porra é essa? — Eu não pretendia falar em voz alta. Estava só pensando. Pensando sem parar, mas não era para sair através dos meus lábios.

Ela se mexe e eu me encolho porque não quero acordá-la. Mas, ao mesmo tempo, quero saber o que aconteceu. Saber o que posso fazer para ajudá-la. E saber quem é o filho da puta para poder ir atrás dele e acabar com a raça dele.

— Gustov? — A voz dela soa rouca. Sempre fica rouca quando ela acorda, mas está ainda mais agora, como se a garganta tivesse sofrido.

Eu me ajoelho no chão ao lado dela para ficarmos com os olhos na mesma altura. Estou falando baixo porque não quero chateá-la, mas alto o suficiente para ela me ouvir, porque tenho certeza de que ela não está com o aparelho auditivo.

— O que aconteceu?

Mesmo no escuro, vejo o reconhecimento surgir nos olhos dela. Ela parece em pânico. Puxa a coberta por cima da bochecha e esconde os braços embaixo. Não sei se ela está com mais vergonha dos hematomas ou das cicatrizes. Eu nunca tinha visto o braço esquerdo dela exposto. As cicatrizes vão do ombro quase até o pulso.

Costelinha estava encolhida ao lado dela, dormindo pacificamente. Ela se levante de forma protetora e mia, provavelmente sentindo o estresse da Impaciente. Mando a gata parar e faço carinho nela antes de pegá-la no colo e colocá-la no chão.

— Ei. — Eu puxo a coberta para ver os olhos dela. Estão brilhando. — Ei — eu repito, com voz baixa e persuasiva. Preciso de respostas. Não sei se quero ouvi-las, mas preciso ajudá-la. — O que aconteceu?

Ela está me encarando agora. A expressão no rosto dela é de determinação. Ela não quer falar. Isso some aos poucos e se transforma em dor e tristeza enquanto a testa se franze e os cantos da boca se viram para baixo, tensos como o esforço de alguém tentando não chorar. De repente, as lágrimas começam, uma ou duas antes de sua força desmoronar e ela começar a chorar.

Não sei o que fazer, então me sento na cama ao lado da barriga dela, onde a gata estava. Não tem muito espaço. Começo a fazer carinho da cabeça dela até os ombros. Minha mãe fazia isso sempre que eu estava chateado quando era criança e sempre dava certo. Ela ainda está chorando, mas eu a sinto relaxar. Quando ela abre os olhos e as lágrimas não estão mais correndo, não sei o que dizer para ela, então passo os dedos pelo seu cabelo macio. De novo. E de novo.

Ela funga e tenta sorrir para mim.

— Você não é um babaca, Gustov.

Eu não esperava isso. Eu dou de ombros.

— Às vezes eu sou.

Ela balança a cabeça.

— Não é, não. Você é um dos mocinhos. Pode acreditar.

Não sei aonde ela quer chegar com isso, mas preciso direcioná-la para as respostas.

— Então quem é o babaca? — Ela sabe o que estou perguntando e minha mente se volta toda hora para o Michael.

Ela balança a cabeça.

Toco na bochecha dela com cuidado e o instinto dela de esconder a cicatriz vem acompanhado de dor. Puxo os dedos rapidamente.

— Desculpe. Quer gelo?

Ela dá de ombros.

— Não importa.

— A dor importa. O inchaço importa. Vamos ajudar as duas coisas com gelo. Depois, vamos conversar.

Minha mãe está no banho quando vou até a cozinha. Ouço a água correndo. Não quero preocupá-la enquanto não souber o que está acontecendo com a Impaciente, então decido esperar até de manhã para contar para ela, porque ela iria passar a noite acordada preocupada se eu lhe contasse os poucos detalhes que sei agora.

Depois que passo na cozinha para pegar um saco de gelo e um pano de prato, volto até a Impaciente. Estou quase lá quando escuto. Eu diria que alguém está batendo na porta, mas o nível de barulho que vem do saguão está mais para alguém socando a porta da frente sem educação nenhuma.

As batidas estão alimentando rapidamente um fogo que termina em estado de fúria dentro de mim. Quando chego à porta, estou pronto para arrancar a porcaria das dobradiças e cair na pele de quem está do outro lado. Eu a abro gritando:

— Que porra é essa?

Nessa hora, eu o vejo. O babaca do Michael. Meu sangue está fervendo agora.

Ele está parado ali de terno, tentando parecer todo controlado e profissional, só que ele está praticamente vibrando e tem uma veia latejando na testa dele. Sinto o cheiro de gim nele, como se ele tivesse sido marinado na bebida em vez de tê-la tomado.

Ele não respondeu, então pergunto de novo:

— Meu Deus do céu, era necessário esmurrar a porta assim, seu escroto? A gente tem uma porra de campainha.

— Cadê ela? — ele rosna.

Dou uma gargalhada, apesar de a pergunta não ser nada engraçada para mim. Sei que esse cara fez os hematomas nela, mesmo ela não admitindo. Ele é problema. Parado ali na minha frente ele está à beira da psicopatia.

— Assim que encostou a porra da mão nela, você perdeu o direito de fazer essa pergunta. Eu deveria te dar uma surra aqui e agora, seu filho de uma puta. Mas não vou fazer isso porque, pode acreditar, seu cuzão, se eu começar só vou parar quando você estiver caído no chão sem respirar. Vai embora.

Ele balança a cabeça e o corpo oscila para recuperar o equilíbrio. Ele está caindo de bêbado.

— Ela é minha.

Eu balanço a cabeça e dou um passo para fora, para estar cara a cara com ele.

— Que porra de papo de psicopata é esse? Deixa ela em paz, porra.

— Você está comendo ela? — A veia latejando na têmpora amentou de intensidade.

— Não é da sua conta.

Uma gargalhada de repulsa dilata as narinas dele.

— Eu sabia.

— Escuta, não sei o que você acha que sabe, babaca, mas você tem que deixar a Scout em paz. Se eu descobrir que você fez contato com ela de alguma forma, eu vou te encontrar, seu merda. E vou acabar com você. Está claro?

Antes que ele possa responder, volto para dentro de casa e bato a porta na cara dele.

— Porra, preciso de um cigarro — eu digo para mim mesmo enquanto ando pela sala na direção do corredor. Preciso voltar até a Impaciente.

O abajur da mesa de cabeceira está aceso quando volto. É fraco, mas ilumina o quarto com um brilho suave. Ela está usando um vestido de mangas compridas e um short. Os travesseiros estão em pé contra a cabeceira e ela está recostada neles. As pernas estão puxadas para perto do peito e o queixo está apoiado nos joelhos. O cabelo está embaraçado e os olhos estão inchados, como se ela tivesse passado dias chorando.

— Toma — eu digo, entregando a ela a bolsa de gelo. Minhas mãos ainda estão tremendo pelo encontro com o babaca do Michael e ainda estou tentando me acalmar.

Ela pega a bolsa de gelo e encosta na bochecha, fazendo uma careta por causa da dor.

Eu me sento na cama ao lado dela. Ela parece relaxada, mas não de uma maneira tranquila. Parece mais como se toda a energia dela tivesse esgotado.

— Então agora vem a parte em que eu faço perguntas e, se eu tiver sorte, você responde.

Ela assente.

— Quando você conheceu o babaca do Michael?

— Babaca do Michael? — ela pergunta, embora pareça uma concordância. Cem por cento de concordância.

— É, eu chamo ele assim na minha cabeça. Parece bem adequado hoje. — Estou tentando segurar a raiva, mas está sendo difícil.

Ela respira fundo e expira, e, quando acho que ela vai ficar calada, ela diz:

— Eu o conheci há um pouco mais de dois anos. Eu estava em um café perto da minha estação de metrô, matando o tempo. Estava chovendo muito. Ele entrou, comprou um café e perguntou se podia se sentar comigo porque todas as cadeiras estavam ocupadas. Apesar da minha apreensão, eu disse que sim. Achei que ele ia ficar ali sentado me ignorando, porque é isso que as pessoas costumam fazer. Elas não querem olhar para as minhas cicatrizes, então fingem que eu não estou presente.

— Mas ele não ignorou você?

Ela balança a cabeça com tristeza.

— Não. Ele conversou comigo. Sobre coisas normais. Só trivialidades, mas não pareceram coisas bobas para mim. Nós conversamos por mais de uma hora, e nessa hora eu não me senti feia nem deformada nenhuma vez. — Ela está falando baixo, mas sua voz carrega muita emoção. E é o tipo de emoção que pode mudar a qualquer momento, só que não dá para saber que caminho irá seguir. Tristeza. Raiva. Derrota. Vingança.

— Você não é feia. Nem deformada.

Ela me olha, mas não há concordância no olhar dela, e ela continua sem reconhecer o meu comentário.

— Ele pediu o meu número de telefone quando tive que ir embora para pegar o trem. — Ela dá de ombros. — Eu dei. Ele era lindo. E era interessante. E estava usando um terno elegante. E era encantador. E eu não achei que ele fosse ligar. Ninguém nunca tinha pedido o meu número antes. Eu tinha certeza de que ele jogaria no lixo quando fosse passar pela porta.

Ela para e eu dou a dica para ela continuar:

— Mas ele ligou?

Ela assente e expira lentamente.

— Ligou. Ele ligou um mês depois. Ele morava na Flórida e ia para Nova York passar alguns dias todos os meses a trabalho. Ele me levou para jantar naquela noite. — Um sorriso fraco surge nos lábios dela, mas, em vez de alegria, é de repulsa. — Eu me lembro de como fiquei nervosa e feliz.

— Você dormiu com ele naquela noite? — Não sei por que perguntei isso, mas pensar no babaca do Michael tirando a virgindade dela me deixa enjoado.

Ela balança a cabeça.

— Nós só fizemos sexo na terceira visita dele. Ele me levou para o hotel dele. Nos meses seguintes, as visitas dele eram uma combinação de jantar e sexo. Depois, passou a ser só sexo.

— Mas você o amava?

Quando ela assente desta vez, sua expressão se fecha.

— Amava. E era boba o bastante para achar que ele me amava também. Ele falava de ficarmos juntos e nos casarmos um dia. — Ela me olha e sua expressão é de partir o coração. O babaca do Michael a manipulou durante anos. — Ele falava nisso o tempo todo, Gus. Eu era tão burra que acreditava.

— Você não é burra, Impaciente. Você confiava nele. Ele é um filho da puta. — Ouvi-la se diminuir por causa desse sujeito me deixa com vontade de dar na cara dele.

Ela balança a cabeça e olha pela janela do outro lado do quarto. O olhar está vazio.

— E aí, eu fiquei grávida. — A voz dela perdeu toda a raiva. A única coisa que tem agora é tristeza.

O quê? Eu tento permitir que o choque passe rápido e fico de boca calada.

Ela fica quieta, olhando pela janela perdida nisso tudo até que ela abaixa o rosto e lágrimas surgem nos olhos dela.

— Aconteceu no Ano-Novo. Eu descobri em meados de fevereiro. — Ela funga, tentando segurar as lágrimas, mas elas rolam silenciosamente pelas bochechas dela.

Tenho vontade de abraçá-la, mas fico com medo de ela parar de falar, então seguro a sua mão e aperto, para ela saber que estou com ela. Que não está sozinha.

Quando ela volta a falar, as emoções sumiram, apesar de as lágrimas estarem rolando. A expressão é de choque e destruição, o tipo de destruição que deixa a pessoa vazia.

— Eu liguei para ele para contar a notícia, porque, apesar de eu estar com medo, eu também estava feliz. — Ela dá de ombros. — Eu nunca achei que fosse ter filhos. Que alguém ia querer filhos comigo. Então, para mim, a gravidez acidental foi um milagre. Um presente. — Ela para e funga de novo. — Ele não teve a mesma opinião. Foi nessa hora que ele me contou que era casado. E meu mundo desmoronou. — Ela limpa as lágrimas do rosto com a mão livre. A derrota está voltando. Parece que ela está vivendo tudo de novo e é tão doloroso que ela está se desligando. Ela balança a cabeça. — Eu não sabia... Todo aquele tempo... Eu não sabia... — Parece que ela está suplicando para que eu acredite.

Eu faço que sim para ela saber que eu acredito.

— Acho que todos os sentimentos ruins conhecidos pelo homem surgiram em mim durante aquela conversa. Eu me senti triste. Me senti traída. Senti raiva. Muita raiva. Me senti uma idiota. E senti que merecia cada uma daquelas emoções porque, mais do que tudo, eu senti culpa. Muita culpa. Porque eu fiquei com o marido de alguém por dois anos e não tinha ideia. A culpa era insuportável. Casamentos, relacionamentos deviam ser honrados... e eu fazia sexo com um homem casado. Eu me senti suja e usada, mas também senti que era culpa minha. Como se eu tivesse que saber. Repassei todas as conversas que tivemos e todas as vezes que nos encontramos em busca de pistas. E não encontrei nenhuma. Os dias seguintes foram solitários. Eu não tinha com quem conversar sobre isso.

— E a sua tia? Você não podia conversar com ela?

Ela balança a cabeça.

— Eu não ia querer jogar meus problemas no colo dela, mas fevereiro foi um mês horrível para minha tia. Pra família inteira. Jane tentou cometer suicídio no começo de fevereiro. Ela ficou sob avaliação psiquiátrica por algumas semanas depois disso. — Ela ama a tia e se preocupa com ela. Dá para ouvir na voz dela.

Ah, e foi por isso que o Hitler teve que abandonar a turnê. Sinto-me mal pelo sujeito agora.

Ela continua.

— Depois de alguns dias me afundando na culpa, eu me dei conta de que ficava melhor sem ele. Eu podia criar um filho sozinha. E amaria o bebê por nós dois... eu já o amava. — A voz dela se ilumina quando ela fala do bebê, e meu estômago se embrulha porque não sei como eu sei, mas eu sei que ela perdeu o bebê. Ela está me olhando e o sorriso que tem no rosto é dilacerado lentamente pela dor até não sobrar nada além de sofrimento. A voz dela é um sussurro em meio às lágrimas contra as quais ela está lutando. — Eu amava tanto aquele bebê. Eu teria sido uma boa mãe, Gustov.

Eu engulo o caroço que tenho na garganta antes de concordar.

— Você teria sido uma boa mãe. — Teria mesmo. Ela é uma das pessoas mais concentradas, responsáveis e intensamente apaixonadas que já conheci.

Ela tenta dar um sorriso de confirmação, mas acaba apoiando a cabeça no meu ombro. Está pesada, como o seu coração. Ela está se encostando em mim agora.

— Tive um aborto espontâneo no dia vinte e nove de março. Foi o dia em que descobri a verdadeira sensação de perda. Perder Michael não foi nada em comparação a perder o bebê. Sabe aquela frase, "tudo acontece por um motivo"?

Eu faço que sim. Ela não consegue me ver, mas consegue sentir.

— Fico pensando se a pessoa que disse isso já perdeu alguém. — Não é uma pergunta.

Eu encontro a minha voz e respondo mesmo assim.

— Provavelmente não. Perder alguém é uma merda.

— É mesmo. Eu ainda sinto culpa. Como se eu tivesse feito alguma coisa errada, sabe? O médico disse que não tinha nada que eu pudesse ter feito diferente, mas ainda sinto que o aborto foi culpa minha.

Eu aperto a mão dela de novo.

— Abortos espontâneos são muito comuns. Não é culpa sua. Como o babaca do Michael recebeu a notícia?

— Mandei uma mensagem de texto no dia seguinte e contei para ele, porque achava que ele merecia saber. Foi o primeiro contato que tive com ele desde que nos separamos. Foi de um número novo de telefone que ele não tinha. Ele me ligou em minutos e deixou uma mensagem atrás da outra dizendo que lamentava. Que a esposa dele descobriu sobre o caso e o abandonou, o que eu duvidava que fosse verdade. Ele me disse o quanto me amava. O quanto queria me ver de novo. Isso continuou acontecendo por uma semana. Eu mudei de número de novo e nunca mais tive notícia dele até ele aparecer aqui algumas semanas atrás.

— E você foi com ele dessa vez.

Ela funga de novo.

— Fui. Não sinto orgulho disso. Acho que eu precisava de um término. De tudo. Eu queria terminar nos meus termos de uma vez por todas. Tinha isso e, apesar de tudo, uma parte de mim ainda o amava.

— Como foi? O término?

Ela aperta a minha mão como se preferisse fazer isso a falar.

— Foi como sempre. Ele me comeu.

Estou furioso agora.

— Aquele filho da puta.

— Não. A culpa é minha. Quando saí do quarto do hotel dele, eu sabia sem sombra de dúvida que na minha cabeça tinha acabado. Que o sentimento antigo que tive por ele não era amor. Era mais hábito, se é que isso faz algum sentido. Era uma coisa que eu tinha feito tantas vezes que associava com amor, quando não era isso de jeito nenhum. Podia ter começado assim, ao menos para mim, mas se transformou em uma coisa bem diferente. Então, quando ele apareceu aqui hoje, eu fui me encontrar com ele só para dizer que tinha acabado. Porque, para mim, tinha mesmo acabado. Obviamente... ele não recebeu a notícia muito bem.

Solto a mão dela porque estou furioso agora. Preciso de libertação física dessa fúria e não quero estar perto dela quando isso acontecer, então pulo da cama. Minhas mãos estão apertadas em punhos e quero tanto socar alguma coisa, de preferência a cara do babaca do Michael.

— Filho da puta. Ele fez isso com você, né? — Estou apontando para os hematomas na cara dela.

Ela assente e fica com os olhos cheios de lágrimas de novo.

Eu começo a andar pelo quarto.

— Que filho da puta doente tem a coragem de bater numa mulher? — Eu me viro para ela. — Você precisa de uma ordem de restrição. Ele acabou de passar aqui te procurando.

Ela parece apavorada. Odeio vê-la com essa cara de medo.

— O quê? Ele veio aqui?

Eu assinto.

— Quando fui buscar o gelo, ele estava esmurrando a porta da frente. Caindo de bêbado, te procurando. Mandei ele deixar você em paz senão eu arrebentaria a cara dele. Eu devia ter dado uma surra nele.

Ela não diz nada desta vez. Seus olhos estão arregalados.

E, agora, estou olhando ao redor.

— Onde está o seu celular?

Ela olha para a mesa de cabeceira primeiro. Ali é onde ela sempre o carrega. Mas ele não está lá.

— Acho que está na minha bolsa.

Ela desce da cama, pega a bolsa no chão perto da porta do quarto e procura dentro dela. Quando encontra o celular, ela digita a senha e o entrega para mim.

Ela tem trinta e duas ligações não atendidas e cinquenta e três mensagens de texto. Começo a olhar as mensagens. São todas dele. Juro, o cara é maluco. Nas últimas horas ele ficou variando entre a ameaçar, declarar o seu amor, mandá-la se foder e se humilhar. De novo. E de novo. Incluiu uma foto aleatória do pau também. Que cara doente.

Eu abro as chamadas não atendidas e reconheço o número dele. Todas as trinta e duas ligações. Eu indico o celular.

— A ordem de restrição contra esse cara é necessária para ontem. Está evidente. Calça os sapatos. A gente vai na delegacia. Depois, vamos ao Pronto Socorro.

Ela balança a cabeça.

— Delegacia, sim. Pronto Socorro, não.

Ela registra uma denúncia contra agressão física primeiro. Pegam o depoimento dela e tiram fotos. Depois disso, ela preenche a papelada necessária para uma ordem de restrição.

São três e meia da madrugada quando chegamos em casa.

Ele nunca mais vai tocar nela. Eu prometo.

Domingo, 5 de novembro

(Scout)

Quando abro a porta do quarto ao meio-dia, tem um prato com crackers com creme de amendoim e um copo de suco de uva no chão. O *post-it* do Gustov na minha porta diz: "Me avisa se precisar de alguma coisa".

Pego a comida e coloco na mesa de cabeceira antes de escrever um bilhete. "Obrigada. Por tudo." Coloco na porta fechada do quarto dele antes de voltar para o meu, fechar a porta e comer a refeição mais atenciosa da minha vida.

Quinta-feira, 9 de novembro

(Gus)

A Impaciente ficou na dela a semana toda. Os hematomas estão sumindo, mas estou preocupado com o ânimo dela. Ela enfrentou muito abuso emocional. O que aconteceu com ela foi um trauma, físico, emocional e psicológico. Não consigo apagar o que se passou. Gostaria de poder, mas não posso. Então, vou ficar do lado dela, mesmo que ela não queira. Ela não vai afastar uma amizade quando mais precisa.

Deixo um bilhete na porta dela antes de ir dormir. "Mancala. Pizza. Esta noite. Apareça, senão Costelinha e eu vamos te caçar e te obrigar a jogar com a gente. Isso tiraria toda a diversão da brincadeira. Então é melhor facilitar e só nos encontrar na sala às 7h."

Sexta-feira, 10 de novembro

(Scout)

Mancala e pizza. Era exatamente disso que eu precisava. Gustov, Audrey, Paxton e eu nos revezamos jogando em um torneio radical. Nós ficamos acordados até tarde. Eu sorri pela primeira vez esta semana. Não pensei no Michael. Não pensei em nada. Só me diverti. Foi a primeira vez na vida que senti que podia ser eu mesma, cercada de gente que não me julga e nem quer me julgar. Gente que não vê minhas cicatrizes, mas vê todo o resto. Foi libertador de uma maneira que não sou capaz de explicar.

Depois que escovo os dentes, deixo um *post-it* na porta do Gustov. Uma provocação para fazê-lo sorrir, como ele me fez sorrir hoje. "Você continua péssimo no Mancala. Valeu pela pizza."

Segunda-feira, 13 de novembro

(Gus)

Estou ficando cada vez mais ansioso para acordar de manhã só para eu poder abrir a porta e ver se tem um pedacinho dela do outro lado na forma de um *post-it*. Na primeira vez que ela deixou um bilhete para mim no ônibus, eu pensei: "Mas isso é tão infantil e arrogante!" Olhando para trás agora, enxergo bem melhor. Eu estava em péssimo estado; eu também não ia querer ter que me aguentar. Eu não queria ter que me aguentar, obviamente; era por isso que passava o tempo todo bêbado.

Já estou sorrindo quando vejo o bilhete amarelo quadrado na minha porta quando eu a abro.

O sorriso não dura quando leio as palavras dela. "Acidente de carro = incêndio = queimaduras = pessoas encarando = vergonha + raiva + introversão + tristeza."

Merda.

Ela nunca foi tão verdadeira comigo. Sinto vontade de pegar minhas chaves e ir até ela. De encontrá-la no trabalho e tirá-la de tudo que ela estiver fazendo e só abraçá-la. Quero tirar a dor pela qual ela passou, tanto por causa do acidente quanto pelos babacas insensíveis que a fizeram se sentir menos do que o ser humano perfeito que ela é.

Mas só pego a caneta e o bloco de *post-its* e escrevo uma resposta, como sempre faço. Não sei se ela vai responder ou se vai me isolar, mas tenho que tentar. Sou breve porque a Impaciente gosta de detalhes, menos quando se tratam dela. Dos que ela não compartilha. "Quantos anos você tinha quando isso aconteceu?"

Terça-feira, 14 de novembro

(Scout)

"11. Meu pai estava bêbado. Por isso eu fui morar com a minha tia e o meu tio."

Quarta-feira, 15 de novembro

(Gus)

"Sua audição foi afetada pelo acidente?"

Quinta-feira, 16 de novembro

(Scout)

"Isso veio da loteria do nascimento. Não é nada de mais."

Sexta-feira, 17 de novembro

(Gus)

Esse último me fez sorrir. Acho que a partida de tênis solene está terminando agora, então respondo: "Como o meu senso de humor incrível? Eu ganhei na porra da loteria do nascimento nisso".

Sábado, 18 de novembro

(Scout)

"Vai achando."

(Gus)

E é assim que sei que está tudo bem. Quando uma conversa termina em sarcasmo, sei que ela está satisfeita, à vontade. E à vontade é como eu quero que ela esteja. Principalmente perto de mim.

Domingo, 19 de novembro

(Gus)

— Mãe, quem é a coroa de andador parada na nossa entrada de camisola, roubando o nosso jornal? — Estou olhando pela janela da cozinha a mulher de cabelo lilás, de roupão rosa e roxo florido, roubando o nosso jornal em câmera lenta.

Minha mãe se aproxima e para ao meu lado, com o seu sorriso largo.

— Ah, é a sra. Randolph. A filha dela, Francine, se mudou pra casa ao lado mês passado. A sra. Randolph veio passar umas semanas aqui por causa do Dia de Ação de Graças. Ela é rabugenta. Você vai gostar dela.

— Rabugenta? Ela é uma ladra. Acabou de roubar o seu jornal. Acho que estou apaixonado por ela. — Essa sra. Randolph é uma figura, já percebi.

Minha mãe ri.

— Vocês dois vão se dar bem. E ela sempre traz o jornal de volta depois do almoço e o coloca onde encontrou, então não é roubo de verdade. Ela só pega emprestado durante a manhã.

Estou lá fora fumando um cigarro quando a sra. Randolph volta sorrateiramente para devolver o nosso jornal. O andador dela é alto e barulhento quando rola pelo concreto. Eu a cumprimento:

— Oi, sra. Randolph.

Ela leva um susto com as minhas palavras e o jornal escapa da mão dela. Ela leva a mão ao peito e me olha com irritação.

— Meu Deus do céu, garoto, não chega perto de mim sorrateiramente assim.

Eu poderia facilmente argumentar que estou parado na entrada da minha casa a menos de três metros dela e que ela é a sorrateira aqui, mas não falo nada. Só me aproximo e me apresento.

— Sou Gus Hawthorne. — Faço sinal com o polegar por cima do ombro. — Eu moro aqui com a minha mãe, Audrey.

Ela está de olho no meu cigarro e, quando eu penso que ela vai me repreender por fumar, ela diz:

— Tem outro aí? — Ela olha para mim e reparo que seus olhos são embaçados. Catarata, eu acho. Ela aperta os olhos para mim. — Qual é mesmo o seu nome, garoto?

— Gus — eu respondo enquanto tiro o maço do bolso e dou um para ela.

— Não sou mais muito boa com nomes. Você vai ter que me perdoar. — Ela pega o cigarro e o leva aos lábios com a mão trêmula, depois olha para mim e fala, o cigarro pendurado nos lábios. — Bom, você vai ficar aí parado ou vai acender para mim? Eu não tenho o dia inteiro.

Ela me faz rir, e eu pego o isqueiro e acendo o cigarro dela. A primeira tragada é tão fraca que acho que a chama não vai pegar, mas pega. Ela sopra a fumaça imediatamente. Não é muito e fico me perguntando se alguma coisa chegou aos pulmões dela. Foi a tragada mais fraca que já vi, mas ela continua mesmo assim, até terminar. Satisfeita, ela joga o cigarro no chão ao lado do pé e pisa nele para apagá-lo.

Pego o maço e aponto a extremidade aberta para ela.

— Quer um para depois, sra. Randolph?

Ela faz que não com a mão e vira o andador para a casa dela.

— Garoto, essas coisas vão te matar se você fumar mais de um por dia. — Ela não está me olhando enquanto fala; só está seguindo pelo caminho atrás do andador. — Além do mais, minha filha vai chegar daqui a pouco e vai me matar se souber que andei fumando escondido de novo. — Ela vira a cabeça para mim e um sorriso malicioso surge nas bochechas cheias e enrugadas. — Esse é nosso segredo, garoto. Ela não me deixa me divertir — acrescenta ela com uma piscadela antes de continuar o caminho para casa.

— Boa tarde, sra. Randolph — eu falo atrás dela.

Ela não responde.

Quinta-feira, 23 de novembro

(Gus)

Todos os dias por volta do meio-dia eu pego meus cigarros e vou para fora de casa me encontrar com a sra. Randolph. Ela é incrivelmente pontual. Exatamente ao meio-dia ela devolve o nosso jornal. E todos os dias que eu a vejo, assim como hoje, ela pede um cigarro e eu dou para ela. Ela me manda acender e eu acendo. É um ritual do qual passei a gostar. Ela ladra, mas não morde. Eu soube na primeira vez que falei com ela, mas, quanto mais conversamos, mais eu vejo como ela é uma coroa legal. Eu faço muitas perguntas, e, apesar de ela fingir estar irritada em responder, sei que ela gosta porque fica mais tempo a cada vez.

Já descobri que ela tem oitenta e três anos (ela quase me matou por ter perguntado a idade dela, o que, obviamente, aconteceu logo depois de ela me dizer quantos anos ela tem). Foi casada por cinquenta e dois anos com o namorado da escola, que se chamava Fritz. Ele teve um passado militar condecorado e se aposentou depois. Ele faleceu há treze anos. Ela não diz, mas vejo no rosto dela quando fala o quanto sente a falta dele.

Hoje, ela está falando sobre a filha, Francine. Francine é enfermeira. Trabalha quatro dias por semana em um hospital de San Diego. Os turnos dela costumam ser das três da madrugada até as três da tarde. Nunca perguntei a idade dela, mas acho que tem uns cinquenta e muitos anos considerando o que pesquei nas outras histórias da sra. Randolph. A sra. Randolph sente orgulho de Francine, e, apesar de ela não admitir abertamente, dá para perceber nos seus comentários.

— Francine está trabalhando hoje? — eu perguntei, sabendo que está. É quinta e ela sempre trabalha às quintas.

— Está. Ela sempre está trabalhando. — Ela não parece muito feliz com isso.

— Mas ela ama o que ela faz. — Conheci Francine alguns dias atrás e conversamos sobre o seu emprego. Ela ama mesmo o que faz. E aposto que é ótima, porque ela é muito legal.

A sra. Randolph bufa.

— Fico feliz de ela amar o que faz, mas isso não quer dizer que ela devesse deixar que isso a matasse. Não tem equilíbrio. Ela não descansa como deveria.

E não se diverte como deveria. Ela me levava ao bingo toda semana quando morava em Charlotte, mas não fizemos isso desde que cheguei aqui. Acho que ela esqueceu como é se divertir.

A menção ao bingo me faz sorrir. Aposto que aquela mulher é feroz no salão de bingo. Raio de Sol, Gracie e eu jogávamos bingo de vez em quando, e as mulheres idosas lá pareciam lobos em pele de cordeiro. Com as melhores roupas, o cabelo arrumado, parecendo fofas e inocentes, elas não passavam de senhorinhas doces… até a primeira bola cair, quando então elas viravam tubarões nadando em volta da água cheia de sangue. Elas eram raivosas. Apesar disso, eu sorrio para ela.

— Eu levo a senhora ao bingo.

Ela sorri. É raro ela sorrir e amo ver esse sorriso.

— É mesmo?

Eu sorrio.

— Claro. Eu sempre topo um joguinho de bingo. Conheço um lugar. Vou ver os horários e te aviso.

Ela acena e vira o andador pelo caminho, com o sorriso ainda no rosto.

— Tudo bem, garoto. Vou cobrar.

— Boa tarde, sra. Randolph. — Tornou-se parte do nosso ritual eu dizer isso quando ela sai.

E ela não dizer nada em resposta.

Não me importo. Às vezes, é preciso ouvir as coisas que as pessoas não dizem.

Sábado, 25 de novembro

(Scout)

Volto da minha corrida matinal e encontro Gustov e Paxton sentados no sofá na frente da televisão com volume alto na sala. Eles estão assistindo a um jogo de futebol. Os comentaristas têm sotaque britânico carregado. A cena toda é estranha considerando o volume da televisão e o fato de que acho que nem Paxton e nem Gustov gostam de futebol. Mas o mais estranho é que tem uma mulher idosa sentada em uma poltrona que foi arrastada para perto da televisão. O cabelo dela é de um tom de lilás nada natural que brilha no sol que entra pela janela, fazendo parecer meio metálico. Ela está tão absorta no jogo como eu nunca vi alguém antes se concentrar em um evento esportivo. Ela alterna entre uma narração das jogadas, com uma voz que imita o sotaque britânico na televisão, com xingamentos aos jogadores, em um alto sotaque sulista carregado, e gritos e torcidas quando alguma coisa acontece do jeito que ela quer. Sei que estou cansada depois de correr, mas essa mulher está me deixando mais cansada só de olhar para ela. Mesmo assim, apesar de eu precisar muito de um banho, vou até o encosto do sofá para ver melhor. Paxton me olha com o canto do olho.

— Bom dia, Scout — diz ele como se tudo estivesse perfeitamente normal.

— Bom dia.

Gustov se vira. Costelinha está encolhida no colo dele dormindo, se bem que não sei como, considerando todo o barulho.

Eu aceno com a cabeça para a senhora, perguntando sem palavras o que está rolando. Não que seja da minha conta, eu acho, mas estou curiosa.

Ele sorri.

— É a sra. Randolph. Ela é mãe da Francine, a vizinha. Ela queria ver essa pelada, quer dizer, "futebol" — diz ele baixinho, usando aspas no ar quando fala. — Francine não tem televisão a cabo. E ela é doida para ter. Acho que o time dela é o Arsenal. Ela ama um cara chamado Oliver. Ele marcou um gol mais cedo e ela surtou. Ela é maneira pra caralho.

Paxton está assentindo com um sorriso largo no rosto. Ele está apaixonado por aquela mulher.

Quando olho na direção dela, ela ainda está vivendo o jogo como se estivesse no estádio. Ela está usando uma camisa do Giroud com o número doze nas costas e está um pouco inclinada para a frente na cadeira.

— Senta, Scout. Você tem que ver isso com a gente. Começou só quinze minutos atrás. — Paxton está batendo na almofada do sofá ao lado dele.

Não costumo assistir a esportes, mas isso é mais do que o jogo. É um espetáculo que sinto que não posso recusar.

— Vou tomar banho e volto em dez minutos.

Dez minutos depois, estou sentada de roupas limpas e cabelo molhado no sofá ao lado de Paxton. Costelinha acordou quando entrei na sala e se espreguiçou no colo do Gustov antes de vir se deitar no meu.

Gustov balança a cabeça quando a gata está acomodada.

— Eu deveria ter batizado ela de Vira-Casaca.

No intervalo, a sra. Randolph silencia o volume.

— Não consigo ouvir essa baboseira. Meus meninos estão jogando bem. Eles só vão dizer que eles vão se afundar no segundo tempo. — Ela está falando sozinha até que ela se vira. Quando seus olhos se encontram com os meus, ela aperta os dela. E se levanta e se apoia no encosto da cadeira. Gustov se levanta na mesma hora e oferece a mão. Ela aceita e anda até estar na minha frente. Ela olha intensamente para Gustov.

— Onde estão os seus modos, garoto? Vai me apresentar para essa moça linda?

Eu fico corada.

Gustov sorri.

— Sra. Randolph, essa é Scout MacKenzie. Ela é a prima do Paxton. Ela mora aqui com a gente. — Ele nunca disse o meu nome antes. Amo o jeito como ele diz meu nome.

Eu ofereço a mão.

— Oi, sra. Randolph. É um prazer conhecê-la. — A mão dela está fria, mas o seu aperto de mão é firme.

— Vejo você sair para correr todos os dias de manhã.

Eu faço que sim.

— Eu tento.

— E vejo você sair com Audrey todos os dias.

Eu faço que sim de novo.

— Eu trabalho pra Audrey. Sou assistente dela. Nós vamos juntas para o trabalho.

— Você gosta? De trabalhar para ela? — Ela é implacável com as perguntas.

Mais uma vez estou assentindo. Ela está me interrogando, mas não está exagerando, e percebo que quero muito a aprovação dela.

— Gosto. Adoro. Eu me formei na primavera e esse é meu primeiro emprego de verdade. Estou aprendendo muita coisa.

Ela finalmente para com as perguntas quando parece satisfeita com as minhas respostas.

— Esse é o segredo. Encontrar o que ama e correr atrás. A vida não é para passear. É para apertar o acelerador até o chão. O mesmo vale para o amor e para a diversão, nada de passeio. Acelerador no chão. — Ela olha para o Gustov, ainda segurando a mão esquerda dela para firmá-la. — Estou pronta para me sentar de novo. — Ele a leva de volta até a cadeira e a ajuda a se acomodar. Ela olha para ele quando está acomodada e sorri. — Você é um bom garoto.

Ele sorri.

— Valeu, sra. R.

— E ela é uma boa garota — acrescenta ela com uma piscadela antes de botar som na televisão novamente e dedicar atenção total ao jogo à sua frente.

Domingo, 26 de novembro

(Gus)

— Mãe. O que a gente vai fazer no Dia de Ação de Graças? O de sempre?

Minha mãe está fazendo uma torta de abóbora. É o aquecimento dela para o show de quinta. Ela faz isso todo ano. Faz tortas de abóbora desde o fim de semana anterior ao Dia de Ação de Graças e por duas semanas depois. Eu como todos os dias, de manhã, no almoço e no jantar. No final, estou cagando abóbora e nem consigo mais olhar para a torta. Isso até o fim de semana anterior ao Dia de Ação de Graças do ano seguinte, quando pareço um viciado em abóbora passando por síndrome de abstinência, com tremores e tudo mais, esperando a primeira sair do forno para eu poder pegar metade, botar seis colheres de chantilly em cima e cair de boca. É, sou um glutão que gosta de abóbora.

— É esse o plano. O de sempre — diz ela com provocação. — Tudo bem? Você queria experimentar alguma coisa nova este ano? — Quase consigo ouvir a esperança na voz dela. Ela quer que eu sugira alguma coisa diferente para ela não ter que pensar em todos os Dias de Ação de Graça anteriores com Raio de Sol e Gracie.

— Eu estava pensando em convidar o Keller e a Stella para virem passar com a gente.

Ela se vira para mim. Ela gostou da ideia, consigo ver nos olhos dela.

— Você tem falado com o Keller, Gus?

Eu balanço a cabeça.

— Não. Eu tentei uns meses atrás, mas não nos falamos. E você?

— Acho uma ideia fabulosa. — Ela evitou minha pergunta, o que me diz que sim, ela falou com ele. Claro que falou, porque a minha mãe é um ser humano da melhor qualidade.

— Legal. Vou ligar para ele.

Quando finalmente chego ao meu quarto e abro o contato dele no celular, levo dez minutos para tomar coragem de apertar o botão. São oito e meia em Minnesota; espero não acordar Stella se ela já estiver na cama.

Ele atende depois do terceiro toque. Eu respiro fundo esperando a voz dele e a onda de emoção que vai vir junto.

Mas é uma voz baixa, doce e sonolenta que atende.

— Alô. — É a filha dele, Stella.

— Ora, alô, srta. Stella. — Toda a tensão some de mim.

— Quem é? — ela pergunta, como se ela estivesse selecionando quem ele iria atender.

— É o Gus. Se lembra de mim, Stella?

Ela grita:

— Papai, é o Gus no telefone! — Em seguida, em volume normal, ela diz: — O papai está no banheiro. Foi fazer cocô.

Dou risada e a sensação é muito boa.

— Ah, bom, a gente tem que fazer isso de tempos em tempos, né? Como você está, Stella?

— Bem. Eu estou na pré-escola, Gus. O nome da minha professora é srta. Cooper. Ela é legal, mas tem cheiro de geleia de damasco. Eu não gosto de geleia de damasco. Meu pai em Chicago gosta. Ele coloca na torrada.

Isso me faz rir mais um pouco. Adoro crianças pequenas; tudo que sai de suas bocas é inocente e sem filtro.

— Como está a sua tartaruga?

A voz dela se anima.

— A srta. Higgins está bem. Ela ama Minnesota. — Ela faz uma pausa, e ouço Keller ao fundo falando com ela. — Só um minuto, papai. Não acabei de falar com o Gus. — E ela volta a falar comigo. — Você está na Califórnia com a sua mãe, Gus?

— Estou. Está bem ensolarado aqui. Você devia vir me visitar, Stella.

Ela está falando com Keller agora.

— O Gus disse que eu devia ir visitar ele na Califórnia. Posso ir? Por favoooooor.

Ouço Keller baixinho agora tentando convencê-la.

— Me deixa conversar com o Gus agora, gatinha, depois eu respondo. Você pode me dar o telefone, por favor?

— Só um minuto, papai, preciso dizer tchau. — E ela volta a falar comigo. — O papai precisa falar com você, Gus. Tchau.

— Tchau, Stella. Manda um oi pra srta. Higgins.

— Tá bom.

Keller está um pouco hesitante, mas também contente quando ele fala do outro lado da linha.

— Oi, Gus. Obrigado por permitir que Stella o divertisse por alguns minutos.

— É, ela me disse que você estava no banheiro soltando barro.

Ele dá uma gargalhada que parece aliviada e constrangida, como se estivesse tão feliz quanto eu da conversa estar sendo fácil até agora.

— Me diz que a minha garota não usou essas palavras.

— Não, ela disse que você estava no banheiro fazendo cocô.

Ele suspira.

— Meu Deus, isso não é muito melhor, é?

E de repente estamos ambos relaxados.

— Ela é incrível, Keller.

— Ela é incrível mesmo. Tenho que admitir que perdi quase completamente a sensibilidade para qualquer tipo de constrangimento a essas alturas. A sinceridade das crianças pequenas cria calos, cara. Não dá para esconder e aparece nos momentos mais inoportunos.

Dou um sorriso porque ele parece bem.

— Não dá para errar sendo sincero.

— E o que você anda fazendo, Gus? Penso em você o tempo todo e sempre quero te ligar, mas aí tenho o dever de casa ou trabalho ou a aula de balé da Stella. Sempre aparece alguma coisa. Desculpe por não termos conversado. — Ele fala de coração.

— Não esquenta. Estou no mesmo barco das boas intenções. É por isso que estou te ligando. Minha mãe e eu estávamos conversando e fiquei pensando se você e Stella têm planos para o Dia de Ação de Graças este ano. Pensei que poderíamos reacender a chama do nosso "bromance" em San Diego. — Ano passado, surpreendi Raio de Sol em Minnesota no Dia de Ação de Graças com a ajuda de Keller. Ele me ligou e planejou tudo. Eu fiquei brincando que ia roubar o homem dela.

— O sagrado "bromance". — Ele para e ri ao se lembrar. — Caramba, que tentador. Você é um cara bonitão. — Ele não perdeu o senso de humor. Fico feliz. — Mas acho que eu e Stella vamos ficar aqui em Grant. Meu pai talvez venha se conseguir uma folga.

Eu tento de novo.

— Vocês deviam vir. Se for por dinheiro, eu resolvo.

— Gus, cara, é muita gentileza sua oferecer, mas não posso aceitar.

— Claro que pode. É só dizer: "Sim, Gus, nós adoraríamos passar o Dia de Ação de graças com você e sua mãe. Parece um jeito bom pra caralho de passar o feriado". É fácil assim. E aí você me diz que horas pode pegar o avião e quando tem que voltar, e deixa que eu cuido do resto. — Não sei por que, mas preciso que ele me dê isso. Preciso vê-lo e ver a Stella, para eles me ajudarem a melhorar.

— Gus, é muita coisa. Eu não posso.

Dou um suspiro.

— E se eu disser que você vai fazer a minha mãe chorar se ela não puder ver a Stella? Tipo, a ponto de soluçar. Não estou brincando, ela vai ter um ataque. Vai ser feio, cara. Vou ser obrigado a filmar e mandar o vídeo para você. Você vai passar o resto da vida se sentindo culpado. Do tipo de culpa brutal que arrasa a alma.

Ele fica em silêncio. Percebo que está prestes a ceder.

— Vamos lá, cara. A gente quer muito ver vocês. — Falo com a maior sinceridade que consigo.

Ele suspira.

— Nós só vamos se você deixar eu pagar um dia.

Abro um sorriso porque eu jamais aceitaria o dinheiro dele.

— Claro, o que você quiser.

Ele suspira de novo.

— Tem certeza de que quer fazer isso? Vai ser caro.

— Não tenho mais em que gastar o meu dinheiro, cara. — Não tenho mesmo.

Ele fica quieto e acaba cedendo.

— Tudo bem. A gente vai adorar. Vai ser bom descansar uns dias. — Ele parece exausto de repente.

— Excelente. Me mande os horários que são bons para você viajar e vou providenciar tudo.

— Obrigado, Gus.

Não, obrigado eu.

— Vai ser ótimo ver vocês.

— Até mais, cara.

— Até mais.

Não sei por que, mas sinto que um peso enorme foi tirado dos meus ombros.

Segunda-feira, 27 de novembro

(Gus)

Está frio esta manhã e vou caminhar pela praia em vez de surfar. O alerta de mensagem de texto soa no celular no meu bolso.

KELLER: Acabei de ver o e-mail. Obrigado pelas passagens. Meu pai ligou hoje de manhã e disse que tirou uns dias de folga. Não quero dar trabalho, mas você acha que Audrey se importaria se ele fosse pra San Diego também? Mas não quero dar trabalho.

EU: Não tem problema. Quanto mais melhor.

KELLER: Obrigado, Gus. Nos vemos na quinta!

Terça-feira, 28 de novembro

(Gus)

O bingo com a sra. Randolph começa às dez e meia da manhã. Ela insistiu para que eu a pegasse às nove e meia. É um trajeto de apenas quinze minutos de carro. Ela está usando uma blusa roxa com uma calça roxa combinando.

O traje acentua o tom lilás do cabelo dela. Ela está arrumada e sei que caprichou na roupa e no penteado. Ela ficou louca quando apareci dez minutos atrasado e disse que eu tinha estragado tudo e que não haveria lugares bons e nem cartelas boas quando chegássemos lá. "Vai ficar tudo bem", eu garanti a ela. É uma porcaria de jogo de sorte; não há cartelas boas. E, no que diz respeito aos lugares, há monitores por todo o salão exibindo os números, então não há lugares ruins. Além do mais, eu já fui lá, e ela não.

Quando chegamos, paro na frente da entrada e a ajudo a sair da picape. Achei que ela fosse me esperar estacionar, mas quando volto para a porta ela já não está mais lá. Tenho um surto momentâneo e fico pensando como vou dizer para Francine que perdi a mãe dela, mas me dou conta de que ela já deve estar lá dentro, comprando a cartela.

E é exatamente lá onde eu a encontro. Ela está no caixa comprando uma pilha de cartelas e dois marcadores.

Tiro umas notas de vinte do bolso e tento pagar, mas ela bate na minha mão.

— Guarda esse dinheiro, garoto. Isso é por minha conta.

Dou risada porque minha mão fica ardendo e guardo as notas de volta no bolso.

Depois que ela paga, ela olha o salão e aponta na direção de uma mesa vazia no canto da frente.

Eu aponto para duas cadeiras vazias à mesa diretamente à nossa frente.

— Por que a gente não senta aqui? — Estou tentando poupá-la da caminhada através do salão.

Ela levanta a mão para proteger suas palavras.

— Aquelas pessoas não parecem muito simpáticas. — Ela olha na direção de três mulheres sentadas à mesma mesa dos lugares vazios.

Elas não parecem simpáticas. Parecem territorialistas e estão nos metralhando com o olhar. A vibração que elas emitem está longe de ser acolhedora. Assim, eu a sigo até o canto da frente e, depois que vejo que ela está à vontade, olho meu relógio: dez e cinco.

— Ei, temos um tempinho antes de começar. — Eu me viro para a lanchonete para ver o que tem lá. — Parece que tem uma boa seleção de donuts deliciosos e café gostoso. Quer alguma coisa?

Ela está arrumando as cartelas na mesa. É um gesto meticuloso, quase científico. Ela não me olha quando responde.

— Não me vem com esse papo de delicioso e gostoso. Você não sabe o que está dizendo.

Dou uma gargalhada.

— Você está certa. Parece que a lanchonete oferece uma seleção lamentável de donuts de véspera e um café de merda. Você quer alguma coisa?

Ela sorri, mas não olha para mim.

— Quero um donut de chocolate velho e um café de merda. Dois pacotinhos de açúcar.

Vou andando e rindo sozinho. Amo essa mulher.

Nós comemos nossos donuts, que, para nossa surpresa, estavam bem deliciosos mesmo, e tomamos o nosso café de merda, mas muito açucarado, enquanto esperamos o primeiro jogo começar.

Quando a primeira bola cai, descobri como a visão e a memória recente da sra. Randolph são ruins. Ela não consegue ler os monitores e está apertando os olhos para ler os cartões à sua frente, mesmo estando com os seus óculos para perto. Ao ver a dificuldade dela com os primeiros números, começo a repetir a letra e o número em voz alta depois que o apresentador fala. Digo baixinho para mim mesmo, mas alto o suficiente para ela me ouvir.

— B dez, B dez — eu digo repetidamente enquanto olho minhas cartelas e as dela, como se eu precisasse do lembrete enquanto procuro. Reparo que ela vai bem melhor quando faço isso, então continuo durante o resto da manhã.

A sra. Randolph vai embora com quatro cédulas de cem dólares. No caminho de casa, ela está com uma expressão de satisfação e orgulho. Paro na frente da casa dela para deixá-la, desligo o motor e contorno o carro para abrir a porta para ela descer e para eu pegar o andador na caçamba. Ela tenta me dar metade.

— Aqui, garoto, pega isso. Você não tem emprego. Todo mundo precisa de um dinheirinho para gastar.

Eu balanço a cabeça.

— Não, não posso aceitar. Você ganhou. Fica com tudo. E o que faz você pensar que eu não tenho emprego?

— Você está quase sempre em casa. Não vai a lugar nenhum, só pra praia. Dirige uma picape velha. E não tem fogo. Nada te motiva.

— Eu sou músico. Faço parte de uma banda.

— Como é? Por que você não disse isso antes?

Eu dou de ombros.

— Eu não toco tem um tempo.

— Por que não?

— Sei lá. Acho que talvez você esteja certa. — Eu dou um suspiro. — Talvez o fogo tenha se apagado.

Ela segura a minha mão e aperta com força. Os dedos são tortos pela artrite, mas ela é bem forte.

— Me escuta, garoto: a gente só tem uma chance neste circo chamado vida. Não fique sentado na plateia vendo acontecer. Pula no meio para ser o apresentador. É lá que você vai encontrar o seu fogo.

— E se o seu fogo morreu com outra pessoa?

Ela balança a cabeça.

— Não. A questão da vida é a seguinte, garoto: nós conhecemos um monte de gente nesta jornada. Algumas são filhas da puta e outras são especiais. Quando você encontra as especiais, não desperdiça o momento, porque você nunca sabe quando seu tempo com elas vai acabar. Eu tive mais de cinquenta anos com o meu Fritz. Anos maravilhosos. Quando ele morreu, fiquei alguns meses perdida. Perdi o meu fogo. Mas aí eu percebi que a vida é curta e eu tinha uma escolha a fazer. Eu podia continuar sendo infeliz ou podia encontrar a alegria e viver de novo. — Ela está apertando minha mão com mais força agora. — Se você escutar só uma coisa que esta velha maluca te disser, espero que seja isto: ninguém pode atiçar o seu fogo além de você mesmo, garoto. — Ela me olha intensamente com os olhos cinzentos e enevoados. — Vá fazer a vida acontecer.

Eu concordo.

Ela sorri e solta as minhas mãos.

— E aí, você é bom?

— Em quê?

Ela bufa.

— Na música, garoto.

— Sou bonzinho.

— Bonzinho? — Ela me olha com reprovação. — Tenha orgulho. Me diz que você é bom. Tenho a sensação de que é. Não precisa ser humilde comigo, nós somos velhos amigos agora.

Dou um sorriso e faço que sim, e sou direto com ela porque, apesar de ela ter me feito pensar, não sei falar sério.

— Eu sou maravilhoso.

Ela revira os olhos por causa do meu sarcasmo e responde com uma dose similar.

— Quem você acha que é, o Elvis Presley? O Senhor só fez um desses. — Ela tira a folha com os horários do bingo da bolsa e começa a se abanar. — Aquele homem sim tinha fogo — acrescenta ela baixinho.

Dou uma gargalhada.

— Boa tarde, sra. Randolph.

Quinta-feira, 30 de novembro

(Gus)

Minha mãe está na cozinha, usando um avental vermelho e com a mão enfiada até o cotovelo em uma carcaça de animal. Sou vegetariano desde os meus quinze anos, e Raio de Sol e Gracie também eram, então minha mãe não faz peru de Ação de Graças há anos. Estou em minoria em relação aos carnívoros este ano, a julgar pelo tamanho gigantesco do peru. Que bom que ela está fazendo um monte de caçarola de vagem e batata-doce para acompanhar a torta de abóbora. Vou passar a tarde no paraíso das comidas.

Minha mãe e Impaciente estão na cozinha quando olho.

— Precisam de ajuda?

Minha mãe sorri. Não a vejo feliz assim há muito tempo. Ela só veste o seu avental quando a coisa fica séria.

— Acho que não, querido. Scout e eu estamos com tudo sob controle. Mas você pode comprar mais chantilly quando for ao aeroporto. — Ela olha diretamente para mim. — Alguém comeu o que tinha.

Eu levanto as sobrancelhas e balanço os ombros, fingindo inocência.

Ela sorri de novo.

— Não quero que Stella tenha que comer a torta sem chantilly.

— Vou comprar mais. — Eu olho para Scout. — Quer ir comigo ao aeroporto? — Não sei bem por que a estou convidando, pois sei que ela tem que ajudar minha mãe, mas não consigo deixar de sentir que preciso protegê-la depois de toda a merda da semana passada. Além do mais, gosto de estar com ela.

Ela balança a cabeça negativamente indicando a porta.

— Quando acabarmos aqui, vou correr enquanto posso. Mas obrigada.

Eu concordo. Entendo, mas sou tomado de decepção.

Depois de um cigarro rápido, pego o carro da minha mãe (porque não cabe todo mundo na minha picape) e passo no supermercado. Quatro latas de chantilly e um chocolate Twix, e saio a caminho do aeroporto. O voo de Keller e Stella chega uns vinte minutos antes do voo do pai dele. Encontro a vaga mais próxima que consigo, que é como encontrar uma agulha em um palheiro em um fim de semana prolongado, e vou para a esteira de bagagem. Chego cedo.

É um milagre. Eu me sento e fico olhando as pessoas. O aeroporto está lotado de gente com pressa. As emoções variam de irritação extrema a felicidade explosiva nos rostos à minha frente. Dá para ver e sentir quais pessoas estão viajando por obrigação e quais estão animadas pela perspectiva do que está por vir. Gosto de ver pessoas felizes. É quase terapêutico, como um lembrete de que o que importa na vida é abraçar o bom e aproveitar ao máximo os momentos felizes, mesmo que sejam efêmeros.

Enquanto olho as pessoas, vejo um garoto adolescente. Ele deve ter uns dezesseis anos. Está parado perto da esteira de bagagens com dois adultos, acho que os pais dele. Ele está mantendo uma distância deles que diz: "Não estou com essas pessoas", mas tenho a sensação de que eles formam uma família. Ele está com fones nos ouvidos, e está usando uma camiseta da Rook. Por um momento, penso no que fazer. Adoro passar despercebido. No palco, adoro a plateia. Fora do palco, sou só o Gus. Ele está de boca aberta me encarando. Acabei de ser reconhecido e aceno para ele. Ele olha para trás com olhos arregalados, como se eu estivesse acenando para outra pessoa. Quando ele olha para mim de novo, eu assinto e sorrio e aceno para ele de novo. Ele fala alguma coisa para a mãe e aponta para mim. Ela também arregala os olhos. O garoto tem os olhos da mãe. Ela sorri e assente e a vejo dizer a palavra "Vai", e ele anda rapidamente na minha direção, mas não a ponto de perder o gingado. Garotos adolescentes sabem trabalhar na imagem 24h por dia.

Quando ele para na minha frente, eu estico a mão para batermos os punhos.

— E aí? Gostei da camiseta.

Ele olha para o corvo na camiseta como se não soubesse o que dizer e tira os fones dos ouvidos.

— Qual é seu nome, cara?

— Josh. — O gingado está sumindo e os nervos estão aparecendo. Eu era esse garoto não muito tempo atrás.

— O que você está ouvindo, Josh?

Ele sorri. Está tentando se controlar por causa das aparências, mas ele está nervoso e empolgado demais. Ele está mexendo sem parar nos fones de ouvidos nas suas mãos.

— Rook — responde ele.

Abro outro sorriso.

— Não brinca.

Ele balança a cabeça, mas diz rapidamente:

— Vocês são demais.

— Valeu, cara. Está viajando com a sua família hoje?

— É, vamos ver a minha avó em La Jolla pelo Dia de Ação de Graças. — Ele olha para trás e a mãe dele e o pai estão ao longe, esperando pacientemente com o que parece ser a bagagem deles.

— Bom, divirta-se. É melhor eu deixar você voltar pra sua família. Parece que estão esperando. — Eu enfio a mão no bolso da frente e tiro umas moedas. No meio delas há duas palhetas. Não sei bem por que, mas, desde que comecei a tocar, sempre ando com algumas. Entrego uma para ele.

Um sorriso se abre no rosto dele na mesma hora. Ele parece ter dez anos e não dezesseis. É engraçado como a alegria solta faz a pessoa parecer mais nova.

— Valeu, Gustov.

Dou um tapinha no ombro dele.

— Só Gus, cara. E de nada. Manda um oi pra sua avó.

Ele assente, ainda olhando para a palheta na sua mão. Quando olha para mim com timidez, ele diz:

— Será que posso tirar uma foto com você?

— Claro. — Odeio que tirem fotos minhas, mas faço qualquer coisa para manter aquele sorriso na cara do garoto.

Ele grita com o rosto virado para trás enquanto tira o celular do bolso.

— Mãe, pode tirar uma foto nossa?

Ela praticamente vem correndo como se tivesse esperado a vida toda por aquele momento, como se não houvesse nada que ela não fizesse pelo garoto. Ela me lembra minha mãe. Sei a sorte que eles têm de ter um ao outro.

Eu estico a mão.

— Oi, mãe do Josh. Sou o Gus.

Ela aceita a minha mão e a aperta com vigor.

— Ah, eu sei quem você é. O Josh tem pôsteres da sua banda por todo o quarto.

Josh protesta, envergonhado.

— Mãe.

Ela assente como um pedido de desculpas para ele e sorri para mim. Posamos para algumas fotos. Eu até peço que eles tirem uma com o meu celular.

Quando se afastam, estou me sentindo bem. Não porque fui reconhecido e elogiado, eu realmente não preciso do elogio. Eu me sinto bem porque fiz aquele garoto feliz. Dei a ele uma palheta de guitarra e ele olhou como se fosse uma barra de ouro que tinha na mão. Raio de Sol sempre disse que nossa música fazia as pessoas sentirem coisas. Acho que sei exatamente o que ela queria dizer. Porque agora eu estou sentindo.

Recebo um alerta de texto no celular que está no bolso alguns minutos depois.

KELLER: Em solo. Nos encontramos na esteira 23C.

GUS: Sem pressa. Já cheguei.

Dez minutos depois, Stella vem correndo até mim em disparada, gritando meu nome.

— Gus!

Eu me levanto e a tomo nos braços quando ela se choca nas minhas pernas. Ela cresceu muito desde que a vi pela última vez em janeiro.

— Como está a minha garotinha em miniatura favorita?

Ela ri.

— Bem. Nós voamos num avião. Foi legal.

Eu faço que sim.

— Você gosta de voar?

Ela responde meio distraída.

— Gosto — diz ela, passando o braço direito pelo meu ombro e segurando meu rabo de cavalo. Ela o passa na mão uma vez, da cabeça à ponta, depois estica a cabeça por cima do meu ombro para olhar. — Seu cabelo está muito comprido, Gus. — Ela fala *muito* como se fosse duas palavras separadas.

Dou uma gargalhada.

— Está tão bonito.

Sinto-me como uma das suas bonecas, mas aceito o elogio.

— Ora, obrigado, Stella.

Keller finalmente se aproxima; ele está sem ar, como se tivesse corrido atrás dela o aeroporto todo. Ele estica a mão para um aperto e, enquanto recupera o fôlego, diz:

— Oi, Gus. Desculpa pelo ataque. Eu tenho uma corredora.

Dou uma gargalhada.

— Não foi nada. Um ataque da Stella é o melhor tipo de ataque.

Ele ri comigo. Ele parece cansado, mas está bem. O seu cabelo está mais comprido do que quando o vi da última vez. Tem muitos fios saindo por baixo do gorro.

— Só preciso pegar nossa mala e o assento elevatório da Stella.

— Pode ir com calma. Tenho o dia inteiro, cara.

Eu me sento com Stella no colo e ela começa a me contar tudo sobre a srta. Higgins, sua tartaruga, e a sua vida em Grant enquanto comemos o chocolate Twix que levei para ela. Ela ama Grant, mas acho que ela amaria qualquer lugar onde Keller estiver. Ela idolatra o pai. Sei como ela se sente; sinto a mesma coisa pela minha mãe.

Em pouco tempo Keller volta com as coisas deles, e pouco tempo depois o pai de Keller chega. Stella fica doida quando o vê. Ela grita com empolgação e pula do meu colo, mas, antes que ela pudesse ir correndo até ele, Keller segurou as costas da blusa dela. Ela é rápida. Ele olha para mim e diz com movimentos labiais: "Está vendo, ela é uma corredora", mas ele está sorrindo. Ela está rindo e balançando os braços, tentando se soltar sem sucesso.

Depois que o pai dele abraça Stella, ele abraça Keller, o que me deixa mais à vontade. Eu me lembro de Raio de Sol ter dito que eles tinham um relacionamento tenso.

Estico a mão para me apresentar.

— Oi, dr. Banks. Sou o Gus. — Eu o vi no enterro de Raio de Sol, mas não fiquei lá o suficiente para falar com ninguém. Este é nosso primeiro encontro.

Ele aperta a minha mão e assente com formalidade.

— Claro. É um prazer conhecer você, Gus. Ouvi muito sobre você.

Eu assinto e olho para Keller.

— Coisas boas ou ruins? — eu pergunto. — O que você andou contando?

Keller ri e me dá um tapinha nas costas.

— Só coisas boas, cara. Só coisas boas.

A conversa no caminho de casa é dominada pela ruivinha no assento elevatório no banco de trás. E não queríamos que fosse diferente.

— Papai, a gente pode fazer um castelo de areia de novo quando chegar na casa do Gus?

— Amanhã, gatinha. Hoje é Dia de Ação de Graças. Audrey está fazendo um monte de comidas deliciosas para nós hoje. Talvez a gente possa jogar alguma coisa dentro de casa depois do jantar, tá?

— Tá. — É fácil assim.

Não consigo segurar um sorriso quando vejo como ela é tranquila.

— Gus, quer brincar com a gente amanhã e fazer castelos de areia na praia?

— Ah, quero, Stella.

Ao ouvir isso, ela grita:

— Viva! — E canta: — A gente vai brinca-ar! A gente vai brinca-ar!

Quando chegamos em casa, minha mãe nos recebe na porta com um abraço, porque minha mãe é assim.

Depois de um monte de abraços, falo para Keller e Stella me seguirem pelo corredor até o meu quarto. A Impaciente sai do quarto dela quando nos aproximamos. Keller parece sobressaltado quando a porta do quarto se abre e alguém sai. Vejo-o olhar para dentro e não consigo evitar de ver a tristeza nos olhos dele. Ele está pensando em Raio de Sol. Eu moro aqui, mas Keller não vem desde os últimos dias de Raio de Sol. Deve ser chocante ver o quarto onde ela morreu depois de todos esses meses.

Stella quebra o silêncio por todos nós.

— Quem é você? — pergunta ela com curiosidade.

Impaciente olha para baixo e um sorriso ilumina seus olhos quando ela se agacha na frente da Stella. É um sorriso que a transforma, paciente e amoroso. Algumas pessoas simplesmente amam criancinhas. Sou uma delas. Ela também.

— Sou Scout. Qual é seu nome?

— Sou Stella. — Ela puxa a perna da calça de Keller. — Este é o meu pai. O nome dele é Keller.

Tenho que rir porque Stella é fofa demais. Impaciente olha para Keller, mas não se levanta.

— Oi, Keller.

— Oi... Scout, né? — Ele está sendo educado, mas ainda parece estar a um milhão de quilômetros de distância.

Ela assente.

Faço sinal para Keller me seguir.

— Por que você não deixa suas coisas aqui? Vocês podem ficar no meu quarto.

Keller balança a cabeça, mas ainda está atordoado.

— Não quero te tirar daí. Stella e eu podemos dormir no sofá. Vamos ficar bem por alguns dias.

Impaciente se levanta e fala.

— Acabei de trocar o lençol da cama. Pode ficar com esse quarto. Posso dormir no sofá.

Keller parece abalado, como se tivessem lhe oferecido uma coisa inimaginável. Preciso consertar as coisas o mais rápido possível.

— Não precisa — eu digo para Impaciente. Em seguida, seguro o ombro de Keller até ele me olhar de verdade. Eu indico a minha porta com a cabeça. — Vem, vocês podem dormir no meu quarto. Eu também troquei o lençol da minha cama. Eu odiaria desperdiçar isso. É tipo a primeira vez no ano que faço isso.

Ele quase sorri.

Olho para Impaciente, tentando aliviar a situação.

— Por que você não busca o pai do Keller e o coloca no seu quarto?

Ela assente. Ela parece meio confusa, meio constrangida e muito preocupada. Ela sabe que o que está vendo não é normal.

Stella estica a mão e segura a da Impaciente.

— Vou com você. Vamos buscar o vovô.

Depois que Keller coloca a mala no chão ao lado da minha cômoda, ele se vira para mim com uma expressão vazia, como se ele estivesse tentando afastar a tristeza, mas não conseguisse decidir que emoção colocar no lugar. Meu coração dói por ele. Sei como é difícil estar lá, na presença do fantasma dela. Estou lidando com isso há meses. Estou aprendendo a viver com ele. Leva tempo. E ele não teve que aguentar a proximidade. E a proximidade acabou de o jogar alguns meses para trás. Estou vendo isso acontecer. Por isso, faço a única coisa que posso fazer. Eu o abraço. E ele me abraça. É um abraço desanimado no começo, mas logo sinto os músculos dele se apertando em volta de mim. O aperto não é um abraço; é uma liberação de emoção, uma liberação de dor. Dou tapinhas nas costas dele.

— Desculpe por isso, cara. Scout não sabe o que aconteceu naquele quarto. Ela não teve nenhuma intenção.

Sinto-o expirar longamente antes de me soltar. Ele balança a cabeça para clareá-la.

— Não, eu que peço desculpas, Gus. Achei que estava pronto para vir aqui. Que conseguiria encarar. — Ele para e olha para o chão antes de me encarar de novo. Sei o quanto ele a amava, e está revivendo tudo agora. Ele balança a cabeça de novo. — É tão difícil. — Ele procura compreensão nos meus olhos.

Eu faço que sim.

— Não precisa explicar, cara. Eu sei. É difícil.

Ele sorri.

— Valeu, cara. Vamos. Katie ia querer que a gente aproveitasse o dia ao máximo.

Dou risada.

— Raio de Sol amava o Dia de Ação de Graças pra caralho. Espero que você esteja preparado para encher a cara de torta de abóbora por ela.

Ele ri e passa a mão na barriga.

— Acho que consigo. Não como nada desde ontem à noite.

A mesa de jantar está cheia de comida e de pessoas. Nossa mesa de Ação de Graças é sempre uma coleção de desajustados. E isso não é um insulto, é só uma avaliação justa. Minha mãe sempre convida pessoas que não têm para onde ir para se juntarem às nossas comemorações. A generosidade dela é famosa. Nunca são os mesmos rostos de um ano para o outro, que é o que torna a ocasião divertida. Nunca se sabe ao lado de quem você vai se sentar, nem como vai ser a conversa. Hoje a mesa está com o dobro de pessoas em comparação ao habitual.

Keller e eu nos sentamos nos dois lugares vazios na ponta da mesa.

Minha mãe está de pé na outra ponta, sorrindo para todos nós.

— Estávamos esperando mais uma pessoa, mas ele acabou de ligar para dizer que o voo foi cancelado por causa do tempo e ele não vai conseguir vir, então vamos começar sem ele. Quero agradecer a todos vocês por compartilharem o Dia de Ação de Graças comigo e com o Gus. Somos abençoados por ter vocês aqui. — Ela levanta a taça. — À boa comida e à boa companhia. — Todos levantamos as taças e repetimos o que ela disse. Ela sorri. — Agora, comam. Scout e eu passamos o dia cozinhando e tem muita comida. Não sejam tímidos.

Nós comemos. Comemos e conversamos. O volume na sala é alto, com várias conversas acontecendo ao mesmo tempo, mas é um barulho reconfortante, cheio de amizade e apreciação. Quando olho ao redor, fico surpreso com os pares estranhos de pessoas. Impaciente está sentada ao lado do dr. Banks. Eles estão conversando sobre Nova York. Pax, Keller e Stella estão conversando com a sra. Randolph e Francine sobre gaivotas e sobre o quanto a sra. Randolph adora vê-las voando sobre o mar. Minha mãe olha para mim e sorri, depois pisca. Ela levanta a taça de vinho na minha direção. Eu levanto a minha.

— Feliz Dia de Ação de Graças. Eu te amo — eu digo com movimentos labiais.

Ela responde a mesma coisa, da mesma forma.

Quando olho ao redor, penso que a vida não é perfeita. Se fosse, Raio de Sol e Gracie estariam sentadas aqui conosco. Mas sei que não é possível. E, pela primeira vez, percebo que finalmente sei por que Raio de Sol sempre dizia que não tinha arrependimentos. Porque ela vivia no momento. Ela não vivia no passado. Ela não se dava a chance de se arrepender de nada porque ela aproveitava ao máximo o que tinha, mesmo que não fosse muito. Ela nunca via o negativo, que tantas vezes invadia a sua vida. Procurava aquele raio de positividade e o ampliava até que fosse tudo que ela conseguisse ver.

Até forçar tudo de ruim para fora. Agora, sentado aqui, sinto falta dela. Sempre vou sentir. Mas sinto a falta dela de um jeito diferente hoje. De um jeito que me faz sorrir com a lembrança dela. Olho para o braço, para a minha nova tatuagem, e as palavras penetram no meu coração. Tem algo de épico que acontece todos os dias se você procurar bem. E todos os dias há uma oportunidade de sair para o mundo e fazer épico. O importante é fazer esse esforço. Ela fazia. Todo santo dia ela fazia. Nós todos deveríamos também. É difícil? Pra caramba. É muito mais fácil reclamar... ou se autodestruir... ou não fazer nada. Mas qual é a magia disso? É como a sra. Randolph disse, me estimulando a encontrar o meu fogo de novo. A sra. R. e a Raio de Sol teriam sido melhores amigas, tenho certeza.

Quando olho para todo mundo na mesa, penso que todos têm suas merdas, seus problemas, assim como eu. Mas vejam como estão felizes, porque eles estão vivendo o momento. É lindo pra caralho. É isso que importa. Amigos e família. E tenho os melhores por perto.

Sexta-feira, 1º de dezembro

(Gus)

Keller e eu estamos em cadeiras de praia vendo Stella brincar na areia com Impaciente e Pax. O sol está brilhando forte no céu, mas tem uma brisa fraca soprando que gera um arrepio no ar.

— Como você vai limpar a Stella, cara? Ela está com uns três baldes de areia. E isso só no cabelo.

Estamos lá fora há três horas e ela está se divertindo muito. Keller e eu demos uma pausa na maratona de castelos de areia para nos sentarmos e descansarmos enquanto Impaciente e Pax vieram brincar com ela.

Ele está balançando a cabeça.

— Não faço ideia. Acho que vou atravessar essa ponte só quando chegar a hora de entrar. Pode ser que eu leve ela pra água de roupa e torça para que a areia vá toda embora. Ou pode ser que eu segure ela de cabeça para baixo e deixe a gravidade trabalhar. — Ele está sorrindo quando termina de falar porque não consegue fazer mais nada quando se trata da Stella. Ela o controla, assim como todo mundo, com um feitiço.

— Como está a sua família? Seus pais se separaram, né?

Ele assente lentamente, como se ainda estivesse tentando entender o que aconteceu.

— É, foi meio loucura. Meu pai pediu o divórcio e saiu da casa deles ano passado um pouco antes do Natal. Só descobri depois do enterro da Katie. Considerando que a minha mãe é advogada — ele faz uma pausa — e, bom, considerando que é a minha mãe, a coisa toda foi litigiosa. Se arrastou por meses. — Ele levanta a sobrancelha e olha para mim. — Ela é o tipo de pessoa que sempre tem que estar certa e ter a última palavra, sabe? Foi brutal pro meu pai. Ele só queria sair. Queria pular fora, mesmo que fosse só com as roupas do corpo. Ela queria brigar porque é isso que ela sabe fazer melhor.

— Foi feio, é?

Nossa, me senti mal por eles. Nunca entendi como é possível passar a odiar alguém que você já amou. E odiar ao ponto de querer fazer mal à pessoa, destruí-la.

— Feio é pouco para descrever. Mas ele tinha um bom advogado. Ela ficou com a casa, mas ele terminou com dinheiro suficiente para ficar bem.

— Que droga, cara. Sinto muito.

Ele balança a cabeça.

— Não precisa. Foi uma bênção disfarçada. Meu pai sempre viveu na sombra da minha mãe. Eu nunca tive um relacionamento com ele por causa disso. Desde que eles se separaram, ele é uma pessoa diferente. É o pai que eu sempre quis e de quem sempre precisei. E é horrível que ele tenha tido que passar por aquilo tudo, mas, no final, foi a melhor coisa que ele fez. Ele está feliz, finalmente. Você não tem ideia de como é ver um homem de meia-idade desabrochar. É muito inspirador.

— E onde ele mora agora?

— Ele alugou um apartamentinho a alguns quarteirões do hospital em Chicago. É prático, simples. Ele pode ir a pé pro trabalho. Ele está adorando.

— Que ótimo. Ele é um bom sujeito. Pena que não o conheci quando ele veio para o enterro da Raio de Sol. Eu estava meio… pirado.

— Não esquenta. Nós todos estávamos. Ele ter vindo ao enterro da Katie foi um divisor de águas para ele. A vida dele começou a mudar naquele fim de semana. Ele e eu nos aproximamos. Ele conheceu Audrey. A amizade deles o ajudou a sobreviver ao pior do ano passado. Você tem uma mãe maravilhosa, Gus.

— A melhor. Eu nem sabia que a minha mãe falava com o seu pai, que eles eram amigos, até ontem. Sei que fiquei fora em turnê durante boa parte do ano, mas ela nunca me falou dele. E, quando vi os dois ontem, parecia que eles eram melhores amigos. Foi bem legal.

— Eu sei que eles se falam muito no telefone. Eles fazem bem um ao outro.

— E o que mais está rolando? Como estão os amigos da Raio de Sol? Você vê os caras que moravam em frente ao quarto dela no alojamento? Clayton e o sadomasoquista? Não lembro o nome dele.

Ele me olha e ri.

— Sadomasoquista?

Agora, estou rindo com ele.

— Raio de Sol e eu brincávamos que ele gostava dessas merdas pervertidas de interpretar papéis e usar roupas de couro e de amarrar.

Agora, ele está rindo ainda mais.

— Ah, meu Deus, não. Acho que Pete ainda é virgem e vai ser até se casar. Depois, vai ser só mamãe e papai, uma vez por mês. O cara é muito reservado. Não tem nada de errado com isso, mas não tem como ele gostar de perversão. — Ele balança a cabeça e ainda está sorrindo. — Não mesmo.

— Você o vê? — eu pergunto.

— Sim, eu o vejo com a namorada de vez em quando. Eles vão tomar café no Grounds de tempos em tempos. Ele é um bom sujeito. A morte da Katie foi bem difícil para ele. Ele passou meses sem conseguir dizer o nome dela.

— E o Clayton? — Clayton era um sujeito interessante. Espirituoso, como Raio de Sol. Eu gostava dele.

— Clayton está bem. Mora em Los Angeles com o namorado agora. Estuda na UCLA e trabalha de garçom em um restaurante chique de West Hollywood. Falo com ele de duas em duas semanas, mais ou menos. Ele está adorando a cidade. Sei que ele tinha algumas dificuldades em Grant. Estou feliz por ele ter encontrado um lugar onde se sente à vontade. Um lugar onde pode ser ele mesmo.

Sei que Raio de Sol sempre se preocupava com ele, e é bom ouvir isso.

— Papai, encontrei uma bolacha-da-praia! — grita Stella enquanto corre na direção de Keller.

Ele pega da mão dela com um sorriso no rosto.

— Que incrível, gatinha. Vamos levar para casa e botar no seu quarto, na sua prateleira especial.

O sorriso dela é a coisa mais pura que vi há muito tempo.

— Está bem, papai. — Com a mesma rapidez, ela volta a brincar com Pax e Impaciente no castelo de areia.

— E a colega de quarto dela? Sugar, né? Você teve notícias dela?

Keller assente.

— É. A Sugar. — Acho que ele vai parar, mas ele continua. — Você sabe que ela sempre foi meio escrota com a Katie?

— Eu sei que ela tinha nome, reputação e corpo de *stripper*, mas não sabia que ela era filha da puta. Eu sabia que ela e Raio de Sol não eram amigas, mas...

— Ela era filha da puta — interrompe Keller. — Mas alguma coisa aconteceu entre elas naquele semestre. Não sei o que foi, mas, um pouco antes de a Katie voltar para cá em dezembro, elas estavam se dando bem. Eu não diria que tinham virado melhores amigas, mas elas estavam conversando. Foi quase como se Sugar finalmente tivesse percebido que tinha acesso a uma pessoa incrível na vida real e quisesse orientação, sei lá. — Ele balança a cabeça, como se ainda estivesse intrigado. — Não sei, foi bizarro. Bom, mas bizarro. E acho que a Katie não contou para ela que estava doente. Só falou que ia voltar para San Diego. Sugar foi ao Grounds chorando uma manhã umas duas semanas depois que o semestre começou. Disse que tinha ouvido uma pessoa falar sobre ela e queria saber se era verdade. Quando confirmei, a garota chorou de soluçar. Foi um choro feio caprichado. Foi difícil.

— Você costuma vê-la? — eu perguntei.

— Eu a vejo de tempos em tempos. Ela vai lá tomar café com os amigos às vezes. Não sou amigo dela, mas percebo uma mudança. Ela está se vestindo de outra maneira, o que é uma coisa boa. Sobra mais pra imaginação agora. Ela não parece mais uma propaganda de sexo ambulante. O seu cabelo está castanho em vez de louro. Acho que é a sua cor natural. Não sei; ela parece uma daquelas pessoas que meio que acordou. Às vezes, é preciso um soco na cara para isso acontecer. Acho que ela recebeu alguns socos fortes.

Raio de Sol estaria sorrindo agora ao ouvir isso.

— E Duncan e Shelly? Estão bem?

— Estão ótimos. Os dois se formaram na primavera. Dunc conseguiu um ótimo emprego no governo. Trabalha na capital, em Minneapolis, é assessor ou assistente de alguém importante. Não sei bem qual é a função dele, mas ele está adorando. Ele quer concorrer a um cargo político um dia, então está se preparando para ver como as coisas funcionam. E Shel ainda está trabalhando na floricultura da mãe. Ela praticamente assumiu tudo e a mãe se aposentou parcialmente agora. E ela também dá aulas de piano. A maioria dos alunos dela é criança. Eles estão testando a paciência dela e isso é uma coisa boa. — Ele sorri. — Shel não teve a infância mais fácil do mundo, sabe. Foi abusada sexualmente durante anos. Um tio. Foi doentio e errado. Dunc a ajudou muito, mas conhecer Katie mudou a vida dela. Ela faz terapia há mais de um ano agora. Está bem. Sinto orgulho dela. E eles me ajudam muito com a Stella. Eu trabalho no bar às sextas à noite e eles ficam com ela. Ela passa a noite com eles. Ela adora. E eles adoram. Tenho sorte de ter os dois.

Não consigo imaginar como é a vida dele tentando conciliar a faculdade, o trabalho e a criação de uma filha.

— Não sei como você consegue, cara. Você deve viver exausto.

Ele ri e a voz dele parece cansada, mas feliz e realizada.

— Eu vivo cansado e ocupado, isso é certo. Mas, sinceramente, eu não queria que fosse de outro jeito. Stella é a minha vida. Ela é o motivo para eu acordar de manhã e fazer o que faço. E minhas aulas, até o trabalho... tudo me ajuda a aguentar ter perdido Katie, sabe? Principalmente nos primeiros meses sem ela. Em qualquer momento livre que tinha eu me via me afogando em desespero. — Ele faz uma pausa e passa a mão pelo cabelo enquanto pensa. — Deus, ela teria odiado isso. Ela me ensinou tantas coisas, mas ter coragem de sair e viver a vida integralmente e amar de todo o coração... isso era ela. Então é o que tento fazer todos os dias, em homenagem a ela. Isso e ser espontâneo de vez em quando. — Ele sorri. — Não sei por que, mas me sinto um pouco mais poderoso quando consigo.

Tenho que rir da sinceridade dele.

— Você é um rebelde, cara — eu digo.

Ele ri comigo.

— Eu sei. Sou foda.

— É mesmo, meu amigo. É mesmo. — Ele é mesmo; é um pai foda e um amigo foda.

Domingo, 3 de dezembro

(Gus)

Ouço uma batida tímida na porta do meu quarto. É a batida de uma pessoa que não queria bater ou não quer que a pessoa dentro atenda.

São nove da manhã. Estou acordado, mas ainda estou na cama.

— Pode entrar! — eu grito.

A porta se abre devagar e Pax coloca a cabeça para dentro.

— Oi, Gus. Bom dia.

— *Buenos días*. O que houve? — Faço sinal para ele entrar porque ele ainda está do lado de fora só com a cabeça enfiada pela abertura.

Ele abre a porta e fala antes de entrar:

— Posso falar com você um minuto?

— Claro.

Ele não perde tempo para fechar a porta e se senta no canto da minha cama. Ele parece nervoso. Não o vejo assim há semanas.

— Cara, fala logo. O que está acontecendo? — O nervosismo dele está me deixando nervoso.

Ele não me olha diretamente e suas bochechas estão ficando vermelhas muito rapidamente.

— Eu tenho um encontro com a Mason — diz ele de repente. Em seguida, solta o ar. Ele está tentando se acalmar e estou com medo de ele estar hiperventilando.

Eu bato palmas para animá-lo.

— Muito bem, cara. Muito bem.

Ele finalmente me olha e sorri, mas sua expressão é de pânico.

— Estamos conversando muito na escola e pedi o número dela na sexta. Liguei para ela ontem. Perguntei se ela queria sair comigo hoje e ela disse sim.

Estou sorrindo agora.

— É isso aí. E qual é o problema? — Claro que há alguma coisa, senão ele não estaria aqui.

Ele respira fundo e o pânico volta aos seus olhos.

— O que tenho de fazer agora? Eu nunca saí com uma garota.

— Sério? — Eu sabia que ele não tinha muita experiência com garotas, mas ele tem quase dezoito anos e achei que já tinha dado umas voltinhas.

— É. Nunca — confirma ele.

— Bom, cara, eu nunca fui do tipo de sair em encontros, mas por que você não leva ela para almoçar ou ao cinema ou à praia. Tem um monte de opções.

— Tem que ser uma coisa para onde dê para ir a pé. O carro dela está na oficina, eu acho, e, bom, eu não tenho carro, então…

Eu o interrompo.

— Pega a minha picape. Não vou sair hoje.

Ele arregala os olhos.

— Sério? Você me deixaria pegar o ferro-velho?

— Claro. Você tem carteira de motorista, né?

Ele assente rapidamente, a boca ainda aberta.

— Ela é toda sua. Mas seja bonzinho com ela. Não é grande coisa, mas eu a amo.

Ele ainda está assentindo, não parou.

— Pode deixar. Tenho que buscar a Mason ao meio-dia. Chego em casa às cinco.

— Não tem pressa. Meu plano é passar a tarde na água, então não vou precisar. Pode demorar o quanto precisar.

Eu saio da cama, mexo nos bolsos da calça jeans que usei ontem. Pego a chave e jogo para o Pax.

Ele abre um sorriso quando a pega, mas ainda está tenso.

— Valeu, Gus.

— De nada. — E aí, outra coisa passa pela minha cabeça e remexo na gaveta da mesa de cabeceira. Jogo uns pacotinhos de alumínio para ele.

Ele pega, mas, quando percebe o que está segurando, larga no chão. Ele pega tudo de novo. Está evidente que ficou surpreso e constrangido.

Dou uma gargalhada e tento acalmar os nervos dele.

— Tem que botar capa de chuva nele todas as vezes, cara.

Ele balança a cabeça e olha para os preservativos que tem na mão.

— Não vou precisar disso.

Estou sorrindo de novo porque a inocência do garoto me mata. Ele nunca teve um encontro e obviamente é virgem. É como ver um unicórnio dourado.

— Você não sabe, cara. Talvez hoje não…

É a vez dele de me interromper.

— Definitivamente hoje não. — Juro que quase o vejo tremer de medo.

Faço que sim e tento sufocar uma gargalhada.

— Tudo bem. Hoje não, mas tem sexo no seu futuro em algum momento. Você é humano, oras. Leva. Guarda. Usa quando estiver pronto. Volta para buscar mais se tiver medo de comprar. Não vou xeretar, mas posso fornecer.

Os olhos dele estão esbugalhados, mas ele enfia os preservativos no bolso.

— Tudo bem. Obrigado, Gus.

Ele está indo para a porta quando eu o paro.

— Pax?

Ele se vira com a mão na maçaneta.

— O quê?

— Você está com tudo sob controle. Seja você mesmo. Você é incrível.

Ele sorri e, pela primeira vez nos últimos minutos, é genuíno.

— Obrigado.

Quando a porta se fecha, tenho que rir. Os últimos cinco minutos foram como um anúncio público constrangedor. Amo esse garoto.

Segunda-feira, 4 de dezembro

(Gus)

Estou sentado ao piano da minha mãe agora, porque peguei meu violão pela primeira vez em semanas hoje de manhã e pareceu um peso nas minhas mãos. Pareceu uma rejeição. Como se ele não me quisesse lá. Assim, o coloquei de volta no canto do meu quarto e fui para o porão.

Não me sento nesse banco de piano há mais de um ano. Eu raramente componho ao piano. Quase sempre escrevo as músicas usando o violão, mas às vezes a inspiração bate e crio uma melodia enquanto estou brincando nele. Vamos torcer para que dê certo. Preciso de sorte. Preciso de música. Sinto-me vazio sem música.

As teclas de marfim estão frias. Negligenciadas. Minha mãe também não toca muito mais.

Movo os dedos pelas teclas e toco algumas escalas. Deixo a mente vagar e toco a primeira coisa que passa na minha cabeça. Meus dedos se movem em um padrão familiar e começo tocando uma melodia clássica. Mozart. Aprendi vários concertos para piano quando era pequeno e fazia aulas. Minha mãe insistiu. Ela é boa; o piano é o instrumento dela.

Uma música passa para outra, surgindo da minha memória. É gostoso tocar. Sinto-me seguro conforme os dedos vão lembrando as teclas, os intervalos e os sons do piano. Há aceitação no movimento. A casa está silenciosa e calma, e a música ocupa o ambiente. Ocupa o espaço vazio como um espírito, outro ser humano. E, de repente, não me sinto tão solitário.

A solidão. É isso que mais me incomoda por ter perdido a Raio de Sol. Com ela, eu nunca ficava sozinho. Mesmo quando ela morava a centenas de quilômetros de distância, eu nunca estava sozinho. Conseguia senti-la. Ela me preenchia. Como a música está preenchendo o aposento agora.

A música que estou tocando agora era uma das favoritas dela. Debussy. Ela sempre dizia que Debussy era sexy. Eu ria dela, mas ela estava certa. Ela me pedia para tocar essa música sem parar. Ela adorava.

Então estou tocando para ela agora.

— Espero que você esteja ouvindo, Raio de Sol — eu digo em voz alta. Sei que ela está por perto. Sei que pode parecer estranho, mas às vezes eu sinto que ela está perto. Parece um vislumbre fugidio de consolo... e aí eu pisco e passa.

Sinto muita falta dela.

Quando chego no decrescendo final, vejo uma coisa se mover no canto do meu olho. Viro-me no banco e vejo que Impaciente está de pé no último degrau, me olhando.

— Oi — eu digo, um tanto sobressaltado. — Há quanto tempo você está me espiando?

Ela dá de ombros e um pequeno sorriso aparece. Adoro esse sorriso, provavelmente porque é tão raro vê-lo.

— Há um tempo. — Nessas três palavras, suaves e simples, há o consolo fugidio que mencionei antes. Eu não estou sozinho.

Eu faço que sim.

— Você gosta de Debussy?

Ela assente.

— Se era isso que você estava tocando, sim. Foi lindo. Eu não sabia que você tocava.

— Minha mãe me fez aprender quando eu era criança. Falando na minha mãe, você não devia estar no trabalho?

Ela balança a cabeça, como se para afastar o momento.

— Devia. Audrey precisava de um arquivo que deixou na mesa dela aqui. Voltei para buscar, e também fiz alguns sanduíches de ovos. Desci para ver se você queria um. Têm muitos. — Ela sempre está tentando me alimentar.

— Claro. Subo em um minuto. Obrigado.

Ela sorri de novo. Reparei mais e mais que fazer alguma coisa por alguém a deixa feliz. Mesmo se for preparar um sanduíche no almoço. Por isso, eu nunca recuso quando ela me oferece alguma coisa. Mesmo que eu não esteja com fome. Gosto de fazê-la sorrir.

Toco outra música antes de subir porque o consolo ainda me preenche.

E estou agarrado a ele como louco.

Enquanto toco, algumas notas se destacam. O jeito de elas se encaixarem me comove de uma maneira que eu não tinha percebido. Paro a música e toco as notas de novo. Em seguida, as transponho para um tom mais baixo. A combinação treme pela minha mente. Aparece e some.

Começo a música de novo e, quando chego nessas notas, eu paro. A nova melodia surge novamente na minha mente e toco essas teclas de novo.

Seguidas de outras mais.

Encontro as notas do baixo na mão esquerda e o som fica mais denso. Eu toco de novo.

De repente, consigo ouvi-la na mente. Consigo visualizar as cordas e o som da minha guitarra e cantarolo o som baixinho. Não é um refrão simples. É um gancho. E o som é muito bom.

Agora, estou sorrindo. Estou sorrindo enquanto esse refrão se repete na minha mente, uma pequena brasa ganhando vida.

Acho que às vezes você só precisa de um pouco de inspiração. E às vezes a inspiração é um sorriso da pessoa certa no momento certo.

Terça-feira, 5 de dezembro

(Gus)

Está na hora.

Depois de ver Keller e Stella semana passada, sei que está na hora.

Depois de ter o meu primeiro vislumbre de inspiração musical em meses, sei que está na hora.

O dia inteiro, fiquei olhando para o disco que Raio de Sol deixou para mim. Está no meu quarto há meses. Está empoeirado. Eu não toquei nele.

Até agora.

Agora, estou inserindo-o no laptop.

Prendo a respiração e aperto o play. De repente, ouço a voz dela, como eu sabia que aconteceria.

— Oi, melhor amigo. — Ela faz uma pausa. Ela não me chama assim há anos e está me dando um tempo para absorver isso. Em seguida, ela ri, e o som me atinge com tudo, bem no coração. Meu Deus, como senti falta dessa risada. Ela está rindo porque sabe que eu odiava quando ela me chamava de "melhor amigo" quando éramos mais novos. Eu sempre dizia que só garotas se chamavam assim. Atualmente, não posso negar o quanto amo ouvir isso.

Ela continua.

— Sei que você está escutando isso meses depois que morri. Pode até ter passado um ano. — Ela me conhece. Sabia que eu ia adiar isso o máximo possível. — E sei que esses últimos meses foram uma merda. Como eu sei? Porque nem consigo imaginar os papéis invertidos. Não consigo me imaginar perdendo você. Não sei o que eu faria sem você, Gus. Você é a pessoa a quem eu me agarrei a vida toda. Você é a minha boia. Sempre que eu achava que a vida estava difícil demais e que não podia piorar, bastava eu pensar em você ou falar com você e tudo ficava melhor. Durante vinte anos. Você. Sua atitude relaxada. Seu senso de humor bizarro. Sua natureza atenciosa. Seu amor. Isso tudo me salvou. Todas as vezes. Me lembrou da bondade do mundo. Você, eu, Gracie. Nós encaramos o mundo juntos. Nós éramos uma equipe. A melhor.

"Sei que Deus botou certas pessoas no meu caminho na vida para me ensinar alguma coisa. Você não só me ensinou a nadar, a surfar, a tocar violão, a dirigir e a falar palavrão. — Ela faz uma pausa e aquela risadinha linda soa pelos alto-falantes de novo. — Mas você também me mostrou como é o amor incondicional. Eu sabia, sem sombra de dúvida durante toda a minha vida, que sempre e onde quer que eu precisasse de você, você estaria ao meu lado. Fosse para me ajudar a concluir uma música que eu estava compondo e tendo dificuldade. Ou para ver o pôr do sol comigo. Ou para amar Gracie tanto quanto eu. Ou só para conversar. Ou só para me abraçar porque eu precisava de um abraço. Ou para segurar a minha mão enquanto tiravam meu sangue ou enfiavam soro no meu braço, apesar de você odiar agulhas. Você sempre soube como me fazer sentir melhor, mesmo não sabendo que estava fazendo isso. Sempre houve uma conexão entre nós. Eu sabia o que você ia dizer antes de você dizer porque eu sabia o que você estava pensando. Eu conseguia ver nos seus olhos. Eu conseguia ver na sua expressão. Conseguia ouvir mesmo que você não falasse. E sei que era o mesmo para você. Você conseguia terminar as minhas frases… que sempre ficavam mais engraçadas quando você fazia isso, cara. Vou sentir falta de como você atendia o telefone quando eu ligava. Vou sentir falta do seu sorriso preguiçoso e lindo. Vou sentir falta de ser chamada de Raio de Sol. Eu amava quando você me chamava assim. Me dava a sensação de que eu era capaz de fazer qualquer coisa. Superar qualquer coisa. Era uma medalha de honra que eu usava com orgulho. Porque significava que eu era especial para você. E isso era tudo para mim. Saiba que, no que diz respeito a amigos, o prêmio é seu, cara. Você sabe tudo de amizade. Você é um Jedi da amizade. Eu poderia viver mil vidas e nunca ter um amigo melhor do que você.

"Eu amo você até as profundezas da minha alma. Você é parte de mim. Provavelmente a minha melhor parte. Sei que sua mãe sempre brincou sobre sermos gêmeos separados, mas acho que isso não é verdade. A gente nem é parecido. Eu sou muito mais bonita do que você. — Ela está tentando fazer piada, mas consigo ouvir a voz dela ficando carregada. — Sei lá — sussurra ela. — O que estou tentando dizer é que acho que nem parentes de sangue têm o tipo de laço que você e eu temos. Foi um presente. Você foi um presente. Um presente que fez a minha vida valer a pena. Um presente que tornou a vida divertida. Um presente que me encheu de música. Um presente que me encheu de amor. Um presente que me inspirou a viver como um raio de sol.

"Gus, eu te conheço. Sei que você está convivendo com a minha morte, que está aceitando, senão não estaria ouvindo isso agora. Sei que você está tentando entender o que vai ser de você a partir de agora. Quero que você continue compondo e tocando. Por favor. Estou te implorando. Além de estar na Terra apenas para ser um ser humano do caralho, você também veio para compartilhar seu talento insuperável com o resto de nós, meros mortais. Se você precisar de um chute na bunda, abra o meu laptop e comece a xeretar. Tem uma pasta chamada 'Inspiração mais do que necessária pro Gus'. Sim, sei que você deve estar tendo dificuldade para compor. Sei que você se fecha quando está estressado e imagino que minha partida gerou um estresse danado. Liberte o estresse e a tristeza e a raiva. Está na hora de fazer épico de novo, cara."

Olho para a tatuagem no meu braço direito e sorrio. Ela continua.

— Escute o que tem na pasta "Inspiração mais do que necessária pro Gus", e me deixe inspirar você. Tem algumas músicas que escrevi que você nunca ouviu. Tem alguns refrãos, para os quais eu não escrevi o resto da música. Tem *riffs* de guitarra e arranjos de violino. Tem letras ou frases que ficaram na minha cabeça. Tentei escolher o melhor do melhor e botar tudo em um lugar para você. Se você só ouvir os arquivos de áudio uma vez, tudo bem, mas, por favor, escute todos inteiros. Eu te conheço; não pare antes porque está sendo difícil. Seja corajoso, vista a sua roupa de menino grande e encare isso. Alguma coisa que você ouvir vai te dar um clique e você vai usá-la. E vai virar uma música foda da Rook.

Ela está certa, está na hora. Está na hora.

— Mais duas coisas. Sei que, se você já não estiver fumando, você vai querer um cigarro agora, então vou falar: você tem de parar. Tentei não ser chata e não te encher o saco, mas você tem de parar. O mais rápido possível. Gosto de você vivo e saudável. Não vou dizer isso por estar tentando te encher de culpa. Vou dizer porque é verdade e só quero o melhor para você.

Ela inspira fundo, o que só ajuda a reforçar a mensagem que ela quer passar. Ela estava usando oxigênio quando gravou isso e ouço a respiração difícil dela.

— O câncer é uma merda, Gus. Você não iria querer isso. Eu não quero isso para você. Por favor, para.

Ela faz outra pausa. Eu preciso da pausa. As palavras dela me atingem na barriga. Tiram o meu ar. Ela não está tentando ser cruel. Não está tentando me fazer sentir culpa. Só está tentando enfiar na minha cabeça dura que o cigarro está me matando. Essa é a primeira vez na minha vida adulta que eu sinto que quero parar de fumar, não que eu preciso. Há uma diferença. Essa diferença é a motivação que faz as coisas acontecerem na vida. Enfio a mão no bolso, e tiro o cigarro que sempre carrego comigo e o jogo no lixo. Uma onda de pânico me atinge antes de eu ouvir o maço bater no fundo. Assim que ouço a voz da Raio de Sol de novo, o pânico desaparece.

— A última coisa, mas igualmente importante — ela diz com determinação renovada. — Espero que você encontre alguém a quem entregar o seu coração. Se a nossa amizade é alguma indicação da sua capacidade de amar, a mulher com quem você ficar não vai saber o que a atropelou quando você se apaixonar por ela. Espero que você a encontre logo para ter uma vida inteira para amá-la e ela ter uma vida inteira para viver toda a grandiosidade do Gus Hawthorne. Além do mais, o mundo precisa de bebês Hawthorne. Muitos. As crianças te amam, Gus. E você ia arrasar com todos os outros pais quando for o dia da profissão no terceiro ano do Gus Júnior. Imagina só: depois que o pai do pequeno Johnny se apresentar como um corretor de ações fodão, você pode se apresentar como o Deus do Rock da Rook. Não seria foda demais? Estarei de olho porque quero ver como isso vai rolar.

Há outra pausa. Ela está tentando decidir como terminar. Ouço-a fungar e sei que agora ela está tentando segurar as lágrimas.

— Sei que agora é a parte em que tenho que me despedir, mas concordamos em não nos despedir mais. E a verdade é que não quero deixar você. Então, vou dizer que vou sempre estar com você. Já falei com Deus e vou me inscrever para ser o seu anjo da guarda. — Não duvido que ela tenha tido essa conversa em voz alta. Ela sempre falava com Deus como se uma pessoa de verdade fosse respondê-la. Isso sempre me fez rir, mas eu também gostava da fé descarada que ela tinha de que poderia fazer a diferença. — Acho que por ele tudo bem, então, sabe como é, estarei por perto. Estarei assistindo e ouvindo. Menos quando você estiver fazendo sexo, porque isso eu já encarei; já sei como você fica pelado, cara. — Ouço o sorriso provocador vencendo a batalha contra as lágrimas. — Vou deixar você em paz e te dar um pouco de privacidade na intimidade do amor. — Dou risada em voz alta. Só Raio de Sol falaria de Deus, anjos da guarda e sexo na mesma cadeia de pensamentos. — Acho que eu só queria dizer obrigada, cara. Por tudo e ainda mais. Eu te amo, Gus. Sempre.

Meu peito está apertado, mas não estou chorando. Achei que ouvir isso acabaria comigo, me destruiria, me jogaria meses para trás. Mas estou calmo. Em paz. Acabei de ganhar uma coisa que não sabia que podia ter. Ganhei cinco minutos com a minha melhor amiga de novo. Ganhei cinco minutos ouvindo a voz familiar dela e a sua gargalhada linda. Ganhei cinco minutos ouvindo-a me encorajar a ser melhor. A fazer épico.

Não perco tempo para abrir o laptop dela.

E pegar o meu violão.

Sabe aquele sentimento de quando você sabe que uma coisa incrível está prestes a acontecer?

É exatamente isso que sinto agora.

Quarta-feira, 6 de dezembro

(Scout)

Gustov está tocando muito o violão esta semana. Ele sempre deixa a porta do quarto fechada, mas, como o meu quarto fica em frente ao dele, o som chega a mim. Mesmo com a minha porta fechada e sem meu aparelho auditivo, eu o ouço baixinho. Não estou reclamando, é o melhor jeito do mundo de adormecer. Minhas melhores lembranças do meu pai são das vezes que ele tocava violão e cantava para eu dormir quando eu era pequena. Não penso nisso há muitos anos, mas esta semana parece que tudo está voltando.

São dez e meia, e estou deitada na cama. Eu deveria estar dormindo porque vou ajudar Audrey com uma grande apresentação no trabalho amanhã de manhã. Mas estou ouvindo. Gustov não saiu do quarto hoje para jantar. Não o vi o dia todo e me sinto meio estranha, como se eu não pudesse terminar o dia sem ver o rosto dele.

De repente, ouço uma coisa que me faz empurrar a coberta e botar os pés no chão. Antes que perceba, coloquei o aparelho auditivo e estou de pijama no corredor na frente da porta dele.

Só parada.

Ouvindo.

Ele está cantando. A voz dele é quase inaudível. São mais murmúrios do que palavras. Mas ele está cantando.

Eu me sento ao lado da porta com as costas na parede e escuto.

Os murmúrios continuam e ele brinca com o violão. Ele dedilha e dedilha, cada vez mudando alguma coisa, apurando o som. Em pouco tempo, os murmúrios dão lugar a palavras. Um verso de cada vez, mas juro que é como ouvir a criação da magia. Pura magia.

A voz dele me invadiu. Não estou só ouvindo. Estou absorvendo pelos cinco sentidos.

É íntimo de um jeito que não sei explicar.

Não é a sensação tátil que costuma ser associada à intimidade; é cerebral. Tudo na minha mente e está mergulhando e fermentando dentro de mim.

Tudo se transforma e evolui para uma música inteira em questão de horas. E, quando a música finalmente vira silêncio, sinto muita sorte de estar ali para testemunhar isso, para vivenciar isso, para compartilhar isso com ele. Mesmo que ele não tenha ideia.

Olho pela minha porta para o relógio na mesa de cabeceira e os números vermelhos me dizem que são quase três da madrugada. Preciso ir para a cama, mas não quero deixar esse momento passar. Quero me encolher no chão ao lado da porta para poder ficar perto dele. Assim, fecho os olhos e permaneço mais alguns segundos na magia que se dissipa antes de eu me levantar.

Antes de eu entrar no meu quarto, vou à cozinha. Preciso fazer uma coisa.

Volto até a porta do Gustov e coloco um *post-it* no chão, junto com um prato e um copo. Bato e dou os três passos necessários para ir para trás da porta do meu quarto.

Ouço a porta dele se abrir assim que a minha se fecha.

(Gus)

Abro a porta e encontro um prato cheio de crackers com creme de amendoim e um copo de suco de uva no chão do corredor. Meu estômago ronca em apreciação exigente ao vê-los. Não como desde o almoço. Quando pego o prato, tem um *post-it* no piso embaixo dele. O bilhete me faz sorrir. "Coma isso. Você não jantou. E obrigada. Essa música preencheu minha alma hoje."

Ela estava aqui, ouvindo, o tempo todo. Quero bater na porta dela. Quero abraçá-la. Quero agradecer por ela compartilhar as últimas horas comigo.

Não sei como explicar, mas, pelo jeito como a música se construiu, eu soube que não estava sozinho. Não componho assim desde que Raio de Sol estava viva. Eu sempre a sinto no coração atualmente, porque é onde ela vive. Ando com ela dentro de mim todos os dias. E não dói mais. Mas a presença que senti hoje não foi interna. Foi física. Tangível. Como se alguém estivesse no quarto comigo, me alimentando. Mal sabia eu que ela estava do outro lado da porta.

Preenchendo a minha alma.

Sexta-feira, 8 de dezembro

(Gus)

Estou compondo sem parar esta semana. Olhar os arquivos da Raio de Sol no laptop fez minha veia criativa correr de novo. Até usei algumas das melodias e refrãos dela como trampolim. Outras músicas nasceram de sentimentos que ela transmitiu nas letras que escreveu. Não das palavras em si, necessariamente, mas das emoções por trás das palavras. Essas são as minhas favoritas. Também estou tirando inspiração dos *post-its* que a Impaciente tem deixado na minha porta. Encontro um todas as manhãs. Na maioria das vezes, ela já saiu para trabalhar ou foi correr quando eu abro a porta. Nunca são mais do que umas poucas palavras, mas ela deixa claro que está ouvindo. Que não estou sozinho. Que ela entende o que eu estou fazendo. Ou que às vezes não entende. Eu devia convidá-la para entrar à noite, quando estiver trabalhando, mas metade de mim tem medo de romper o feitiço. A outra metade tem medo de eu engasgar na presença dela, porque ela é uma das únicas pessoas de quem quero aprovação, provavelmente porque é tão difícil consegui-la. Ela não faz elogios à toa para as pessoas ao seu redor; ela escolhe bem e, quando diz uma coisa, é porque sente. Não tem palhaçada com ela. Por ora, gosto de saber que ela está do outro lado da porta, ouvindo. A presença dela é uma força palpável no quarto, me fazendo ir mais fundo. Fazer melhor. Fazer épico. Não sinto isso há muito tempo. Então, agora, tenho duas garotas favoritas me empurrando, me provocando, torcendo por mim de um jeito fisicamente inexistente, mas tão presente emocionalmente. É estranho, mas funciona. Mais do que funciona. Está me alimentando.

A música é uma experiência visceral quando se faz certo.

Estou fazendo muito certo esta semana.

O bilhete da Impaciente desta manhã diz: "Música 2. Refrão. Perfeito agora".

Pego um bloco de *post-its* e uma caneta na mesa de cabeceira, porque é lá que eu os deixo agora, e respondo: "Obrigado. Está quase lá".

Sábado, 9 de dezembro

(Scout)

Está cedo. O sol está nascendo. Estou saindo para correr. Quando abro a porta do quarto, a porta do Gustov também está aberta. Espio pela porta, mas ele não está lá dentro.

Vou para a sala e descubro por quê. Ele está lá fora, andando pelo deque. Eu o vejo pela porta de correr. De um lado para o outro. De um lado para o outro. Seus lábios estão em movimento. Ele está falando sozinho e parece tenso, perturbado. Quando me aproximo, escuto as palavras dele pela porta de vidro.

— Você não precisa. Você não quer. Você não precisa. Você não quer. — É isso que ele está murmurando para si mesmo.

Confusa, eu abro a porta.

— Gustov? Tudo bem?

Ele leva um susto em meio à sua conversa interna. Levanta a cabeça para me olhar, mas não diz nada. Ele está agitado. Mas ele nunca fica agitado. Sempre está relaxado e bem calmo ultimamente.

— O que houve?

Ele para de andar e apoia as mãos nos quadris. Inspira fundo uma vez e abaixa o queixo.

— Eu parei de fumar uns dias atrás.

— Que ótimo.

Ele me olha e parece meio irritado e meio indefeso.

— Não tem nada de ótimo nisso. Quero muito um cigarro. Pra caralho. — E ele começa a andar de novo.

— Talvez você só precise de um estímulo oral. — E, assim que as palavras saem, percebo como soou feio. Muito feio.

Ele parou de andar e está me olhando com um sorrisinho debochado agora.

— Meu Deus. Você acabou de dizer o que eu acho que você disse? Quando essa conversa passou a ser sobre "bola gato"?

Bom, pelo menos eu tirei a cabeça dele da abstinência. Minhas bochechas estão vermelhas.

— Chiclete. Um palito de dentes. Esse tipo de estímulo oral. Um substituto. Quando eu parei de fumar, mascava muito chiclete. Sei que parece besteira, mas ajudou. Tenho chicletes na bolsa. Vou pegar um para você.

Quando volto, ele pega o chiclete, abre e o coloca na boca.

— Obrigado. Se bem que, se esse troço não estiver lotado de uma quantidade absurda de nicotina, acho que não vai fazer porra nenhuma para me ajudar.

Eu levanto as sobrancelhas.

— Aguenta firme, florzinha.

Ele balança a cabeça, mas está sorrindo.

— Vai ser assim, é?

Eu faço que sim e desço a escada para a praia.

— É, exatamente assim. Se eu consigo, você consegue.

— Eu não consigo! — ele grita atrás de mim.

— Consegue, sim! — eu respondo.

(Gus)

Eu me acalmei um pouco depois que Impaciente foi embora e minha vontade diminuiu. Não acho que foi o chiclete, mas consegui voltar para a cama com a Costelinha e dormir algumas horas.

Quando abro a porta do quarto por volta do meio-dia, tem um monte de pacotes de chiclete no chão, de todas as marcas e sabores imagináveis. E tem um *post-it* em um deles. "Aguenta firme :)"

Aquela porra de carinha sorridente está debochando de mim.

— Aguenta firme — eu repito. E coloco o bilhete no espelho do meu banheiro para ficar com o lembrete.

Quarta-feira, 13 de dezembro

(Gus)

— Ei, bundão, o que está rolando?

— Vem aqui. Tenho dezesseis músicas boas.

Há uma longa pausa do outro lado, e:

— Sério?

Estou assentindo dramaticamente apesar de ele não poder me ver.

— Sério.

Outra longa pausa.

— Chego aí em dez minutos.

Dez minutos depois, estou parado na porta de casa desejando estar fumando um cigarro, mas, o mais importante, sem fumar um cigarro porque estou determinado a me livrar dessa merda e uma semana já se passou, quando Franco para o carro na frente da nossa casa. Ele sai da picape com um sorriso enorme, mesmo para os padrões do Franco. O seu fone está pendurado no pescoço, tem um par de baquetas enfiado no seu bolso de trás e ele está carregando uma caixa de Modelo.

Eu aponto para a cerveja.

— Estou vendo que você trouxe o almoço.

— Gosto de chamar de inspiração — ele diz. Ele fica mesmo bem criativo quando bebe, mas não digo nada.

Ele sabe que o refinamento e a sintonia fina que precisam acontecer agora dependem de mim e dele. Era com Raio de Sol que eu contava. Ele sabe que é um espaço difícil de ocupar, mas Franco ouve música com o coração. Ele se empolga. Preciso dele desta vez.

Paramos na cozinha a caminho do meu quarto. Franco pega o pote Tupperware com os cookies caseiros da Impaciente na bancada e duas laranjas na fruteira e coloca tudo em cima da caixa de cerveja. Ele vai para o quarto.

Estou olhando para a mistura de sabores que ele está segurando.

— O quê, cara? — ele pergunta.

— Isso aí é nojento. Você vai mesmo comer laranja e cookie tomando cerveja?

Ele não hesita nem um momento.

— Vou.

Eu balanço a cabeça.

— Cara, isso é nojento. É tipo pasta de dente com suco de laranja.

— Não mesmo. Os cookies da Scout combinam com tudo.

— Tem certeza de que não quer um copo de leite? Eu gosto de molhar o cookie no leite — eu digo enquanto abro o armário e pego um copo.

Ele ri.

— Você é tão astro do rock. — Isso era o sarcasmo dele no grau máximo, mas, depois que me vê servir um copo grande do líquido gelado, ele limpa a garganta. — Serve um para mim também.

É minha vez de rir.

— Você é tão astro do rock — eu debocho. Em seguida, abro a gaveta ao lado da geladeira para procurar um canudo. — Quer um canudo que dobra, cara?

O rosto dele se ilumina quando vê o canudo de plástico azul e branco. Mas some rapidamente quando ele se controla, porque foi empolgação demais para um homem adulto exibir por causa de um canudo. Ele limpa a garganta de novo.

— Quero. Claro. Só se você for usar um.

Enfio um em cada copo e dobro as pontas.

— Claro. Canudo que dobra é o máximo, cara.

Ele bebe pelo canudo quando entrego o copo para ele. E abre aquele sorriso deslumbrante.

— Canudo que dobra é o máximo. Agora vamos lá fazer o que os astros do rock fazem.

Depois do leite com cookies, nós começamos um trabalho de dezoito horas. O sol se põe e nasce antes de pararmos. A cerveja acabou. As músicas estão melhores do que antes. E Franco está pilhado.

Adoro quando o Franco fica pilhado.

Ele sempre é direto comigo e a empolgação dele também significa aprovação. Quer dizer que temos coisa boa nas mãos.

Fico tão aliviado. Estou vivendo sob a mortalha da minha própria decepção, dúvida e desprezo há quase um ano. Sei que não está tudo pronto porque ainda precisamos tocar para o resto da banda e para o RSC, mas não me sinto mais um peso. Sinto-me o Gus de novo.

Quando Franco vai embora e fico sozinho em casa, pego minha caneta e meu bloco de *post-its*, escrevo um bilhete e o grudo na porta da Impaciente antes de ir dormir. Ele diz: "As músicas estão prontas. Eu não teria conseguido sem você. Obrigado".

Quinta-feira, 14 de dezembro

(Gus)

Tem dois bilhetes na minha porta quando eu a abro. A mensagem é longa e me faz sorrir. "Eu não fiz nada. Só ouvi. Só isso. Você, por outro lado, me fez sentir. Sentir mais do que provavelmente já senti antes. Senti felicidade, tristeza, medo e raiva, mas o que mais senti foi esperança. Nunca fiquei tão honrada de xeretar."

Não preciso de elogios. Nunca precisei. Sempre fui mais de dar tudo, fazer o melhor que pudesse e me pressionar criativamente.

Mas o bilhete dela... Eu tocaria para ela todos os dias para ouvir isso sem parar. Para fazê-la sentir esperança.

Sábado, 16 de dezembro

(Gus)

Bato alto, abro um pouco a porta do quarto dela e grito pelo vão:

— Co-co-ri-có! Bom dia, Impaciente!

— O quê? — ela responde, a voz rouca de sono. — Galos não são permitidos. Vai embora.

Abro mais a porta e olho para dentro, verificando antes se ela está coberta para não a constranger.

— Não vai rolar. Alguém vai comprar um carro hoje. O nome dela é Scout MacKenzie. — Eu inspiro fundo e finjo surpresa. — Que coincidência, é você.

Ela abre os olhos e se vira para o despertador na mesa de cabeceira.

— Às sete e meia da manhã?

Faço que sim e sorrio.

— É. Não me provoca, cara. Vai pro chuveiro. Você não vai correr hoje. Encontrei um carro para você em Carlsbad. Temos que pegar logo a estrada. Franco vai nos pegar e nos dar carona. Vou acordar o Pax.

A verdade é que não dormi à noite porque estava empolgado demais com isso. Estou obrigando os dois a se juntarem à minha missão.

— Te odeio — rosna ela. Não vou mentir, foi bem sexy, especialmente porque ela estava sorrindo quando falou.

— Eu sei. Anda logo, preguiçosa.

Saio do quarto e fecho a porta na mesma hora, porque sei que ela não vai sair de debaixo da coberta se eu estiver olhando. E não quero ouvir a resposta espertinha dela. Tudo bem, quem eu quero enganar, claro que eu quero ouvir a resposta espertinha dela, então abro a porta novamente a tempo de a ouvir dizer:

— Elogios não te levam a lugar nenhum, preguiçoso.

Eu fecho a porta rapidamente antes que ela continue me xingando.

Com Impaciente e Pax acordados, pegamos a estrada. Franco passou em casa e está nos deixando na loja de carros a caminho da casa de Jamie e Robbie. Impaciente, Pax e Franco parecem meio sonolentos e não conversamos muito no caminho, mas tudo bem. Nós ouvimos um disco novo que baixamos ontem à noite. *Royal Blood*. A banda é muito boa. O baixo e a bateria são pesados, a trilha perfeita para o começo de um lindo dia. Gostei.

Impaciente e Pax têm carteira de motorista, mas nunca tiveram um carro. Pax não precisava no colégio interno onde estudava, em Boston, e Impaciente sempre morou no centro da cidade, onde o transporte público era a melhor opção. Aqui no sul da Califórnia ter carro é mais do que uma necessidade. Impaciente está juntando dinheiro para comprar um. Ela só quer gastar oito mil. Ela vem pesquisando modelos e revirando a internet há semanas. Acho que ela tem medo de agir, porque fica intimidada com o processo. Ontem, enquanto eles estavam no trabalho e na escola, fui até a loja da Honda em Carlsbad e olhei alguns. Vamos apenas dizer que algum dinheiro já trocou de mãos. Ela não sabe. Espero que meu plano absurdo se realize sem problemas, senão vamos ter que ir a pé para casa.

O vendedor, Donovan, é um cara legal para um vendedor de carros. Eu achava que todos eram babacas, mas nos demos bem. Ele está nos esperando quando entramos.

Depois que as apresentações são feitas, Donovan nos leva até o estacionamento, onde está o carro que pedi para ele separar. Impaciente dirige o carro. Ela adorou. Dá para perceber. Ela não é do tipo que fica eufórica, mas sorriu durante os quinze minutos do test drive. Isso é incrível. Ela diz para Donovan que gostou e que gostaria de discutir o preço. Enquanto voltamos para o escritório, Donovan me olha e eu faço que sim. Nós conversamos sobre essa situação ontem. Entramos os quatro no escritório apertado e ele se vira para ela.

— Bom, Scout, aquele modelo fica na casa dos nove mil.

Ela parece intrigada, mas pondera por um minuto antes de pedir com educação.

— Você pode nos dar licença um minuto, por favor?

Depois que ele sai da salinha, ela aperta os olhos. Isso não faz sentido para ela.

— Deve haver algum problema com o carro. — Claro que ela está descrente. — Aquele carro devia custar pelo menos quinze mil com base no que vi nos carros listados na internet.

Dou de ombros e aponto para as faixas de liquidação em todo o showroom à nossa volta.

— Estão fazendo liquidação. Acho que é o seu dia de sorte. Além do mais, ele disse que é um carro usado certificado e que vem com garantia de dois anos. Já o verificaram. Eu diria que você tem sorte se quiser comprá-lo.

Ela respira fundo e olha de mim, para Pax e para mim de novo. Ela quer. Muito. Está mordendo o lábio inferior e pensando.

— Não sei bem como fazer isso. Só tenho oito mil e isso tem que incluir as taxas e os impostos. Não sei como iniciar uma negociação.

Dou de ombros de novo.

— Não sei o que dizer. Comprei minha picape de um cara na praia por dois mil em dinheiro vivo e umas aulas de surfe quando eu tinha dezesseis anos. Não é uma transação de compra de carro padrão. Mas eu desconfio que, se você for direta e explicar a questão, ele vai dizer sim ou não. Ou você vai para casa com o carro ou não.

Ela assente. Não está piscando. Está pensando. Muito.

— Eu quero muito.

Dou um sorriso porque o jeito como ela falou foi tão fofo. Fofo, mas superconfiante. Isso raramente acontece.

— Sei que quer.

Ela assente e faz uma cara séria de novo.

— Vamos nessa. — Ela faz sinal para Donovan pelo vidro.

Ela faz a proposta com segurança.

Ele sai para consultar o gerente, mas desconfio que só foi ao banheiro. Ele volta com um papel na mão e alguns números rabiscados. Parece familiar; passei pela mesma coisa com ele ontem.

Aceitaram a proposta.

Ela está feliz pra caralho.

Vamos para o escritório financeiro de novo, como fiz ontem. E ela assina a papelada.

Quando terminamos, dão as chaves para ela e ela as segura como se fossem sagradas, e olha para elas o caminho todo pelo estacionamento. Quando chegamos atrás do carro, ela olha para mim e sorri. Eu daria qualquer coisa para congelar o tempo e ficar olhando essa expressão por horas. São tantas coisas boas, todas unidas em uma só: confiança, satisfação, orgulho e alegria total e desenfreada. E não é só por causa do bem material; é por causa do processo e da realização. Ela abre a boca para dizer alguma coisa, mas acaba só me abraçando. Ela está me espremendo e fica assim por uns dez segundos. É um agradecimento. Um milhão e um obrigados.

Ela não tem ideia de que o carro custou quinze mil dólares. Nem que paguei por metade dele ontem.

E nunca vai saber.

Ganhei muito dinheiro com o primeiro disco e ainda tenho a maior parte dele. Não gasto muito. Não preciso de muito. Posso compartilhar com as pessoas de quem gosto.

Ela está tão orgulhosa e feliz. Arrasou na negociação, mesmo já tendo sido manipulada. Não pareceu envergonhada quando estava concentrada na tarefa. Acho que a aparência está sempre na mente dela. Às vezes, na frente da sua mente. Às vezes, no fundo. Hoje de manhã, não estava lá. Ela não estava se escondendo. E foi incrível.

Pax grita:

— Eu vou na frente!

Enfio a mão no bolso, pego uma chave e jogo para Pax.

Ele pega e olha sem entender.

— Eu vou na frente, mas você dirige, cara — eu respondo.

Scout balança a cabeça.

— Você nunca andou com ele, Gustov. E ele não vai dirigir o meu carro.

Eu sorrio e a provoco.

— Você é tão medrosa quando o assunto é direção. Ele não pode ser tão ruim assim.

Ela não fica ofendida, mas passou de balançar a cabeça a assentir.

— Ele é ruim.

Pax está apontando para si mesmo.

— Estou bem aqui. E estou ouvindo. — É um lembrete de que, embora ela não esteja ofendida, ele está.

— Bom, cara, tenta não me matar então. Nem destruir o seu carro novo.

Os olhos dele se arregalam como os de um personagem de desenho animado.

— O quê? — Ele fala alto, de um jeito atípico para ele. As pessoas do outro lado do estacionamento estão nos olhando agora.

Eu sorrio e aponto para o carro parado ao lado do carro da Impaciente. Tem quinze anos e tem um zilhão de quilômetros rodados, mas é um carro bem cuidado e com um ótimo motor. E é do Pax agora. Comprei ontem.

— É seu. Vamos chamar de presente de aniversário adiantado. — O aniversário dele é amanhã.

Ele fica perplexo.

Impaciente fica perplexa.

Isso é imbatível.

Amo fazer coisas legais para as pessoas. Não que tenha que ser um gesto grandioso, porque realmente um carro é um exagero. Apenas uma coisa legal. É importante. Me faz lembrar que estamos todos juntos neste jogo chamado vida. Também é circular… você dá… você recebe.

Eu dei.

E, ao olhar para eles, tão graciosos, tão felizes, estou recebendo de volta multiplicado por dez.

E, agora, é a vez do Pax me abraçar.

Em seguida, é a vez da Impaciente abraçar nós dois.

Estamos ali parados, em um abraço de grupo, praticamente cantando "Kumbayah".

As pessoas do outro lado do estacionamento ainda estão olhando.

Eu me sento ao lado de Pax e vou para casa com ele.

Scout estava certa. Pax precisa de umas aulas sobre como sinalizar, mudar de pista, parar e até manter o carro na pista. Não sou um homem religioso, mas talvez tenha recitado o Credo duas ou vinte vezes durante o trajeto.

Quando Pax entra em casa na nossa frente, eu paro com Impaciente do lado de fora.

— Você está certa. Ele é péssimo pra caralho. O sujeito não tem percepção nenhuma de profundidade. Gruda no carro na frente como se estivesse sendo rebocado. O freio imaginário do lado do passageiro existe. Eu o usei pra caralho.

Ela abre um sorrisinho.

— Eu avisei. — E estica o punho.

Dou um soquinho com o meu.

— Preciso de chiclete. Meus nervos estão no limite.

Quarta-feira, 20 de dezembro

(Scout)

— Eles nem ligaram, Scout. É meu aniversário e eles nem fizeram uma maldita ligação. — A voz dele soa desapontada, como se ele estivesse flutuando sozinho em um mar de decepção.

Faço que sim e luto comigo mesma, me perguntando se está na hora de contar sobre a mãe dele.

Ele é mais rápido e começa a falar de novo antes de mim.

— Eu não deveria estar surpreso. Minha mãe deve estar bêbada e meu pai ocupado.

É nessa hora que tomo a decisão.

— Paxton, a Jane está na reabilitação.

Ele está sentado no canto da minha cama de costas para mim, mas se vira para me olhar. O movimento é lento, como se ele estivesse tentando decidir se me ouviu direito ou não. As sobrancelhas estão contraídas de confusão, mas os seus olhos estão esperançosos; é uma expressão que se contradiz, como se ele tivesse ganhado o presente que sempre quis, mas, se o abrir, uma granada pode explodir.

— Reabilitação?

— Aham. Ela foi uns dois meses atrás. Pelo que sei, ela não pode ter contato com ninguém fora de lá enquanto não completar o programa. Ela vai ficar lá mais duas ou três semanas. — Prendo o ar enquanto falo porque não quero que ele sinta decepção se ela não concluir. Meu pai é alcoólatra;

sei como é estar no lugar de Pax. Eu sabia que não devia permitir que meu coração sentisse esperanças.

Ele baixa o seu olhar. Está pensando na situação, mas, quando ergue os olhos e me encara de novo, a esperança momentânea sumiu e ele balança a cabeça, cheio de dúvida.

— Ela não é forte o suficiente. Não vai conseguir.

Meu coração se contrai como um pano de prato torcido dentro do peito.

— Às vezes não é questão de ser forte, Paxton. O alcoolismo é uma doença.

— Não. Não faz isso, Scout. Sei que você também viveu com isso, mas ela escolhe levantar todos os dias e beber. Ela prefere isso a mim. Todos os dias da minha maldita vida. — Ele respira fundo, e parece que a felicidade das últimas semanas está murchando na frente dos meus olhos.

Sei o que ele sente. O alcoolismo do meu pai é o motivo de eu não morar com ele desde os onze anos. É o motivo do tio Jim ter achado melhor eu ficar com ele e Jane. O problema do alcoolismo é o seguinte: ele é destrutivo em muitos níveis e em muitos graus. Enquanto Jane usa o álcool para sufocar os sentimentos, a depressão e a inadequação, meu pai era um festeiro. Ele usava para se transformar na pessoa que queria ser. O problema era que ele esquecia quem ele era quando estava sóbrio e abraçava a sua versão bêbada. E, quando isso acontecia, eu não via mais o meu pai de verdade. Ele ficava ausente. O pai bêbado ia atrás das pessoas e de um estilo de vida, e se esquecia de ser pai. Não é que ele tenha me esquecido completamente. Ainda falo com ele uma vez por ano. Ele me ama? Claro. Sabe demonstrar? Nem um pouco. É a vida. Já aceitei.

Paxton, não. Não estou dizendo que ele deveria. Ele só tem dezoito anos. E a depressão da Jane a imobiliza. Isso junto com o álcool gera ressentimento em Paxton.

Os olhos dele estão se enchendo de lágrimas. Odeio essa parte. Fico péssima quando ele chora. Já vi muitas vezes. Ele tem o coração mais gentil do mundo, e vê-lo se partir repetidamente é ruim demais.

— Vem cá — eu digo gentilmente.

Estou sentada na cama com as costas na cabeceira. Ele engatinha pela cama até mim e está soluçando quando passa os braços em volta do meu corpo. Eu o abraço e o deixo chorar, como sempre fiz, e rezo para Deus para Jane resolver o problema dela para eu não precisar mais ver esse garoto adorável chorar.

Quando sua respiração volta a uma cadência natural e ele está com a bochecha apoiada no meu ombro, eu pergunto:

— Você teve um bom aniversário, Paxton? Quer dizer, antes de tudo isso?

— Eu sei que ele teve.

Ele assente com a cabeça no meu ombro.

— Qual foi a melhor parte? — Ele precisa se concentrar em algo positivo.

Ele funga algumas vezes para desobstruir o nariz.

— Não sei. Os cupcakes estavam muito bons. — Ele levanta um pouco a cabeça para me olhar e pede desculpas rapidamente. — Não se ofenda, Scout, seus bolos são muito bons.

Dou risada.

— Não me ofendi. Eu concordo; os cupcakes da Audrey são bem melhores do que o meu bolo.

Ele sorri e apoia a cabeça no meu ombro de novo.

— Acho que o que mais gostei foi ficar com você, o Gus e a Audrey. Parecia uma família de verdade, sabe? Sei que garotos de dezoito anos não deviam ficar tão empolgados com um churrasco, de ver o filme favorito e comer cupcakes... mas eu fiquei. Todo mundo tentou me deixar feliz hoje.

— Claro que queremos ver você feliz, Paxton.

— Sei que você sempre quer, mas eles não precisam. Eles simplesmente fazem isso. E não só no meu aniversário. Eles são assim todos os dias. Todos os dias eles são legais, Scout. Gosto daqui. Por que você não conheceu a Audrey e o Gus dez anos atrás?

Dou uma gargalhada.

— Porque eu tinha quatorze anos e não estava procurando emprego na época.

Ele também ri.

— É verdade. — Ficamos em silêncio por alguns instantes antes de ele dizer: — Estou feliz de as coisas não terem dado certo entre você e aquele cretino.

— Por que você diz isso? — Eu sei que ele nunca gostou do Michael. Ele sempre o chamava de cretino, e isso depois de só o ver uma vez.

— Porque tem alguém por aí que é perfeito para você. Você só não percebeu ainda.

— Você acha que um dia eu vou conhecer a pessoa certa? — eu pergunto, sorrindo.

— Acho que já conheceu. — Ele está falando sobre Gustov. Sei que está.

Eu não respondo.

Sexta-feira, 22 de dezembro

(Gus)

— É o Joe, proprietário do famoso Joe's Bar?

— Ei, cara, é o Gustov lenda do rock mundial Hawthorne?

— Que nada, aqui é só o Gus. Só estou fazendo compras. É esse tipo de lenda que tem na minha vida agora. — Estou no meio do supermercado empurrando o carrinho pelo corredor de cereais, tentando escolher entre Fruity Peebles e Captain Crunch.

Ele ri.

— Não vou te segurar aqui. Sei que a Rook virou uma porra famosa agora e que vocês são muita areia pro caminhãozinho do meu bar, mas a banda que ia tocar na véspera de Ano-Novo acabou de me dar o bolo. Eu queria saber se vocês não querem vir tocar um pouco. Preciso falar com seu agente? Como eu falei, sei que vocês estão famosos agora e você pode me mandar à merda, mas estou com saudade de vocês aqui.

A ansiedade toma conta de mim, mas, sem pensar, pergunto:

— É semana que vem?

— Sei que está meio em cima da hora. Foi mal, cara.

Mas decido confirmar.

— Estaremos aí. — De onde veio isso? Tocar no meu quarto é uma coisa. Não sei se estou pronto para uma multidão de novo.

— Sério? — Ele parece chocado.

— Tenho que falar com os caras, mas acho que podemos fazer isso acontecer. Eu te ligo.

— Tudo bem. Me liga.

— Pode deixar. Até mais.

Mando uma mensagem de texto para Franco, Robbie e Jamie. Todos respondem na hora, o que quer dizer que ficam animados. E, agora, eu também estou.

Eu ligo para o Joe.

— Pode deixar com a gente, cara. Que horas você quer que a gente chegue?

— Vocês podem começar às onze.

— Combinado. Nos vemos no sábado. — E é assim que a empolgação se instala. Espero que seja para valer.

Sábado, 23 de dezembro

(Gus)

Meu celular toca no bolso. Quando vejo o nome na tela, abro um sorriso.

— Ora, se não é o garanhão do norte congelado.

Keller ri do outro lado antes de falar qualquer coisa.

— Que nada, cara, nada de garanhão. Que tal pai? E cumprimentos da fria e branca Grant, Minnesota.

Eu nunca penso muito no tempo aqui porque é bem consistente ao longo do ano, mas sempre tive fascinação pelas mudanças extremas que a maior parte do resto do país vivencia. Não que eu quisesse passar por elas, mas é fascinante.

— Está frio aí, é?

— É, está meio frio hoje. Acho que nossa máxima não chega nem a menos dez. Chegou a quase trinta negativos ontem à noite.

— É como viver no Círculo Ártico, cara.

— A única coisa ruim desse frio todo é que a Stella não pode sair para brincar. Ela anda uma máquina de construir bonecos de neve. Finge que é uma princesa do gelo de um dos filmes de que ela gosta. E ela canta a trilha sonora inteira antes de terminar.

— Ah, srta. Stella é uma cantora. Ela é uma artista natural. — E é mesmo. Ela tem mais personalidade e carisma do que a maioria dos adultos que conheço.

— Ela diz que quer cantar como a Katie. Por mim, tudo bem, mas juro que preciso comprar outro filme, porque já estou ouvindo aquelas músicas nos meus sonhos. Elas me assombram. Não consigo fugir delas. — Ele ri e eu sorrio. Ele provavelmente ouviria essas músicas todos os dias pelo resto da vida se fosse para fazer a garotinha dele feliz. Essa é uma das coisas de que mais gosto no Keller; ele sempre coloca os outros em primeiro lugar.

— O que mais Stella anda fazendo?

— Só se preparando pro Natal. Stella adora cartolina, purpurina e cola no momento, então todas as superfícies do nosso apartamento estão decoradas com renas cintilantes de papel, sinos, visgo, árvores, decorações etc. Stella jurou que não foi ela, mas é muito suspeito que até a srta. Higgins esteja com o casco brilhoso neste Natal. Stella está botando a culpa do brilho nos elfos do Papai Noel que parece que nos visitam à noite, quando estamos dormindo. E escolhi acreditar na história dela porque ela quer muito que seja verdade.

Agora, estou rindo.

— Stella colocou brilho na tartaruga?

— Colocou. Deve haver alguma violação de direitos dos animais envolvida aqui, então não conta para ninguém.

— Meus lábios estão selados. Não quero que Stella passe o Natal no hotel de pedra com um macacão laranja. E aí, você vai passar o Natal em Chicago?

— Não. Meu pai vem para cá amanhã e vai passar uns dias com a gente. Nós vamos pra casa dos pais da Shel no Natal. Dunc vai finalmente pedi-la em casamento. Ele está planejando há meses. Mal posso esperar para ver a cara dela. — Ele parece feliz.

— Que legal, cara. Eles são boa gente.

— São — ele diz com sinceridade. Essa é outra coisa de que gosto no Keller. Ele quer de verdade o melhor para os outros. — E você? O que vai fazer no Natal?

— Nós vamos ficar aqui na hacienda com Pax e Scout. Vou apresentá-los pros pãezinhos de canela de manhã cedo na praia.

— Sabe, a Stella perguntou se eu faria pãezinhos de canela na manhã de Natal. Ela lembra que Katie fez para nós ano passado.

— Você vai fazer?

— Claro. Mas não sou bom nisso. Comprei um pacote de pães de canela no mercado ontem. São semiprontos e só preciso jogar na assadeira e botar no formo. Não vão ter o gosto do caseiro, mas vão ser bem melhores do que a minha tentativa de fazê-los em casa.

— Você é um ótimo pai, cara.

— Eu tento, cara. Bom, a aula de balé da Stella está acabando. É melhor eu desligar. Eu só queria ligar e te desejar um Feliz Natal. Diz pra Audrey também, se não for trabalho.

— Pode deixar. E Feliz Natal para você e a sua princesinha do gelo.

— Obrigado. Tchau, Gus.

— Até mais, Keller.

E só isso já faz o meu Natal. Essa conversa inesperada ajudou a reforçar o que eu já sabia: na vida, o que importa são as pessoas.

E, antes que eu faça qualquer outra coisa, entro na Amazon e compro para a Stella todos os filmes da Disney que a Gracie via e amava cantar junto. Não sei quantos há no carrinho quando fecho a compra, mas são pelo menos uns dez. Também incluo algumas trilhas sonoras mais recentes de filmes da Disney e um CD player roxo para o Keller. E pago o frete adicional para que chegue em Grant amanhã.

Domingo, 24 de dezembro

(Scout)

Audrey mencionou ontem que receberia visita de gente de fora e por isso não fico surpresa quando vejo um táxi na porta da casa dela quando estou voltando da minha corrida matinal.

O motorista está tirando uma mala do porta-malas enquanto um homem de meia-idade alto e de aparência distinta tira algumas cédulas do bolso. Eles trocam gentilezas e o visitante vai andando para a porta puxando a mala.

Quando ele chega na porta da frente e levanta a mão para bater, eu falo com ele:

— Não precisa bater. Você deve ser amigo da Audrey. — Estou suada e sem fôlego, e por isso fico longe.

Ele se vira quando ouve minhas palavras e fala comigo com formalidade.

— Sou mesmo, senhorita. — Ele tem um sotaque que parece estrangeiro, talvez do leste europeu.

Eu me aproximo e estico a mão, e ele a aperta. Dedos finos e extremamente longos envolvem os meus e apertam com firmeza. É o ato de alguém que faz isso com frequência, profissional, mas simpático. Seu jeito caloroso me acalma. Eu sempre fico nervosa quando conheço gente nova. Eu limpo a garganta.

— Oi. Meu nome é Scout MacKenzie. Sou assistente da Audrey.

O rosto dele se abre em um sorriso e gera rugas nos cantos dos olhos.

— Ah, Scout, claro. Já ouvi muito sobre você. — Meus nervos devem aparecer, porque ele acrescenta rapidamente: — Só coisas boas, minha querida. Só coisas boas.

Não consigo segurar um sorriso quando ouço as palavras dele, não sei se é o seu sotaque ou se ele é tão encantador que o seu elogio está tendo um efeito duplo em mim.

— Bem, entre...

Ele preenche a lacuna quando paro antes de ouvir o nome dele.

— Gustov.

Gustov? Não é um nome comum. Seria coincidência?

Ele ri com a minha confusão.

— Sou o pai do Gus.

De repente os nomes e as pessoas ligadas a esses nomes se ajeitam na minha mente: ele é o Gustov e o Gus é Gus. Eu assinto.

— É um prazer conhecê-lo, Gustov.

Ao mesmo tempo que falo, observo todos os detalhes dele. Sempre achei que o Gustov, quer dizer, o Gus, era parecido com a Audrey. Os dois são altos, com o mesmo cabelo louro, o mesmo nariz e os mesmos lábios, a mesma presença dominante temperada por uma gentileza sem igual. Mas, ao olhar para esse Gustov, vejo os mesmos olhos castanhos intensos do Gus, a mesma estrutura óssea no rosto, o mesmo corpo alto e largo e o mesmo calor. Uma capacidade inigualável de deixar qualquer um à vontade.

Quando abro a porta, ele me segue para dentro. Espero enquanto ele retira o blazer de tweed e o coloca sobre a mala que ele deixou encostada na parede. Quando estou prestes a dizer que vou procurar Audrey, ela aparece.

— Gustov! — exclama ela. — É tão bom te ver! — Ela está com um sorriso largo.

— Minha Audrey. Vem aqui. — Ele está com um sorriso que exala tanto calor, tanto afeto, que deve ser reservado só para as pessoas mais próximas dele. As que ele adora.

E, quando eles se abraçam, a ficha cai: se ele é o pai do Gus, ele deve ser ex da Audrey; ex-namorado ou ex-marido, não sei. Isso acabou de ficar estranho. E só fica mais estranho quando Gus entra na sala e diz:

— O doador de esperma voltou. Como está, maestro? Como foi a viagem de Boston? — Agora, ele também está sorrindo.

Três pessoas.

Família.

Todos trocando abraços e sorrisos.

Sinto que tenho que sair da sala porque sei que os estou encarando. Minha família não é nada tradicional e tem muitos esqueletos no armário, mas Audrey e Gus parecem tão normais. Excepcionalmente perfeitos, apesar da falta de um pai na foto. Eu sempre pensei neles como quem não precisava de outro homem na casa, como se eles fossem tão completos juntos, só os dois, que o Gus devia ser produto de uma concepção imaculada.

Quando começo a me afastar da situação constrangedora só para mim, Gus me para.

— Quer tomar café com a gente? Pax também vem.

— Hum, preciso tomar banho.

— Que bom que não precisei dizer isso. — Ele pisca.

— Gus — repreende Gustov, mas ele está sorrindo e balançando a cabeça.

Gus se vira para ele.

— Só estou sendo realista, cara. Ela corre muito. Esse gasto sinistro de energia gera uma produção sinistra das glândulas sudoríparas. — Ele se vira para mim. — Quantos quilômetros você correu esta manhã, Impaciente?

— Vinte — eu respondo e sinto o calor no rosto com toda essa atenção.

Gus está virado para mim, de costas para Gustov e Audrey. Ele ergue as sobrancelhas, sorri e diz com movimentos labiais: "É isso aí", mostrando choque e aprovação ao mesmo tempo. Em seguida, diz:

— Viu? Ela correu uma meia maratona esta manhã. Essa merda deixa qualquer um fedido.

Não consigo evitar um sorriso e aceito o convite.

— Claro. Vou tomar café com vocês. Me deem vinte minutos.

Comendo ovos e tomando café, fico sabendo de toda a história. Gustov foi mesmo um doador de esperma. Literalmente. Gustov foi para San Diego com a família, vindo da Ucrânia, quando tinha treze anos. Ele e Audrey estudaram na mesma academia de música e logo ficaram amigos. O amor deles pela música foi o centro de tudo no começo. Audrey tocava piano e Gustov tocava violino. Mas outros interesses foram o que solidificou a amizade deles. Quando eles se formaram, Audrey foi estudar na San Diego State, se formou em marketing e deixou a música para trás. Gustov foi para Julliard e teve uma carreira de sucesso tocando na Filarmônica de Boston e mais recentemente como maestro. Eles continuaram sendo melhores amigos durante a vida adulta. Quando Audrey decidiu que queria um filho, foi Gustov que ela procurou. Audrey é o tipo de mulher que sabe o que quer e não deixou o fato de ela ser solteira e dedicada ao trabalho atrapalhar. Ela e Gustov conversaram sobre o assunto durante uma das visitas dele a San Diego e ele decidiu sem reservas dar à melhor amiga o que ela mais queria na vida: um filho. Antes de sair da cidade, tudo foi planejado para a volta dele, para que a "doação" fosse feita e o processo começasse. Foi tudo muito clínico, com fertilização *in vitro*.

Ouvir a história e vê-los contá-la de forma tão direta, com todo o humor que Gustov insere, é muito estranho. É uma história nada convencional. Contada por pessoas não convencionais.

E é nessa hora que me ocorre uma coisa. Talvez não seja necessário ser convencional. Talvez uma família não tenha que ser perfeita para existir. E funciona. Mais do que funciona. Eles só se veem uma ou duas vezes por ano. Audrey criou Gus sozinha e sempre foi mãe solo porque quis assim, mas isso não impede Gustov de amar o Gus com todo o coração e nem o Gus de o amar também. Dá certo.

Eu sempre me senti definida pelo não convencional. Não me entenda mal, eu sempre fui agradecida à minha tia e ao meu tio, que me criaram, mas sempre me senti diferente, estranha. Porque eu não tinha mãe e pai. Nem uma mãe ou um pai. E antes disso, quando eu estava com o meu pai, eu era tão pequena que nem me lembro de qualquer sensação de normalidade. Porque nunca foi normal, na verdade.

Passar um tempo com essas pessoas hoje é como fazer terapia de graça. Dá perspectiva, e, apesar de eu ter tido uma boa cota de perspectiva ao longo dos anos, nunca tive esse tipo de epifania. Minha família não precisa me definir. Eu tenho mãe. Tenho pai. Tenho uma tia e um tio. Já os aceitei como são e não tenho ressentimento dos defeitos deles. Nós todos temos defeitos. Eu só nunca consegui aceitar quem somos juntos, como família. O papel de pais deles nunca pareceu certo. Eu sempre quis me encaixar em uma descrição certinha e limitada da família perfeita. Mas talvez esse tipo de coisa não exista.

Acho que a maior epifania de todas é que, sentada aqui, eu percebo o quanto eu amo a minha família, todos eles. E mesmo que eles não me amem do mesmo jeito, ou no mesmo grau, talvez isso não seja o importante. Talvez o importante seja o meu coração. Talvez seja eu me sentir completa e aceitar que o amor nunca é perfeito e que, se permitir que você fique em paz, tudo bem se for um pouco unilateral. Talvez seja uma questão de ampliar a definição de família para que inclua os amigos também. Porque os amigos são a família que escolhemos.

Segunda-feira, 25 de dezembro

(Gus)

Acordo cedo. É Natal. Eu sempre amei o Natal, mas ano passado eu nem dei atenção porque a vida estava uma merda e eu não estava com vontade de comemorar. Raio de Sol estava morrendo. Eu tinha acabado de voltar para casa depois de uma turnê longa. Minha mente estava exausta. Meu corpo estava meio morto pelo tanto que eu o tratava mal diariamente. Foi horrível.

Mas hoje? Hoje é diferente. Hoje nós comemoramos. Gustov não vem participar das festas conosco há anos.

É um hábito meu ir lá para fora logo depois que eu acordo. Apesar de eu não fumar aquele cigarro matinal, eu ainda faço o de sempre e masco chiclete em vez de fumar. Quando abro a porta, Gustov está sentado no deque, em uma das espreguiçadeiras, tomando uma caneca de café.

— Bom dia, maestro.

Ele se vira para mim e sorri. Eu sempre amei quando ele sorri para mim assim. Aquele sorriso sempre me fez achar que ele tinha orgulho de mim, orgulho de eu ser parte da vida dele. Era a validação de tantas coisas que eu sempre duvidei sobre mim mesmo.

— Gus. Bom dia. E feliz Natal.

— Feliz Natal. — Eu indico o café dele. — Estou vendo que você já passou um café java.

Ele ergue a caneca e um sorriso malandro aparece.

— Passei mesmo. Está bom. Você devia tomar uma caneca comigo.

Ele sempre traz o seu próprio café quando nos visita. É europeu, turco, eu acho, e forte. Tipo, tão forte que tenho que botar meia caneca de leite e uma tonelada de açúcar. Eu nem gosto de leite no café, mas é o único jeito de tornar o café dele tolerável.

— Eu passo, cara. Não sei como essa merda não corrói o seu organismo.

Ele ri disso e fica quieto por alguns momentos enquanto vemos o sol nascer.

— A Kate era a única que gostava do meu café.

Isso me faz sorrir. Ele está certo. Era mesmo.

— Gostava? Ela amava. Você, meu amigo, era uma má influência pra Raio de Sol.

Ele parece ofendido.

— Como assim?

— Você a apresentou pros dois vícios dela: café e violino. — São as duas coisas que vou associar eternamente a ela.

Ele sorri e assente, pensativo.

— Aceito com alegria a culpa por essas duas coisas. — É o sorriso que ele sempre reservou para Raio de Sol e Grace. Apesar de ele não ter estado muito presente quando eu era pequeno, ele sempre tirava um tempo das visitas para ficar com Kate e Gracie, para fazê-las se sentirem especiais. O pai delas não era presente e Gustov gostava muito das duas. — É estranho estar aqui sem elas, não é?

Eu assinto.

— É, sim.

Ele olha para mim e sei que o que ele vai dizer é uma coisa que preciso ouvir. Ele sempre foi uma alma velha e sábia e acho que era por isso que Raio de Sol gostava tanto dele.

— Cada um tem a sua própria jornada. Quanto mais velho eu fico, mais gostaria de acreditar que estou aqui para dar o exemplo para uma geração mais jovem… como você. Mas o que Kate e Grace — ele olha diretamente para mim para ter certeza de que tem minha atenção — e você, meu garoto, me ensinaram ao longo dos anos é que eu sou o aluno, não o professor. Vocês três, jovens, são os seres humanos mais sinceros e apaixonados que já conheci. O cuidado que você dedica às suas amizades é inigualável. — O rosto dele se transforma quando ele sorri para mim de novo. — Você é tão parecido com a sua mãe.

Eu abro um sorriso. Só posso fazer isso porque é uma das coisas mais gentis que já me disseram antes.

Ele assente e sorri para demonstrar que entendeu a minha aceitação silenciosa do elogio dele.

— Onde está o violino da Kate?

— No meu quarto. Ela deixou para mim. — Faço uma pausa e digo: — Você devia levá-lo. Foi você que deu para ela.

Ele sorri e balança a cabeça.

— Posso ter dado para ela e encorajado ela a tocar, mas o lugar dele é com você.

Estou pensando nisso há muito tempo.

— Quero que seja colocado em um quadro de vidro para ficar exposto na parede. O que você acha?

Ele assente.

— Acho que seria um memorial adequado para uma garota muito talentosa e querida.

Em vez de sentir tristeza, estou decidido.

— Você pode tocar o violino dela mais uma vez? Hoje? Acho que Raio de Sol gostaria de ver você tocá-lo mais uma vez antes que ele seja aposentado.

Ele olha para o céu e seu sorriso da Raio de Sol retorna.

— Eu ficaria honrado.

O silêncio se prolonga por alguns minutos e ele diz:

— Não vejo você fumar desde que cheguei. É esperança demais supor que você parou?

— Eu parei. Estou aguentando firme. Ah, mas estou viciado em chiclete agora. — Eu aponto para a boca para ilustrar o que estou dizendo. — Troquei um hábito ruim por outro.

— Que bom. E mais uma coisa, Gus. Sei que não conversamos muito sobre a sua carreira, mas fico de olho em você. Por intermédio da Audrey, claro, mas também sigo a agenda das suas turnês, a posição dos seus discos, as críticas e as entrevistas on-line. Tenho a sensação de que você ainda não chegou ao auge, não com o seu potencial incrível. Com isso vêm o sucesso e o fracasso, dependendo de como você promove, alimenta e abraça esse potencial. Acho que você está em um ponto da vida de fazer todas essas coisas de um jeito que seja gratificante para você. E desejo a você todo o sucesso que você aguentar antes que isso acabe com você. Todo mundo tem um limite e alguns se acabam mais rápido do que outros, destruídos pela fama e pelo dinheiro. — O rosto dele fica intenso por um momento, mas ele me olha de novo com um sorriso gentil. — Sei que nenhuma dessas coisas têm apelo para você e espero, pelo bem da sua sanidade, que nunca tenham.

— Quem foi que acabou de dizer que não era sábio? — eu provoco, mas as palavras dele permanecem nos meus ouvidos. Elas reforçam muitas das minhas esperanças e medos. Ele está certo. Ele está sempre certo.

Minha mãe faz duas receitas dos seus famosos pãezinhos de canela. Estamos sentados na praia enrolados em cobertores porque está frio perto da água. Pax e eu destruímos a assadeira que está entre nós como dois selvagens famintos. E todo o resto divide a outra assadeira como pessoas civilizadas.

Recebo uma mensagem de texto do Keller quando estou comendo. Quando abro, é um vídeo da Stella e dele cantando, o CD player roxo na mesa ao lado. Stella está gritando alto. Eu aumento o volume e nós todos assistimos. Todos estamos sorrindo porque o que está na tela é pura alegria e amor, e essa devia ser a essência deste dia. Quando eles terminam de cantar, os dois me desejam Feliz Natal e me agradecem pelos presentes. Não mandei os presentes para ganhar um agradecimento assim, mas sei que nunca vou apagar a mensagem.

Quando voltamos para casa, vou direto até a árvore e dou meus presentes para todo mundo. Dar presentes, não ganhar, é minha parte favorita das festas de Natal. Comprei fones de ouvido bem legais para Pax, para Impaciente a primeira edição do livro favorito dela e para Gustov uma garrafa do vinho favorito dele. Estou mais empolgado por causa do presente da minha mãe e o deixo por último. Raio de Sol e Grace sempre passavam a manhã de Natal conosco porque a mãe delas era péssima nessa coisa de obrigações de mãe, e nós trocávamos presentes feitos por nós mesmos. Raio de Sol e Grace nunca tinham dinheiro, mas sempre conseguiam fazer alguma coisa atenciosa e de coração, então minha mãe e eu tentávamos fazer o mesmo. Este ano, vou dar uma música para ela; são alguns versos que Raio de Sol compôs, só Deus sabe quando, acompanhada de alguns compassos de música de piano que compus semana passada junto com os versos. Escrevi tudo a mão em velino grosso e mandei emoldurar. Falo para minha mãe antes de ela abrir que é de Raio de Sol e de mim, e as lágrimas de felicidade já estão correndo antes de o presente ser aberto.

Fez meu dia.

A única coisa que torna o dia melhor é ouvir o maestro tocar o violino da Raio de Sol. Estamos todos sentados na sala depois do jantar quando o pego e entrego para ele. Minha mãe, Impaciente, Pax e eu estamos sentados no sofá e Gustov se senta em uma cadeira de lado. Ele se senta na beirada do assento quando toca, como se estivesse preparado para sair num pulo a qualquer momento. Ele parece estar preso por uma mola e só a música consegue mantê-lo em posição sentada. Ele afina o instrumento rapidamente e passa resina no arco. E toca. Cada um tinha seu estilo, ele e Raio de Sol. O refinamento eles tinham em comum, além da graciosidade, mas as emoções deles eram transmitidas de forma diferente. Raio de Sol tocava com o corpo todo; era uma reação à música. Se você botasse fones de ouvido e só a visse tocar, juro que você continuaria ouvindo a música. E com certeza a sentiria. O maestro é pura energia quando toca, mais vigor do que emoção. É como enrolar a corda em um pião e soltar. Ele tocando o instrumento dela é um jeito adequado e lindo de encerrar o dia. Parece a coda da música da vida dela. Finalmente sinto que essa parte da Raio de Sol pode descansar. Vou ouvi-la para sempre tocando na minha mente e isso me basta.

Terça-feira, 26 de dezembro

(Scout)

Estou arrumando o almoço para levar para o trabalho quando Gus entra na cozinha. Paxton ainda está dormindo e Audrey levou Gustov ao aeroporto logo cedo para pegar o voo para casa.

— Sobrou bolo de banana se você quiser.

Ele para e pensa por um minuto, parece cansado, mas assente, como se tivesse decidido.

— Eu quero.

Ele está sempre com fome. Não posso fazer muita coisa para ele, mas gosto de alimentá-lo. É uma coisa que posso fazer diariamente. É uma ligação garantida. Gosto de fazer coisas boas para ele porque ele sempre é tão legal comigo.

— Gostei do Gustov.

Ele pega três fatias de bolo do saco Ziploc e morde uma antes de responder:

— O maestro é um cara legal.

Estou cheia de perguntas e essa pode não ser a hora certa de fazê-las, mas vou tentar.

— Você gostaria de ver ele mais vezes?

— Humm... não sei, é difícil dizer. É que sempre foi assim, sabe? Ele vive a vida dele na costa leste e nós vivemos a nossa aqui. Nós conversamos. Sei que ele está lá se eu precisar e quando vemos ele é sempre uma ocasião especial. Eu gosto disso.

— Parece que ele e Audrey sempre foram melhores amigos.

Ele sorri.

— Sempre.

— E eles se amam, isso é claro. Por que será que eles nunca namoraram? — Não é da minha conta, mas parece estranho considerando o tanto que eles têm em comum.

Gus está na segunda fatia de bolo de banana e está falando de boca cheia.

— Ah, eles namoraram. Saíram algumas vezes no ensino médio, acho. Não deu certo.

— Por quê?

Gus dá de ombros como se a resposta fosse óbvia.

— Gustov é gay. Isso acabou com a possibilidade de evolução de qualquer romance.

— Gustov é gay? — Não sei por que fico surpresa. Não importa. É só outra virada na história familiar deles.

Gus assente.

— É. Minha mãe foi a primeira pessoa para quem ele contou. Ela o ajudou muito, pelo que já ouvi. Acho que o fato de eles terem passado por isso juntos é o motivo de eles ainda serem tão amigos tantos anos depois. Eles sempre ficaram um ao lado do outro. — Ele come o último pedaço do bolo e vai pegar o leite na geladeira. É aí que a história acaba.

A singularidade e a compaixão dessa família me surpreendem a cada virada.

Quarta-feira, 27 de dezembro

(Gus)

Repassamos a lista de músicas da véspera de Ano-Novo hoje à tarde na casa do Franco. As primeiras músicas ficaram péssimas. Parecia que a minha guitarra estava brigando comigo. Minha voz estava brigando comigo. Parecia que meus nervos estavam me estrangulando a cada acorde. Acho que masquei um pacote inteiro de chiclete. Compor é diferente de tocar, isso é certo. Mas, depois de algumas vezes, quando relaxei e deixei a música me levar, tudo se encaixou. Vamos repetir amanhã e depois de amanhã. Estaremos prontos.

Domingo, 31 de dezembro

(Scout)

Estou nervosa. Paxton e eu vamos com o Gus ao show da Rook em um bar da cidade. Eu nunca quis ver a Rook tocar quando estava na turnê com eles. Sempre disse para mim mesma que fazia isso para ficar desconectada da modinha. Eu odiava a modinha. Só tinha que lidar com o Gus num nível profissional. O lado artista dele parecia pessoal demais, artificial demais, imprevisível demais, e eu não queria ser parte dele. Não queria vê-lo naquela luz porque achava que faria com que eu desgostasse dele ainda mais. Agora, tenho medo de ter o efeito oposto. O tempo e a familiaridade transformaram completamente minha opinião sobre ele. E, depois de ouvi-lo compor e tocar em casa nas últimas semanas, estou mais atraída por ele do que nunca. E estou lutando contra isso, o que é difícil porque todos os dias reparo em alguma coisa nele, na personalidade dele, que me atrai ainda mais. Por isso, estou nervosa.

— Com que música vocês vão fechar hoje, Gus? — pergunta Paxton com ansiedade. — Espero que seja "Killing the Sun".

Gus assente.

— Normalmente, é assim, Pax. — Ele também parece nervoso. Não é como ele costuma ser.

Ele entra em um estacionamento de terra lotado de carros e para atrás do bar, em uma vaga marcada com "Proibido estacionar".

Paxton sai assim que a picape está parada e começa a tirar os estojos de guitarra do Gus da caçamba. E aproveito esse momento de privacidade para falar com ele.

— Ei.

Ele está distraído procurando alguma coisa nos bolsos. Não está ouvindo.

— Ei. Aqui. — Eu balanço a mão para chamar a atenção dele.

Ele me olha.

— O quê?

— Você está bem?

— Preciso de um maldito cigarro. — Ele quer muito um. É o motivo de ele estar procurando distraidamente nos bolsos o maço de cigarro que ele carregava. Hábito antigo.

— Não precisa, não — eu o lembro.

— Preciso de um maldito chiclete.

Pego um na bolsa e dou para ele.

— Aguenta firme.

Ele está fazendo sinal com os dedos de que quer mais.

— Me dá três.

Entrego mais dois para ele e ele os pega na mesma hora, abre e enfia na boca. Ele fala enquanto mastiga.

— Não sei, Impaciente. Achei que queria isso, mas, agora que estou aqui, não sei se quero.

— Paxton está muito empolgado para ver vocês tocarem. — É o único encorajamento que sinto que posso oferecer e que vai fazer diferença. E dá certo.

Ele abre um sorriso genuíno.

— Ele está pilhado.

Eu assinto e sorrio.

— Acho que é a melhor noite da vida dele. E não estou falando por falar.

Ele assente de novo.

— E você?

— Eu também estou bem empolgada.

— Não precisa mentir para mim. — Ele não parece magoado, só está sendo sincero.

Eu sigo em frente, apesar de ser difícil para mim.

— Não estou mentindo. — De repente, sinto uma onda de energia. Ele tem que se reencontrar de novo e preciso ajudá-lo a acreditar que é capaz. — Quero te ver tocar a sua guitarra. Quero te ouvir cantar. Vai ser meu primeiro show da Rook. Quero ficar impressionada. Me mostra o que sabe fazer, astro do rock.

Ele sorri.

— Parece um desafio. — Ele pisca. — Gosto de um bom desafio.

— Gosta?

O sorriso permanece, mas está se transformando em uma coisa mais sexy.

— Porra. Gosto.

Eu surpreendo a mim mesma quando acrescento:

— Eu também.

Ele repete o que eu disse.

— Gosta?

Eu assinto. Minha vida toda foi um desafio. Mas isso? Isso é um tipo diferente de desafio, um que estou começando a aceitar, apesar dos meus medos.

Ele me olha por vários segundos e, quando seus olhos descem para os meus lábios, só quero que ele me beije. Só isso.

Mas ele se vira e sai da picape. Acho que ele vai embora e vai deixar essa conversa inacabada, mas ele se vira para mim e diz:

— Você talvez lamente ter dito isso, Impaciente, porque, como falei, eu amo pra caralho um desafio. — Com isso, ele fecha a porta e vai para a caçamba da picape ajudar Paxton. E me deixa sentada me sentindo febril de um jeito bom. Eu talvez esteja encrencada.

O bar é pequeno por dentro. Gus disse que cabiam duzentas pessoas, mas não sei como. Pelo aspecto do local, nada nunca foi consertado ou renovado, das paredes de madeira escura até os bancos rasgados de vinil das mesas ao redor do salão ou o piso de tábuas largas gasto e irregular. O cheiro é de uma cervejaria. Não consigo imaginar quanta cerveja já foi derramada no chão ao longo dos anos. O lugar é uma verdadeira espelunca e é incrível pensar que Gus e a Rook começaram aqui, quando eles já tocaram em alguns dos locais de show mais famosos na Europa e nos Estados Unidos.

Paxton está em estado de glória, ajudando a banda a levar o equipamento para dentro e a montar tudo. Ele está usando uma das camisetas da Rook que o Gus deu para ele, e sei que nunca o vi mais feliz do que ele está hoje. Eu queria que ele pudesse viver isso por mais do que duas horas.

Ouço vozes perto da entrada e vejo os seguranças segurando uma multidão na porta. Todo mundo quer entrar para ver a Rook tocar. Paxton e eu íamos assistir dos bastidores, mas ele quer ficar na plateia. Então, depois que o palco é montado, encontramos um lugar no meio das pessoas já se reunindo na plateia. Estar no meio daquelas pessoas me deixa pouco à vontade, mas faço qualquer coisa para manter o sorriso na cara do Paxton.

Quando a Rook sobe ao palco, o lugar explode. Nunca vi nada igual. Se adoração tiver um equivalente sonoro, foi isso que aconteceu. É amor. Um amor louco por essa banda. E me faz sorrir. Paxton está dando pulos, gritando e batendo palmas. É, eu nunca o vi tão feliz assim, não que a vida sempre ofereça esse tipo de emoção, mas é assim que quero Paxton todos os minutos de todos os dias.

Gus limpa a garganta quando se aproxima do microfone e sorri, mas tem alguma coisa errada. Seus olhos estão procurando algo na plateia e a intensidade deles não combina com o seu sorriso.

— Oi, San Diego! — grita ele. — É bom estar de volta ao Joe's! — Os olhos dele continuam procurando. — Vamos tocar umas músicas para vocês hoje. Mas, antes de começarmos, preciso que vocês me acompanhem aqui um minuto.

Uma mulher perto da frente tira a blusa e a gira como um laço acima da cabeça. Franco está rindo atrás da bateria e aponta uma baqueta para a mulher só de sutiã e diz:

— Não é para acompanhar assim, mas adorei o entusiasmo, chica.

A plateia ri, mas Gus ainda parece determinado. Ele não está vendo e nem ouvindo o que está acontecendo ao seu redor. Seu olhar ainda está verificando a plateia metodicamente quando ele diz:

— Pax, onde você está?

Paxton começa a balançar as mãos acima da cabeça. Normalmente, ele ficaria constrangido com esse tipo de atenção, mas acho que a empolgação superou a sua timidez.

Quando Gus vê as suas mãos em movimento, o olhar dele se gruda no meu e ele aponta para nós antes de mover o mesmo dedo, nos chamando para perto.

— Quero que todo mundo abra espaço pro gostosão com a camisa da Rook e pra garota linda que está com ele, para que eles venham para a frente.

Paxton segura a minha mão e começa a me puxar pela multidão. Estou esbarrando os ombros em todo mundo quando passamos e todo mundo está me olhando, o que normalmente é um pesadelo. E, apesar de eu ainda me sentir um pouco tímida, não consigo parar de sorrir enquanto meu rosto fica quente e vermelho... porque o Gus me chamou de linda. Ele me chamou de linda em um salão cheio de gente. Sei que não devia ser nada de mais. A beleza está dentro das pessoas, bláblábla. Sei disso. Vivo repetindo. É o meu mantra. Repito para mim mesma há anos. Repetir e acreditar são duas coisas diferentes. E quando você cresce sem se sentir bonita e uma coisa assim acontece... não é pouca coisa.

Quando paramos bem na frente dele, encostados no palco, eu olho para cima. Ele está me encarando e o sorriso se transformou. É real. É o sorriso que ele abre depois que surfa ou que brinca com Costelinha ou que vê o pôr do sol ou que abraça a Audrey. É uma alegria profunda. É a minha versão favorita do Gus. Sorrio para ele para que ele saiba que estamos juntos e que sinto orgulho dele. E digo:

— Obrigada. Me mostra o que você sabe fazer.

O sorriso dele aumenta e ele pisca.

— Desafio aceito, Impaciente — diz ele no microfone.

Ele dedilha a guitarra duas vezes, olha para Franco e assente. E é assim que começa. Durante uma hora, vejo Gus dominar o palco. Desafio aceito mesmo. Do meu lugar perto do palco, fico impressionada. Sinto o baixo e a bateria vibrando no corpo e estou perto o suficiente para esticar a mão e tocar no Gus, se eu quisesse. Sinto o calor das luzes do palco e o som da música parece jorrar em mim. Meus olhos percorrem cada centímetro dele, absorvendo tudo. A experiência toda é uma overdose sensorial.

Vejo seus pés irem de um lado do palco até o outro enquanto ele toca a guitarra antes de virem parar na minha frente e do suporte do microfone enquanto ele canta. E, quando ele canta, as palavras parecem penetrar em todos os poros e me preencher completamente. Não as ouço; eu as sinto. Sinto cada palavra, cada sílaba. A voz dele, o jeito como ele canta, me envolve. A emoção na voz dele faz meu coração parecer que vai explodir. Ele é tão apaixonado. E, puta merda, como é sexy.

Enquanto a apresentação acontece, começo a olhar sem vergonha nenhuma a bunda dele na calça jeans cada vez que ele se afasta de nós. Não consigo acreditar que estou morando no quarto em frente àquela bunda há meses e nunca reparei no quanto ela é espetacular. E o jeito como o peito dele preenche perfeitamente a camiseta que ele está usando, os bíceps esticando as mangas, parece totalmente novo. Vejo os seus antebraços firmes se contraírem e se flexionarem com o uso constante.

E as mãos deles. As mãos. Ver os dedos dele manipularem aquela guitarra, dobrando-a à sua vontade, o jeito como ele a faz gritar... ou cantar. Sei que a música é visceral, mas minha imaginação está descontrolada vendo aquelas mãos. Como seria a sensação delas em mim. O que poderiam fazer comigo. Meu Deus, de repente sinto que vou perder a cabeça. Achei que havia atração antes, mas agora estou olhando descaradamente o volume dentro da calça jeans e fantasiando. Só sinto necessidade. Tanta necessidade. O tipo de necessidade que exige alívio.

Cada vez que meus olhos encontram seu rosto de novo, é como se estivessem sendo atraídos para lá. Percebo que ele está me encarando, e a expressão nos olhos dele é pecaminosa e brincalhona e tão, tão safada. Ela está alimentando a plateia.

E está me alimentando.

Não sei há quanto tempo eles estão tocando. Já poderia ser o dia seguinte para mim, e acredito que eu ficaria ali a noite toda olhando para ele, mas, quando ele puxa a alça da guitarra pelo pescoço e se separa dela, a camisa está encharcada de suor. Ele tira a camisa e as mulheres da plateia assobiam e gritam enquanto ele se reúne com o resto da banda na bateria do Franco. A gritaria da plateia continua enquanto eles falam, e, apesar de não conseguirmos ouvir o que estão dizendo, a expressão no rosto de todos eles ficou séria. Quando eles se separam, Gus vai até a beirada do palco, pega um banquinho e o violão e volta ao microfone. Depois que ajeita o suporte, ele se senta e dedilha o violão algumas vezes antes de falar. Enquanto fala, afina distraidamente o violão.

— Nós gravamos essa música muito tempo trás, mas nunca a tocamos ao vivo. — Ele dá de ombros enquanto fala. Parece uma confissão e um pedido de desculpas ao mesmo tempo. — Porra, nós nunca nem tocamos juntos há muito tempo, então vamos nos esforçar para não fazer merda, mas não fiquem putos se a gente fizer. Combinado? — A plateia grita, concordando. O olhar dele percorre o braço do violão quando ele fica satisfeito com a afinação, se desvia para mim e ele sorri com nervosismo. Ele está procurando apoio.

— Mostra do que você é capaz! — eu grito e sorrio.

Ele assente e o sorriso fica mais caloroso quando ele fala no microfone.

— A música se chama "Finish Me".

Ele inclina a cabeça para trás até estar olhando para o teto e respira fundo, depois diz uma coisa que ninguém consegue ouvir. Ele abaixa o rosto e começa a dedilhar o violão. É só ele agora, e o som é de tirar o fôlego. É lento, apaixonado e quase sinistro. Quando o resto da banda se junta, fico perdida na música. E, quando ele começa a cantar, eu me afogo. Eu me afogo nas profundezas da emoção que sai dele. É bruto, é dor e é amor, puro e destemido. Ele me puxou para dentro. Estou dentro, dentro dessa tempestade de emoções. Seguro o braço de Paxton com as duas mãos, como se fosse ser carregada pela onda que cai em mim. E, quando só tem o Gus dedilhando o violão sem parar e depois acaba, eu me dou conta. A dor dele fica clara. Ele compôs essa música para a Kate e é por isso que eles nunca tocaram essa música.

Ele não conseguia tocar essa música.

Mas acabou de tocar.

E foi a coisa mais linda, furiosa e poderosa que já ouvi.

Mas os olhos dele, os olhos dele estão brilhando. Tem alívio neles. E orgulho. E amor. Tanto amor que não consigo segurar meu sorriso para ele.

Ele sorri para mim e, quando faz isso, sei que ele vai ficar bem. Esse foi um passo que ele precisava dar. E ele não só deu o passo… ele arrasou. Ele tocou absurdamente.

E a melhor parte é que… ele sabe.

A plateia explode em aplausos, gritando com entusiasmo e enchendo o ambiente de barulho. Gus sorri, seca a testa e tira o banquinho do palco. Ele troca o violão pela guitarra, vai para trás do microfone e ajusta a altura. Ele parece mais leve do que já o vi antes. Está mais alto. Olha para a plateia e seus olhos observam o salão todo. Enquanto faz isso, um sorriso surge em seu rosto e seus olhos se enchem de luz. Ele morde o lábio inferior como quem quer segurar um sorriso ainda maior e olha para cima enquanto fala.

— Essa foi para você, Raio de Sol. Espero que você tenha visto, sua merdinha.

O resto da banda bate palmas e ri com ele. Ele se vira para olhar para Franco e vejo seus ombros subirem e descerem em uma respiração funda e purificadora. Os gritos pararam e o ouço dizer:

— Porra, isso foi bom.

Ele se vira e fala com a plateia agora.

— Temos uma última música para vocês hoje. E vou precisar de vocês todos — ele aponta para a plateia com as duas mãos. — E estou falando de cada um de vocês, quero que cantem comigo. Vamos matar a porra do sol, combinado?

A última música faz a plateia explodir em caos e estou amando cada segundo disso. Não conheço a letra da música, mas, a julgar pelo volume ensurdecedor, sou a única. Todo mundo no salão está cantando. Durante esses três minutos, sinto que sou parte de uma coisa enorme. E, pela primeira vez, a tatuagem do Gus faz sentido. Porque isso... tudo que eu vejo... tudo que ouço... tudo que sinto... é épico.

O Gus.

A Rook.

Eles fazem épico.

O show termina na hora que o relógio bate meia-noite e Gus diz:

— Obrigado pela presença hoje. Vocês são a melhor plateia para qual tocamos há séculos. Agora vão comorar, seus fodões. Feliz Ano-Novo!

Paxton e eu compramos duas Cocas enquanto Gus e os rapazes conversam com os fãs depois do show. Eles dão autógrafos e tiram fotos por cerca de uma hora, depois disso nós os ajudamos a desmontar o equipamento e levar de volta para os carros.

O caminho para casa é uma falação unilateral. Paxton fala o caminho todo. Eu nunca o vi assim, tão animado, tão energizado.

Quando chegamos em casa, está tudo em silêncio, o que é incomum. Audrey foi para Chicago passar o Ano-Novo com o sr. Banks. Paxton abraça Gus e agradece a ele pela quinta ou sexta vez, depois vai para o porão dormir. São duas horas da madrugada. Eu deveria estar cansada, mas meu corpo e minha mente não sossegam. Se não estivesse tão tarde, eu provavelmente sairia para correr para gastar essa energia, mas acabo oferecendo para preparar alguma coisa para o Gus comer. Ele quer queijo quente. Faço quatro sanduíches e sirvo dois copos de leite enquanto ele toma banho. Ele volta só de short e nos sentamos nos bancos junto à ilha da cozinha para comer. Meu ouvido está ecoando um pouco no silêncio. Seria irritante se não fosse um lembrete do que acabei de vivenciar. As lembranças estão ocupando minha mente: os sons, o visual, os sentimentos.

O silêncio parece oferecer um descanso da noite barulhenta para Gus. Então, dou-lhe tempo para refletir ou para não pensar se for disso que ele precisa enquanto comemos. Mas, quando estamos terminando os sanduíches, quebro o silêncio.

— Obrigada.

Ele olha para mim e fala enquanto mastiga o último pedaço.

— Por quê?

— Por fazer o ano do Paxton.

Ele não é bom em receber elogios. Ele olha para o prato, mas um sorriso tímido aparece.

— Ele se divertiu, né?

— Estou dizendo, esta foi a melhor noite da vida dele. Pode perguntar de manhã, ele vai te dizer. — Fico com vontade de sorrir só de pensar.

Gus olha para mim e sua expressão fica apreensiva.

— E você? Cumpri o desafio?

Passo a língua nos lábios.

— Mais do que cumpriu. — Fico nervosa de repente. Ele está sentado do meu lado direito. Nunca deixo as pessoas se sentarem do meu lado direito, com vista direta das minhas cicatrizes. Eu me viro no banco para ficar de frente para ele.

Antes que eu fale, ele coloca as mãos nos meus joelhos e me gira para a posição anterior, virada para a frente.

— Por que você fez isso? — eu pergunto.

— Porque eu nunca tenho a oportunidade de ver esse lado seu. — Ele toca delicadamente na minha bochecha, na minha cicatriz, e um dedo a percorre.

Apesar de lutar para não me encolher, meus olhos se fecham instintivamente e lágrimas ardem nos meus olhos. Meu queixo desce, puxo os lábios entre os dentes e mordo para tentar afastar a emoção que sei que está vindo. Quando não sinto mais o toque dele, respiro fundo e abro os olhos.

Ele está me olhando sem crítica, sem repulsa e sem pena nos olhos.

— Te mostrei um lado meu diferente hoje. É a sua vez. — A voz dele soa baixa e gentil. Mais gentil do que imaginei que poderia ser.

Abro um meio sorriso insincero.

— Nossos outros lados são bem diferentes.

Ele olha para baixo e pensa por um momento antes de esticar as mãos, segurar meus joelhos e me virar de frente para ele de novo. Quando ele chega para a beirada do banco, ele não solta meus joelhos. Suas pernas estão abertas. Um joelho encostado em cada um dos meus por fora. Estou olhando para as mãos dele em mim e nossas pernas encostadas quando ele diz meu nome para fazer meu olhar voltar para o dele.

— Scout.

Scout. Quando ele diz meu nome, parece uma promessa. E meu corpo todo reage, tanto física quanto emocionalmente. Ele está observando o meu rosto e, por hábito, afasto o olhar.

— Olha para mim — diz ele.

Eu olho, apesar de ter que lutar com todas as minhas forças contra a vontade de afastar o olhar.

— Estou me escondendo para não tocar há muito tempo. Me escondendo daquele meu outro lado.

Eu balanço a cabeça para rejeitar o que ele diz, porque ele nasceu para se apresentar.

— O quê? — ele pergunta.

Ainda estou balançando a cabeça com determinação.

— Você não devia se esconder. O que eu vi hoje... — Dou um suspiro porque agora estou ficando emotiva ao pensar sobre isso e sei que ele duvida de si mesmo demais, então preciso dizer o que eu puder para convencê-lo do contrário. — Você naquele palco. Deus... foi incrível. Sua voz, sua música... só sua presença... foi incrível. Você perguntou se cumpriu o desafio... mas, caramba... — Eu hesito. — Você me deixou sem palavras.

Ele ainda está me encarando, sem sinal de sorriso. Quando ele se inclina um pouco para a frente, a pressão nos meus joelhos aumenta, e com isso sinto o ar ao nosso redor ficar carregado. Ele desce o olhar para a minha boca antes de voltar a me encarar.

— Talvez você veja o meu outro lado diferente do que eu vejo. O que você descreveu... — Ele balança a cabeça. — Não pode ser eu.

Eu inclino a cabeça sem acreditar.

— Por que não?

— Porque eu sempre duvido do meu talento. Sempre questiono se sou bom o suficiente. Porra, por mais de um ano não consegui nem compor músicas para um disco novo.

Quero sacudi-lo, mas só aperto as suas mãos.

— Como você pode dizer isso? Você é a pessoa mais talentosa que já conheci. E acabou de compor um disco novo.

Ele segura meus punhos e abre meus dedos.

— Então, basicamente o que você está dizendo é que eu deveria mandar a dúvida se foder, porque eu sou melhor do que eu acho que eu sou? Que você me vê de um jeito diferente do que eu me vejo?

Eu o encaro e faço que sim.

— Isso. É exatamente o que estou dizendo.

Ele aperta minhas mãos e ergue as sobrancelhas para enfatizar o que vai dizer antes mesmo de falar.

— É exatamente o que estou dizendo também.

Enquanto estou pensando no que ele falou, repassando as palavras na mente, ele coloca uma das mãos em cada panturrilha e levanta minhas pernas até meus pés estarem da altura dos assentos. Em seguida, junta as pernas até os joelhos se tocarem e coloca meus pés em cima.

— Você não vê a mulher que eu vejo.

As mãos dele separam minhas pernas e eles a abaixam até cada joelho meu estar do lado de fora dos dele. Estou tentando prestar atenção, mas meu foco fica mudando do que os seus lábios estão dizendo para o que as suas mãos estão dizendo. A história está se desdobrando com o seu toque. Suas mãos encontram meus joelhos de novo, mas desta vez deslizam pelas minhas coxas. No meio, vão para fora, na direção dos meus quadris. Nos quadris, ele só para quando as mãos estão atrás e ele me puxa até eu estar sentada no colo dele, montada nele.

E, agora, meu coração está disparado, e nunca fiquei tão ciente de um toque e de como ele pode atingir todos os cinco sentidos do que sou neste momento. Quero prestar atenção em tudo nele, tudo em nós, mas não sei em que me concentrar primeiro. Então, mantenho o olhar baixo e dedico toda a atenção para a sensação das mãos dele subindo e descendo pelas minhas costas... subindo e descendo... em uma massagem lenta e relaxante. O movimento repetitivo me faz fechar os olhos. E, assim que mergulho na escuridão, uma necessidade desperta em mim. Preciso tocá-lo mais do que já precisei de qualquer coisa na vida, então coloco as mãos nas laterais do tronco ele. Ele está sem camisa e ainda está quente do banho. Fico de olhos fechados, mas sinto-o se inclinar até nossos peitos estarem se tocando e sua boca estar no meu ouvido. E a conversa, uma combinação irresistível de palavras e toques, continua.

— Eu não poderia ter tocado sem você lá hoje. Entrei em pânico quando subi no palco e não consegui te ver na plateia, por isso pedi que você e o Pax fossem para a frente. Eu me sinto diferente quando você está perto. Me sinto melhor, como se fosse capaz de encarar a merda toda. Não sei o que tem em você, mas você me dá vontade de ser o Gus de novo. Os dois lados. Eu me diverti tanto hoje. Não toco assim há mais de um ano.

Ouvir isso, ouvir a cura e a esperança na voz dele, joga meu coração no céu.

— Você não faz ideia de como isso me deixa feliz — eu digo, a boca perto do ombro dele.

Ele ainda está perto do meu ouvido.

— Obrigado. Foi você. — As mãos dele sobem pelas minhas costas de novo e continuam até estarem dos dois lados do meu pescoço, os polegares encostados embaixo do meu queixo. Ele me faz virar a cabeça para a esquerda com os polegares, expondo completamente minhas cicatrizes, e diz: — Eu falei sério o que disse antes. — Um beijo leve pousa na minha bochecha marcada e meus olhos se fecham. — Menina linda. Você é linda. — Outro beijo em outra cicatriz. — Tudo — outro beijo — em — outro beijo — você — outro beijo, esse no meu pescoço — é perfeito pra caralho.

Estou ficando tonta com ele me tocando assim, então abro os olhos e viro a cabeça para ele.

(Gus)

Quando ela abre os olhos, ambos estão escuros e brilhando. Ela está me olhando como me olhou quando eu estava no palco. A expressão é de desejo sexual, puro e radiante. Mas tem outra coisa também. Ela está confiando a mim a parte mais vulnerável dela e não está recuando. Essa coragem é incrivelmente sexy.

Não aguento nem mais um segundo sem os lábios dela nos meus e seguro o rosto dela nas mãos na mesma hora que ela toca no meu. Assim que as nossas bocas se tocam, tenho vontade de entrar. E meus dentes lideram a jornada de exploração: puxo o lábio inferior e passo a ponta da língua. O ato faz os dedos dela se abrirem e ela os enfia no meu cabelo até as palmas estarem cobrindo meus ouvidos, bloqueando o silêncio na sala, e só consigo ouvir meus batimentos disparados no peito. Refletem o desespero que sinto.

Solto o lábio inferior e, quando vou explorar a sua boca, ela está pronta para mim. Nossas línguas se roçam de leve no começo, mas demora poucos segundos para o desejo ampliar e virar uma guerra declarada. É o duelo de línguas mais lindo que já senti.

Ela se afasta delicadamente.

— Gus? — A voz dela soa ofegante, mais ar do que som.

É a primeira vez que ela me chama de Gus. E, porra, parece aceitação e aprovação; ela finalmente me aceitou.

— Me chama de Gus de novo.

— Gus. — É o mesmo sussurro.

Nós nos beijamos e a batalha recomeça por pouco tempo antes de eu responder.

— O quê?

Os quadris dela anunciam a intenção ao mesmo tempo que ela segura meu cabelo com as mãos na base do meu pescoço.

— Eu preciso de você... — Parece mais uma admissão do que uma exigência.

Eu a interrompo com outro beijo, porque, meu Deus, a voz dela... aquela confissão sussurrada e fraca. Está me deixando louco. E nem vou falar das mãos dela no meu cabelo. Isso sempre me deixa louco.

Ela remexe os quadris de novo e me encosto nela e pressiono a ereção nela. O corpo dela fica tenso e o aperto no meu cabelo aumenta. Dou um gemido porque, porra, isso é bom pra caralho. Preciso sair daqui com ela antes que a gente acabe em cima da ilha da cozinha, porque é isso que vai acontecer em dois minutos se não formos para o meu quarto. Com os braços dela ainda no meu pescoço, fico de pé e ela passa as pernas em volta de mim. Que bom que sei andar nessa casa até no escuro, porque não vou separar a minha boca da dela para poder olhar o caminho. Vou contar com a memória e o instinto para chegar lá porque o resto de mim está ocupado demais.

Eu a coloco no chão quando chegamos ao nosso destino. Dois passos depois de entrarmos, a porta está fechada e meu short está no chão.

Ela está brigando com o botão da calça jeans quando levanta o olhar e me vê parado na frente dela, nu. O ar some dos pulmões dela em um suspiro de choque... e desejo. Tanto desejo.

Ando na direção dela, afasto suas mãos da calça jeans e a tiro para ela. Ela deixa, então puxo a calça e a calcinha pelas pernas longas. Quando levo a mão à barra da blusa, olho para ela com dúvida. Ela nunca mostra as cicatrizes que sei que estão por baixo e sei que agora é um momento decisivo. E, por mim, tudo bem. Só quero que ela me dê o que ela se sente à vontade de dar. Então, quando ela assente e levanta os braços, permitindo que eu tire a blusa dela, estou comemorando por dentro. Comemorando a coragem dela. As cicatrizes são limitadas ao lado direito e ao braço. Não é chocante. É o que eu esperava. E é ela. E tudo nela é lindo. Ela está com os olhos baixos de novo. Ergo o queixo dela e aponto para os meus olhos.

— Olhos bem aqui. — Nossos olhares se encontram.

Nos olhos dela, vejo a inquietação ameaçando a confiança.

— Ninguém nunca me viu assim.

— Sorte minha. Porque você é linda. — E agora estou sentindo um certo triunfo porque, obviamente, nem o babaca do Michael ganhou esse presente.

— Obrigado.

Agora ela está sorrindo com alívio e a confiança está voltando.

— Obrigada. — O sorriso volta a ser de desejo.

Desço o olhar para o corpo dela. Ela está de pé na minha frente só com um sutiã branco de algodão. Caramba, eu achava que estava desesperado antes, mas isso aumentou o meu desejo de forma inimaginável. Estico a mão até as costas dela e solto o sutiã, e, antes de ter descido pelos braços, já estou com os seios nas minhas mãos. Passo os polegares delicadamente pelos mamilos dela e eles ficam duros com meu toque. É uma reação imediata que nunca deixa de me excitar.

A respiração dela está mais pesada de novo e cada inspiração está cheia de urgência, como se ela estivesse tentando sufocar qualquer reação vocal ao prazer que está sentindo.

Passo os olhos pelo corpo dela mais uma vez; é uma visão preliminar. O corpo dela é lindo. Eu a encaro.

— Você está bem? — Ela está muito quieta, um contraste intenso a tudo que o corpo dela está dizendo.

Ela assente.

— Não tenho feito muitas coisas certas ultimamente, mas juro por Deus, Scout, que vou fazer você se sentir… tão… bem. É só você pedir.

Os olhos dela estão suplicantes agora e as mãos mexem com ansiedade na minha lombar. É um gesto controlado que indica a promessa de entrega desinibida.

— Por favor.

Não perco tempo para passar os braços em volta dela e a puxar para perto de mim. Caramba, a pele dela. Ela é toda pele. Pele linda, quente, sensível, cheia de terminações nervosas. Eu a sinto. Não sinto ninguém há meses e meses. As mulheres eram só corpos que satisfaziam minha necessidade. Mas, com Scout, eu a sinto. Sinto tudo nela.

Eu a levo até a cama até que a parte de trás das pernas dela encostam e eu a deito. Vamos subindo até os meus travesseiros. Ela está de costas e eu estou em cima dela. Meu corpo não se afastou do dela. Ele não quer. Cada vez que ela mexe os quadris para subir pela cama, sinto o movimento e faço pressão com o meu, e nos movemos de forma fluida, como uma pessoa só, como uma onda. Uma maré que sobe e fica mais intensa, mais exigente. E cada crista gera um gemido de apreciação e prazer vindo de mim, junto com um silêncio controlado dela.

— Não precisa ficar quietinha, menina linda. Sente isso comigo.

Essa é toda a persuasão de que ela precisava.

— Humm.

O gemido é alívio e êxtase, acompanhado de uma expiração que é um dos sons mais sexys que já ouvi uma mulher fazer. Como se ela tivesse perdido todo o controle. É a entrega que eu sabia que estava presa lá dentro.

A cabeça dela está no meu travesseiro agora. Estou movendo os quadris e me roçando nela, e ela está me segurando com mais e mais força junto ao corpo, como se tivesse medo de eu sumir se ela soltasse.

Estamos nos olhando quando aquele gemido sexy soa de novo.

— Fala comigo, Scout. Me diz de que você precisa. — Quero ouvir tudo.

Ela ofega.

— Agora. Preciso de você agora, Gus. Não consigo esperar.

Nem eu. Eu a beijo, saio de cima dela e enfio a mão na gaveta da mesa de cabeceira para pegar um preservativo. Abro a embalagem e coloco em tempo recorde.

Ela não faz nenhuma tentativa de me guiar e nem de se reposicionar, então fico aninhado entre as pernas dela, de joelho. Puta merda, não sinto tanto tesão há muito tempo. Esqueci como era. Quero ir devagar. Quero lamber cada pedacinho do corpo dela. Quero tocar nela e a provocar. Quero que dure. Mas ela está pronta, e eu estaria mentindo se dissesse que não estou. Estou muito pronto.

Estou de joelhos na frente dela. Olhando para ela. Ela é linda. O cabelo escuro está espalhado em volta da cabeça. Os olhos estão brilhando, grudados nos meus. O peito está subindo e descendo a cada respiração, os mamilos inchados e duros.

Sento a bunda sobre os calcanhares e abro os dedos embaixo dela, os polegares nos quadris. Seguro-a com firmeza e a puxo lentamente pelas minhas coxas. Caramba, a pele dela de novo. Em mim. Vou explodir.

As pernas dela estão dobradas nos joelhos dos meus dois lados, a bunda perfeita sobre as minhas coxas. Eu me posiciono na entrada e tenho que admitir que não consigo deixar de olhar nós dois... nos tocando. Nas partes mais íntimas e particulares de nós dois prestes a se encontrarem, a se tornarem uma só. Só quero me ver ser recebido e engolido por ela.

Minhas mãos a puxam para mim na mesma hora que meus quadris me empurram para dentro dela. É um movimento lento e exagerado e ela ofega quando a preencho, uma onda de ar e satisfação desinibida. O desejo dela sendo saciado.

Sinto as pernas dela se contraírem e seu corpo chega mais perto do meu. Os olhos dela estão fechados e o rosto está tomado de prazer e contraído de concentração. Essa não é a Scout que conheço dos últimos meses. É a Scout do sonho que ouvi meses atrás. É a Scout se soltando e cedendo a tudo que seu corpo deseja. Cedendo a tudo que está ganhando de mim. Cedendo a tudo que está me dando. Ela está tão envolvida nisso. E eu também.

Eu.

Também.

Porra.

Desço o olhar para nossa conexão novamente. Eu deslizando para fora dela e para dentro de novo. Sem parar. Tudo está crescendo. Sinto nela também.

Mudo a posição sem me soltar dela, de maneira que fico deitado em cima dela. Nossas peles se tocando de novo. Os braços e pernas dela em volta de mim. Minha boca na dela. O movimento dos quadris dela está virando meu mundo de cabeça para baixo da melhor forma possível. Ela é tão apertada e está pulsando em volta de mim.

— Isso mesmo, meu amor, se solta — eu digo, ofegante.

Ela se solta. Meu Deus, como se solta. São gemidos e sons ininteligíveis e palavras distorcidas pelo prazer.

É isso. É agora. Está chegando. Chegando. Chegando.

— Ah, porra. Porra — eu grito.

Ela ainda está se contorcendo em volta de mim e a última coisa que escuto saindo de sua boca é:

— Me beija, Gus.

Eu beijo.

De novo.

E de novo.

Segunda-feira, 1º de janeiro

(Gus)

Sei antes de abrir os olhos que ela não está mais na cama comigo. Ela adormeceu com o braço em volta de mim, a cabeça no meu travesseiro, as pernas compridas emaranhadas nas minhas. Eu não consegui dormir. Ou melhor, só dormi poucas horas hoje de manhã.

Fiquei deitado com ela.

E comigo mesmo.

E fiquei em paz.

Tinha tanto tempo que eu não ficava em paz que eu não queria abrir mão disso para dormir por medo de não estar mais lá quando eu acordasse.

Eu estava certo.

Não está.

Ela não está.

E sei que ela não está longe. Deve só ter ido correr ou talvez esteja tomando café. Mas ela não está aqui. A proximidade dela me traz paz.

E, agora que senti, quero mais. Assim como a porra do cigarro, eu quero mais.

Sou arrancado dos pensamentos pelo som do celular vibrando na mesa de cabeceira.

— Meu Deus, quem está ligando tão c… — Eu ia dizer cedo, mas aí olho para o relógio, que diz quase meio-dia, então relaxo e termino com: — meio-dia? — É o RSC. Eu limpo a garganta e atendo. — Feliz Ano-Novo, *kemosabe.*

— Feliz Ano-Novo para você, Gustov.

— O que está rolando no seu mundo hoje? — eu pergunto enquanto saio da cama e procuro uma cueca ou pelo menos um short.

— Dizem por aí que vocês tocaram num bar local ontem.

— Caramba, as notícias se espalham rápido. O que dizem está correto.

— As boas notícias se espalham rápido. Eu também soube que você está com umas músicas novas prontas.

Pego meu short onde deixei na noite de ontem e o visto.

— Merda, é muita informação. Quem você está pagando para me vigiar agora?

Ele sabe que eu estou brincando. O RSC e eu nos damos bem, desde o dia em que nos conhecemos.

— Ninguém. Conversei com o Franco hoje de manhã.

— Ah. Boa, foi direto à fonte.

— É assim que eu trabalho — responde ele. Ele é um cara bem sério e, quando tenta parecer malandro, sempre morro de rir e acaba sendo só engraçado. E acho que isso é melhor. Eu lido melhor com coisas engraçadas.

Eu caio na gargalhada.

— Não é? Vai logo ao ponto, cara. Aonde essa conversa vai chegar?

— Estúdio em Los Angeles amanhã de manhã. Está reservado por um mês. Tem um apartamento também, no mesmo condomínio da outra vez. Preciso de vocês lá às dez.

Meu estômago se contrai e vejo o que sobrou da paz da noite de ontem voar pela janela. Gravar o último disco foi estressante. Não quero estresse agora, não quando finalmente me livrei dele. Mas digo o que tenho que dizer:

— Estaremos lá. E, cara?

— O quê, Gustov?

— É Ano-Novo e tal, então você pode me chamar só de Gus? Preciso gravar esse disco e fazer a turnê como Gus, não Gustov.

— Claro, Gus. — Quando ele fala, tem alguma coisa na voz dele que não consigo identificar. Parece aprovação. Como quando você é pequeno e faz uma coisa que deixa seu pai ou sua mãe feliz da vida e eles dizem: "Bom trabalho". É assim que parece.

Ligo para Franco, Jamie e Robbie. Eles estão empolgados. Estão prontos.

Eu queria estar. Quer dizer, estou, mas ao mesmo tempo não estou.

Não sei o que fazer, então pego a bolsa de viagem no armário e começo a jogar roupas dentro. Cada movimento parece robótico. Estou me acostumando a botar a vida na mala. Mas, agora, a única coisa que estou pensando em levar comigo é a única coisa que não posso.

Ela.

(Scout)

Saí da cama de manhã cedo e fui dar uma corrida. A adrenalina da noite de ontem ainda estava presente e me fez forçar o ritmo e a distância habituais. Eu estava me sentindo diferente hoje de manhã. Estava me sentindo aceita. Confiante. Corri de camiseta de mangas curtas. Não mostro os braços desde antes do acidente. E não liguei quando as pessoas me olharam porque eu sabia que a única pessoa que importa me acha linda.

Eu comi e tomei banho. E estou na porta do quarto dele de short e uma camiseta da Rook de mangas curtas que roubei do Paxton. Quando estou prestes a bater, meu estômago dá um nó. E começo a duvidar de mim mesma de novo. O que eu falo? Como ajo? Tudo está diferente agora.

Mas respiro fundo e bato mesmo assim, porque, se a noite de ontem me ensinou alguma coisa, foi que a falta de ação nunca é recompensada. Os resultados são consequência de ser um participante ativo da vida. Porque nunca me senti mais viva do que ontem à noite.

Quando abre a porta, ele parece cansado. O cabelo está preso em um rabo de cavalo e o short está baixo nos quadris. Meu Deus, ele é tão lindo. A boca se abre em um sorriso, mas não parece feliz como poucas horas atrás.

— Oi — eu sussurro.

Ele estica a mão para pegar a minha e entrelaça os dedos nos meus.

— Oi — responde ele. Vejo mais os lábios dele se moverem do que ouço. O aperto dele nos meus dedos é delicado e ele está passando o polegar pelas costas da minha mão. — Camiseta bonita. — Com isso, ele sorri de leve. Um sorriso de verdade.

Eu também sorrio.

— É, eu vi a banda tocar ao vivo uma vez. Eles são legais. — Eu pisco para ele saber que estou de brincadeira e o sorriso dele se alarga. — Quer comer alguma coisa? Posso fazer uns ovos.

Ele balança a cabeça e me puxa em um abraço. Ele está me apertando tanto. Tem alguma coisa errada. Como não ouço bem, sempre prestei mais atenção a outras formas pelas quais as pessoas se comunicam. E esse abraço? Está cheio de medo.

— O que houve? — eu pergunto, sem ter certeza se quero ouvir a resposta. Meu coração está avaliando as possibilidades, mas nenhuma me envolve. Consigo aguentar me magoar; passei por isso a vida toda. Ele não precisa de mais nada.

Ele se vira até eu estar vendo a bolsa na cama dele cheia de roupas. Conheço aquela bolsa. É a que ele levou no ônibus da turnê. É a sua bolsa de viagem. A que ele leva quando ele não está em casa.

Fora.

De.

Casa.

— Você vai embora. — Não foi uma pergunta. Parece que estou declarando o óbvio.

Ele ainda está me abraçando com força.

— Outra turnê? — Não pode ser outra turnê.

— Vou ficar um mês em L.A. para gravar o disco novo.

E, agora, meu coração está disparado de um jeito bom. É disso que ele precisa. Os fãs precisam ouvir as músicas novas da Rook.

— Que ótimo.

Ele bufa quando ouve a empolgação na minha voz, quase achando graça.

— O quê? Você me transforma em seu escravo sexual por uma noite e agora quer que eu caia fora?

Dou uma gargalhada porque fico aliviada de ele ter quebrado o gelo sobre os eventos da noite de ontem.

— Não, não era isso. Eu só queria dizer que fico animada de você estar indo gravar suas músicas novas. Elas não deviam ficar confinadas a esta casa, a este quarto. O mundo precisa ouvi-las. — Ele não parece tão animado quanto deveria. — Qual é o problema?

Ele dá de ombros.

— Estou empolgado com a música. Mas não quero ir embora de novo. — Nessa hora, a gata entra pela porta, miando. — Além do mais, quem vai dar a comida para a Costelinha?

— Vá criar magia e eu dou comida para a Costelinha.

— Valeu. E isso me lembra que eu tenho que ir ao mercado comprar a comida dela. Ela come de manhã e de noite, mas só meia lata a cada refeição. Ela não conhece limites. Se você botar mais do que isso, a gata de rua que ela já foi reaparece e ela come que nem uma desesperada. E ela só gosta daquela mistura fedida de frutos do mar.

Eu faço que sim.

— Eu sei. — É fedida mesmo. Todas as manhãs e noites, quando vejo Gus dar a comida para ela, ele puxa a gola da camiseta por cima do nariz antes de abrir a lata. E, se ele estiver sem camisa, ele se ferra; ele tem ânsia de vômito sempre.

— Ah, e ela fica irada se você não limpar a caixa de areia todos os dias. Ela vai atrás de você e vai te dar bronca e te humilhar como a criada que você é com os seus miados mandões cheios de palavrões.

Estou segurando um sorriso porque ele fala tão sério sobre essa gata.

— Ela manda em você, sabe — eu provoco.

Ele sorri.

— Manda mesmo. Ela é napoleônica, uma ditadora pequenininha. Eu amo essa gata.

Ama mesmo.

Passamos a tarde fazendo estoque de alimentos essenciais felinos e humanos, e depois comemos pizza com Audrey e Paxton. Quando voltamos para casa, são nove horas. Audrey e Paxton vão para os seus quartos e nós ficamos na sala.

Gus está perto de mim, só me olhando. Ele não parece mais triste, parece determinado. Amo essa determinação recém-encontrada.

— Você parece cansada — ele diz.

Eu estou cansada.

— Não estou cansada.

Ele sorri para a mentira e conta uma também.

— Nem eu.

Quando ele fica muito cansado, fica cheio de olheiras. Isso o entrega. Ele estica a mão para mim. É um convite.

Eu aceito e o sigo pelo corredor no escuro. Juro que o seguiria para qualquer lugar. Quando entramos no quarto dele, ele solta a minha mão e fecha a porta. Não tem lua hoje e o quarto está tão escuro que nem consigo vê-lo. E está tão silencioso que só ouço minha própria respiração.

Quando as pontas dos dedos dele roçam nos meus pulsos, minha primeira inclinação é esticar as mãos para ele, mas fico parada e espero. Elas sobem de leve por cada braço simultaneamente, desaparecem dentro das minhas mangas e voltam até as minhas mãos. Ele está atrás de mim. Não sinto o corpo dele, mas o calor emanando dele é palpável.

— Eu gosto de você, Scout. Gosto mesmo. — Ele entrelaça os dedos nos meus. — Não sei o que isso quer dizer, mas sinto que não posso sair amanhã de manhã sem dizer isso. E não quero dormir sozinho. Fica comigo? — A voz dele, tudo na voz dele, penetra em mim e pega fogo.

— Eu não gostaria de estar em nenhum outro lugar além de aqui com você hoje. — Estou falando sério. Meu Deus, como estou.

— Obrigado. — Ele encosta os lábios na minha nuca. É um beijo amoroso e doce, mas tem uma intensidade que é totalmente reverente. Ele vive a vida com o coração totalmente exposto. De dentro para fora. A vida dele não diz respeito ao que está acontecendo do lado de fora, o Gus que o resto de nós vê e entende. Ele não vive a vida, ele a sente. Já vi. Já vi a dor o sufocar. E já vi a felicidade o fazer brilhar com uma luz tão intensa que é quase ofuscante.

É isso que o torna especial. Não é o talento e nem a aparência. É o quanto ele sente.

Depois que ficamos de lingerie, ele coloca o alarme do celular, eu tiro o aparelho auditivo e subimos na cama dele. Ele passa os braços em volta de mim e me puxa para perto, minhas costas encostadas na frente dele. A pele dele está quente e está tão exposta. Tocar nele assim deveria ser assustador para mim porque estamos apenas nos tocando. Não é sexual, é íntimo e humano. Todo o foco está no contato. Ele sente minhas cicatrizes. Todas elas. E o toque dele, o jeito como ele me segura tão completamente, faz meu coração transbordar. Eu expiro longamente. Sou tensa e na defensiva... desde sempre. Mas ficar deitada aqui com ele é como soltar lentamente o ar que estou segurando há mais de uma década. Consigo senti-lo passando pelos meus músculos e ossos, e me sinto maleável nos braços dele, como se eu fosse finalmente eu. A pessoa que eu estava procurando. A pessoa que eu sabia que estava aqui dentro, mas que estava distorcida exceto pela casca protetora que eu usava por fora. Estou sorrindo em meio às lágrimas que estão descendo pelas minhas bochechas até o travesseiro.

— Só quero te abraçar hoje. Não é que eu não queira arrancar seu sutiã e sua calcinha e dominar você com a minha masculinidade até você estar gritando meu nome... porque eu quero. — Ele encosta a ereção nas minhas costas para ilustrar o que disse. — Nossa, como quero. Mas eu só quero que esta noite seja sobre nós e essa necessidade insana e implacável que eu tenho de ficar perto de você. Junto de você. De ser seu amigo. De te fazer sorrir. De te fazer gargalhar. De te fazer feliz. De te proteger. Quero saber tudo sobre você, Scout. Seu passado. Seu presente. Seu futuro. Mas temos tempo para isso amanhã e depois de amanhã. Hoje, só quero dormir com você. E, amanhã de manhã, quero acordar com você. Estou trabalhando na ideia de viver o momento, e agora... este momento é tudo que quero.

Tem tantas coisas que quero dizer para ele, mas estou tão impressionada com tudo que acabou de acontecer que sei que sairia tudo errado. Eu não faria justiça aos sentimentos. Então só seguro a mão dele que está no meu quadril e levo a palma até a boca e a beijo. E digo:

— Eu também, Gus.

Eu não solto a mão dele; fico segurando-a junto ao peito, sobre o coração.

E nós adormecemos. E é um sono como nunca tive, profundo, relaxante e terapêutico.

Sábado, 6 de janeiro

(Scout)

— Eu não preciso de um cigarro porra nenhuma. Me diz que eu não preciso de um cigarro porra nenhuma. — É isso que escuto quando atendo o telefone. Ele parece estressado.

— Você não precisa de um cigarro porra nenhuma.

— Preciso. — Sai meio distorcido, como se ele estivesse de boca cheia.

— Não precisa. Quantos chicletes você está mascando?

— Cinco.

— Isso aí. Aguenta firme.

Ele inspira fundo algumas vezes.

— Obrigado, Scout. Tenho que voltar pro estúdio. Falei que precisava mijar, mas só precisava que você me convencesse a voltar e a continuar. Ligo mais tarde.

— Você não precisa — eu repito. — Você é quem manda. — Falo de um jeito inflexível.

— Eu sei. *Adiós*.

— Tchau.

Quinta-feira, 18 de janeiro

(Gus)

Ligo para Scout todos os dias. Ela me traz de volta à realidade, porque o que estamos fazendo no estúdio parece tão irreal. Não falo isso de um jeito ruim. Estou vendo esse disco de um jeito diferente do primeiro. Com o primeiro disco, nós não tínhamos a menor ideia do que estávamos fazendo. Não me entenda mal, eu não era de empurrar as responsabilidades, mas confiamos o projeto ao RSC e deixamos que ele o guiasse. Estou guiando desta vez. Ainda estou contando com o conhecimento dele, mas a visão é toda minha.

Ela atende no terceiro toque.

— Oi, Gus. — Meu coração pula cada vez que ouço as primeiras palavras dela quando ligo. Ela está sorrindo, consigo ouvir. Não é um sorriso que vem de empolgação, é um sorriso de contentamento. É o meu sorriso favorito dela.

— O que está acontecendo em *chez* Hawthorne esta noite? — São dez horas, e ela deve estar se preparando para ir dormir.

— Fiz biscoitos de creme de amendoim.

Minha boca fica cheia de água.

— Humm... Eu amo biscoitos de creme de amendoim.

— Eu sei. São para você. Vou mandá-los em breve.

— Você devia entregá-los pessoalmente. Eu gostaria de sentir o gosto de você e deles. Meu apetite está enorme e parece que tem semanas que não é... satisfeito. — Ela sempre fica meio tímida quando faço qualquer tipo de referência sexual ao telefone. É fofo e é um dos motivos pelos quais eu faço isso. O outro motivo é que eu espero que mais cedo ou mais tarde ela acabe se abrindo a isso.

A linha fica silenciosa.

— Scout, está aí?

— Estou, sim. Eu estava tentando decidir se devo cuidar dos biscoitos ou ir pro meu quarto satisfazer a mim mesma.

Que porra ela acabou de dizer?

— Você pode repetir isso... por favor?

— Você me ouviu. — Ela ainda está sorrindo.

Com clareza.

— Pode ser que tenha ouvido, pode ser que não. Preciso ouvir de novo para ter certeza.

— Eu disse que estava pensando em ir pro meu quarto, tirar a calcinha e me tocar.

Puta merda. Estou duro agora. Tão duro.

— Meu Deus do céu, fala mais.

— Estou pensando em você. Pensando em nós. Em como foi bom você dentro de mim. E fico tão excitada. Às vezes, preciso me aliviar. Tipo agora.

— Puta que pariu — eu digo baixinho. Estou fechando a porta do meu quarto agora e abrindo o zíper do meu short. — Me diz que você está no seu quarto. Me diz que está deitada na sua cama. — Eu preciso do auxílio visual porque as coisas estão prestes a enlouquecer.

— É lá que você quer que eu esteja?

— É. Porra, é. — Tirei o short e a cueca e estou deitado na cama agora. O pau na mão.

— Onde você está? — Ela está respirando mais intensamente agora. É sutil, mas eu escuto.

— Eu estou deitado na minha cama.

— Você está se tocando? — Caramba, ela nem parece tímida.

Dou um suspiro porque sim, estou fazendo bem mais do que só me tocar.

— Gus, quero que você sinta como estou molhada.

— Scout, você está me matando. — Quem podia imaginar que essa garota tinha um lado tão safado?

— Eu estou pronta para você.

— O que você quer que eu faça com você? — Estou cento e dez por cento nessa pequena fantasia.

Ouço a campainha tocar, mas não vou mesmo sair daqui. Sou o único aqui e quem estiver na porta vai ter que ir se foder agora. Sexo por telefone é melhor do que visita.

— Você não respondeu, Scout. Preciso de instruções?

A campainha toca de novo.

Estou esperando a resposta dela enquanto me concentro no êxtase que está acontecendo com firmeza na minha mão. Vou gozar a qualquer momento e nem ligo pra sujeira que vou ter que limpar porque não vou largar esse celular para pegar a minha cueca no chão.

A campainha toca de novo.

— Puta que pariu, meu Deus! Eu vou gozar aqui, vai embora!

— Você está falando comigo? — ela pergunta, mas não parece ofendida e ainda com tesão pra caramba.

— Com você? Meu Deus, não. Tem alguém tocando a campainha e a pessoa não quer ir embora. Acho que não percebeu que estou no meio de uma punheta com uma mulher sexy no telefone agora.

— Atende a porta, Gus. — Ela fala com firmeza.

De jeito nenhum.

— Porra, não. Continua falando.

— Me escuta. Eu dirigi duas horas e meia. Fiquei pensando em você o dia inteiro. Estou pensando em sexo com você o dia inteiro. Estou com tanto tesão que não consigo elaborar um pensamento coerente fora o que quero que você faça comigo. Estou de vestido e já tirei a calcinha no carro e guardei na bolsa. Me deixa entrar antes que eu me masturbe aqui na porta mesmo.

Faço uma pausa, mas só de um segundo, e encerro a ligação, pulo da cama e corro até a porta pelado. Depois de abrir as trancas com dificuldade, porque minhas mãos não estão recebendo as mensagens que o meu cérebro está enviando porque ele está concentrado demais no sexo, abro a porta. E, puta merda, ela está aqui. Ela está parada na minha porta com um vestidinho preto sem mangas, a bolsa em uma das mãos e um saco Ziploc enorme de biscoitos de creme de amendoim na outra. Ela está apetitosa.

— Vestido bonito. Você está linda — eu digo, olhando para os ombros à mostra.

— Obrigada. — Ela está olhando para o meu membro e rindo. Ela levanta o saco de biscoitos sem afastar o olhar. — Eu trouxe os biscoitos.

Estico a mão e tiro o saco da mão dela.

— Obrigada, escoteira. — Eu pego a outra mão dela. — Acho melhor você entrar e me deixar devorar você antes que um dos vizinhos veja o meu pau e chame a polícia por exibicionismo.

Ela entra sem hesitar.

Assim que a porta se fecha, ela larga a bolsa e eu largo os biscoitos. Meus lábios estão nos dela ou os dela estão nos meus, não sei bem o que primeiro. Nossos movimentos desesperados são febris e apressados. Não me satisfaço com os beijos, os lábios dela.

— Senti saudades — eu digo entre beijos.

Os dedos dela estão nas minhas costas.

— Também senti saudades. Tantas.

Começo a segurar a barra do vestido dela com uma das mãos e a puxá-lo para cima enquanto a outra mão aninha o seio dela. Ela não está de sutiã e o mamilo já está duro quando o aperto pelo tecido. Quando minha mão toca na pele embaixo do vestido, dou um sorriso contra os lábios dela.

— Sua calcinha está mesmo na bolsa.

Ela assente.

— Achei que pouparia tempo.

Pego suas coxas e a coloco na mesinha atrás dela, do lado da porta. Afasto o tecido e a vejo toda aberta na minha frente.

— Você toma pílula?

Ela assente.

— E por você tem algum problema se a gente não usar nada? Não tenho camisinha aqui.

Ela assente de novo.

Não perco tempo para puxar a sua bunda para a beirada da frente da mesa e penetrar nela.

Um ofego quase de dor sai por seus lábios, e ela envolve minhas costas com as pernas.

Estou segurando os quadris dela e bombeando, mas tiro quase completamente e a penetro de novo. A cada movimento, minhas coxas empurram a mesa na parede. Com certeza vai haver algum dano à mesa ou à parede, talvez ambas. O ritmo é forte, mas ela está pedindo.

— Mais forte, Gus.

Ela está com a boca no meu pescoço, no meu peito, e, quando puxa meu mamilo com os dentes, uma onda de prazer intenso toma conta de mim.

— Preciso de você nua. Agora.

Ela tira rapidamente o vestido com facilidade pela cabeça. Está respirando pesado de cansaço e paixão, e é tão sexy. Vou mais devagar e me inclino, passo a língua pelo mamilo antes de botá-lo todo na minha boca. Provoco de leve a ponta antes de sugar e empurrar contra o céu da minha boca e morder com delicadeza.

Ela geme e as mãos se firmam dos dois lados da minha cabeça, me segurando no lugar. Continuo a explorar o direito e depois dou a mesma atenção ao esquerdo.

Ela está se contorcendo na mesa, tentando aliviar a dor que a consome.

— Você está lá, Scout?

— Quase. — Os olhos dela estão fechados e a boca está um pouco aberta. Ela inspira fundo, prende o ar e o força para fora, alto. Isso se repete, e cada vez o volume aumenta e as feições dela se contraem mais um pouco. É o clímax chegando, e estou assistindo com o mesmo prazer intenso que sinto espelhado na expressão dela. — Quase lá.

Puxo o seu corpo até que só a ponta de mim ainda fica dentro dela e depois entro lentamente. Quando estou todo dentro, peço que ela se incline para trás de leve, seguro sua bunda com as mãos e puxo seus quadris para poder ir mais fundo. Quando dou o empurrão final, consigo entrar ainda mais e ela suspira. Não dá para ir mais fundo.

— Você é tão gostosa — eu sussurro enquanto repito o movimento, porque puta merda.

Os olhos dela estão fechados quando ela responde.

— Tão gostoso. — Isso abre caminho para um gemido baixo que aumenta e aumenta: — Ah, Deus! Ah, meu Deus! Tão bom! Meu Deus, sim!

Quando percebo, meu clímax chega. É poderoso e tão satisfatório, como se eu estivesse esperando há anos. Tem tantas coisas que quero dizer… gritar.

Mas, por algum motivo, seguro tudo, e o que sai é um murmúrio do fundo do meu peito. Isso amplifica o que está acontecendo em todas as outras partes dessa conexão que temos.

Não tiro os olhos dela e, quando ela relaxa e finalmente abre os olhos, estão tão cheios de euforia que fico sem fôlego.

— Oi — sussurra ela e sorri. E esse sorriso? Quero ver esse sorriso todos os dias pelo resto da minha vida. É uma imagem de contentamento. — Acho que gostei de Los Angeles.

Eu abro um sorriso.

— Oi. Sinto falta da minha casa, mas o sexo é incrível aqui — eu acrescento com uma piscadela.

Scout fica mais uma hora. Nós nos sentamos na minha cama, conversamos e comemos os biscoitos dela com um copo grande de leite que dividimos para molhar os biscoitos, o que deveria parecer tedioso depois de uma trepada que destrói móveis, mas não é. Eu amo conversar com ela. A transformação pela qual ela passou desde que a conheci é incrível. Ela se escondia do mundo, vivia dentro de si mesma. Era como se ela estivesse vivendo papéis duplos. Por dentro, era confiante, forte e segura, mas por fora alguma coisa se perdia.

— Me conta sobre os seus pais — eu digo. Não sei se ela vai falar, mas me sinto à vontade com ela agora para pedir qualquer coisa.

Ela está com a boca cheia de biscoito e espera engolir para responder.

— Não tem muito para contar. A última notícia que tive da minha mãe é que ela estava na Índia. Isso tem uns dois anos. Meu pai mora no Brooklyn. Não o vejo há mais de um ano.

Ela não parece triste. Conta a história como se estivesse lendo uma lista de compras. Então, eu insisto.

— Como foi a sua infância? Suponho que seus pais sejam divorciados.

Ela balança a cabeça.

— Meus pais nunca se casaram. Meu pai era músico. Tocava em barzinhos no Brooklyn e na rua para ganhar uma grana, e acho que ainda faz isso. Ele não é ruim, mas tem certas dificuldades com a vida no mundo real. Sabe como é, o mundo em que você precisa passar mais tempo sóbrio do que bêbado. — Ela levanta as sobrancelhas para deixar claro o que quis dizer. — Acho que a minha mãe era tipo uma groupie. Eles ficaram algumas vezes. Ela engravidou. Eles ficaram juntos até eu nascer e aí a minha mãe pulou fora.

Meu primeiro pensamento vai para a minha mãe. Ela me protege loucamente e a qualquer outra pessoa que ela vê como filho. Sei que nem todas as mães são assim, mas não consigo imaginar uma mãe abandonando o seu filho.

— Ela foi embora? Tipo foi embora, embora?

Ela assente.

— É, eu sempre pensei nela como uma cigana. Acho que ela nunca teve um emprego. Sei que nunca teve uma casa própria. Ela apenas vagueia pelo mundo. Faz amigos e tem amantes. Eles ficam com ela até ela ficar com vontade de passar para o próximo. Tenho notícias dela de uns dois em dois anos. Nunca a vi pessoalmente, só a vi em uma foto que o meu pai tem.

— Porra. Que absurdo, Scout.

Ela dá de ombros como quem concorda e discorda de mim.

— As coisas são como são. Eu preferiria não ter ela na minha vida a tê-la e senti-la como se fosse um peso. Meu pai me criou. Deu certo.

— Como é o seu pai? — Quase tenho medo de perguntar porque sei que ela disse que não ficou com ele depois do acidente.

Ela pisca algumas vezes como se estivesse tentando se lembrar dele.

— Ele ama álcool. Ama a música. E me ama. Nessa ordem.

Sei que não é fácil para ela falar sobre isso, então faço uma pergunta para mantê-la falando.

— Você cresceu no Brooklyn?

— Na maior parte do tempo, sim. Meu pai nunca teve casa, então a gente se mudava muito. Ficávamos com amigos dele, namoradas, às vezes o dono de um bar arrumava um quarto pra gente em cima do bar por um mês ou dois como pagamento por ele tocar à noite. Eu nunca conheci nada diferente, e para mim isso era normal. Eu ficava muito sozinha, mas isso me forçou a ser independente.

— E depois do acidente?

A expressão nos olhos dela fica distante.

— O acidente. — Ela faz uma pausa. — Meu pai arrumou um show no norte de Nova York. Pegou um carro emprestado e fomos. Eu ficava nos bastidores enquanto ele tocava... Eu me lembro de ter lido *Uma casa na campina* enquanto esperava. — Ela sorri levemente com a lembrança. — Ele bebeu durante algumas horas depois que acabou de tocar. Eu li mais um pouco. Quando ele foi me buscar e disse que estava na hora de ir para casa, eu sabia que ele estava bêbado. — Ela dá de ombros. — Ele vivia bêbado e eu não sabia que devia sentir medo. Nós entramos no carro. Estava nevando lá fora e lembro como o banco de trás estava frio quando me deitei no vinil. Eu não botei o cinto de segurança. Nem pensei nisso. Só tinha andado de carro poucas vezes. Nós sempre pegávamos o metrô para ir para casa. Eu dormi e acordei no meio dos destroços e do fogo. — Ela está olhando para o nada com olhos vidrados. A voz está baixa, mas tão intensa que me segura firme; não tenho escolha além de ouvir. — Estava tão quente. É o que mais me lembro... mais do que a dor... o calor. — Ela umedece os lábios antes de continuar. — Fiquei presa no carro. Meu pai estava do lado de fora. Eu o vi andando de um lado para o outro. Eu gritei e gritei por ele e acabei desmaiando.

— Ele voltou para te buscar?

Ela assente.

— Voltou. Eu teria morrido se ele não tivesse voltado. Acho que a ambulância e o carro de bombeiros apareceram pouco depois e nos levaram pro hospital. Ele não se feriu exceto por alguns cortes. Tive que ficar no CTI por alguns dias por causa de ferimentos internos antes de ser transferida pra unidade de queimados. Passei semanas lá. Foram muitas cirurgias, enxertos de pele. Meu pai foi preso: por dirigir bêbado e por colocar uma criança em perigo. A assistência social entrou em ação e minha tia e meu tio se envolveram. O resto é história. Fui para casa com eles e eles viraram minha nova família depois disso.

Ela é forte. Tão forte. Não consigo imaginar a dor e o sofrimento pelos quais ela passou.

— Você vê seu pai?

— Eu o vejo ou falo com ele uma vez por ano, mas nunca é planejado, sempre é do nada. Ele sente culpa, eu sei que sente. Acho que é difícil para ele olhar para mim. — Ela aponta para as cicatrizes no rosto e no pescoço, e ergue as sobrancelhas. O repúdio por si mesma e o constrangimento estão tentando tomar conta dela.

Coloco a mão na bochecha dela e viro a cabeça dela para mim, para que ela me encare.

— Você é linda pra caralho. Não deixe que ninguém faça você se sentir diferente. E, se fizerem, me avisa que vou lá dar uma surra.

Ela sorri e o constrangimento some.

— Obrigada, valentão.

Beijo a testa dela e tiro a mão do seu rosto.

— Quando precisar, fodona. Então você e o Pax cresceram juntos depois?

O sorriso dela aumenta quando ela fala do Pax.

— Crescemos. Ele era uma das únicas pessoas que não me fazia sentir bizarra. Ele nunca falava das cicatrizes e sempre me olhava nos olhos quando falava comigo. Mudei de escola quando fui morar com a minha tia e o meu tio e não cheguei a fazer amigos. Nós morávamos em Manhattan. A maioria dos alunos tinha grana. Eles sabiam ser cruéis. Ficavam provocando. Me xingavam.

E, quando ficamos mais velhos, eles passaram a me ignorar, o que foi um certo alívio. Eu preferia ser ignorada a ser o alvo dos ataques. Quando fui pra faculdade, eu já era boa em me misturar com a paisagem e não ser vista. Eu ficava na minha e fiz o máximo de aulas on-line que pude. — Ela dá de ombros de novo, mas é quase um pedido de desculpas. — Deu certo.

Dou um sorriso porque não posso ficar falando do passado dela, não com ela finalmente se transformando na pessoa que deveria ser.

— Você dá certo para mim.

Ela sorri e levanta as sobrancelhas em uma pergunta. Ela está flertando comigo agora.

— É mesmo?

Eu faço que sim, tiro o saco de biscoitos da cama entre nós e o coloco sobre a cômoda ao lado da cama. Ela está meio sentada, meio deitada, sobre uns travesseiros. Puxo os travesseiros para que ela fique toda deitada na cama.

— A gente não vai precisar disso. — Eu a ajudo a tirar o vestido. — Nem disso. — Tiro o short e a cueca. — Nem disso.

— Gus, tenho que ir embora daqui a pouco. Tenho que trabalhar hoje. — Acabou de passar da meia-noite.

— Eu sei. Só me deixa fazer com que você se sinta bem mais uma vez antes de você ir embora.

Eu me acomodo entre as pernas dela e sinto o seu gosto. E, nossa, é incrível.

Ela treme uma vez com a pressão da minha língua e novamente minutos depois, quando eu a preencho. Todo mundo está totalmente satisfeito. De novo.

Não quero que ela vá embora, mas sei que ela precisa. Visto minha cueca boxer enquanto a vejo colocar o vestido pela cabeça e vestir a calcinha que estava na bolsa. Sei que coisas diferentes excitam pessoas diferentes, mas vê-la tirar a calcinha da bolsa e vesti-la… É, foi sexy.

— Scout?

— O quê? — Ela responde enquanto ajeita a cintura da calcinha de renda e solta a parte de baixo do vestido para cobrir as pernas.

— Você pode começar a carregar a calcinha na bolsa?

Ela ri.

— Por quê?

— Acho que ver você tirá-la da bolsa e vesti-la nunca vai ficar trivial para mim. É excitante pra caralho.

Ela pisca.

— Vou me lembrar disso.

— Que bom. As fantasias realizadas são as melhores fantasias.

— Você está certo. Essa foi a motivação de hoje. — O sorriso dela é pura safadeza.

Estamos indo para a porta agora.

— Por que você não me contou que tinha um lado safado? Gostei.

— Eu não tinha antes de te conhecer. Você é uma má influência. — Ela está indo embora e não se vira quando fala, mas consigo ouvir o seu sorrisinho.

Passo os braços pela cintura dela e a beijo na nuca.

— Sou o melhor tipo de mau.

Ela se vira quando chegamos à porta e concorda.

— O melhor.

Ela me beija. Tem um certo calor no beijo, mas passa rápido e ela se vira e abre a porta.

— Tem certeza de que não está com sono demais para dirigir até em casa?

Quando ela sorri, tenho duas respostas em uma.

— Acho que nunca estive tão desperta. Obrigada por hoje. — Ela está falando sobre mais do que o sexo.

Eu concordo.

— Obrigado por confiar em mim em relação a tudo sobre você.

Ela sorri e me abraça mais uma vez.

— Liga ou manda uma mensagem quando chegar em casa, para eu saber que você chegou bem.

— Pode deixar. Arrasa amanhã no estúdio.

Eu abro um sorriso.

— É esse o plano. Arrasa amanhã no trabalho.

Ela ri enquanto se afasta.

— É esse o plano. Boa noite.

— Boa noite.

Fico na porta e a vejo entrar no carro e sair dirigindo antes de fechá-la. Decido que preciso de outro copo de leite e mais biscoitos antes de ir dormir. Quando estou indo para a cozinha, os rapazes entram pela porta. Eles estão rindo. Vejo que estão todos felizes.

Franco está tirando a jaqueta quando fala.

— Você devia ter vindo com a gente, escroto. Conheci uma ruivinha louca da Nova Inglaterra chamada Gemma. Ela tem uma quedinha por estampa de oncinha, pela banda You Me At Six e por gim. Ela é perfeita. Peguei o número dela. Todos se divertiram.

Todos se divertiram mesmo. Inclusive eu.

Abro um sorriso quando penso isso e, antes que eu possa dizer qualquer coisa, ele está farejando como um cão de caça.

— Está com cheiro de biscoitos caseiros aqui. Por que está com cheiro de biscoitos caseiros aqui? — Ele parece desconfiado. — Scout esteve aqui? Cadê os biscoitos?

Ao mesmo tempo, Jamie diz:

— Puta merda, o que aconteceu com a mesa? E com a parede?

Faço uma careta quando vejo que o canto da mesa fez um buraco na parede de *drywall*. Mas também não consigo disfarçar o sorriso. Tomo um gole de leite e respondo:

— A escoteira pode ter passado aqui hoje para entregar uns biscoitos.

Franco dá um sorriso malandro.

— Isso não explica os danos à propriedade.

Levanto o copo de leite para todos e dou de ombros enquanto saio andando para o meu quarto.

— Vamos só dizer que foram biscoitos muito bons. Excelentes, inclusive. Provavelmente os melhores que já comi na vida.

Sábado, 20 de janeiro

(Gus)

Quando acordei de manhã, não posso dizer que estava triste. Foi mais como se estivesse faltando alguma coisa. Senti no peito, um peso. Raio de Sol morreu um ano atrás. Fiquei deitado vários minutos pensando nela. Pensando na infância com ela. Repassei vinte anos de lembranças em um *slideshow* condensado na minha mente, acompanhado de uma trilha sonora de violino. E, quando acabei, estava olhando para a tatuagem no meu braço e sorrindo. Juro que a ouvi dizer: "Não chore por mim. Quando pensar em mim, fique feliz".

Então, não chorei. Peguei o celular e liguei para o Keller.

Quando ele atende, ouço um piano desafinado ao fundo.

— Oi, Gus. — Ele parece bem. Fico feliz porque eu não sabia o que esperar.

— E aí, papai Banks? Parece que tem alguém torturando um piano para que ele revele seus segredos.

Ele ri e o piano some quando ouço uma porta ser fechada.

— Estou no ensaio de balé da Stella. Acho que não é o piano que está sendo torturado e sim a plateia. Deve ter sido por isso que inventaram os fones de ouvido. Como você está hoje, meu amigo? Eu ia te ligar quando chegasse em casa. Sei que ainda está cedo na Califórnia.

— Está cedo. Estamos em Los Angeles e tenho que estar no estúdio em uma hora. Estamos trabalhando no segundo disco, está quase pronto.

Estou aliviado. Foram umas semanas bem longas, mas trabalhamos muito, aprendi muito e estou muito orgulhoso do que criamos. Cresci muito nesse um ano e meio desde a última gravação. E fica evidente. Tudo está mais maduro, a música, a letra, nós como banda.

— Que ótimo, Gus. Parabéns. Estou ansioso para ouvi-lo. Quando vai sair?

Ele parece genuinamente feliz por mim. É estranho como criamos um laço. Cresceu do nosso amor mútuo por Raio de Sol, que deveria ter nos transformado em inimigos ciumentos, mas, como tudo relacionado a Raio de Sol, o impossível aconteceu e gerou o melhor. A amizade dele é muito importante para mim.

— Estão falando em fim de março e pensando em começar uma turnê em abril.

Assim que falo em voz alta, tudo fica real. Fico empolgado. Empolgado de pegar a estrada e tocar para uma plateia de novo. Empolgado de fazer certo desta vez. Empolgado de aproveitar tudo ao máximo e viver a experiência em vez de só aguentá-la como da última vez.

— Que beleza. E vocês vêm pra Minnesota de novo? Eu adoraria ver outro show. — Ele adoraria mesmo. Dá para perceber.

— Não vi a agenda ainda, mas vou plantar a sementinha. Conheço pessoas que conhecem pessoas. — Eu adoraria tocar em Grant de novo, como um memorial para Raio de Sol.

Ele ri de novo.

— Deve conhecer mesmo.

— O que você anda fazendo, cara? — Preciso saber que ele está bem.

— Ando ocupado. Vou me formar em junho se eu não desmoronar com o estágio de professor que começa esta semana. — Ele parece meio estressado, mas animado.

— Estágio? Que incrível. Ensino médio, né?

— É. Vou dar aulas de inglês aqui na Grant High School. Tive sorte; não poderia ter sido mais perfeito. A escola fica a um quilômetro e meio da nossa casa e a pré-escola da Stella fica no caminho. Parece o ideal.

— Os alunos vão te amar.

— Isso eu não sei, mas estou pronto. Estou muito pronto. — Ele parece cansado.

Raio de Sol me contou tudo sobre o Keller. Sei que a mãe dele queria que ele fosse advogado e ficou bem puta quando ele mudou de carreira e seguiu seu coração para ser professor. Acho que eles ainda não estão se falando. Que bom que ele e o pai estão próximos agora.

— Sei que está. Logo a faculdade vai acabar e tudo isso vai ficar para trás. Você devia trazer Stella para San Diego no outono e arrumar um emprego de professor aqui.

— Ah, cara. Você imagina a Stella morando em San Diego, com acesso à praia em tempo integral? Eu nunca conseguiria fazer ela entrar em casa. A gente ia acabar montando uma barraca na frente de casa e morando lá. Ela ficaria perfeitamente satisfeita de ser sem-teto, desde que estivesse cercada de quilômetros de areia e água para construir castelos de areia.

— Por mim, tudo bem. Sei que a minha mãe também não se importaria.

— Caramba, do jeito que as coisas estão indo entre os nossos pais, é capaz de sermos irmãos postiços até lá.

Dou uma gargalhada porque ele está certo. Minha mãe está passando muitos fins de semana com o dr. Banks. Ela está feliz. Eu nunca a vi namorar antes e por isso o relacionamento dela com ele é uma coisa monumental.

— Nós acabamos de nos tornar melhores amigos? — eu grito para ele com a minha melhor imitação do Will Ferrell. Estou citando o filme "Quase irmãos". Não sei se ele vai entender a referência.

Mas, quando ele responde com entusiasmo com um "Aham", continuo citando o filme.

— Quer ir lutar caratê na garagem?

— Aham — responde ele, e nós dois começamos a rir.

Não rio tanto assim há muito tempo. A sensação é ótima.

— Obrigado por isso, cara. Eu precisava.

Ele ainda está rindo.

— Eu também. — A gargalhada vira uma risadinha, mas ele ainda parece feliz. — Bom, cara. Acabei de ouvir o piano morrer. Isso quer dizer que o ensaio acabou. Tenho que ir pegar a Stella. Obrigado de novo por ligar hoje.

Sinto saudades da Katie, Gus. E sempre vou amá-la. Não passa um dia sem que eu não pense nela. Mas agora é diferente de alguns meses atrás. Agora não é dor; é alegria. Estou vivendo a minha vida por ela também. Estou vivendo com um propósito, mas ainda assim Stella e eu estamos nos divertido no caminho. Nada disso teria sido possível se não fosse por ela. Ela me ensinou a viver. E a amar. Não tenho intenção nenhuma de desperdiçar isso.

Estou assentindo como se ele pudesse me ver.

— Fico feliz. E eu também. Tenha um sábado incrível, cara. E manda um oi pra srta. Stella por mim.

— Pode deixar. Se cuida, Gus.

— Você também. Até mais.

— Tchau.

Assim que desligo, ligo para a minha mãe. Ela está indo para o cemitério com tulipas e uma barra de Twix. Assim como Keller, ela parece estar bem. Ela está lidando com essa data com graça e se lembrando de Kate com alegria, que é a única homenagem possível para Raio de Sol. Conto que acabei de falar com o Keller e até menciono a parte dos irmãos postiços, e ela ri, mas não diz nada para contradizer os boatos. Talvez eles estejam tendo um relacionamento sério. Coisas mais estranhas já aconteceram.

Quando termino minhas ligações, só tenho tempo para tomar um banho e mandar uma mensagem de texto para Scout. "Bom dia, escoteira."

Tem três pares de olhos preocupados em mim quando entro na sala para sairmos. Franco fala primeiro.

— Bom dia. Você está bem, grandão? — Ele parece preocupado comigo.

Eu faço que sim.

— Estou bem, cara. — Sei que eles estão se perguntando se estou arrasado por causa da Raio de Sol. — Sempre vou sentir saudades dela, mas ela está bem aqui. — Bato no peito. — O que me faz pensar que sei que temos que terminar "Judgement Day" hoje, mas acho que em homenagem a Raio de Sol a gente só devia improvisar. Só tocar. Ver o que aparece. Vocês sabem que ela está nos vendo no estúdio. — Eu a sinto lá conosco todos os dias. — Então, hoje, vamos fazer uma coisa que ela amava. — Raio de Sol amava só tocar. Ela era tão criativa. Parecia que tinha um monte de música dentro dela e, cada vez que compunha uma coisa nova, só soltava uma fração. Ela vivia explodindo com músicas novas.

Eles estão sorrindo e assentindo. Franco já está na porta.

— Vamos nessa. Estou declarando oficialmente que hoje é o "Dia da Kate". — Ele segura a porta e saímos para o estacionamento. — É engraçado você mencionar que sente a Kate no estúdio com a gente. Achei que era só eu. Às vezes, quando estou animado e tudo está fluindo bem, posso jurar que escuto ela sussurrando no meu ouvido, me dizendo que sou um animal sexy quando eu toco e que eu sempre fui o favorito dela.

Eu balanço a cabeça e sorrio porque ele falou isso tudo só para me fazer rir.

— Cala a boca, cara. Você é um animal sexy quando toca, mas nunca foi o favorito dela.

Tem uma expressão de mágoa fingida no rosto dele quando ele destranca a picape e nós entramos. Ele se vira e olha para mim no banco de trás.

— Isso dói, cuzão. Dói pra caralho. — Ele está sorrindo quando para de tentar me fazer me sentir mal. — Quem quer café? — diz ele enquanto dá ré. — Que tal a gente começar o "Dia da Kate" com um café para ela?

Depois que passamos pelo drive-thru do Starbucks e gastamos uns duzentos dólares em quatro xícaras de café, nós vamos para o estúdio. E, quando contamos ao RSC quais são os nossos planos para o dia, consigo perceber que ele não acha bom nós tirarmos o dia de folga, mas concorda. Ele também tinha um lugar no seu coração para a Raio de Sol.

Começo a tocar primeiro, só o violão, e reparo que o RSC está com uma fita rolando. Ele está gravando. Não o tempo todo, mas, quando gosta do que ouve, ele grava. As rodas estão girando e sinto mesmo que ela está na sala comigo. Ouço a introdução de uma música surgindo na minha cabeça e troco o violão pela guitarra. Demoro um minuto para ajustar o pedal de efeito e acertar o delay. Na minha mente, as notas estão pulando até meus dedos as alcançarem e darem vida a elas.

A introdução, mesmo com o delay, soa seca. Cada nota está distinta, mas quase preguiçosa. Trabalho nela algumas vezes e todos estão balançando a cabeça. Nós todos gostamos. Faço sinal para o Franco.

— Ei, cara. Joga uma batida aqui. Mas tem que ser apressada. Rápida. Não me acompanha. Me pressiona. Vou ficar para trás, mas você continua. Vai dar certo, confia em mim. Só o *rimshot*, sem o tarol.

Ele toca. Na primeira vez, parece que estamos brigando. Ele está tentando acompanhar o meu andamento, mas não quero que ele faça isso. Ele é quem determina o andamento, mas está se apoiando em mim porque ainda não consegue ouvir. Nós tocamos mais algumas vezes e eu o guio, e no final ele está forçando o andamento e me deixando para trás, e dá certo. Dá certo pra caralho.

Na meia hora seguinte, Jamie e eu criamos uma batida sinistra de baixo que deixaria Raio de Sol orgulhosa. Ela sempre amou um baixo forte e arrasador. Eu sempre preferi seguir a guitarra, mas às vezes seguir o baixo é o melhor caminho. O baixo ressoa; toca na essência do corpo, até os ossos, como um batimento sônico.

Com o baixo pronto, Robbie concorda que precisa seguir Jamie e deixar o baixo servir de guia para o refrão.

Franco está ansioso para se soltar e enlouquecer. Ele vai ter a chance dele.

Eu assinto para o Franco.

— Pronto?

Ele está girando a baqueta na mão e bate algumas vezes no pedal. Ele está ansioso. Só quer tocar, ser libertado. Franco é um baterista e músico fenomenal, mas a melhor parte é o seu entusiasmo. Ele ama tocar. Tocaria o dia inteiro, todos os dias, se pudesse.

— Eu nasci pronto, cara. — Nasceu mesmo. Não é mentira.

— Jamie, toca aquela linha de baixo de novo. Franco, você acompanha ele, só tarol e bumbo, sem tom-tom. Um leve toque de pratos no fim de cada compasso. Robbie, você toca atrás de Jamie, com ele. Vou exagerar aqui. Vocês me ignorem e me deixem fazer o meu trabalho. — Diminuo o delay e aumento a distorção e tocamos algumas vezes.

RSC está encostado na cadeira com um sorrisinho no rosto. Sorrisinho é bom. Sorrisinho quer dizer que ele gosta do que está rolando. Gosta muito. E ele está quieto. É sempre um bom sinal.

— Certo, vamos fazer isso, do começo ao fim. RSC, você pode gravar? Quero ouvir depois para compor uma letra.

Ele faz um sinal de positivo preguiçoso para acompanhar o sorrisinho. Isso é ótimo. Essa harmonização na linguagem dos produtores significa: "Estou amando pra caralho".

— Vou começar, dar espaço para alguns compassos do Franco e voltar. Batida fraca, só o *rimshot*. Nos dá uns compassos sozinhos, aí todo mundo entra ao meu sinal, pro refrão. Repitam até eu fazer sinal para pararmos. Isso vai deixar a linha de baixo do Jamie e o Franco na segunda estrofe. Vou fazer a transição e vamos repetir o refrão. Depois, vamos terminar com a terceira estrofe, que vai ser uma repetição da segunda, só Jamie e Franco. Entenderam?

Todos assentem. Olho para Jamie.

— Sem pressão, mas você sabe o quanto a Raio de Sol gostava de uma linha de baixo firme. Faça-a sentir orgulho, cara.

Ele levanta a tatuagem no antebraço e sorri.

— Eu só faço épico. — Ele pisca. — Deixa comigo.

Depois que ajusto meus pedais de efeito, dedilho a guitarra duas vezes. É um hábito meu. Faço isso antes de começar todas as músicas. Olho para o RSC. Ele está de fones de ouvido e faz sinal de positivo e aperta um botão para começar a gravar.

Nós tocamos uma vez e sai bom, mas as transições não estão limpas. Na segunda vez, todo mundo sabe o que esperar e fica ótimo.

Quando ouvimos a gravação, fico arrepiado. Isso raramente acontece. Eu adoro. Só umas poucas músicas fizeram isso comigo. E já estou com a letra se formando na minha mente. Olho para o relógio na parede. Acabou de dar meio-dia.

— Por que vocês não tiram uma hora? Vão almoçar. Me deem um tempo pra desenvolver essa letra. Já tenho a maior parte dela. Só preciso ouvir isso umas vezes e escrever.

RSC se levanta.

— Quer que eu fique?

Sei que ele está me dando a oportunidade de pedir ajuda se eu precisar, mas ele também confia em mim para que eu trabalhe sozinho.

— Pode deixar. Me faz um favor e me traz alguma coisa sem carne para eu comer. Preciso de combustível. Quero gravar isso e estou com a sensação de que o dia vai ser longo.

Ele assente e mal segura o sorriso.

— Pode deixar. Você está chegando a alguma coisa aqui. Alguma coisa ótima. Siga os seus instintos, Gus. Eles nunca falharam. — Ele sai antes que eu possa responder.

Nós todos só saímos às duas da madrugada e estamos exaustos. Mas a música está pronta. Gravada. Com letra e tudo. Chama-se "Redemption". E os rapazes ainda não sabem, mas temos o título do nosso disco.

Redenção. Foi o que aconteceu hoje. Não no sentido religioso, mas no sentido de "eu sou uma pessoa melhor do que eu era antes". E a sensação é boa pra caralho.

Quinta-feira, 25 de janeiro

(Scout)

— Los Angeles está com saudades de você, escoteira. — É assim que o Gus atende o telefone.

— Sinto saudades de Los Angeles. E de você. Feliz aniversário, Gus.

— Já é hoje? Como você sabia? — Ele parece surpreso.

— Está na agenda da Audrey. Sou assistente dela. Conheço todas as coisas importantes dela.

— Conhece mesmo. — Foi uma insinuação sexual, não tenho dúvida. — Obrigado. E, falando em coisas importantes, vamos acabar aqui no sábado. Você se importa de trazer Pax ao estúdio no sábado de manhã? Não quero aquele garoto no trânsito de Los Angeles sozinho. Trocamos mensagens de texto a manhã toda e mandei uns vídeos curtos do que estamos fazendo, mas sei que ele gostaria de ver pessoalmente. Ainda preciso gravar a guitarra na música final e guardei pro fim com a esperança de ele poder estar aqui.

— Claro. Eu levo ele. Ele vai adorar.

Gus é tudo para Paxton. Sei que Gus minimiza sua influência sobre ele, mas a verdade é que estar perto do Gus é provavelmente a melhor coisa que aconteceu a Paxton. Gus é uma figura paterna, um irmão, um professor e um melhor amigo. Paxton sempre foi um bom garoto, mas as mudanças que vi nele nos últimos meses são enormes. Ele está mais confiante. Está mais extrovertido. Está mais envolvido na escola e mais concentrado em seus interesses.

— Que bom. *Gracias, muchacha.*

— Que horas você quer a gente aí?

— Sei que é cedo, mas quero começar às oito. Não deve demorar, talvez só uma hora. Depois, estarei livre, e podemos voltar para casa. Posso pegar carona com vocês? Ou você pode trazer biscoitos e botar a calcinha na bolsa e a gente pode voltar pro apartamento.

— Eu adoraria levar biscoitos e botar a calcinha na bolsa, mas e o Paxton?

— É verdade. Desde quando o Pax virou empata-foda? Achei que ele era meu amigo. — Ele está rindo.

E, agora, eu estou rindo.

— É melhor eu voltar ao trabalho. Nos falamos de noite, aniversariante. Tenha um ótimo dia.

— Sempre. Você também, amor. — Adoro quando ele me chama assim. Cada vez que ele fala isso, sua voz fica suave, o equivalente verbal a um abraço. Fico quente por dentro e meu coração pula no peito, uma reação puramente física.

— Tchau.

— *Adiós,* amiga.

Sábado, 27 de janeiro

(Gus)

Scout levou Pax ao estúdio hoje de manhã. O garoto ficou louco. Isso me deu ânimo. E, agora, a última faixa de guitarra está gravada. E é épica.

Voltei para casa com eles e chegamos um pouco depois do almoço. Minha mãe tinha feito cupcakes e tacos vegetarianos para mim. Meu Deus, eu amo essa mulher.

Minha mãe, Scout, Pax, a namorada dele, Mason, e eu fizemos uma comemoração discreta e atrasada.

E, para coroar um ótimo dia, Scout se exibiu como veio ao mundo.

E eu também.

E nós arrasamos.

E ela me deixou ficar abraçado com ela a noite toda.

Amo estar em casa.

Domingo, 28 de janeiro

(Scout)

Tem um *post-it* no espelho do banheiro quando saio do chuveiro. "O sexo em San Diego é o meu favorito."

Fico vermelha quando penso na noite de ontem.

O sexo em San Diego é o meu favorito também.

Domingo, 4 de março

(Gus)

Vi o relacionamento da minha mãe e do dr. Banks evoluir para algo sólido, amoroso e estável ao longo dos últimos meses. Durante todo o tempo, fiquei de boca calada, mas sinto necessidade de conversar com ela. E com mais profundidade do que a discussão passageira que temos quando ela me atualiza sobre as viagens.

— Oi, mãe.

— Oi, querido. — Ela está sentada no deque lendo um livro e tomando a sua xícara de café matinal.

— Podemos conversar um minuto?

Ela marca a página e coloca o livro na mesa.

— Claro. O que houve?

Ela parece preocupada, mas eu não pretendia preocupá-la. Às vezes, esqueço que, apesar de eu ser um homem adulto, ela sempre vai pensar em mim como o seu garotinho. E, quando a procuro assim, a mente dela se volta imediatamente para a solução de problemas, no clima de "o que posso fazer para melhorar isso".

Balanço a minha cabeça, me inclino e beijo a testa dela antes de me sentar ao seu lado.

— Não tem nada de errado. — E abro um sorriso para ela ver que não estou mentindo. — Sobre o dr. Banks...

Ela me interrompe.

— Você pode chamá-lo de Eric, sabia? — É um lembrete simpático.

Eu sorrio para o amor na voz dela e assinto.

— Gosto mais de dr. Banks. É mais descolado. — Ela tem vontade de rir, mas só abre um sorriso. Eu continuo. — Sobre o Eric. Você gosta mesmo dele?

— Gosto. — Ela gosta mesmo.

— Você o ama? — O coração dela é importante para mim e só quero alguém que realmente mereça tê-lo.

— Amo. — Ela ama mesmo.

— Você vai se casar com ele, não vai?

A luz que brilha nos olhos dela é a única resposta de eu que preciso.

— Nós já conversamos sobre isso. — Ele deve merecer o coração dela, porque ninguém nunca provocou isso nela antes.

Não sei por que estou tão fascinado com isso. Acho que é porque minha mãe sempre foi uma força a ser reconhecida. A mulher consegue fazer qualquer coisa que queira. Ela faz as coisas acontecerem. Durante toda a minha vida, ela foi uma entidade que ajuda todo mundo, ama todo mundo, mas sempre é independente. O que sempre desconfiei está claro agora: ela botou a sua vida amorosa de lado para poder dedicar a sua vida a mim. Para me criar e me dar total atenção. Ela é totalmente altruísta.

— É isso que você quer?

Ela assente.

— É. Ele é um bom homem, Gus. Acho que encontrar o companheiro perfeito tem tanto a ver com o momento quanto sobre a pessoa em si.

— O que você quer dizer?

— Acho que as pessoas se encontram quando estão prontas. Quando elas mais precisam uma da outra. E é nessa hora de necessidade que os relacionamentos mais fortes se formam.

Minha mente vai até Scout. Sempre vai até Scout. Preciso dela. E não é um precisar necessitado. Não de um jeito que faça meu coração doer. É de um jeito que me torna inteiro. Que me faz não só lembrar quem eu sou, mas me faz querer ser mais. Fazer mais. Por mim. Por ela. Por nós. É um jeito libertador de precisar, porque não tenho dúvida de que sempre e onde surgir ela estará ao meu lado. Como a minha mãe disse, é tudo questão do momento certo. Nós dois estávamos no fundo do poço. Sofrendo. Lamentando. E juntos nos curamos sem nem perceber. Eu encaro a minha mãe.

— Acho que a amo, mãe.

Ela abre o seu sorriso sábio.

— Eu não acho, querido... eu sei.

Terça-feira, 27 de março

(Scout)

Gus ainda está dormindo e deixo alguns bilhetes na porta dele antes de ir trabalhar. "Baixei o disco novo da Rook hoje de manhã no iTunes. Você deveria ouvir. A voz do cantor é sexy demais ;) Falando sério, ouvi quando estava correndo. Seu talento me assombra. Você devia morrer de orgulho de si mesmo."

A verdade é que minha corrida matinal foi uma caminhada. Porque fiquei tão impressionada com o que estava saindo pelos meus fones que não consegui correr. Então, andei. E me sentei algumas vezes só para ouvir. Alguns meses atrás, eu o ouvi compor essas músicas e as tocar no violão no seu quarto. Foi mágico. Mas hoje, ouvir aquelas músicas tranquilas sendo transformadas em canções de uma banda? Fiquei impressionada. Dei uma espiada nele de manhã, quando voltei da corrida. Ele estava deitado de bruços na cama, coberto da cintura para baixo com um lenço, dormindo profundamente. Sei que ele estava nu porque foi assim que eu o deixei hoje cedo. A masculinidade absoluta dele é sempre a primeira coisa que percebo quando o vejo. Há uma atração pura que é inegável. Ele é deslumbrante. Mas, quando meus olhos pousaram nele de manhã, tive um sentimento sufocante de assombro. Aqui está esse homem lindo e divino que também é engraçado, gentil, fofo e protetor, e também sexy e tão, tão atencioso. Mas ele também tem um talento inimaginável. É difícil acreditar que uma pessoa possa ter esse tipo de dom. E ser tão humilde. Ele não faz ideia do quanto é especial. A humildade dele é tão linda quanto ele.

Sábado, 31 de março

(Gus)

Tem uma mensagem de texto me esperando quando olho o celular de manhã.

CLARE: Parabéns pelo disco novo! Comprei e o ouvi ontem à noite. É fenomenal! Ótimo trabalho!

EU: Obrigado. Já parou de fumar?

CLARE: Parei. Tem 2 semanas. Mas não queria te contar para não ficar me exibindo. É difícil. E você?

EU: Eu também parei. Concordo que é difícil pra caralho. Força aí. E não vou cobrar a aposta. Melhor você ficar com o dinheiro e comprar chiclete.

CLARE: Chiclete?

EU: É. Ajuda. Não pergunta por que, mas ajuda.

CLARE: Vou tentar. Se cuida e boa sorte.

EU: Valeu. Você também.

Quinta-feira, 5 de abril

(Gus)

Nossa turnê começa amanhã à noite. Vou de avião para Phoenix de manhã. No voo das onze. O carro da gravadora vai me buscar às oito e meia. Minhas malas estão prontas do lado da porta da casa, junto com as minhas guitarras. Scout me ajudou a fazer as malas: jeans e camisetas para uma semana. Ela até comprou meias e cuecas novas, suficientes para duas semanas, só para o caso de eu não conseguir encontrar uma lavanderia.

Ela está deitada na cama comigo. Estamos de frente um para o outro no meu travesseiro. Nossos corpos estão se tocando, ainda aproveitando a intimidade que compartilhamos minutos antes. Não me canso nunca de fazer sexo com ela. Meu corpo arde por ela. Quando nos conectamos, me sinto completo. É uma experiência muito satisfatória tanto emocional quanto fisicamente.

Ela parece estar sonolenta. Está tarde. Tiro o cabelo da bochecha dela. Adoro que ela nem pense duas vezes quando toco nas cicatrizes dela agora. Ela é uma mulher incrivelmente confiante. Sinto tanto orgulho dela.

— Scout?

— O quê, amor? — É a primeira vez que ela me chama de qualquer coisa que não seja o meu nome. Acho que peguei fogo. Essa mulher acaba comigo.

— Eu te amo. — Falo com toda a sinceridade que tenho.

Os lábios dela tremem e ela os aperta de leve. Tenho medo de ela começar a chorar porque seus olhos estão brilhando, mas a primeira lágrima que escorre pela bochecha vem acompanhada do sorriso mais doce que já vi.

— Você não sabe há quanto tempo eu quero ouvir você dizer isso. Eu também te amo. Tanto.

Não consigo deixar de beijá-la. É eu te amo. E obrigado.

— Vou sentir saudades.

Vamos ficar cinco meses fora porque as turnês americana e europeia foram emendadas. Vamos passar três meses aqui antes de irmos passar dois meses na Europa. Os shows são em lugares maiores do que os lugares onde já tocamos, menos o auditório de Grant. Insistimos em voltar lá por causa da Raio de Sol.

— Também vou sentir saudades, mas vou te visitar. Conheço uma pessoa da banda. Ele é meio importante. — Ela dá de ombros. — Ele me arrumou uns ingressos. — Já arrumei ingressos para ela para todos os shows de sábado à noite nos Estados Unidos. Dei a ela hoje, mais cedo, junto com todas as reservas de voo que fiz para que ela fosse até os shows. — Obrigada. Adoro poder estar lá para compartilhar isso com você.

— O disco não teria acontecido sem você sentada do outro lado da minha porta.

— Acho que foi nessa época que me apaixonei por você. Eu estava me envolvendo havia muito tempo, pouco a pouco. Mas aquela semana... depois de ouvir você despejar a alma na música? Foi quando me tornei sua. Toda sua.

— Eu achava que você tinha se apaixonado assim que nos conhecemos. Foi uma batalha e tanto com você, mas, ao olhar para trás, acho que era pra gente ficar junto desde o começo. Talvez tenham sido todos esses malditos *post-its*.

— Você ama os meus bilhetes.

— Amo. O ônibus da turnê não vai ser o mesmo sem você e os seus *post-its*.

Sexta-feira, 6 de abril

(Gus)

Esta manhã já foi perfeita: sexo antes do amanhecer com Scout, surfe ao amanhecer com algumas das melhores ondas que vejo em muito tempo e café da manhã com Scout, minha mãe e Pax. Foi o trio da serenidade que botou minha cabeça exatamente onde precisa estar para essa viagem.

Despeço-me de Scout, da minha mãe e do Pax quando eles saem para o trabalho e para a escola. Foi triste, mas não o tipo de tristeza que eu esperava. Eles estavam muito animados por mim, mas, ainda mais importante, orgulhosos de mim. Fico com a sensação de que agora eu mereço. Eu me dediquei muito para fazer esse disco épico e vou dar tudo de mim nessa turnê. Todas as noites.

Estou esperando com as minhas coisas na porta de casa que o carro da gravadora apareça para me levar ao aeroporto. O sol está quente e já estou encharcado. Quando o motorista para, Franco já está no carro. Quando sai, ele abre bem os braços. É uma apresentação brega, como um modelo de programa de jogos da televisão. Mas aí vejo a camiseta dele e caio na gargalhada.

Ele está tentando ficar sério, mas não consegue.

— É verdade, escrotinho. Você faz exatamente isso. Me deixa molhadinho.

A camiseta dele diz: "Gus me deixa molhada".

— Onde você arrumou isso? — eu pergunto enquanto ajudo o motorista a botar as coisas no porta-malas.

Ele dá de ombros e se vira.

— Mercadoria nova da turnê, cara. — Tem o logo da Rook e, nas costas, as cidades onde vamos fazer os shows nos Estados Unidos.

Não consigo parar de rir.

— Isso não é sério, né? Essa camiseta é única?

— Ah, não, é sério — confirma ele.

— Que porra é essa? Como eu não sabia disso?

Ele balança a cabeça como se fosse óbvio enquanto entra no carro.

— Porque você teria vetado a ideia, sr. Humildade. As garotas são doidas por você. A gente só está declarando o óbvio. Elas sabem que ficam molhadinhas por você, grandão. É genial. Vai vender loucamente.

Eu entro atrás dele.

— Preciso de uma pra Scout.

Ele esfrega a mão com uma expressão demoníaca e sorri.

— Já estou cuidando disso. A dela vai estar na mesa de vendas de mercadorias hoje. Foi um pedido especial, camiseta única. A dela diz: "Eu deixo o Gus molhadinho".

Bato palmas e morro de rir.

— Isso é brilhante. E é verdade. Vou fazer ela usar essa merda em todos os shows.

Nós batemos na mão fechada um do outro. Amo esse escroto.

Sábado, 23 de junho

(Scout)

Paxton e eu estamos na calçada em frente às esteiras de bagagem. O horário local é nove e meia da manhã e o ar de Minneapolis já está quente e grudento.

Mando uma mensagem de texto para o Gus enquanto esperamos: "Pousamos em MN. Onde você está?"

A resposta dele é imediata: "Estaremos em Grant por volta do meio-dia. Acho que você pode querer guardar a calcinha na bolsa agora. Só para poupar tempo".

EU: Já fiz isso. Sou eficiente ;)

GUS: E está com tesão.

EU: Sim.

GUS: Molhadinha?

EU: Isso também.

GUS: Eu também. Te amo.

EU: Eu também te amo.

Paxton fica mexendo nas alças da mochila. Ele está agitado e não sei se é só empolgação de ver o Gus e a Rook tocarem hoje ou se ele está nervoso por rever o pai. Eles não se falam há meses. Paxton não atende mais as ligações dele.

Ouço o rugido elaborado do motor antes de ver o Suburban verde velho encostar no meio-fio. Deve ser Duncan. O carro é exatamente como Keller descreveu: enferrujado e velho, com uma porta vermelha. Aceno para ele, para avisar que somos nós.

Ele acena para nós pela janela e para ao nosso lado. Vou no banco da frente e, quando entro e me apresento, Paxton fala do banco de trás:

— Que maneiro! Pufes!

Não sei se ouvi direito, então continuo:

— Você deve ser o Duncan.

Ele sorri.

— Sou. E vocês devem ser os famosos Scout e Paxton. — O cabelo desgrenhado e a barba densa são do mesmo tom de ruivo intenso da Stella.

— Somos.

É nessa hora que me viro e olhou para Paxton no banco de trás. Ele não ouviu uma palavra que nós dissemos. Está olhando para baixo com um sorriso na cara que acho que não vejo desde que ele tinha uns sete ou oito anos. E ele não está sentado em um banco.

Ele olha para mim e o sorriso cresce, e ele repete o que eu achava que tinha ouvido errado da outra vez:

— Pufes. Isso é genial.

— Não é? — comenta Duncan enquanto sai para o trânsito. — Bem mais confortável do que os assentos tradicionais.

Paxton se mexe no assento como se para provar o que foi dito.

— Bem mais confortável — ele concorda.

O trajeto até Grant não demora. A conversa é leve entre nós três, e, antes que eu perceba, estamos parados na frente de um café.

Duncan desliga o motor.

— Keller só volta da aula de balé da Stella em meia hora e temos um tempinho livre. Venham. Vou pagar um café para vocês.

— Estou mesmo precisando de cafeína hoje. Obrigada. — Não sei se estou cansada porque não dormi muito na noite de ontem ou se é a adrenalina que me deixou pilhada a manhã toda que está se arrastando. De qualquer forma, preciso de cafeína.

Quando Duncan abre a porta enorme, um sino toca. É alto e me dá um susto.

— O que é isso? — Eu não pretendia falar alto, mas Duncan ri com bom humor.

— Os habitantes de cidades pequenas em Minnesota adoram um sino. — Ele dá de ombros.

Estou rindo agora. É uma gargalhada perplexa, porque é impossível um sino tão pequeno ter feito tanto barulho. Aponto para a minha orelha direita.

— Sou surda deste ouvido e tenho certeza de que ele ouviu tudo.

Ele ri como forma de apresentação.

— Bem-vindos ao Grounds.

É aconchegante. Tem um sofazinho de dois lugares na frente de uma lareira que aposto que é ótimo durante o inverno, além de algumas mesas pequenas com cadeiras. A construção é velha e tem personalidade. É convidativa. É o tipo de lugar onde dá vontade de sentar e ficar.

— Lugar legal.

Duncan assente.

— É mesmo. É uma casa longe de casa. Keller trabalha aqui de manhã cedo, e ele e Stella moram no quarto nos fundos.

— Duncan, estou vendo que você trouxe amigos. — Uma voz simpática com sotaque pesado é que diz isso e chama a minha atenção para o homem atrás do balcão.

— Rome, como está você hoje?

O homem atrás do balcão cumprimenta Duncan antes de responder.

— Estou bem. E você?

— Vivendo o sonho, cara. Vivendo o sonho. — Quando ele fala, tenho a sensação de que quer dizer isso mesmo. Algumas pessoas são tão sinceras que essa é a primeira coisa que você nota quando as conhece. Esse é o Duncan. Ele é apenas um cara bem legal. — Esses são meus novos amigos, Scout e Paxton. Eles vieram da Califórnia fazer uma visita.

— Ah, a Califórnia. É linda. Vocês devem ser os amigos do Keller. Ele disse que receberia visita hoje. Sou Romero.

— É um prazer conhecê-lo, Romero. Nós viemos para o show de hoje — eu digo.

— Claro. Keller falou. É da banda do amigo da Kate, né? — Ele está olhando para Duncan em busca de confirmação.

Ele assente.

— É, e a banda é boa, cara. Você devia ir com a gente.

Romero dá um sorriso tímido.

— Sou velho demais para isso, *niño*. Mas já ouvi. Keller botou umas músicas para tocar. Kate estava cantando e tocando violino. Ela era incrível, não era? Uma garota única. Que tragédia.

Toda vez que alguém fala sobre a Kate, fico desejando que a tivesse conhecido. Há tanto amor nas lembranças sobre ela e os que a conheceram só têm coisas positivas para dizer dela. Sei que a amizade dela é um dos motivos para o Gus ser o homem que é e eu não poderia ser mais grata a ela por isso.

Duncan assente.

— Era mesmo. E ela era dona do coração do Keller.

Romero abre um sorriso amoroso.

— Aquela garota mudou o Keller. Fez ele acordar. Sinto tanto orgulho dele. — Ele fala como um pai.

Duncan concorda, e é tão bom ouvir pessoas que apoiam os amigos.

— Eu também, Rome. — Duncan nos olha. — Escolham o seu veneno. É por minha conta. Rome tem o melhor café da região. O da casa é lendário.

Peço um café pequeno da casa enquanto Paxton olha o cardápio. Ele escolhe um *mocha macchiato* e parece muito feliz enquanto bebe. Não ficamos muito tempo sentados no sofá até Stella aparecer correndo vinda de trás do balcão.

— Cadê o Gus? — ela grita.

Eu me viro e ela está procurando pela cafeteria cheia.

— Oi, Stella. Ele não chegou ainda. Mas vai chegar logo.

Ela corre até nós e, depois de um *high five* com Duncan, sobe no meu colo.

— Oi, Scout.

Meu Deus, ela é a coisa mais fofa que eu já vi.

— Oi, Stella. Como foi a aula de balé? — ela ainda está com o collant e a meia-calça rosa-bebê.

— A srta. Toler estava meio mal-humorada hoje porque a Amy e a Ashley não estavam prestando atenção. De novo. — Ela revira os olhos. — É tão mais fácil para todo mundo quando elas obedecem.

Duncan está com um sorrisinho, tentando segurar uma gargalhada.

— As gêmeas estão aprontando de novo, é?

É como ver uma adulta presa no corpo de uma pessoinha.

— Elas são tão frustrantes, tio Duncan. Queria que elas crescessem logo.

Ele ainda está sorrindo, mas fala com a mesma seriedade.

— Sempre tem uma maçã podre, Stella. Às vezes, duas. É a vida, mocinha. Bem-vinda ao mundo real.

— Detesto maçã podre — resmunga ela quando desce do meu colo e pega a minha mão. — Vem ver a srta. Higgins.

Eu a sigo por trás do balcão e por uma porta, com Paxton e Duncan atrás. A casa do Keller é do outro lado. É pequena, mas é aconchegante.

Keller nos recebe com um aceno quando passamos pela porta. Ele está no telefone.

Depois que conheço a srta. Higgins e que o Keller termina o telefonema, Gus me manda uma mensagem de texto. "Estamos a uns vinte minutos daí. Nos encontra no auditório?"

Sei que só o vi seis dias atrás, mas meu coração já está disparando no peito pensando em estar perto dele. Eu respondo: "Pode deixar".

Gus: Eu te amo.

Scout: Eu também te amo.

Vou no carro do Keller, e Stella e Pax vão no Suburban com Duncan. Quando o ônibus para no estacionamento, não sei quem está mais animado para ver Gus: eu, Stella, Paxton ou Keller.

Ele é o primeiro a descer do ônibus e Stella vai logo recebê-lo. Vê-lo com ela nos braços aquece o meu coração. As crianças são loucas por ele e ele é tão bom com elas. Ele é gentil e delicado e elas gravitam até ele. Ele vai ser o melhor pai do mundo um dia.

Depois que coloca Stella no chão, ele abraça Paxton. Estou perto o suficiente para ouvir a conversa.

— Ando conversando com o seu pai, cara. Sei que ele não é perfeito, mas ele te ama. Você tem que falar com ele. Ouvir o que ele tem para dizer. Ele sabe que fez merda.

Paxton assente antes de soltar Gus.

E, agora, os olhos do Gus estão em mim e ele está com o sorriso que só abre para mim.

— Como Minnesota te recebeu, amor?

Eu praticamente me encolho nos braços dele.

— Calor. Grudento.

Ele me interrompe.

— Está me dando mole? Está funcionando.

— Na verdade, é maravilhoso aqui. Tem muita gente legal.

Ele me abraça com força.

— Espera só. Tem mais gente legal vindo. Hoje vai ser épico.

Keller é o próximo da fila para falar com Gus. E, quando eles se abraçam, não é um abraço comum entre homens. Eles ficam se abraçando. É o tipo de abraço que é mais uma conversa, palavras trocadas, uma compreensão entre duas pessoas que têm um laço. E, quando esse laço é amor, tudo fica mais poderoso.

— Viajando com estilo, estou vendo — diz Keller, apontando para o ônibus.

— Não tenho do que reclamar, cara. Só que o beliche de cima do outro lado do corredor está meio vazio. — Ele olha para mim e pisca.

— Estou feliz de você ter vindo. É bom te ver. Precisam de alguma coisa antes de irmos comer? Querem tomar um banho ou um café? A gente pode parar na minha casa no caminho.

Gus cheira os sovacos.

— Que nada, cheiroso como uma margarida, cara. Vamos comer. Estou morrendo de fome.

A banda e Paxton vão com Duncan porque a atração dos pufes é grande demais para ser ignorada. Você não viveu se não testemunhou quatro homens adultos eufóricos por andarem na traseira de um veículo sentados em pufes. Fiz um vídeo. Talvez viralize.

Jim, Gus e eu vamos com o Keller. Gus parece à vontade com o Jim, o que é uma boa mudança desde o verão, quando os dois dividiam o mesmo cômodo era difícil. Na época, o desprezo de um pelo outro era tão evidente que era quase insuportável. Acho que os dois mudaram. Jim me conta tudo que está se passando com Jane. Quando falo com ela atualmente, ela não quer falar sobre a recuperação, e eu não insisto, por isso é bom ouvir os detalhes com os quais tenho me preocupado. Ela está melhor graças à terapia intensiva e ao psicólogo. Meu coração fica mais tranquilo em relação a ela.

Acabamos indo para um bar chamado Red Lion Road. Keller trabalha lá nas noites de sexta e conhece todo mundo. Já tem várias mesas juntas para nós nos fundos.

Depois que pedimos pizza, jarras de cerveja e refrigerantes para mim, Paxton e Stella, todo mundo começa a conversar.

Mas, ao longo das horas seguintes, o grupo cresce.

A primeira a se juntar a nós é uma mulher alta da minha idade. Quando ela entra pela porta, não consigo tirar os olhos dela. Ela é linda com o cabelo preto, os olhos escuros e o corpo curvilíneo, mas tem presença também. É a primeira coisa que se repara nela. É quase intimidante, como se você soubesse que é melhor respeitar essa mulher. É o jeito como ela se porta.

Duncan se levanta e se encontra com ela antes que ela chegue à mesa. Ele a beija. E, quando ele faz isso, ela sorri, e tudo nela se suaviza. Deve ser a noiva dele, Shelly.

Antes que se sente ao lado de Duncan do outro lado da mesa, ela acena.

— Oi, pessoal. — A voz dela é grave e rouca e combina perfeitamente com ela.

Gus ergue a cerveja em cumprimento.

— Shelly! Vamos beber, garota. Apostei dinheiro em você hoje. Distância. É tudo questão de distância.

As bochechas dela ficam vermelhas.

— Oi, Gus. Estou limitando a ingestão de álcool hoje a níveis controláveis, cara.

— Ah, porra. Você não é mais divertida. Achei que a porra ia ficar séria agora — ele provoca.

Ela dá um sorrisinho.

— Ah, eu não falei que não ia me divertir. Só vou me divertir de uma maneira que não envolva jorro de vômito no estacionamento no fim da noite.

Gus empurra a cadeira para trás e segura a cerveja no alto.

— Eu gostaria de fazer um brinde. Dizem que vai haver um casamento no futuro próximo. Parabéns ao Duncan e à Shelly.

Todo mundo ergue os copos e dão os parabéns.

Shelly mantem o copo erguido.

— E parabéns pra Rook pelo disco novo. É irado. Vocês se superaram. Mal posso esperar pelo show. — Ela é fã, isso não foi fingido. Gostei dessa garota.

E, antes que haja tempo para uma apresentação, dois pares se juntam a nós. Um cara pequeno e adorável com roupa elegante e um homem alto, moreno e bem vestido, de mãos dadas. Apesar das diferenças óbvias, pois eles parecem opostos, eles ficam bem juntos. Combinam. Acabo sorrindo, porque eles parecem muito à vontade um com o outro. Com eles tem um cara mais novo de aparência conservadora e sua namorada meio tímida. Eles são normais. Não que normal seja uma coisa ruim. Mas, no grupo de figuras ao meu redor, o normal se destaca. Os dois são calados, mas são simpáticos. As apresentações são feitas. Clayton e Morris vieram de Los Angeles para o show. E Peter e Evelyn estudam na mesma faculdade do Keller. Descubro que Clayton e Peter eram colegas de quarto e moravam em frente ao quarto da Kate no alojamento. E Shelly trabalhou com a Kate na floricultura.

E as histórias começam. O dia de hoje é em homenagem à Kate e sua memória. Todo mundo na mesa, menos eu, Paxton e Jim, a conheceu e amou. É reconfortante ouvir as suas histórias e é incrível pensar que alguns deles só a conheceram por poucos meses, principalmente o Keller. A amizade foi profunda e importante e o amor foi tão real. As gargalhadas são genuínas e constantes e os sorrisos só aumentam conforme cada pessoa conta suas lembranças. Não tem tristeza ali; é tudo positivo, pura alegria. Ela tocou tanta gente.

O tempo voa, e, quando Jim anuncia com relutância que são quatro horas e que está na hora da passagem de som, fico chocada. Ele não quer acabar com a diversão de todo mundo, vejo que ele se sente meio mal, mas precisa ser feito. Eles têm que ir trabalhar.

Keller deixa que eu, Gus e a banda levemos o carro dele para o auditório. Paxton e Jim ficam para trás para conversar. Fico feliz, isso precisa acontecer. Já passou da hora.

Enquanto acompanho a passagem de som, lamento o fato de não ter aproveitado isso no verão, quando estava em turnê com eles. Agora, parece uma oportunidade perdida.

Não perco mais oportunidades. Nunca mais. A vida é para ser vivida a cada momento. Para eu fazer o que preciso e o que quero. Chega de me esconder. Chega de hesitar. Só vou viver.

Gus para no meio de uma música para atender o celular, o que é estranho. Ele fala por uns segundos e me chama pelo microfone.

— Scout, tem um VIP na porta. Você pode ir pedir para alguém deixar ele entrar?

Faço que sim e pulo da mureta onde estou sentada.

Quando chego à porta e peço a um funcionário para destrancá-la, encontro Gustov do outro lado com um estojo de violino na mão e uma bolsa de viagem na outra.

Ele coloca ambos no chão e me abraça.

— Scout. É tão bom te ver de novo, mocinha.

— Oi, Gustov. Eu não sabia que você vinha.

Ele ri.

— Bom, foi coisa de último minuto, mas eu não podia dizer não, podia? Vai ser uma noite especial.

(Gus)

Ver Gustov subir no palco com o estojo do violino me deixa meio engasgado. Não de tristeza, mas com toda a felicidade que dá para sentir no peito quando se vê um velho amigo. Só consigo dizer:

— Obrigado por vir, maestro.

Ele balança a cabeça.

— Estou honrado, meu garoto. Faz muito tempo que precisávamos tocar juntos. Vou me esforçar para orgulhar a memória dela.

Liguei para Gustov na semana passada para perguntar se ele viria a Grant tocar violino conosco em "Missing You" e "Finish Me". Ele concordou sem hesitar, apesar de significar perder uma apresentação hoje em Boston.

Ele nunca tocou conosco, então não perdemos tempo para ensaiar as duas músicas algumas vezes. O sujeito nunca deixa de me impressionar com o seu talento. Ele é perfeito. Fico honrado por tocar com ele.

Temos que começar em cinco minutos. E estou nervoso. Pela primeira vez na turnê, estou nervoso. É uma noite importante. É de longe a menor plateia para a qual vamos tocar, só umas quinhentas pessoas, mas estão todas animadas. Vai ser divertido. Estou nas sombras dos bastidores olhando a plateia e procurando Scout. Ela está na fila da frente com a camiseta que diz: "Eu deixo o Gus molhadinho", ao lado de Paxton e cercado de Keller e todos os amigos da Raio de Sol. Ela não parou de sorrir o dia todo. Ela sempre sorri agora e amo isso. Mas o sorriso dela hoje está diferente. Ela sabe como isso é importante para mim e quer compartilhar comigo. Não tem um pingo de ciúme no corpo dela. Ela sabe o quanto eu amava a Raio de Sol, mas também sabe que isso não anula o amor que sinto por ela. Meu coração é grande o bastante para as duas. Raio de Sol ajudou a fazer de mim o homem que eu sou e Scout me ajudou a lembrar que homem era esse, me ajudou a me tornar eu mesmo. Eu a amo tanto.

Alguém coloca a mão no meu ombro.

— Tudo bem, grandão? — É o Franco.

Eu assinto.

— Estou ótimo, cara. Estou ótimo.

Ele me vê olhando para Scout.

— Não é justo, sabe?

Eu me viro e olho para ele.

— O que não é justo?

Ele indica Scout com o queixo.

— Que um merda como você fique com todas as garotas fodas.

Não consigo segurar uma gargalhada.

— Não é? Sou um merda de sorte.

De repente, ele fala sério.

— Você não é um merda, Gus. Você é meu melhor amigo e a melhor pessoa que eu conheço. Gente foda atrai gente foda. Vocês são perfeitos um pro outro.

Somos interrompidos por Jim; parei de chamá-lo de Hitler agora que ele parou de agir como um babaca de primeira classe. Ele tem problemas demais e está tentando melhorar e estou tentando apoiar isso.

— Vocês têm menos de um minuto para entrar — diz ele. — Bom show, rapazes.

Pego minha guitarra com o Slim, um dos nossos *roadies*. Ele está usando a camiseta na qual está escrito "Gus me deixa molhadinha". Acho que Franco o paga para fazer isso e me constranger.

— Mostra como se faz, Gus. — Ele fala isso antes de todos os shows. Gosto de ouvir.

— Vou me esforçar, cara. — É a mesma resposta que dou todas as vezes. E falo sério. Todas as vezes. — Vamos nessa — eu digo para o resto da banda. E entramos no palco.

A plateia está enlouquecida. Animada desde a banda de abertura e preparada para a festa.

Quando as luzes do palco se acendem, os gritos explodem. Olho para a primeira fileira, vejo todos os rostos familiares enfileirados e sinto que estão todos me apoiando. Quando olho para Scout, eu pisco. E falo com a galera:

— E aí, Grant? — Eles gritam mais alto, se é que isso é possível. — É bom estar de volta. Já faz um tempo. Que tal a gente compensar o tempo perdido e se divertir hoje?

Nós começamos com "Redemption". A plateia ama. As pessoas conhecem a música. Cantam comigo. Que jeito ótimo de começar a noite.

Nas duas horas seguintes, nós tocamos. Normalmente, nossa lista tem metade desse tamanho, mas essa noite é especial e estamos tocando de tudo, inclusive alguns *covers* que Raio de Sol amava.

Deixamos Gustov para o final. Faço sinal para a plateia fazer silêncio.

— Quantos de vocês estavam aqui na última vez que tocamos neste auditório? — Os gritos me dizem que mais ou menos metade das pessoas. — Bom, quem estava teve o privilégio de ver minha melhor amiga tocar conosco. Kate Sedgwick era uma mulher incrivelmente talentosa. Ela cantava muito e tocava violino como ninguém. Nós a perdemos um ano e meio atrás. Câncer. Foi uma merda. Sei que ela está aqui conosco hoje em espírito. Ela está vendo e ouvindo, então só quero dizer que sentimos saudades todos os dias, Raio de Sol. E hoje? Isso tudo foi para você. Tudo você. Uma pessoa muito especial veio de muito longe para tocar conosco estas próximas duas músicas. Maestro, venha.

Gustov aparece do lado esquerdo do palco e se senta na beirada de uma cadeira colocada para ele atrás de um microfone. Ele parece controlado e profissional, como sempre. Quando está à vontade, ele assente para mim e sorri. Tudo parece tão certo. Estou tão feliz por ele estar aqui.

Aponto para Gustov.

— Esse cara é muito melhor do que a gente, mas vamos nos esforçar para acompanhá-lo. — Eu olho para cima. — Raio de Sol, estas são para você. Te amo.

A introdução de "Finish Me" é toda do Gustov. Preenche o palco com uma melodia sinistra e triste. O som me motiva. Parece que estou no estúdio com Raio de Sol quando gravamos essa música, mas sem a angústia. Agora sou adulto, e tocar e cantar a letra é como uma experiência extracorpórea. Uma inspiração assim é tão rara; cedo a ela e me entrego à música. A música passa para "Missing You" e Gustov está pegando fogo. Ele está fazendo o instrumento cantar comigo. É incrível e tira toda a emoção de mim, até eu sangrar com alegria e vontade no palco. Quando o violino dele se silencia e a música acaba, preciso respirar fundo, tanto para equilibrar a adrenalina que corre pelo meu corpo quanto para diminuir meus batimentos. Ele assente para mim e depois para a plateia.

— Obrigado por me deixarem ser parte disto. A Kate era uma jovem muito especial. Espero ter feito jus a ela. — Com isso, ele se levanta e se curva, e a plateia grita.

— Uau. — Eu tive que dizer isso em voz alta porque estou maravilhado. Os sete últimos minutos da minha vida são uma coisa que nunca vou esquecer. Eu balanço a cabeça para espairecer. — Aplausos de novo para esse gênio do caralho. — Gustov faz outra reverência e sai do palco. Olho para Franco. Ainda estou perplexo, perdido no estado sonhador que a apresentação assumiu. — Isso aconteceu mesmo?

Franco parece tão impressionado quanto eu. Ele assente lentamente e solta uma gargalhada real, e só consigo rir com ele. Sabe quando uma coisa acontece e é muito mais do que você esperava? O tipo de muito mais que te deixa sem fala e pensando: *o que foi isso que aconteceu?* E você só consegue rir, porque está tão atônito que não sabe o que fazer? É exatamente isso que está acontecendo. E fico feliz de ser Franco comigo; senão, eu acharia que tinha ficado louco.

Quando paro de rir, eu me viro para a plateia.

— Temos mais uma música — eu digo. — Vamos matar o sol. Preciso de ajuda e quero que vocês cantem comigo o mais alto que conseguirem. Falando sério, quero acordar os estados vizinhos. Alto assim. — Olho para Pax e abro um sorriso. — Essa é para você, Pax.

O que acontece em seguida são quinhentas pessoas unidas. O volume é ensurdecedor. Acho que todas as pessoas presentes estão cantando comigo. Essa é a melhor plateia da nossa turnê até então, talvez sempre seja. Prolongo o solo de guitarra para o dobro do tamanho normal porque não quero encerrar a noite. Estou vivendo a música. Vivendo o que ela representa. Desejando poder matar o sol e ficar nesse momento.

Quando terminamos, a plateia grita por dez minutos. É muito amor.

O grupo da Raio de Sol nos encontra no ônibus. Agradeço a todos por terem ido comemorar conosco e me despeço de cada um deles. É quase meia-noite, mas o ônibus só sai ao meio-dia. Implorei por mais tempo aqui para o Jim, e ele está me dando isso. Tocamos em Des Moines amanhã à noite. E a cidade fica a poucas horas.

Depois que agradeço novamente a Gustov, peço um táxi para ele e pago a tarifa até o aeroporto, para ele pegar o voo noturno de volta para Boston.

Keller é quem me abraça por último.

— Foi um ótimo show, cara. De verdade. Vocês são a melhor coisa do momento. Katie ficaria muito orgulhosa de vocês.

— Obrigado por ter vindo, cara.

Ele coloca a chave do carro na minha mão.

— Vou pegar carona com o Dunc. Paxton vem comigo e vai dormir lá em casa. Reservei para você um quarto no Hampton Inn aqui de Grant. Sei que você não deve ter tido muito tempo sozinho com a Scout nos últimos meses. Vocês dois precisam disso. Diz para ela ir pra minha casa depois que deixar você aqui amanhã de manhã. Levo ela e Paxton ao aeroporto.

Estou olhando para as chaves na minha mão e para o amigo generoso parado na minha frente. Não sei o que dizer. Tem tantas coisas que eu quero falar, mas não tenho palavras... nem tempo. Então, só digo:

— Obrigado, cara. — É de coração. Deus, como é.

Scout fica confusa quando entramos no carro do Keller sozinhos, mas não diz nada.

Ela fica ainda mais confusa quando chegamos ao hotel. Ela não disse nada.

— Vem, amor. Keller reservou um quarto pra gente.

Ela sorri com esperança relutante. Como se estivesse com medo de acreditar que fosse verdade porque ela queria muito isso.

Faço o check-in, e pego o cartão magnético e vamos para o quarto. Ela parece pensativa.

Atrás da porta fechada, ela finalmente fala:

— Gus?

— O quê?

— Aprendi muito sobre a vida nos últimos meses. Viver a vida... viver de verdade... dá trabalho. É exaustivo se você faz tudo certo. Se aproveita cada dia ao máximo. Cada minuto. Cada segundo. Porque lá no meio do caos é onde encontramos a beleza. É onde encontramos as recompensas. E ver você hoje, amor... Foi beleza no meio do caos. Tão lindo. Fiquei maravilhada. Foi incrível. Você é sempre incrível, mas hoje foi especial. Todo mundo sentiu.

Abro um sorriso.

— Porra, é isso mesmo. Dá trabalho. Mas é aí que a beleza aparece. Ela se manifesta quando fazemos esforço. Estou nisso, escoteira. Estou totalmente mergulhado na vida agora. Hoje foi diferente, uma experiência única. Estou tão feliz que você estava lá. — Inclino a cabeça dela e sinto o gosto dos seus lábios. — E, só para você saber, você é a minha recompensa. — O beijo cresce rápido porque não consigo me controlar. Mas, depois de alguns segundos, eu me afasto. — Preciso tomar um banho. Suei como um demônio hoje.

Ela sorri com os lábios nos meus.

— Você fica sexy suado.

Isso me faz sorrir.

— Fico mais sexy pelado.

Ela me ajuda a tirar a camiseta.

— Verdade.

Pego a barra da camiseta dela e retribuo.

— Camiseta bonita — eu digo antes de tirá-la.

Ela levanta as sobrancelhas de maneira sedutora.

— A banda é boa. Eu devia contar logo que tenho uma quedinha pelo vocalista. Tirei a calcinha e botei na bolsa torcendo para eu me encontrar com ele.

Desabotoo e abro o zíper da calça jeans dela e, realmente, ela não está de calcinha.

— Porra. Quer dizer que você estava assim o dia todo e eu não sabia? Caramba. — Puxo a calça jeans dela pelas pernas e ela termina de tirá-las.

Ela responde do jeito que está virando uma piada entre nós.

— Achei que pouparia tempo.

Quando estou de cueca e ela está parada na minha frente só com um sutiã marfim transparente, eu paro, entrelaço os dedos nos dela e a encaro. E falo de coração:

— Eu te amo.

— Eu também te amo, amor. — Cada vez que ela me chama de "amor", fico sem fôlego.

— Quero ir devagar. Quero apreciar isso. Posso só te abraçar uns minutos antes de entrar no chuveiro? Eu estava com saudades.

Seguro os braços dela e os passo pelo meu pescoço. E, quando o corpo dela toca no meu e a orelha dela se apoia perto do meu pescoço, tudo no mundo parece certo. Apoio as mãos nos quadris dela primeiro porque só quero tocar nela. As palmas das minhas mãos estão quentes na pele dela. As cicatrizes do lado direito provocam uma sensação diferente da pele lisa do lado esquerdo, mas amo as duas coisas. Demora poucos segundos para a pele lisa ficar arrepiada, e abro um sorriso, porque sei que ela não está com frio. Ela está reagindo ao meu toque. Minhas mãos começam o caminho na base da coluna dela. Quando estão lá, as pontas dos meus dedos seguem pela curva da sua bunda e ela treme. As palmas das minhas mãos se abrem novamente na sua pele e sobem pelas suas costas. Quando as pontas dos meus dedos encontram resistência, eu paro. Estão tocando no tecido do sutiã. Fecho os punhos e respiro fundo, lutando contra a vontade de abri-lo agora. Estico os dedos e os enfio embaixo das alças finas e continuou para cima, na direção dos ombros. Estou impedido pelas alças de ir mais para cima, então desço e faço mais pressão com as palmas no caminho. Ela é cheia de músculos cobertos por uma maciez leve e delicada. Esfrego a mão nas cicatrizes do lado direito, de leve no começo, mas com intensidade maior conforme ela vai relaxando junto a mim. Estou tentando mostrar que todas as partes dela são perfeitas sem dizer uma palavra.

Passo as mãos de leve pela bunda dela, e, apesar de quererem muito ficar por lá por mais tempo, elas continuam pela coxa até eu segurar com firmeza e a levantar. As pernas compridas se enrolam instintivamente na minha cintura.

Quando estão no lugar, três coisas acontecem simultaneamente: passo os braços em volta dela, uma das mãos segurando a sua nádega, a outra a sua nuca; estou tão duro que é uma dor extasiante; e ela me beija.

E esse beijo...

Meu Deus do céu.

A língua dela flerta com os meus lábios antes de entrar e, quando entra, ela me provoca. Lambe de leve e tira, me fazendo procurá-la. Abro os lábios dela e não perco tempo em deixar minha intenção clara. Vou ser dela hoje. O lugar seguro dela. O protetor. O amigo. E o amante.

Vou ser dela.

Os movimentos possessivos da língua dela, as mordiscadas no meu lábio inferior, os beijos suaves seguidos do puxão intenso da pele do meu pescoço com os lábios... é o paraíso. Estou tão concentrado na boca e nas coisas incríveis que ela está fazendo comigo que demoro um segundo para acompanhar quando os quadris dela começam a se mover como ondas.

Nossa, como ela é gostosa.

Ela está com as mãos no meu cabelo agora. Estava preso em um rabo de cavalo frouxo, mas ela tirou o elástico e está nas mãos dela agora. Ela sabe que é uma das coisas que mais me excitam. Amo quando ela segura meu cabelo como se fossem rédeas e assume o comando; é sexy demais.

O ritmo de tudo aumentou. Da respiração dela. Dos quadris. Dos gemidos. Da intensidade dela.

Ela está quase lá e só quero que ela exploda nos meus braços.

Mudo o jeito como a estou segurando para que uma das minhas mãos a segure na lombar, enquanto a outra desliza para baixo por trás. Meu dedo do meio a abre e vai de trás para a frente, da frente para trás. De trás para a frente, de frente para trás, até ela implorar.

— Preciso te sentir dentro de mim, amor. Por favor.

Chupo o pescoço dela com provocação e depois beijo de leve.

— Seja paciente, Impaciente. Nós temos a noite toda.

Ela está se contorcendo com o meu toque. Está lá, mas não quer chegar.

— Por favor, Gus.

Estou indo devagar porque isso tudo é sexy demais. Meu cabelo ainda está preso nas mãos dela. Ela está à beira de um orgasmo potente. Está suplicando por sexo enquanto mordo o lóbulo da orelha dela. E meus dedos acabaram de penetrá-la.

— Melhor?

— Ah... Deus... — disse ela ofegante. O prazer colocou a mão dela em movimento. Está descendo entre nós, empurrando minha cueca até os centímetros da ponta estarem na barriga dela. A sensação de pele contra pele... caramba.

— Me come.

Meus dedos estão impondo o ritmo regular que o corpo dela exige.

— Não. Me come, Gus. — Isso não foi uma súplica. Foi uma ordem. Se existe foda verbal, foi isso. O tom, as palavras, a força, o som da voz dela...

Foi uma foda.

Os seios dela ganham a minha atenção agora. Estão saindo do sutiã pequenininho. Eu a levanto nos braços e não perco tempo para pegar o triângulo de tecido fino do lado esquerdo com os dentes e puxar até o seio ficar livre embaixo. Estou a momentos de envolver o mamilo duro com a minha língua e com os meus dentes quando ela explode.

Ela abre a boca em um grito no meu ombro. E, como os lábios dela grudaram lá, não há muito barulho... mas sinto todas as ondas sonoras pulsando em mim. Ressoando em mim. Reverberando. É como música.

Quando fica parada nos meus braços, ela dá um sorriso tímido.

— Eu fiz muito barulho?

Se aquele grito pareceu que estava me partindo, só consigo imaginar a sensação que provocou nela ao emiti-lo. Eu faço que não.

— Alto? Não. Sexy? Pra caralho. — Eu a coloco na cama e tiro a cueca antes de tirar o sutiã dela.

Quando estou indo para o banheiro, ela diz:

— Não estou acreditando que a gente vai ficar aqui hoje. — É uma declaração inocente e empolgada que a faz parecer ter metade da idade que ela tem. Totalmente livre. É fofo.

— Eu sei, eu adoro festa do pijama — provoco. Mas amo dormir com a Scout, é verdade.

Ela ri de mim.

— Principalmente quando não pretendemos dormir.

Ela ri de novo, mas o riso passa rápido e o olhar dela volta a ter aquela expressão cheia de tesão. Essa expressão deixa minha virilha latejando. Corro na direção dela até nossos corpos estarem se tocando, mas não passo os braços em volta dela. Levo a boca até o ouvido dela e falo. Não sussurro. Eu nem baixo a voz:

— Vou aceitar sua proposta agora.

— Vai? E o que você vai fazer exatamente, sr. Hawthorne?

Porra, o diabo deve viver dentro dessa mulher. Isso foi sexy.

— Você disse que queria que eu te comesse. Vou levar você pro chuveiro comigo e a gente vai transar. Depois, vou fazer amor com você nesta cama até o sol nascer.

A lateral da boca da Scout se ergue.

— Isso parece cansativo. Que bom que eu corro maratonas. Tenho muita energia.

Levo a mão dela ao meu pau antes de entrarmos no chuveiro.

— Ele tem muita energia. Acredite em mim.

Enquanto estou abrindo a torneira, ela começa a me chupar, uma coisa que nunca tinha feito. E, puta que pariu, as coisas que ela faz com a boca. É bom demais, mas quero mais. Dela. Eu a puxo para que se levante, a encosto na parede e me encosto nela. Meu Deus, ela é tão gostosa.

Ela passa os braços pelo meu pescoço e me envolve com uma das pernas, e estou dentro dela em segundos. Não há controle nenhum. Nós fazemos barulho. Exigimos um do outro. O contato é muito físico. Meu cabelo está nas mãos dela de novo. Tem semanas que não ficamos sozinhos assim, com esse tipo de privacidade. Normalmente, é uma rapidinha no ônibus depois do show, antes de ela voltar para casa. Mas hoje? Hoje eu vou idolatrá-la sem parar.

Os quadris dela e os meus foram feitos para isso. Ela conhece o meu corpo como ninguém. Sabe do que eu gosto. Presta atenção às minhas reações quando experimenta uma coisa nova e consegue fazer o meu corpo cantar.

E estou sempre fazendo o mesmo com ela.

Quando não conseguimos mais nos segurar, explodimos juntos. Minha estocada final é tão funda. Estou pulsando dentro dela e ela está me apertando com a perna no momento da libertação.

Quando nos separamos, ela sorri para mim, ainda ofegante.

— Acho que acabei de me apaixonar por Grant.

Não consigo segurar um sorriso.

— Ainda sou um garoto de San Diego no coração, mas tenho certeza de que Grant é o meu segundo lugar favorito no planeta. Porra, eu amo isto aqui. O sexo no chuveiro é fenomenal. Tem até um bônus oral.

Depois que nos secamos, levo-a para a cama e a beijo uma vez. O beijo é uma promessa do que está por vir.

— Deita de bruços.

Sem hesitação, ela faz o que eu peço. Ela é tão confiante. Tão aberta. Tão segura.

Subo na cama até estar montado nas coxas dela e me deito sobre as suas costas. Estou apoiando a maior parte do meu peso nos braços, apoiados dos dois lados dela.

— Você é tão linda.

Sua bochecha está no edredom e ela está me olhando com o canto de olho, pelo cabelo. Afasto o cabelo dela da bochecha.

— Você é gentil — diz ela, aceitando o elogio.

Eu me esfrego nas costas dela.

— Também sou um animal.

— Isso é uma ameaça ou uma promessa? — A conversinha acabou. Ela está falando sério.

— Ah, é uma promessa. Fecha os olhos. Só quero que você me sinta, porque eu vou idolatrar você.

Beijo a bochecha dela e começo o processo lento de beijar e massagear cada pedacinho das suas costas. Ela fica de olhos fechados e sei que está mergulhada no momento. Quando abaixo meu corpo sobre o dela de novo, concentro toda a minha atenção na orelha e no pescoço dela. Dou beijos para cima e para baixo. Mordisco, chupo, morto. Meu pau está aninhado na abertura da bunda dela e não consigo me segurar. Começo uma pequena fricção porque é tão gostoso. Em pouco tempo, meus quadris estão se mexendo como se eu estivesse enfiado nela. Enfio a mão embaixo dela e ela ofega quando encontro o ponto certo.

— Você está tão molhada. Adorei.

Ela responde, mas não com palavras. Ela estica a mão, segura minha coxa e aperta. As unhas afundam com desejo e desespero, uma súplica física.

É por favor.

E sim.

E agora.

Agora mesmo.

Tiro a mão que está embaixo dela e me sento. Estou planejando meu próximo passo e admirando o seu corpo lindo ao mesmo tempo. Abro as pernas dela nos joelhos, e isso acende um tesão em mim a ponto de eu não conseguir resistir a tocar nela de novo, enfiar os dedos e tirar. Ela ergue os quadris para receber a penetração. E o ato dela se envolvendo no próprio prazer, aumentando-o, me faz memorizar a situação para que eu possa lembrar depois, quando estivermos longe. É material para as minhas fantasias.

— Tem certeza de que está preparada para isso?

Os olhos dela ainda estão fechados, mergulhados na sensação.

— Estou. — Ela está sem ar.

Tiro os dedos e me guio para a abertura dela.

— Fica de olhos fechados. — Eu a cutuco com a ponta e ela geme. — Vou fazer você se sentir tão bem. — Quando entro nela, ela ofega, e só consigo dizer: — Hummm… — É um murmúrio satisfeito no fundo do peito. Depois que a sensação inicial deliciosa passa, peço: — Fecha as pernas.

— Mas você não vai poder...

Eu a interrompo antes de ela terminar.

— Confia em mim. Vou, sim.

Depois que encontro um ritmo lento que funciona para nós dois, eu me deito nas costas dela. Preciso da minha pele tocando na dela.

— Vou devagar porque, nossa, a sensação é incrível, mas, quando você estiver quase lá, me avisa, porque estamos nisso juntos.

— Tudo bem, amor. — É a resposta sem fôlego de uma parceira totalmente envolvida e satisfeita.

Seguimos o ritmo enquanto beijo os ombros e as costas dela, dizendo ocasionalmente o que estou sentindo, o que ela me faz sentir ou o que sinto por ela. Não sou de me segurar, mas fazer sexo com ela é como um soro da verdade. Não estou censurando nada. Tudo é dito.

— Estou quase lá, amor — diz ela.

Pego suas mãos, entrelaço os dedos nos meus e as coloco na cama, dos dois lados da cabeça.

— Deixa comigo, amor. Sou todo seu.

Ela aperta as minhas mãos e a pressão é toda a confirmação de que preciso, mas ela acrescenta:

— Você é meu.

Tudo está ampliado: o desejo, a paixão, a atração. Estou bombeando nela agora e ela está pedindo mais. E mais. Com as pernas apertadas, há tanta fricção e ela fica tão apertada. E tudo no meu mundo está tão intenso agora. Só quero dar prazer a ela. É só isso que eu quero. E, no momento em que acontece, ela esconde a cabeça no edredom e começa a falar o meu nome, e isso é suficiente. Meu nome nos lábios dela, falado em puro êxtase. E estou dizendo o nome dela como uma oração.

— Scout. Scout. Você é meu mundo, Scout. — E o meu clímax é diferente de tudo que já vivi antes, é como se eu estivesse amarrado em um foguete lançado no céu. São fogos, satisfação, desejo e amor.

Amor.

Tanto amor.

Quarta-feira, 22 de agosto

(Gus)

Minha mãe atende no primeiro toque, o que é estranho.

— Oi, querido.

— *Hola*, mãe. Quais são as novidades nos Estados Unidos hoje?

Estamos em Budapeste. É a última noite da turnê. Vamos para casa amanhã cedo. Foi tudo ótimo. As plateias foram ótimas. A música está ótima. Mas estou pronto para ir para casa descansar. E comer tacos. Muitos tacos.

— Engraçado você perguntar porque tenho novidades. — Ela parece animada.

Isso me deixa animado.

— Bom, não me deixa na expectativa. O que é?

— Eu ia esperar você chegar em casa amanhã para te contar. — Sei que ela vai me contar, senão ela não teria tocado no assunto.

— Não. Você não pode fazer isso, mãe. Não pode me dizer que tem novidade e parecer tão animada a ponto de explodir, mas não falar. É crueldade. Manda. — Ela sabe que estou brincando só um pouco. — É sério, mãe, não vou conseguir me concentrar no show de hoje se souber que você está escondendo alguma coisa de mim.

— O Eric fez uma surpresa e apareceu aqui ontem à noite.

— Que legal. — Essa não é a novidade. Minha mãe e o dr. Banks têm passado muito tempo juntos, viajando de um lado para o outro para se verem.

— Ele me pediu em casamento.

— E? — Não sei por que estou prendendo o ar, mas estou.

— Eu disse que sim! — ela grita. É uma das coisas mais inocentes e insanamente felizes que já ouvi.

Estou com lágrimas nos olhos. Lágrimas felizes porque minha mãe merece. Ela merece ser amada e ter um companheiro que envelheça ao lado dela.

— Parabéns, mãe. — Limpo uma lágrima que está escorrendo pelo meu rosto. — Eu queria que você tivesse esperado para me contar pessoalmente, porque não parece certo eu não poder te dar um abraço apertado pra cacete. Estou tão feliz por você, mãe. O dr. Banks é um sujeito de sorte.

— Obrigada, Gus. Você tem certeza que não tem nenhum problema com isso? Você gosta dele?

— Claro que não tenho problema com isso. Ele é um ótimo sujeito.

Ela suspira de alívio.

— Que bom.

— Além do mais, eu ganho um irmão foda nessa brincadeira.

Ela ri.

— E uma sobrinha.

Tenho que fazer uma pausa quando ela fala isso.

— Caramba. Eu não tinha pensado nisso. Vou ser tio da Stella. Não é demais? Sem querer te ofender, mãe, mas talvez essa seja a minha parte favorita nessa história toda.

— Tudo bem. Ela vai ser minha neta, eu entendo. — Ela entende mesmo. A minha mãe ama a Stella.

— E quando vai ser o casamento?

— Ainda não temos data, mas vai ser em breve. Vamos fazer uma cerimônia pequena aqui em casa.

— Parece perfeito. Então o doutor vai se mudar pra San Diego?

— Vai. Ele vai estar aqui em duas semanas. Conseguiu um emprego no pronto-socorro do San Diego General.

— Que ótimo.

Agora, estou pensando em como vai ser diferente ter outro homem em casa. E também estou pensando que talvez seja melhor se eu desse algum espaço para eles. Eles merecem começar uma vida nova juntos. E eu mereço começar a minha. Está na hora.

— Obrigada, querido.

— Keller sabe? — Estou com vontade de ligar para ele e dar as boas-vindas à família.

— Sabe. O Eric ligou para ele hoje à tarde. Ele está feliz por nós.

— Tenho certeza de que está. Ele ganha uma madrasta foda com essa história.

Ela ri de novo.

— Bom, querido, tenho que desligar. Tenho que voltar ao trabalho. Boa sorte esta noite. Mal posso esperar para te ver amanhã. Eu te amo.

— Não preciso de sorte. Tenho o Franco, o Jamie e o Robbie. Também estou doido para te ver. E te amo.

— Tchau, querido.

— Tchau, mãe.

Na mesma hora, ligo para o Keller, mas a ligação cai na caixa postal. Sei que ele está no trabalho. Então, mando uma mensagem de texto. “IRMÃO!!”

Ele liga quando estamos subindo no ônibus depois do show, para voltarmos ao aeroporto.

— Irmão! — eu digo quando atendo.

— E aí, mano, loucura, né? — Ele parece tão feliz quanto eu.

— Loucura pra caralho, né? Mas uma loucura boa.

— Sem dúvida. Meu pai está um homem diferente desde o divórcio. Audrey desperta o melhor nele. É ótimo.

— Sua mãe sabe? — pergunto.

— Duvido. Ainda não estamos nos falando. Acho que tenho que ligar para ela qualquer dia desses. O ressentimento passou. Está na hora.

— O que a Stella achou? Ela sabe que vai ganhar o melhor tio de todos os tios do mundo, né?

Ele ri.

— A garotinha está bem ciente desse fato. Acho que é a parte favorita dela.

— Não é? Foi o que eu disse também.

— Eu também tenho boas notícias. Tenho uma entrevista de emprego na segunda. Já fiz duas pelo telefone e querem que eu vá pessoalmente pra última. Tenho noventa e nove por cento de certeza de que está no papo.

Deve ser um alívio para ele. Imagino que a pressão para encontrar um emprego seja enorme agora que ele se formou.

— Que massa! Onde é? Na mesma escola onde você fez o estágio?

— Não. Em San Diego. — Ele está sorrindo. Escuto claramente.

— O quê? Tá de sacanagem? — Não seria incrível ter o Keller e a Stella no sul da Califórnia com a gente?

— Pois é, foi uma coisa que apareceu de repente. Não tem vagas em Minneapolis e eu teria que ser substituto neste ano letivo, então comecei a procurar no distrito escolar de San Diego, mas sem muita expectativa de encontrar nada.

— Chego em casa amanhã, então estarei lá quando vocês chegarem. Posso levar você de carro. Qualquer coisa que você precisar. E vou te levar para comemorar depois.

— Parece ótimo. É melhor eu desligar, cara. Sei que está tarde, ou melhor cedo demais aí.

— Beleza. Até daqui a uns dias, mano.

— Beleza, mano. Até.

— Fui.

Minha vida mudou em um dia. E a melhor parte é que estou achando ótimo. Estou pronto. Tenho muito trabalho a fazer quando chegar em casa.

Quinta-feira, 23 de agosto

(Scout)

Ouço a sua voz sonolenta antes de vê-lo.

— Você é um colírio pros meus olhos.

Quando levanto o rosto da escrivaninha, Gus está com um vaso de rosas vermelhas e um sorriso exausto, mas feliz.

— Posso dizer o mesmo. Oi, amor. — Meu Deus, mesmo com olheiras ele continua lindo.

Ele coloca o vaso na mesa e me envolve em um abraço que parece que ele ergueu muros contra o mundo lá fora e somos só nós dois aqui dentro. Meu rosto está espremido na camiseta dele, e fecho os olhos e inspiro. Não só o aroma masculino, mas... ele. Ele todo.

— Senti tantas saudades.

Ele beija minha testa.

— Não tanto quanto eu de você, amor.

Quando o encaro, ele me olha.

— Você chegou cedo.

— Peguei uma conexão antecipada em Nova York. É que eu mal podia esperar para ver uma pessoa. E pedi pro piloto vir mais rápido. — Pelo jeito como ele está sorrindo, não tenho dúvida de que fez isso mesmo.

Eu o beijo uma vez e tenho que lembrar a mim mesma que estou no trabalho, cercada de pessoas. Pessoas que sei que estão nos olhando agora.

Eu sussurro no ouvido do Gus.

— Todo mundo está nos olhando?

Ele responde sem baixar a voz.

— Tudo o que a gente faz. Acho que vai ficar interessante para eles quando começarmos a ficar mais íntimos.

Não consigo segurar a gargalhada.

— Senti falta dessa risada.

Eu o beijo embaixo da orelha e o solto.

— Você precisa ir para casa dormir.

— Com você, sim. — Ele ergue as sobrancelhas para enfatizar o que disse.

— Você veio de táxi?

Ele assente.

— Pode voltar no meu carro. Vou com Audrey. Eu sairia mais cedo para voltar com você, mas tenho uma reunião com um cliente importante hoje.

Estamos saindo pela porta dos fundos para o estacionamento.

— A gente podia transar no carro.

— A reunião é em dez minutos.

— Sou ótimo sob pressão. — Se ele não estivesse parecendo tão cansado, eu acreditaria. Droga, acredito mesmo assim.

Eu o beijo no meu carro.

Ele aperta a minha bunda.

— Obrigada pelas flores. São lindas.

Ele está atrás do volante agora, ligando o motor.

— Como você. Vou entrar em coma agora por algumas horas. E vou estar descansado para você à noite. Vou testar essa energia de maratonista de novo. Bota a calcinha na bolsa antes de ir para casa.

Eu pisco.

— Já botei. Agora vai para casa ficar com a Costelinha, ela está com saudades.

Minha energia foi testada. É uma da madrugada. Gus está me abraçando e estou com a cabeça no peito dele.

— Amo o sexo em San Diego — diz ele. Ele está passando os dedos pelo meu braço.

— Eu também. Acho que é o meu favorito — respondo.

— Só uma coisa faria com que fosse melhor.

Eu mordo a isca.

— O quê?

— Fazer na nossa cama. Na nossa casa.

Eu me afasto do peito dele e coloco a cabeça no travesseiro ao lado dele. A lua está cheia lá fora e vejo o rosto dele na luz que entra pela janela. Acho que sei aonde ele quer chegar, mas preciso ter certeza. Quero ouvi-lo falar.

— Vou sair de casa. Quero que você vá comigo. — Ele está mais sério do que já vi.

— Você quer morar comigo?

Ele assente.

— Todos os dias. O que você diz?

Eu assinto.

— Eu digo sim.

Ele beija a ponta do meu nariz.

— Eu digo obrigado.

Sexta-feira, 31 de agosto

(Scout)

A semana passada foi uma loucura. Tudo aconteceu ao mesmo tempo.

Keller conseguiu um emprego para dar aulas aqui em San Diego. Ele começa na semana que vem.

Gus foi para Minneapolis ajudar Keller e Stella a virem de carro com um caminhão de mudanças para cá, e os ajudamos a se acomodarem em um apartamento próximo.

Eric veio morar com Audrey e começou a trabalhar no hospital.

Paxton foi morar no alojamento da San Diego State. As aulas da faculdade começam na segunda.

E Gus e eu nos mudamos para uma casinha na praia não muito longe da de Audrey. Assinamos um contrato de aluguel de seis meses. Gus quer comprar uma casa, mas tenho medo de gastar o dinheiro. Não tenho medo de assumir um compromisso com ele; só tenho medo da obrigação financeira. Estou trabalhando na coragem em todas as áreas da minha vida e sei que ele vai acabar vencendo. Ele sempre vence. Não sei dizer não para ele.

Sábado, 20 de outubro

(Scout)

— Lembra quando a gente se conheceu e você me odiou? — ele pergunta. Está escuro lá fora e estamos em uma espreguiçadeira no deque da nossa casa nova. Estou acomodada entre as pernas dele, as minhas costas no peito dele. Estamos comendo crackers com creme de amendoim e tomando suco de uva.

— Eu não odiei você. Só não gostava de ninguém na época. Não foi pessoal. Eu não sabia como eram os homens bons.

— Nosso caminho foi longo, escoteira. — Ele está relembrando. Gus é um cara profundo. Ele pensa em tudo com o coração.

— Foi. — Longo é pouco. — Sou uma pessoa completamente diferente graças a você.

— Você às vezes olha pra sua vida e pensa: *como foi que eu vim parar aqui? Como tive tanta sorte?*

Eu passo a mão na coxa dele.

— Todos os minutos de todos os dias, amor. Eu nunca sonhei que teria alguém como você para amar. Que me amaria também.

— Scout? — Ele beija a minha nuca. É um gesto de amor que sinto até nas pontas dos meus pés.

— O quê?

— Quero fazer bebês com você. Muitos. Você quer ter filhos? — A sinceridade na voz dele só faz meu coração se contrair da melhor maneira possível. — Eu sei que você perdeu um bebê e não consigo imaginar como deve ter sido difícil para você. Não quero botar pressão nem nada; só quero que você seja sincera. Você estaria disposta a tentar de novo? Comigo?

Estou com lágrimas nos olhos. E não por estar pensando no passado... mas por estar pensando no futuro. Um futuro com ele. Uma família com ele. Consigo vê-la e é a vida mais perfeita que sou capaz de imaginar. Eu me viro no abraço dele para encará-lo.

Ele levanta a mão e limpa as lágrimas que estão escorrendo pelas minhas bochechas.

— Não chore, amor. Me desculpe. Eu não queria fazer você chorar.

Dou um sorriso pela doçura desse homem.

— Não estou chorando de tristeza, Gus, estou chorando porque estava tentando imaginar como vim parar aqui... com você. Como tive tanta sorte?

Ele sorri.

— Você é tudo para mim, Scout. Tudo. Eu te amo com tudo que sou. Tudo que vou ser. Você é meu futuro, meu amor.

E as lágrimas continuam caindo.

— Você também é tudo para mim. Você pegou uma garotinha destruída e assustada e a transformou em uma pessoa que eu nem sabia que podia ser. Nunca vou poder te agradecer o tanto que você merece. E meu amor por você... Meu Deus, é infinito, meu amor. Vou te amar até o dia da minha morte.

Ele está sorrindo de novo.

— Isso quer dizer que a gente vai poder fazer bebês? — Ele passa a mão na minha barriga. — Quero essa barriga enorme com o meu filho dentro.

Eu assinto e estou tão emotiva que mal consigo falar. Ter um filho com ele me faria tão feliz. Tão completa.

— Sim.

— Vou jogar sua pílula fora quando a gente entrar.

Eu me viro e me acomodo no meu lugar, encostada no peito dele.

— Tudo bem. Isso quer dizer que a gente vai transar muito?

Ele me abraça.

— Pode acreditar. De manhã, de tarde e de noite. Acho melhor você parar de usar calcinhas de uma vez por todas. Posso me juntar ao seu boicote às roupas íntimas. Você pode dizer pra minha mãe que vai tirar licença e a gente pode parar de usar roupas e ficar andando pelado até você ficar grávida.

— Acho que a Audrey não me daria folga para eu engravidar.

Ele dá a sua gargalhada grave e profunda.

— Se ela soubesse que sairia com um neto do acordo, daria sim. Você já viu como ela é com a Stella. Ela é uma avó e tanto.

Dou risadas com ele porque ele está certo. O filho do Gus seria o neto mais amado de todos os netos.

Nós olhamos as ondas sob o luar por vários minutos. A praia está silenciosa. Só ouço a água batendo na areia.

— Tem outra coisa. — A voz dele fica suave. A empolgação passou e só restou reverência e adoração.

— O quê? — eu pergunto. A emoção na voz dele faz meu coração acelerar.

— Você vai mesmo me amar para sempre?

Ele sabe que vou. Ele está passando o queixo com a sua barba por fazer no meu pescoço, embaixo da minha orelha.

— E mais ainda — eu respondo.

Ele aperta os lábios no meu pescoço antes de passá-los pelo meu lóbulo da orelha.

— Quero que você seja a sra. Hawthorne.

Viro-me rapidamente e monto no colo dele porque sei que não ouvi direito. Minhas mãos estão tremendo quando seguro o rosto dele.

— Você pode repetir? — Meus olhos estão ardendo de novo. — Minha audição é bem ruim.

Ele sorri para mim de um jeito afirmativo. E repete alto.

— Estou te pedindo em casamento. Quero que você seja a sra. Escoteira Hawthorne.

Não consigo esconder a alegria que se espalha pelo meu corpo. Estou sorrindo tanto que minhas bochechas já estão doendo.

— Você quer se casar comigo?

Ele assente e fica sério. Com expressão apaixonada.

— Quer se casar comigo, meu amor?

(Gus)

Ela está sorrindo, chorando e assentindo ao mesmo tempo. É um movimento de corpo inteiro que diz sim sem a menor sombra de dúvida.

— Sim. Sim. Sim, eu quero me casar com você.

E consigo sentir. Estou tranquilo. Se eu morresse agora, minha vida estaria completa. Não vou morrer, claro, o que é a melhor parte. Vou viver isso, não tenho ideia de por quanto tempo, mas vou viver e amar ao máximo.

Eu a beijo.

É uma promessa.

Que leva a sexo. Bem ali, na espreguiçadeira. Do nosso deque.

Também é uma promessa.

Scout já está dormindo profundamente e pego o bloco de *post-its* e a caneta que deixamos na bancada do banheiro e escrevo um bilhete, para que ela veja quando acordar de manhã. "San Diego, fazer bebês, noivado, te amo para sempre, o sexo no deque virou meu favorito."

Estou no auge de uma transformação que começou meses atrás, uma decisão intencional posta em movimento. E é muito bom. Cheguei à compreensão total de que a minha felicidade, a minha vida, está sobre os meus ombros apenas. Ninguém vai fazer isso por mim. Sou eu quem a constrói ou destrói.

É uma escolha.

Uma escolha que exige ação em troca de recompensa. A inércia e a complacência levam à mediocridade. Às vezes, a ação é difícil pra caralho de conquistar, mas é quando a compensação é melhor.

É quando as coisas grandiosas acontecem.

Não coisas boas... mas coisas épicas.

E me apaixonei por coisas épicas.

É o único jeito de viver.

Agradecimentos

Você não consegue me ver, mas estou com um sorriso enorme porque esta é a minha parte favorita do livro. É a parte em que digo obrigada a todas as pessoas incríveis que me ajudaram a tornar este livro possível. Sente-se e fique à vontade, porque tenho muito amor para distribuir e isso pode demorar um pouco.

Agradeço às minhas leitoras beta, que se intitularam "A Legião Molhadinha". Vocês, cinco mulheres maravilhosas, me fizeram sorrir e gargalhar no mês final e mais difícil da escrita, depois esmiuçaram o livro com amor e meticulosidade para me ajudar a transformá-lo em algo que tive orgulho de entregar ao meu editor. Sua amizade, encorajamento, humor constante, inteligência e amor fizeram toda a diferença no mundo. Vocês me levaram do bloqueio de escritora até o ponto em que finalmente me apaixonei por essa história. Devo mais a vocês do que vocês podem imaginar. Então, digo obrigada a Lindsey Burdick, Amy Donnelly, C.M. Foss, Gemma Hitchen e B.N. Toler. Vocês todas fazem parte de mim...

Agradeço a Debbie Clark. Você ficou ao meu lado e me estimulou durante os últimos anos desse sonho louco que tenho de escrever. Agradeço seu apoio e amizade constantes em todas as coisas da vida, não só a escrita.

Agradeço a Brandon Hando, um designer tão talentoso. Você criou outra capa pela qual estou apaixonada. Apaixonada. E você sempre tem paciência comigo e cria magia toda vez que peço outro design de camiseta, ou outro marcador, ou outro adesivo, ou outro... qualquer coisa. Obrigada por sempre ver minha visão, às vezes antes mesmo de mim. Você tem o meu coração.

Agradeço a Monica Parpal, editora maravilhosa. Nenhum dos meus livros teria sido publicado sem você. Colaborar com você é uma honra; você dá vida às minhas histórias. Meu respeito por você aumenta a cada livro em que trabalhamos juntas (e isso não é pouco, porque meu respeito já estava lá no céu dois livros atrás). E, no caso do Gus, você assumiu este projeto e se comprometeu com ele mesmo com a rápida aproximação do seu próprio casamento. Meus agradecimentos nunca serão suficientes.

Agradeço a Amy Donnelly, da Alchemy of Words, uma editora, diagramadora e designer sensacional. Além de você fazer a leitura beta, editar e revisar o livro, você criou o trailer e o teaser mais lindos para o Gus. Sem mencionar que me apoiou em cada evento de autógrafos, foi tia do Phoenix (estou feliz de termos adotado você na nossa família) e me deixou debater tudo com você. Você faz tudo. Não sei o que eu faria sem você. Falando sério. Estou me curvando em agradecimento a você agora.

Agradeço a Josh Harris da Yerk Design, website designer e um cara muito inteligente. Você montou meu site, cuida dele e acrescenta tudo sempre que eu peço, oferecendo conselhos o tempo todo. Obrigada por sua disposição de sempre para me ajudar, inclusive na revisão deste livrinho, que era mais do que a sua função pedia.

Agradeço a Seth King, voz da razão e amigo. Você me tirou do limbo tantas vezes perto do fim deste projeto e me ajudou a manter o fiapo de sanidade que me restava. Fora a escrita, acho que orientação é sua vocação. Você é um sujeito sábio. E também sincero. Atencioso. E engraçado. Por isso tudo, sou eternamente grata.

Agradeço a Colleen Hoover, mentora e amiga. Você é uma das pessoas mais gentis que já conheci. Obrigada por sempre responder às minhas perguntas e oferecer orientação sobre tudo relacionado a livros, todas as vezes que precisei. Você sempre vai ser a minha autora favorita, mas o seu coração é o que a torna tão especial. Obrigada… por tudo.

Agradeço às minhas bandas favoritas por criarem pura magia e me inspirarem com a sua música. Eu não poderia escrever sem vocês. E um viva altíssimo para a minha banda favorita de todas, a Sunset Sons. Enquanto eu lutava para terminar este livro, Gemma Hitchen veio gritando (EM CAIXA-ALTA) sobre a sua banda e agora vocês são a Rook da vida real. Eu me apaixonei loucamente à primeira vista pela sua música e ouvi sem parar durante os últimos capítulos e a edição. Vocês foram minha musa. Vocês são meu Gus e minha Rook. Não tenho nada além de amor para a Sunset Sons.

Agradeço à minha mãe e ao meu pai. Por tudo nos últimos quarenta e dois anos. Amo vocês.

Agradeço a B. e P., meus rapazes. É uma honra ser sua esposa e sua mãe. Eu vivo para isso. Ponto. Eu amo, amo, amo vocês dois. Até a lua e de volta.

Agradeço ao Bright Side Support Group no Facebook. Não sei bem como aconteceu, mas centenas das pessoas mais legais e positivas do planeta se reuniram em um único local. Nós todos compartilhamos um amor por bons livros, mas o mais importante é que compartilhamos um amor por boas pessoas. Tenho sorte de fazer parte desse grupo incrível. Obrigada por serem maravilhosos.

E, por fim, mas não menos importante, agradeço a cada leitor, autor e blogueiro que fez amizade comigo e me apoiou. Posso continuar indo atrás desse sonho e fazendo o que amo por causa de vocês. Isso é um presente que não se mede. Este livro não estaria nas suas mãos agora se não fossem vocês. Obrigada um milhão de vezes.

Mais uma coisa e prometo que termino.

Eu te amo.

Isso é para todas as pessoas mencionadas acima. Sua amizade é um presente. Obrigada por serem quem são.

Playlist do Gus

"Wicked Games", The Weekend-Huglife Remix (Couer de Pirate)
"I Hope You Suffer", AFI
"I Need My Girl", The National
"Cope", Manchester Orchestra
"Me", The 1975
"Medicine", Sunset Sons
"Killing Me", Broods
"Bangs", Brick + Mortar
"Figure It Out", Royal Blood
"The Scientist", Coldplay
"Homesick", Catfish and the Bottlemen
"Loa", Sunset Sons
"Baby Please Don't Leave Me", Buddy Guy
"Love Me Like You Used To", You Me At Six
"Giants", Bear Hands
"All Around Me", Flyleaf
"Tiny Raindrops", Balance and Composure
"Fall Into the Party", Twin Atlantic
"On the Road", Sunset Sons
"Kiss Me", Ed Sheeran

Sobre a autora

Eu amo ler, escrever, viajar, música, café, tacos, pessoas legais, meu grandão (meu marido) e meu pequenininho (meu filho). E muitas outras coisas.

Mais informações em:

www.kimholdenbooks.com

Leia um trecho de
MIL BEIJOS DE GAROTO,
de Tillie Cole

CAPÍTULO 1

Corações partidos e potes de beijo de garoto

Poppy
Há nove anos
Aos oito anos de idade

— Aonde vamos, papai? — perguntei, enquanto ele segurava delicadamente minha mão, guiando-me até o carro.

Olhei para a escola, imaginando por que estava saindo cedo. Era só o intervalo do almoço. Eu não deveria ir embora ainda.

Meu pai não disse nada enquanto caminhávamos, apenas apertou minha mão. Olhei ao longo da cerca da escola, e uma sensação esquisita revirou meu estômago. Eu amava a escola, amava aprender, e a aula seguinte era de história. Era minha matéria favorita. Eu não queria perder.

— Poppy! — gritou Rune, meu amigo mais querido, de perto da cerca, quando me viu. Suas mãos apertavam com força as barras de metal. — Aonde você vai? — Eu sentava ao lado de Rune nas aulas. Estávamos sempre juntos. A escola não tinha graça quando um dos dois não estava lá.

Virei a cabeça para o rosto de meu pai, procurando respostas, mas ele não me olhou de volta. Ficou em silêncio. Olhando para Rune, eu gritei:

— Eu não sei!

Rune me observou por todo o caminho até o carro. Eu me sentei no meu assento de elevação, no banco traseiro, e meu pai afivelou o cinto de segurança.

Ouvi o sinal no pátio da escola indicando o fim do almoço. Olhei pela janela e vi todas as crianças correndo de volta para dentro, mas não Rune, que continuou na cerca me olhando. Seu longo cabelo loiro esvoaçava com o vento enquanto ele perguntava:

— Você está bem?

Mas meu pai entrou no carro e deu partida antes que eu pudesse responder.

Rune correu ao longo da cerca, seguindo nosso carro, até que a srta. Davis o obrigou a entrar.

Quando a escola já não estava mais visível, meu pai disse:

— Poppy?

— Sim, papai? — respondi.

— Você sabe que a vovó está morando com a gente já faz um tempo, né?

Eu concordei com a cabeça. Minha vovó tinha se mudado para o quarto em frente ao meu um tempo atrás. Mamãe disse que era porque ela precisava de ajuda. Meu vovô morreu quando eu era um bebê. Minha vovó morou sozinha por anos, até vir morar com a gente.

— Você se lembra do que sua mãe e eu te dissemos? Sobre por que vovó não podia mais morar sozinha?

Eu suspirei e disse, baixinho:

— Sim. Porque ela precisava da nossa ajuda. Porque ela está doente.

Meu estômago revirou enquanto eu falava. Minha vovó era minha melhor amiga. Bem, ela e o Rune estavam empatados no primeiríssimo lugar. Minha vovó dizia que eu era igualzinha a ela.

Antes que ela ficasse doente, nós duas saíamos em muitas aventuras. Ela lia para mim toda noite sobre os grandes exploradores do mundo. Ela me falava sobre história: Alexandre, o Grande, os romanos e, os meus favoritos, os samurais do Japão. Eram os favoritos da vovó também.

Eu sabia que a minha vovó estava doente, mas ela nunca agia como se estivesse. Ela sempre sorria, dava abraços apertados e me fazia rir. Sempre dizia que ela tinha luar no coração e raios de sol no sorriso. Vovó me disse que aquilo significava que ela estava feliz.

Ela me deixava feliz também.

Mas nas últimas semanas vovó vinha dormindo muito. Estava sempre cansada para fazer qualquer coisa. Na verdade, na maioria das noites agora eu lia para ela, enquanto ela acariciava meu cabelo e sorria para mim. E era bom, porque os sorrisos da vovó eram o melhor tipo de sorriso para se receber.

— Certo, querida, ela está doente. Na verdade, ela está muito, muito doente. Você entende?

Franzi a cara, mas fiz que sim com a cabeça e respondi:

— Sim.

— É por isso que vamos para casa mais cedo — ele explicou. — Ela está esperando por você. Ela quer ver você. Quer ver a companheirinha dela.

Não entendi por que meu pai tinha de me levar para casa mais cedo para visitar minha vovó, quando a primeira coisa que eu fazia toda tarde depois da escola era ir ao quarto dela para conversar enquanto ela ficava na cama. Ela gostava de saber sobre meu dia.

Viramos na nossa rua e estacionamos na entrada de casa. Meu pai não se moveu por alguns segundos, mas então se virou para mim e disse:

— Sei que tem só oito anos, querida, mas hoje você precisa ser uma menina corajosa, certo?

Eu assenti com a cabeça. Meu pai me deu um sorriso triste.

— Esta é a minha garota.

Ele saiu do carro e andou até meu assento. Pegou minhamão e me guiou para fora do carro em direção à casa. Eu podia ver que havia mais carros lá que o normal. Eu ia perguntar de quem eram quando a sra. Kristiansen, mãe de Rune, veio caminhando pelo jardim entre nossas casas com uma grande travessa de comida nas mãos.

— James! — ela chamou, e meu pai se virou para cumprimentá-la.

— Adelis, oi — ele disse.

A mãe de Rune parou na nossa frente. Seu longo cabelo loiro estava solto. Era da mesma cor do cabelo de Rune. A sra. Kristiansen era muito bonita, e eu a adorava. Ela era bondosa e dizia que eu era a filha que ela não teve.

— Eu fiz isso para vocês. Por favor, diga a Ivy que estamos pensando em todos vocês.

Meu pai soltou minha mão para segurar a travessa.

A sra. Kristiansen se agachou e deu um beijo no meu rosto.

— Seja uma boa menina, Poppy, certo?

— Sim, senhora — respondi e observei enquanto ela ia pela grama de volta para a casa dela.

Meu pai suspirou, então fez um gesto com a cabeça para que eu o seguisse para dentro. Assim que passamos pela porta da frente, vi minhas tias e meus tios nos sofás, meus primos sentados no chão da sala, entretidos com seus brinquedos. Minha tia Silvia estava sentada com minhas irmãs, Savannah e Ida. Elas eram mais novas que eu, tinham quatro e dois anos. Elas acenaram para mim quando me viram, mas tia Silvia as manteve em seu colo.

Ninguém falava, mas muitos enxugavam os olhos; a maioria estava chorando.

Eu estava tão confusa.

Eu me encostei na perna de meu pai, segurando com força. Alguém parou na porta da cozinha – era minha tia Della, ou DeeDee, como sempre a chamei. Ela era minha tia favorita. Era jovem e engraçada e sempre me fazia rir. Embora minha mãe fosse mais velha que a irmã, as duas eram parecidas. Ambas tinham cabelo castanho comprido e olhos verdes, como eu. Mas DeeDee era mais bonita. Eu queria ser igualzinha a ela um dia.

— Ei, Pops — ela disse, mas eu podia ver que tinha os olhos vermelhos, e a voz estava diferente.

DeeDee olhou para o meu pai. Ela tirou a travessa de comida da mão dele e disse:

— Vá até lá com a Poppy, James. Está quase na hora.

Eu comecei a ir com meu pai, mas, quando percebi que DeeDee não vinha junto, olhei para trás. Fiz menção de chamá-la, porém ela se virou de repente, colocou a travessa de comida no balcão e segurou a cabeça com as mãos. Ela estava chorando, chorando tanto que saíam sons altos de sua boca.

— Papai? — cochichei, com uma sensação estranha no estômago.

Meu pai envolveu meus ombros com o braço e me guiou.

— Está tudo bem, querida. DeeDee só precisa de um minuto sozinha.

Andamos para o quarto da vovó. Um pouco antes de abrir a porta, papai disse:

— A mamãe está aí, querida, e a Betty, enfermeira da vovó, também.

Franzi a testa.

— Por que uma enfermeira?

Papai abriu a porta do quarto da vovó, e minha mãe se levantou da cadeira ao lado da cama. Os olhos dela estavam vermelhos, e o cabelo, todo desarrumado. O cabelo da mamãe nunca ficava desarrumado.

Vi a enfermeira no fundo do quarto. Ela estava escrevendo algo em uma prancheta. Ela sorriu e acenou para mim quando entrei. Então olhei para a cama. Vovó estava deitada. Meu estômago revirou quando vi a agulha no braço dela, com um tubo transparente que ia dar em uma bolsa pendurada em um gancho de metal ao lado.

Fiquei imóvel, apavorada de repente. Então minha mãe veio ao meu encontro, e minha vovó olhou para mim. Ela parecia diferente da noite anterior. A pele dela estava mais pálida, e seus olhos não estavam tão brilhantes.

— Cadê minha companheirinha? — A voz de vovó estava baixa e parecia esquisita, mas o sorriso que ela me deu fez com que eu me sentisse acolhida.

Rindo para minha vovó, corri para o lado da cama.

— Estou aqui! Eu saí mais cedo da escola para ver você!

Vovó levantou o dedo e deu batidinhas na ponta do meu nariz.

— Esta é a minha garota!

Eu respondi com um sorriso bem grande.

— Eu só queria que você viesse me visitar um pouquinho. Eu sempre me sinto melhor quando a luz da minha vida senta ao meu lado e fala um pouco comigo.

Sorri de novo. Porque *eu* era a "luz da vida dela", "a menina dos olhos dela". Ela sempre me chamou assim. Vovó me disse em segredo que isso significava que eu era a favorita dela. Mas eu não poderia contar isso para ninguém, para não chatear meus primos e minhas irmãzinhas. Era nosso segredo.

Então senti mãos na minha cintura – era meu pai me levantando para me sentar na cama ao lado da vovó. Ela pegou minha mão e apertou meus dedos, mas tudo o que eu podia notar era como as mãos dela estavam geladas. Vovó inspirou profundamente, emitindo um som esquisito, como se algo crepitasse no peito dela.

— Vovó, você está bem? — perguntei e me debrucei sobre ela para lhe dar um beijo no rosto. Ela normalmente cheirava a tabaco, de todos os cigarros que fumava. Mas hoje eu não sentia o cheiro de fumaça nela.

Vovó sorriu e respondeu:

— Estou cansada, garotinha. E eu…

Vovó inspirou novamente, e seus olhos se fecharam por um momento. Quando abriram de novo, ela se mexeu na cama e disse:

— ... estou indo embora por um tempo.

Eu franzi o rosto.

— Para onde você vai, vovó? Posso ir também? Nós *sempre* vamos juntas para as aventuras.

Vovó sorriu, mas balançou a cabeça.

— Não, garotinha. Você não pode ir para onde eu vou. Ainda não. Mas um dia, daqui a muitos anos, você vai me ver de novo.

Minha mãe soltou um soluço atrás de mim, mas eu apenas fiquei olhando, confusa, para minha vovó.

— Mas para onde você vai, vovó? Eu não entendo.

— Para casa, amorzinho — disse ela. — Estou indo para *casa*.

— Mas você está em casa — rebati.

— Não. — Vovó balançou a cabeça. — Este não é nosso verdadeiro lar, garotinha. Esta vida... bem, ela é só uma grande aventura enquanto a temos. Uma aventura para apreciar e amar com todo o nosso coração antes de ir para a maior aventura de todas.

Meus olhos se arregalaram de entusiasmo, então me senti triste. Triste de *verdade*. Meu lábio inferior começou a tremer, e eu disse:

— Mas nós somos as melhores companheiras, vovó. Sempre vamos juntas a nossas aventuras. Você não pode ir sem mim.

Lágrimas começaram a rolar de meus olhos e escorrer pelo rosto. Minha vovó levantou a mão livre para enxugá-las. Aquela mão estava tão fria quanto a que eu estava segurando.

— Nós sempre vamos nos aventurar juntas, garotinha, mas não desta vez.

— Você não tem medo de ir sozinha? — perguntei.

Minha vovó suspirou.

— Não, garotinha, não é preciso ter medo. Não estou nem um pouco assustada.

— Mas eu não quero que você vá — supliquei, e minha garganta começou a doer.

A mão de vovó permaneceu no meu rosto.

— Você ainda vai me ver em seus sonhos. Isto não é um adeus.

Pisquei. Então pisquei de novo.

— Do mesmo jeito que você vê o vovô? Você sempre diz que ele te visita em seus sonhos. Fala com você e beija sua mão.

— Exatamente assim — ela disse.

Enxuguei minhas lágrimas. Vovó apertou minha mão e olhou para minha mãe atrás de mim. Quando me olhou de novo, disse:

— Enquanto eu estiver fora, eu tenho uma nova aventura para você.

Fiquei imóvel. E então perguntei:

— Você tem?

Um som de vidro sendo colocado numa mesa me distraiu. Isso fez com que eu quisesse olhar em volta, mas, antes que eu pudesse, vovó perguntou:

— Poppy, o que eu sempre digo que é a lembrança favorita da minha vida? A coisa que sempre me fez sorrir?

— Os beijos do vovô. Os doces beijos de garoto dele. Todas as memórias de todos os beijos de garoto que ele te deu. Você me disse que são suas memórias favoritas. Não coisas, nem dinheiro, mas os beijos que recebeu do vovô, porque foram todos especiais e fizeram você sorrir, sentir que era amada, porque ele era sua alma gêmea. Seu para sempre e sempre.

— Está certo, garotinha — ela respondeu. — Então, para sua aventura...

Vovó olhou para minha mãe novamente. Dessa vez, quando olhei em volta, vi que ela segurava um grande pote de conservas cheio até o topo com muitos corações de papel cor-de-rosa.

— Uau! O que é isso? — perguntei, empolgada.

Mamãe colocou o pote em minhas mãos, e minha vovó deu umas batidinhas na tampa.

— São mil beijos de garoto. Ou ao menos vão ser, quando você preencher todos.

Meus olhos se arregalaram enquanto eu tentava contar todos os corações. Mas eu não conseguia. Mil era muito!

— Poppy — minha vovó disse, quando olhei para seus olhos verdes brilhando —, *esta* é a sua aventura. É como eu quero que você se lembre de mim enquanto eu estiver fora.

Eu olhei para o pote de novo.

— Mas eu não entendo.

Vovó se virou para sua mesinha de cabeceira e pegou uma caneta. Ela a passou para mim e disse:

— Já faz um tempo que estou doente, garotinha, mas as lembranças que fazem com que eu me sinta melhor são aquelas em que seu vovô me beijou. Não só os beijos de todo dia, mas os especiais, aqueles em que meu coração quase explodiu no meu peito. Os beijos que vovô fez questão de que eu jamais me esquecesse. Os beijos na chuva, os beijos no pôr do sol, o beijo que demos na nossa formatura... Aqueles em que ele me segurou forte e sussurrou no meu ouvido que eu era a menina mais bonita do lugar.

Eu só ouvia, sentindo meu coração cheio. Vovó apontou para todos os corações no pote.

— Este pote é para você registrar seus beijos de garoto, Poppy. Todos os beijos que fizerem seu coração quase explodir, aqueles que forem os mais especiais, os que você vai querer relembrar quando estiver velha e grisalha como eu, os que farão você sorrir quando se lembrar deles.

Dando batidinhas na caneta, ela continuou:

— Quando você encontrar o garoto que será seu para sempre e sempre, a cada vez que ganhar um beijo muito especial dele pegue um coração. Escreva onde vocês estavam quando se beijaram. Então, quando você for uma vovó também, seu netinho ou sua netinha, melhor companheiro ou companheira que você tiver, poderá ouvir tudo sobre eles, como eu te contei sobre os meus. Você vai ter um pote do tesouro de todos os beijos preciosos que fizeram seu coração voar.

Eu observei o pote e soltei o ar.

— Mil é um monte. É um monte de beijos, vovó!

Vovó riu.

— Não é tanto quanto você pensa, garotinha. Especialmente quando você encontrar sua alma gêmea. Você tem muitos anos pela frente.

Vovó respirou fundo e seu rosto se contraiu, como se ela estivesse sentindo dor.

— Vovó — chamei, sentindo-me muito assustada. A mão dela apertou a minha.

Vovó abriu os olhos, e dessa vez uma lágrima rolou por sua face pálida.

— Vovó? — eu disse, dessa vez mais baixo.

— Estou cansada, garotinha. Estou cansada, e está quase na minha hora de ir. Eu só queria te ver uma última vez, para te dar este pote. Para beijá-la, assim posso me lembrar de você todo dia no céu até vê-la novamente.

Meu lábio inferior começou a tremer de novo. Minha vovó balançou a cabeça.

— Sem lágrimas, garotinha. É só uma pequena pausa em nossas vidas. E estarei zelando por você, todos os dias. Estarei em seu coração. Estarei no bosque florido que amamos tanto, no sol e no vento.

Os olhos de vovó se apertaram, e as mãos de minha mãe pousaram em meus ombros.

— Poppy, dê um grande beijo na vovó. Ela está cansada agora. Ela precisa descansar.

Respirando fundo, eu me inclinei e dei um beijo no rosto de minha vovó.

— Eu te amo — sussurrei.

Ela acariciou meus cabelos.

— Eu também te amo, garotinha. Você é a luz da minha vida. Nunca se esqueça de que eu te amei tanto quanto uma avó pode amar sua netinha.

Segurei a mão dela e não queria soltar, mas meu pai me tirou da cama, e minha mão por fim deixou a dela. Eu apertei bem forte meu pote, enquanto minhas lágrimas caíam. Meu pai me pôs no chão e, enquanto eu me virava para sair, vovó chamou meu nome:

— Poppy?

Olhei para trás e minha vovó estava sorrindo.

— Lembre-se: *corações de luar e sorrisos de raios de sol...*

— Eu sempre vou me lembrar — eu disse, mas não me senti feliz. Tudo o que senti foi tristeza. Escutei minha mãe chorando atrás de mim. DeeDee passou por nós no corredor. Ela apertou meu ombro. O rosto dela também estava triste.

Eu não queria mais ficar ali. Não queria mais ficar naquela casa. Olhei para o meu pai e perguntei:

— Papai, posso ir ao bosque florido?

Papai suspirou:

— Sim, querida. Eu vou dar uma olhada em você depois. Apenas tenha cuidado.

Vi meu pai pegar o telefone e ligar para alguém. Ele pediu para a pessoa ficar de olho em mim enquanto eu estivesse no bosque, mas corri antes de descobrir quem era. Segui para a porta da frente, apertando contra o peito meu pote de mil beijos de garoto em branco. Corri para fora da casa, depois da varanda. Corri, corri e não parei mais.

Lágrimas escorriam pelo meu rosto. Ouvi chamarem meu nome.

— Poppy! Poppy, espere!

Olhei para trás e vi Rune me observando. Ele estava em sua varanda, mas começou a correr atrás de mim pela grama. Eu não parei, nem mesmo para Rune. Eu tinha que chegar às cerejeiras. Era o lugar favorito de minha vovó. Eu queria estar no lugar favorito dela. Porque eu estava triste por ela estar indo embora. Indo para o céu.

O lar de verdade dela.

— Poppy, espere! Vá mais devagar — gritou Rune, enquanto eu dobrava a esquina para o bosque no parque.

Atravessei correndo a entrada; as grandes cerejeiras, que estavam floridas, faziam um túnel sobre minha cabeça. A grama era verde sob meus pés, e o céu estava azul acima de mim. Pétalas brancas e cor-de-rosa cobriam as árvores. Então, bem no final do bosque, estava a maior árvore de todas. Seus galhos pendiam quase até o chão. O tronco era o mais grosso de todo o bosque.

Era a favorita absoluta minha e de Rune.

E da vovó também.

Eu estava sem fôlego. Quando cheguei debaixo da árvore favorita de vovó, afundei no chão, apertando meu pote, enquanto lágrimas rolavam pelo meu rosto. Eu senti Rune parar ao meu lado, mas não olhei para cima.

— *Poppymin?* — disse Rune. Era como ele me chamava. Significava "minha Poppy" em norueguês. Eu adorava quando ele falava norueguês comigo. — *Poppymin*, não chore — ele sussurrou.

Mas eu não conseguia evitar. Eu não queria que minha vovó me deixasse, mesmo sabendo que ela precisava ir. Eu sabia que, quando voltasse para casa, vovó não estaria mais lá: nem agora, nem nunca.

Rune sentou ao meu lado e me puxou para um abraço. Eu me aconcheguei no peito dele e chorei. Eu amava os abraços de Rune, ele sempre me apertava tão forte.

— Minha vovó, Rune, ela está doente e indo embora.

— Eu sei, minha mãe me contou quando voltei da escola.

Concordei com a cabeça, ainda encostada no peito dele. Quando eu já não conseguia mais chorar, me sentei, enxugando o rosto. Olhei para Rune, que estava me observando.

Tentei sorrir. Assim que consegui, ele pegou minha mão e a levou ao peito.

— Sinto muito que esteja triste — disse Rune, apertando minha mão. A camiseta dele estava morna do sol. — Não quero que você fique triste, *nunca*. Você é *Poppymin*; você sempre sorri. Você está sempre feliz.

Funguei e apoiei a cabeça no ombro dele.

— Eu sei. Mas vovó é minha melhor amiga, Rune, e eu não a terei mais.

Rune não falou nada no começo, depois disse:

— Eu também sou seu melhor amigo. E não vou a lugar algum. Eu prometo. Sempre e sempre.

Meu peito, que estava doendo muito, de repente não doía mais tanto. Concordei com a cabeça.

— Poppy e Rune até o infinito — eu disse.

— Até o infinito — ele repetiu.

Ficamos quietos por um tempo, até que Rune perguntou:

— Para que serve esse pote? O que tem dentro?

Puxando minha mão de volta, peguei o pote e o levantei no ar.

— Minha vovó me deu uma nova aventura. Uma que vai durar minha vida inteira.

As sobrancelhas de Rune se moveram para baixo e seu longo cabelo loiro caiu sobre os olhos. Baixei o pote, e Rune deu aquele seu meio sorriso. Todas as meninas da escola queriam que ele sorrisse daquele jeito para elas – elas me disseram. Mas ele sorria assim apenas para mim. Eu disse que nenhuma delas poderia ficar com ele, de nenhum jeito, pois ele era meu melhor amigo e eu não queria dividi-lo com ninguém.

Rune apontou para o pote.

— Eu não estou entendendo.

— Você lembra quais são as memórias favoritas da minha vovó? Eu já te contei.

Eu podia ver Rune pensando intensamente, então ele disse:

— Beijos do seu vovô?

Assenti com a cabeça e puxei uma pétala rosa-claro de flor de cerejeira do galho que pendia ao meu lado. Observei a pétala. Elas eram as favoritas da minha vovó. Ela gostava delas porque não duravam muito. Ela me falou que as melhores coisas, as mais bonitas, nunca permanecem por muito tempo. Ela disse que uma flor de cerejeira era bonita demais para durar o ano todo. Era mais especial porque sua vida era curta. Como o samurai: beleza extrema, morte rápida. Eu ainda não tinha muita certeza do que isso significava, mas ela disse que eu entenderia melhor à medida que ficasse mais velha.

E acho que ela estava certa. Porque minha avó não era tão velha e estava indo embora jovem – pelo menos foi o que papai disse. Talvez fosse por isso que ela gostava tanto das flores de cerejeira. Porque era igual a elas.

— *Poppymin?*

A voz de Rune me fez olhar para cima.

— Estou certo? Beijar seu avô eram as lembranças favoritas de sua vovó?

— Sim — respondi, deixando a pétala cair —, *todos* os beijos que ganhou que fizeram o coração dela quase explodir. Vovó disse que os beijos dele eram as melhores coisas do mundo. Porque significavam que ele a amava, que se importava com ela. E ele gostava dela *exatamente* por quem ela era.

Rune fitou o pote e bufou.

— Ainda não estou entendendo, *Poppymin.*

Eu ri, e ele fez um bico e uma careta. Ele tinha belos lábios; eram bem grossos, com um arco perfeito. Abri o pote e puxei um coração de papel cor-de-rosa sem nada escrito. Eu o segurei no ar, entre mim e Rune.

— Isto é um beijo vazio. — Então apontei para o pote e continuei: — Vovó me deu mil deles para colecionar na minha vida. — Coloquei o coração de volta no pote, peguei a mão dele e disse: — Uma nova aventura, Rune. Colecionar mil beijos de garoto antes de morrer... beijos da minha alma gêmea.

— O quê, Poppy? Estou confuso — disse ele, mas eu podia ouvir a raiva em sua voz. Rune podia ser bem genioso quando queria.

Eu puxei a caneta do bolso.

— Quando o garoto que eu amo me beijar, quando for tão especial que meu coração poderia quase explodir... *apenas* os beijos *muito* especiais... eu tenho que escrever os detalhes em um desses corações. É para quando eu ficar velha e grisalha e quiser contar para meus netinhos tudo sobre os beijos realmente especiais da minha vida. E sobre o garoto doce que me beijou. — Eu me levantei, sentindo a empolgação dentro de mim. — É o que vovó queria para mim, Rune. Então tenho que começar logo! Quero fazer isso por ela.

Rune também ficou de pé. Justamente nesse momento uma rajada de vento soprou pétalas de flor de cerejeira bem onde estávamos, e eu sorri. Mas Rune não estava sorrindo. Na verdade, ele parecia furioso.

— Você vai beijar um garoto, para o seu pote? Um garoto especial? Que você ama? — ele perguntou.

Assenti.

— Mil beijos, Rune! *Mil!*

Rune balançou a cabeça e fez bico de novo.

— NÃO! — ele rosnou.

O sorriso sumiu do meu rosto.

— O quê? — perguntei.

Rune se aproximou, balançando a cabeça mais forte.

— Não! Eu não quero você beijando um garoto para o seu pote! Eu não vou deixar!

— Mas... — tentei falar, mas Rune tomou minha mão.

— Você é *minha* melhor amiga — ele disse e estufou o peito, puxando minha mão. — Eu não quero você beijando garotos!

— Mas eu tenho que beijar — expliquei, mostrando o pote. — Eu tenho que beijar para a minha aventura. Mil beijos é muita coisa, Rune. Muita coisa! Você ainda seria meu melhor amigo. Ninguém jamais será tão importante para mim, seu bobo.

Ele olhou intensamente para mim, depois para o pote. Meu peito doeu de novo. Pelo olhar em seu rosto, eu via que ele não estava feliz. Ele tinha ficado mal-humorado de novo.

Cheguei mais perto do meu melhor amigo, e os olhos de Rune se fixaram nos meus.

— *Poppymin* — ele disse, com a voz mais profunda, dura e forte. — *Poppymin!* Essa palavra significa *minha Poppy*. Até o infinito, para sempre e sempre. Você é *minha* Poppy!

Abri a boca para gritar com ele, dizer que era uma aventura que eu *tinha* que começar. Mas, assim que fiz isso, Rune se inclinou para a frente e pressionou os lábios nos meus.

Eu congelei. Não conseguia mover um músculo sequer enquanto sentia seus lábios. Eram mornos. Rune tinha gosto de canela. O vento soprou seu cabelo longo sobre meu rosto. Começou a fazer cócegas no meu nariz.

Rune se afastou um pouco, mas seu rosto ficou perto do meu. Tentei respirar, mas meu peito estava esquisito, meio leve. E meu coração estava batendo rápido. Tão rápido que coloquei a mão no peito para senti-lo tão acelerado dentro de mim.

— Rune — sussurrei. Levantei a mão para colocar os dedos sobre os lábios. Ele piscou várias vezes enquanto me observava. Estendi minha mão e pousei os dedos sobre os seus lábios. — Você me beijou — eu disse, aturdida.

Rune levantou a mão para segurar a minha. Ele baixou nossas mãos unidas para seu lado.

— *Eu* vou te dar mil beijos, *Poppymin*. Todos eles. Ninguém *nunca* vai beijar você, só *eu*.

Meus olhos se arregalaram, mas meu coração não desacelerou.

— Isso seria para sempre, Rune. *Nunca* ser beijada por mais ninguém significa que ficaremos juntos para sempre e sempre e sempre.

Rune fez que sim com a cabeça e então sorriu. Ele não sorria muito. Normalmente, dava um meio sorriso ou um sorrisinho.

Mas ele deveria sorrir sempre. Ele ficava lindo quando sorria.

— Eu sei. Porque somos para sempre e sempre. Até o infinito, lembra?

Assenti com a cabeça lentamente e então a inclinei para o lado.

— Você vai me dar todos os meus beijos? O suficiente para encher este pote *inteiro*? — perguntei.

Rune deu outro sorrisinho.

— Todos eles. Vamos encher o pote inteiro e mais. Vamos juntar bem mais que mil.

Dei um suspiro e então me lembrei do pote. Puxei de volta minha mão, assim conseguiria alcançar a caneta e abrir a tampa do pote. Peguei um coração e me sentei para escrever. Rune se ajoelhou diante de mim e colocou a mão sobre a minha, impedindo-me de escrever.

Olhei confusa para ele. Ele engoliu em seco, enfiou o cabelo atrás da orelha e perguntou:

— Quando... eu... beijei você... seu coração quase explodiu? Foi muito especial? Você disse que só os beijos muito especiais iam para o pote. — Ao dizer isso, ele ficou vermelho e baixou os olhos.

Sem pensar, coloquei os braços em torno do pescoço do meu melhor amigo. Encostei o rosto em seu peito e escutei seu coração.

Estava batendo tão rápido quanto o meu.

— Foi, Rune. Foi tão especial quanto é possível ser especial.

Senti Rune sorrindo e me afastei um pouco. Cruzei as pernas e coloquei o coração de papel sobre a tampa do pote. Rune também se sentou de pernas cruzadas.

— O que você vai escrever? — ele perguntou.

Encostei a caneta no lábio enquanto pensava. Sentei-me reta e me inclinei para a frente, pressionando a caneta no papel.

Beijo 1
Com meu Rune.
No bosque florido.
Meu coração quase explodiu.

Quando terminei de escrever, guardei o coração no pote e fechei bem a tampa. Olhei para Rune, que tinha me observado o tempo todo, e anunciei, orgulhosa:

— Aqui está. Meu primeiro beijo de garoto!

Ele assentiu com a cabeça, mas seus olhos se voltaram para os meus lábios.

— *Poppymin?*

— Sim? — sussurrei.

Rune pegou minha mão e começou a fazer traços nela com a ponta do dedo.

— Posso… Posso te beijar de novo?

Engoli em seco, sentindo um frio na barriga.

— Você quer me beijar de novo... já?

Rune fez que sim com a cabeça.

— Fazia tempo que eu queria beijar você. E, bem, você é minha e gostei disso. Gostei de te beijar. Você tem gosto de açúcar.

— Eu comi um biscoito no almoço. Nozes. O favorito da vovó — expliquei.

Rune respirou fundo e se inclinou para mim. Seu cabelo foi para a frente.

— Eu quero fazer isso de novo — disse ele.

— Tudo bem.

E Rune me beijou.

E ele me beijou e me beijou e me beijou.

Até o fim do dia eu tinha mais quatro beijos de garoto no meu pote.

Quando cheguei em casa, mamãe me disse que minha vovó tinha ido para o céu. Corri para o meu quarto o mais rápido que pude. E me apressei para pegar no sono. Como ela havia prometido, vovó estava lá nos meus sonhos. Contei para ela sobre os cinco beijos de garoto do Rune.

Minha vovó deu um grande sorriso e me beijou no rosto.

Eu sabia que essa seria a melhor aventura da minha vida.

Leia também:

Raio de Sol
KIM HOLDEN
Todo mundo tem um segredo. O dela é sempre ver o lado bom das coisas.
Planeta